INVENTANDO ANNA

Rachel DeLoache Williams

My Friend Anna © Rachel DeLoache Williams, 2019
Published by agreement with Creative Artists Agency and
Intercontinental Literary Agency LTD.

Grafia atualizada segundo o Acordo Ortográfico da Língua Portuguesa de 1990,
que entrou em vigor no Brasil em 2009.

Edição: Felipe Damorim e Leonardo Garzaro
Tradução: Camila Javanauskas
Arte: Vinicius Oliveira
Revisão: Carmen T. S. Costa e Lígia Garzaro
Preparação: Leonardo Garzaro e Ana Helena Oliveira

Conselho editorial: Felipe Damorim, Leonardo Garzaro, Lígia Garzaro, Vinícius Oliveira e Ana Helena Oliveira

Catalogação na publicação
Elaborada por Bibliotecária Janaina Ramos — CRB-8/9166

W721

    Williams, Rachel DeLoache

    Inventando Anna: a história real de uma falsa herdeira / Rachel DeLoache Williams; Tradução de Camila Javanauskas — Santo André - SP: Rua do Sabão, 2022.

    Título original: My friend Anna
    376 p.; 14 X 21 cm
    ISBN 978-65-86460-40-7

    1. Realidade social. 2. Histórias reais. 3. Depoimento. 4. Golpe. I. Williams, Rachel DeLoache. II. Javanauskas, Camila (Tradução). III. Título.

CDD 304

Índice para catálogo sistemático
I. Realidade social

[2022]
Todos os direitos desta edição reservados à Editora Rua do Sabão
Rua da Fonte, 275, sala 62 B,
09040-270 — Santo André — SP

🌐 www.editoraruadosabao.com.br
❋ / editoraruadosabao
◉ / editoraruadosabao
▶ / editoraruadosabao
⦿ / editorarua
◯ / edit_ruadosabao

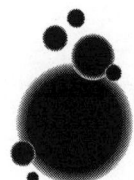

INVENTANDO ANNA

Rachel DeLoache Williams

Traduzido do inglês por
Camila Javanauskas

*Para os meus pais e
em memória dos meus avós
Ruth DeLoache Thompson e
Fletcher D. Thompson*

Prefácio..9

PARTE I
Capítulo 1..12
Capítulo 2..40
Capítulo 3..52
Capítulo 4..68
Capítulo 5..91

PARTE II
Capítulo 6..107
Capítulo 7..127
Capítulo 8..149
Capítulo 9..165
Capítulo 10..181
Capítulo 11..202
Capítulo 12..223

PARTE III
Capítulo 13..235
Capítulo 14..254
Capítulo 15..267
Capítulo 16..279
Capítulo 17..290
Capítulo 18..306
Capítulo 19..321

Epílogo..353
Fake News, Crime de verdade, e agora?.............................357
Agradecimentos..373

Prefácio

Eu sei que você está aqui para ler sobre Anna Delvey, e eu não te culpo. Quando éramos amigas, eu também a achava encantadora. Os melhores vilões são aqueles que, mesmo sem querer e apesar de todas as suas maldades, acabamos por gostar deles. E esse era o poder da Anna. Eu gostava tanto dela que precisei de seis meses para perceber que ela era uma vigarista. A verdade estava na minha frente o tempo todo.

Para as pessoas de fora, pode parecer fácil suspeitar das minhas motivações ou apontar culpa baseando-se nas histórias que apareceram nas notícias, talvez até acreditem que conheciam a minha amizade com a Anna e a nossa história. Mas nada de nossa amizade e do que passei era simples. Ao contar a minha história com todos os detalhes, eu espero que as pessoas passem a entender melhor o que foi vivenciar aquilo.

Afinal, eu acredito que é natural querer confiar nas pessoas. Eu não me arrependo disso. Confiar em alguém não me faz uma pessoa estúpida ou ingênua, apenas me faz humana. Na minha opinião, é uma questão de privilégio não nos transformarmos em cínicos como esses que se acham os espertalhões. Se alguém tivesse me perguntado se eu me considerava uma pessoa sagaz, antes de conhecer a Anna, eu diria que sim. Eu era cética quanto a estranhos, desconfiava de novas pessoas, mas nunca imaginei que a Anna faria uma coisa dessas. Ela passou despercebida pelos meus filtros. Você lê sobre esses personagens em livros, você os vê em filmes, mas não imagina que eles existam na vida real, que você vai conhecer um. Nunca achamos que uma coisa dessas vai acontecer conosco.

Caso você ainda não tenha tido a experiência, eu posso lhe contar: é completamente perturbador descobrir que alguém com quem você se importa, que acredita conhecer bem, não passa de uma ilusão. Isso mexe com a sua cabeça. Você fica repetindo as cenas, as palavras ditas e as implícitas. Você as analisa, tentando decifrar, e se pergunta: teve algo que foi real?

Arrependimento é uma emoção improdutível. O que aconteceu, aconteceu. Tudo que podemos fazer é escolher como reagir em cada momento — informados pelo passado, cabe-nos decidir como seguir em frente. Eu não me arrependo, mas consigo enxergar como isso aconteceu. E posso tirar *algo* disso. *Algo* é um termo vago, porque o que aprendi pela minha experiência parece evoluir e se expandir com o passar do tempo. Eu processei esse sofrimento em ondas, de uma forma privada e pública. Hoje, olhando para trás em diferentes momentos, sinto que avancei muito — que cresci em relação à pessoa que eu era.

Esta é a minha história.

PARTE I

Capítulo 1

Socorro

Nós três — Kacy, a *personal trainer*; Jesse, o cinegrafista; e eu, a amiga — fomos para Marrakesh a convite de Anna. Ela tinha oferecido pagar as nossas passagens aéreas, um luxuoso *riad*[1] privativo no La Mamounia,[2] com direito a três quartos, um mordomo, uma piscina e todos nossos gastos inclusos. Parecia um sonho. Mas meu último dia no Marrocos — Quinta-feira, 18 de maio de 2017 — começou com o pé esquerdo.

Eu acordei com três novas mensagens no meu celular. A primeira era de Kacy, que estava com dores no estômago e queria ir para casa: *Bom dia, Rachel. Eu acho que preciso ir embora hoje.* As outras duas eram de Jesse. Ele tinha ido para a quadra de tênis filmar Anna durante a aula particular dela, mas, quando ele chegou, ela não estava lá. Ela estava dormindo ao meu lado, no quarto que estávamos dividindo.

— Anna — eu sussurrei. — Você não tem aula de tênis?

— Hum. Não, eu adiei — ela respondeu sonolenta, e então virou de costas e voltou a dormir.

Anna disse que ela adiou a aula, eu mandei uma mensagem para Jesse. Evidentemente, isso era novida-

---

1 É a designação dada a casas ou palacetes que constituem o habitat tradicional dos centros urbanos históricos do Marrocos.
2 Um hotel luxuoso que se encontra em uma propriedade datada do século XII na cidade de Marrakesh, no Marrocos.

de para ele e pareceu estar aborrecido: *OK. Sim, quando eu cheguei, o treinador estava lá sem ela,* ele me respondeu, e acrescentou que um gerente do hotel tinha ido procurar por ela.

Quer tomar café da manhã comigo?

Sim, ele respondeu. *Cinco minutos. Te encontro na sala.*

Enquanto isso, meu foco retornou para Kacy. Ela me disse que não tinha forças para pesquisar nada em relação ao seu retorno. Eu fiz uma busca no meu celular e lhe enviei um *print* de um voo saindo 12h40 que ela provavelmente conseguiria pegar, mesmo já tendo passado um pouco das dez horas.

Se você puder me ajudar a fazer as malas, eu consigo chegar a tempo, Kacy pediu.

Antes que eu pudesse responder, Jesse me mandou: *Estou pronto.*

Vai começando, eu mandei para Kacy. *Vou pedir um carro para o concierge. Você reservou o voo? Acho que você precisa sair em quinze minutos pra conseguir embarcar a tempo! Vou perguntar na recepção o que eles acham.*

Eu usei o telefone do quarto, que ficava ao lado da minha cama. Anna acabou acordando com a minha voz e se sentou na cama para pegar o seu celular. Ela piscou rapidamente e usou as unhas para separar os longos cílios postiços grudados no canto exterior do seu olho direito.

— Kacy está indo embora — eu disse ao desligar o telefone. — Eu preciso ir ajudá-la a fazer as malas.

— Por quê? — ela me perguntou. — Você não é a empregada dela. Ela não deveria estar te pedindo para fazer isso.

— Sim, mas ela está doente — eu a lembrei.

Angustiada por Jesse, que estava me esperando, e por Kacy, que precisava se apressar, eu rapidamente tirei meu pijama e coloquei um vestido de algodão. Quando peguei meu celular da mesa de cabeceira, eu vi que Anna havia voltado a dormir.

Eu me encontrei com Jesse na sala. — Oi, vá indo na frente — eu disse —, eu te encontro lá. — A área do café da manhã era próxima à piscina, aproximadamente cinco minutos andando do nosso *riad*. Jesse parecia ainda mais irritado com os contratempos da manhã — primeiro na quadra de tênis, onde ficou esperando por Anna, e agora em razão do meu atraso. Eu estava muito apressada para ligar para isso no momento.

— Está bem — ele disse bruscamente antes de ir.

Quando entrei no quarto de Kacy, no lado oposto do meu, o ar parecia mofado e cheirava levemente a coco. Ela estava deitada na cama, onde havia passado os últimos dois dias. Eu parei ao seu lado e abri um site de viagens no meu celular. Kacy se levantou lentamente. Após encontrar sua carteira, ela me entregou o cartão de crédito e eu o usei para comprar a passagem aérea. Ao perceber que o carro ainda não tinha chegado, eu liguei para a recepção em busca de uma atualização.

— Ela realmente precisa ir — eu implorei. Freneticamente, ajudei Kacy a fazer as malas.

Kacy estava fora de si, e qualquer movimento que ela fazia para recolher as roupas e sapatos do chão era difícil e lento. Eu a ajudei por dez minutos e fui ver se o carro já estava à espera em frente à porta principal. Mas, ao pisar na sala, eu me deparei com dois homens. Pelas jaquetas de seda e golas mandarim, percebi que eram da gerência do hotel.

— Onde está a srta. Delvey? — o mais alto perguntou, num tom de voz severo. Eles me eram familiares, eu os tinha visto falando com Anna na noite anterior, mas não aparentavam ser amigáveis.

O hotel teve um problema com o cartão de débito que Anna havia utilizado para pagar pela nossa estadia e depois de dois dias de insistência educada, porém firme, a gerência ainda não tinha resolvido o problema. Anna era uma pessoa que tinha problemas com autoridade e parecia se esquivar de regras e regulamentos como se sua vida dependesse disso. O hotel havia deixado bem claro que eles precisavam ter um cartão ativo no cadastro, mas Anna respondeu aos pedidos com desdém e momentos de raiva. Como se atrevem a interromper as férias dela com importunações desagradáveis! Anna sempre esperava por tratamento especial simplesmente por ser rica, mas dessa vez ela tinha ido longe demais. Eu já havia notado traços desse comportamento antes na nossa vinda ao Marrocos, e gostava dela mesmo assim, mas tal conduta nunca tinha me envolvido diretamente ou dessa maneira. Agora que estávamos em Marrakesh, a um oceano de distância de Manhattan, onde a nossa amizade nasceu e cresceu, essa sua maneira de agir havia começado a me tirar do sério.

— Ela está dormindo — respondi secamente. Nossas férias decadentes tinham acabado de chegar ao fundo do poço. Eu estava frustrada, mas não sabia se direcionava minha frustração e raiva a Anna ou aos funcionários do hotel. A presença não anunciada dos homens em nosso quarto parecia invasiva, e por causa disso, naquele momento, direcionei minha raiva a eles — não que eles tenham notado. Eu rapidamente guardei minhas emoções e parti para a ação, assim como vinha fazendo desde mais cedo. Graças ao meu emprego e à necessidade de organizar sessões de fotos complexas na revista *Vanity Fair*, lidar com situações estressantes era praticamente reflexo — e, mesmo sendo cansativo, eu era boa nisso. Atravessei a sala e passei pelo longo corredor, determinada a acordar a nossa anfitriã.

— Anna — eu a cutuquei. — Anna, aqueles caras do hotel estão aqui. Você pode ir ver o que eles querem? — Ela grunhiu em resposta. — Eles estão na sala de estar.

Voltei para junto de Kacy, avisando os gerentes que Anna estava vindo. Foi aí que percebi que as minhas ligações desesperadas à recepção pedindo por um carro provavelmente soaram suspeitas para eles. Devem ter pensado que estávamos fugindo. Meu coração acelerou. Kacy doente, Anna caloteira, nossa desorganização em geral — os ventos problemáticos durante a semana tinham ganhado força e se transformado em uma tempestade perfeita.

Eu peguei o telefone no quarto de Kacy. — Olá, estou ligando para saber do carro. — Um segundo de silêncio. E a seguir as palavras saíram de um só fôlego: — Ok. Ele precisa se apressar, por favor. Não estamos todos indo embora — os gerentes estão aqui — nós temos uma viajante doente e ela precisa chegar ao aeroporto.

Finalmente Kacy estava de pé e pronta para sair, sua atenção toda focada em ir para casa. Puxando sua mala, eu caminhei ao lado dela diante dos gerentes. Em razão de sua pressa e mal-estar, não sei se ela percebeu a presença deles ali. Mas eles nos olharam atentamente. Anna ainda não tinha aparecido, mas o carro de Kacy finalmente havia chegado. Eu passei sua bagagem para o motorista e, enquanto ele a colocava no porta-malas, me despedi de Kacy.

— Fala para a Anna que eu disse tchau? — ela pediu.

— Claro — respondi. Kacy sentou-se no banco de trás e fechou a porta. Eu estava aliviada por ela estar a caminho do aeroporto e a tempo de pegar o voo, mas meus pensamentos haviam se voltado para Anna. Comecei a sentir um pequeno temor. Voltei para o interior do hotel.

— Eu vou atrás dela — disse aos homens antes que eles perguntassem algo.

Por que ela estava demorando tanto? Acelerei o passo no corredor que levava até a suíte principal e encontrei Anna falando em alemão em seu telefone, andando de um lado para o outro do quarto em seu roupão, com uma expressão séria. Com o olhar voltado para baixo, parecia aguardar por respostas ou alguma informação. Ela ouvia mais do que falava.

— Anna — eu a interrompi. — Você precisa ir. — Ela assentiu sem olhar para cima e, depois de um momento, saiu do quarto. Eu permaneci ali. Entendi por que Anna provavelmente teve problemas para entrar em contato com o seu banco na noite anterior — já era tarde quando o gerente falou com ela no saguão. Agora, pela manhã, imaginei que ela entraria em contato com alguém para ajudá-la e logo teria a situação resolvida.

Contente em ter um momento só para mim, peguei o celular para verificar meu itinerário. Ao contrário do restante do grupo, eu havia comprado meu voo de volta antes de sair de Nova Iorque. Eu iria para a França diretamente de Marrakesh e passaria alguns dias viajando sozinha antes de me encontrar com uns colegas de trabalho em Arles para a abertura da exibição de Annie Leibovitz.[3] Meu voo para Nice — com uma conexão em Casablanca — era às 10h05 do dia seguinte, em menos de 24 horas, e então fiz o *check-in* on-line. Para evitar uma experiência como a de Kacy, liguei para a recepção para reservar um veículo para as 7h30 da manhã que me levaria ao aeroporto. Finalizando a ligação, olhei nossa programação do dia.

Tínhamos planejado visitar Villa Oasis, a casa de Pierre Bergé e Yves Saint Laurent,[4] que era ao lado do Jardim Majorelle,[5] o adorado jardim do casal que visitáramos na terça-feira. A vila em si era fechada para

---

[3] Fotógrafa americana que atingiu a fama por causa de seus retratos, cuja marca é a colaboração íntima entre a retratista e o retratado.

[4] Pierre Bergé foi um empresário francês famoso, cofundador da marca Yves Saint Laurent junto com o seu esposo, de mesmo nome.

[5] Jardim botânico inspirado nos jardins islâmicos situado no centro de Marrakesh, onde também funciona um museu da cultura berbere. Ocupa cerca de um hectare e abriga cerca de três mil espécies botânicas.

turistas e só podia ser visitada pelo público mediante pedidos especiais e com uma doação obrigatória de mil e seiscentos dólares para a Fundação Jardim Majorelle. Normalmente, isso não era algo que eu cogitaria fazer, mas já que Anna estava pagando, ela decidiu que nós iríamos. Havíamos nos programado para sair do hotel às onze horas, e como já faltavam quinze minutos para esse horário, eu corri para pegar tudo que iria levar comigo no passeio: minha câmera *Fujifilm X-Pro1*, a bolsinha de couro marrom que continha meu passaporte, cartão de crédito e recibos.

Imaginei que teria que pular o café da manhã, mas sem cafeína provavelmente eu ficaria com dor de cabeça. Mandei uma mensagem para Jesse: *Você pode pedir um café para viagem pra mim?*

Antes de ele responder, entrei na sala de estar pela sala de jantar e vi Anna, ela ainda estava vestindo seu roupão, sentada em um sofá dourado do outro lado do cômodo. Tinha os braços cruzados na altura dos pulsos, descansando em suas coxas. Os dois gerentes permaneciam de pé, no mesmo lugar havia quase uma hora. Ninguém abria a boca.

O celular de Anna estava sobre a mesa de café na frente dela. Era uma cena estranha, os gerentes ainda na sala e ela não estava falando ao telefone com ninguém. Desesperada, tentando entender o que estava acontecendo, eu busquei uma resposta na expressão dela, mas Anna não parecia nem preocupada, nem particularmente calma. Era como se o problema não fosse com ela. E essa era a parte assustadora. Era claro que os gerentes estavam esperando que ela fizesse alguma coisa. O que ela estava esperando?

— O que está acontecendo? — eu perguntei. — Você conseguiu resolver as coisas?

Ela apontou para o seu celular de forma indolente. — Eu deixei mensagens — ela disse. — Eles devem estar me ligando a qualquer minuto.

— Quanto tempo você acha que vai demorar?

— Eu não sei. Me prometeram que já iriam resolver tudo.

— Não tem mais ninguém pra quem você possa ligar? Os seus bancos estão abertos a uma hora dessas, não?

— Eu já liguei para eles. Vão cuidar disso.

O descaso de Anna com a situação era preocupante e isso me deixou irritada. A tensão no quarto era absurda — ela achava que isso podia esperar? Por um momento me passou pela cabeça que ela pudesse estar enrolando de propósito, só para mostrar que podia. Eu já a havia visto fazer isso com gerentes antes. Por exemplo, no 11 Howard Hotel, onde Anna se hospedou, ela tinha ficado possessa quando o hotel insistiu em receber por suas reservas com antecedência. Mas agora ela não parecia nem um pouco irritada.

E se ela já tivesse gastado toda sua mesada de maio? Eu não tinha certeza, mas acreditava que ela recebia uma quantia de seu fundo fiduciário por mês. Na semana que antecedeu a nossa viagem para o Marrocos, no começo do mês, Anna havia alugado um jatinho privado para ir de Nova Iorque até Omaha[6] e depois voltar para participar da Reunião Anual dos Acionistas da Berkshire Hathaway.[7] Eu já tinha alugado voos particulares para sessões de fotos, não muitos, mas o suficiente para saber quanto custavam. Sem uma devida programação, era bem provável que os voos explicassem os problemas financeiros de Anna em nossa viagem.

Lá em Nova Iorque, esses contratempos não pareciam problemas, uma vez que Anna podia arriscar co-

---

6 Cidade no estado de Nebraska.

7 Companhia que supervisiona e gere um conjunto de empresas subsidiárias, entre elas Duracell, Dairy Queen e Helzberg Diamonds. Além de participações significativas na American Express, Coca-Cola, Bank of America, entre outras.

meter erros, principalmente com o seu dinheiro. Eu me lembro de uma noite no final de março, quando fomos para um coquetel em Manhattan no The Ship,[8] onde o tema da festa era náutico. O lugar ficava a menos de um quarteirão do hotel de Anna. Era nossa primeira vez no The Ship e nós havíamos ido com alguns funcionários do hotel após o turno deles.

— Eu quero pagar uma bebida a todos! — Anna anunciou. Os funcionários do hotel aceitaram, é claro, comemorando e dizendo: — Drinques por conta da Anna! — Ela se divertia com a felicidade dos outros e era nítido: as suas bochechas ficaram rosadas, seus olhos pareciam dançar e os cantos da boca terminavam em covinhas. O barman pegou nosso pedido, passou as bebidas para o grupo e depois pediu um cartão para pagar a comanda de cento e trinta dólares. Mas Anna só havia trazido as suas chaves e nada mais.

— Você pode pagar e depois eu te pago? — ela me perguntou discretamente. Eu concordei, e, por ela ser sempre tão generosa, não fiz questão de cobrá-la.

Os gerentes do La Mamounia iam claramente perdendo a paciência enquanto escutavam a nossa conversa. Afinal, eles não só estavam no nosso *riad* a manhã toda, a mesma coisa ocorrera na noite anterior. Eles haviam abordado Anna quando passamos pelo saguão após o jantar e a seguido até o *riad*, enquanto esperavam que ela fizesse as suas ligações. Acreditando que era melhor dar privacidade a ela, eu acabei indo dormir. E então, assim como quando fui para o quarto na vés-

---

8   Bar de coquetéis em Nova Iorque.

pera, os gerentes ainda estavam exatamente no mesmo lugar, claramente bloqueando a nossa passagem para a porta principal.

— Então você vai ficar aqui sentada esperando? — eu perguntei a ela.

— Não tem nada que eu possa fazer. Eu falei para eles, mas não querem sair, então...

Eu olhei para os gerentes. *Ah, vá, Anna,* eu pensei. Os dois homens estavam plantados na nossa sala, um com as mãos cruzadas atrás das costas e o outro, na frente. Eles claramente não iam a nenhum lugar.

O gerente mais alto virou para mim, de saco cheio. Eu vi que a bomba ia cair no meu colo e mesmo assim não consegui fugir dela.

— *Você* tem cartão de crédito? — ele me perguntou.

Eu olhei para Anna e tive que engolir a minha ânsia. *Pula,* sua expressão parecia dizer, *eu te pego.* Em instantes, sua pose foi de obstinada para conciliatória e sua expressão mudou, tornando-se doce, principalmente na região dos olhos.

— A gente pode usá-lo por enquanto? — ela perguntou gentilmente.

A adrenalina estava pulsando pelo meu corpo. Hesitante, eu olhei para os gerentes, esperando por uma explicação. — É apenas para segurar o valor temporariamente — o mais alto disse. — A conta final vai ser cobrada depois.

— E eu já terei alguma notícia deles — Anna adicionou, pegando o seu celular.

Vendo que não havia alternativa, sendo levada pela pressão, eu abri minha bolsa e peguei meu cartão de crédito. — O bloqueio vai ser apenas temporário — o gerente me assegurou.

Esse episódio não levou mais de quinze minutos, mas pareceu ter durado anos. Quando os gerentes saíram — levando meu cartão de crédito —, eu me virei para Anna incrédula.

— Você contou para os seus pais que ia pro Marrocos? — eu perguntei.

Ela negou com a cabeça.

— Mas você vai resolver isso, não vai? — era mais uma afirmação do que uma pergunta. Eu não precisava falar para Anna, ela já sabia. Ela tinha me colocado em uma situação extremamente desconfortável.

— Sim, eu estou resolvendo isso. Obrigada por me ajudar — ela disse com um sorriso.

Nem com as minhas tentativas de racionalizar a situação eu consegui me sentir bem com o ocorrido, mas depois que o impasse foi resolvido e a tensão havia se dissipado, eu me convenci que tudo ficaria bem. Os gerentes garantiram que o uso do meu cartão seria temporário e que Anna iria pagar a conta final no momento do *checkout*. Eu estava aliviada de estar indo embora do Marrocos antes dela.

Pouco tempo depois, enquanto Anna se trocava, o gerente mais alto retornou no momento em que eu estava saindo para me encontrar com Jesse. Como havia sido ele que levara o meu cartão, imaginei que estava ali para devolvê-lo. Ele me passou uma prancheta ou uma bandeja — não me recordo agora — e eu peguei o pedaço de papel que parecia ser um recibo, o qual ele me pediu para assinar. Senti meu estômago embrulhar de imediato. O recibo mostrava uma série de números — data, hora, um código incompreensível — e mais abaixo, escrito em uma fonte maior: 30.000,00 MAD.[9]

---

9   Moeda marroquina chamada de dirham marroquino.

Eu travei. *Recibos vêm depois de cobranças, não antes*, eu pensei. *O que é isso?*

— Eu pensei que meu cartão não seria cobrado — eu disse.

Ele apontou para uma palavra que tinha sido impressa em caixa-alta: PRÉ-AUTORIZAÇÃO. Estava em francês, um idioma que eu tinha estudado, mas naquele contexto o significado da palavra havia me escapado.

— Sua assinatura — o gerente disse.

Deus, eu queria ter dito não, queria ter saído andando, recusado imediatamente.

Eu assinei rapidamente. Não foi nem meu nome inteiro, praticamente um *Rah*. Mas era o suficiente.

Já passara da hora que tínhamos nos programado para visitar Villa Oasis, mas Anna havia acabado de começar a se arrumar. Eu a deixei no *riad* e fui em direção ao prédio principal do hotel ao longo do amplo *allée*[10] central que cortava os jardins extensos de La Mamounia. Minha cabeça girava. Jesse havia pedido meu café? Olhei no meu celular em busca de suas mensagens.

A primeira: *Vou pedir.*

A segunda: *Por que você não pede ao copeiro?*

Eu suspirei. *Não estou na vila,* respondi. *Não se preocupe.*

---

10 Do francês, uma espécie de caminho largo, contornado por árvores e que serve de local para caminhada ou de acesso a jardins.

No caminho para me encontrar com ele, eu decidi parar na recepção para avisar o *concierge* que estávamos atrasados. E me peguei pensando que, considerando o quão hesitantes estavam em mandar um carro para Kacy, havia chances de eles não terem nem reservado o carro para o passeio.

Na recepção, o *concierge* mudava o peso do seu corpo para a planta dos pés e de volta para os calcanhares enquanto me ouvia. Ele assentiu e pegou o telefone. Depois de uma ligação curta, me informou:

— Seu carro estará aqui em breve.

Como sugeria o nome do restaurante, Le Pavillon de la Piscine[11] era colado à piscina do hotel, que tinha o tamanho de um lago. Le Pavillon oferecia um bufê de café da manhã impressionante, com diversas frutas, iogurtes, bolos, carnes, queijos e ovos cozidos. As mesas eram do lado de fora, onde encontrei Jesse.

Nós nos sentamos à sombra, nos escondendo do sol forte sob um guarda-sol branco. Eu estava preocupada e com o instinto de luta-fuga ainda ligado: meu estômago doía, parecia que algo o ficava puxando para baixo, enquanto meu peito respondia com leves pontadas de aviso. Eu enterrei minha apreensão e forcei uma fachada alegre.

Quando meu café tinha esfriado o suficiente para começar a tomar, Anna surgiu, parecendo flutuar pelo pátio ladrilhado. Ela estava usando um vestido meu. O vestido curto de algodão, branco com listras azuis que eu tinha comprado recentemente em uma venda de amostras e ainda não tinha usado. A etiqueta ainda estava nele quando o vi pendurado no meu armário mais cedo. Anna não havia se dado ao trabalho de me pedir emprestado.

Eu senti uma pontada de raiva. Se minha irmã tivesse feito algo do tipo quando éramos crianças, teria resultado em um escândalo. Tive que me lembrar de

---

[11] O Pavilhão da Piscina.

que eu era uma adulta agora, que Anna não era minha irmã e que era apenas um vestido. Além do mais, eu estava indo embora no dia seguinte.

— Ele combina com você — eu disse, enquanto me perguntava se o corpo dela ia alterar o formato do vestido permanentemente.

Anna sorriu e fez uma pose. — Sim, eu pensei que ficaria bonito nas fotos — ela explicou.

Após uma manhã cheia de tensão, eu estava aliviada por estar deixando o hotel para a nossa excursão à Yves Saint Laurent Villa. Iria ser bom sair de lá. Nós havíamos passado a maior parte da semana aproveitando o resort e parecia um despropósito ter viajado tão longe, até o Marrocos, para conhecer tão pouco.

O motorista nos apanhou e chegamos à entrada do Jardim Majorelle em quinze minutos. Nosso guia, um homem bonito com cabelo grisalho, veio nos cumprimentar. Ele usava óculos de aro grosso e uma camisa jeans. Sua barriga parecia descansar em cima do cinto cor de caramelo e da bermuda verde. Nós o seguimos pela entrada do jardim, passando pelos turistas, até chegarmos a um segundo portão, mais discreto, onde um caminho ladeado por altas palmeiras e flores levava à área privativa da Villa Oasis.

Os jardins a nossa volta eram repletos de plantas tropicais e cactos, seus formatos parecendo sair das páginas de um livro do Dr. Seuss.[12] As paredes da casa

---

12 Escritor e cartunista norte-americano, publicou mais de sessenta livros infantis, dentre eles *Horton choca o ovo*, *O Lórax*, *Como o Grinch roubou o Natal* e *O gatola da cartola*.

eram em tons de pêssego com detalhes de turquesa e ultramar, e em sua volta, uma folhagem verde espetada. Nós paramos várias vezes pelo caminho para tirar fotos.

Anna sempre queria aparecer nas fotos. Ela sabia como posar. Eu, pelo contrário, era envergonhada. Havia uma única foto nossa que tínhamos tirado em frente a um chafariz em formato de estrela de oito pontas, feita de azulejos coloridos. Anna, com as pernas cruzadas de maneira que enfatizava sua feminilidade. Uma mão na cintura, mostrando seu corpo esbelto. Óculos de sol grandes cobrindo-lhe o rosto, exceto o sorriso, que era fino, controlado. Em compensação, eu estava um pouco escondida atrás dela, com um vestido que pouco marcava meu corpo, olhando em direção à câmera com as bochechas redondas e os olhos apertados por causa do sol forte direto em meu rosto.

Antes de entrarmos, nosso guia anunciou que era proibido filmar e fotografar dentro da casa. Ficamos decepcionados, principalmente Jesse. Anna não pareceu muito chateada, mesmo tendo dito que queria usar a viagem para o Marrocos para fazer um filme — uma desculpa para justificar os gastos da viagem. Em Nova Iorque, Anna estava trabalhando na Fundação Anna Delvey, um centro de artes visuais que ela vinha desenvolvendo e que abrangeria espaços para galerias de artes, restaurantes, saguões VIP, entre outras coisas. Ela estava pensando em fazer um documentário sobre a criação e queria ver como seria ter sempre alguém em volta com uma câmera. Na minha opinião, parecia que Anna se importava mais com a ideia do Jesse em volta dela do que da gravação em si. A presença dele significava que ela era interessante o suficiente para ser filmada. Jesse, ao vir para o Marrocos, havia aceitado uma proposta de trabalho e levava isso a sério. Ele insistia que para ter um filme seria preciso mais do que uma montagem dela andando pelo La Mamounia. Já que havíamos sido proibidos de filmar, Jesse decidiu gravar as nossas conversas durante o passeio, tentando obter a maior variedade de materiais possível. Ele ligou o microfone assim que entramos pelas portas de cedro estampadas.

O contraste entre o exterior colorido e claro e o hall de entrada pouco iluminado era gritante. Uma explosão de texturas e cores a nossa volta, os mais complexos ornamentos que eu já havia visto: trabalhos de mosaico, esculturas de gesso e quadros elaborados. Nós paramos por um momento para permitir que nossos olhos se ajustassem ao espaço, absorvendo as coisas a nossa volta, assim como fazemos em museus. Cada um se movendo em seu próprio ritmo e direção, tudo sob os olhares atentos do nosso guia. Eu estava impressionada pela vastidão da entrada, o teto alto e o piso de granito, os quais, em combinação com o chafariz de azulejo no meio do cômodo, faziam que o lugar parecesse mais um espaço de adoração do que uma casa.

Os outros cômodos eram mais aconchegantes; menores, mas grandiosos mesmo assim, com travesseiros enormes de tecidos feitos à mão, mobília convidativa e diversos cantinhos. Não havia um único objeto que parecesse ter vindo de uma loja — pelo menos de nenhuma a que eu já tivesse ido. Tudo parecia feito sob medida, pintado à mão e escolhido a dedo. Essa casa era claramente o resultado de um trabalho de anos, minucioso, cheio de amor.

Eu estava tomada pelo mistério e esplendor da casa, sentia uma certa reverência por ela, mas algo na presença de Anna me fez querer segurar a emoção e não mostrar meu interesse tão profundamente. Permitir que ela visse que eu me importava muito com algo fazia eu me sentir vulnerável. Eu andava pela casa, fazendo anotações com os olhos, como se estivesse decorando o lugar para um dia voltar, um dia que eu pudesse apreciar por completo, no meu ritmo e com uma companhia diferente.

Nós tiramos fotos do terraço e dos pátios, em todos os lugares que nos era permitido à medida que íamos avançando pelo passeio. Terminamos o tour em uma sala de estar em tom azul, parando um momento para admirar a mesa quadrada com um tabuleiro de xadrez no centro. Anna tinha um interesse especial em xadrez. Certa vez ela me contou que o seu irmão mais novo jogava em nível competitivo, em torneios e tudo mais. Qualquer assunto que envolvesse o irmão de Anna parecia revelar um traço gentil nela, uma abertura para uma Anna mais doce, mais humana. Era uma afeição familiar que eu podia compartilhar. Em troca disso, toda vez que estava com ela e via algo relacionado a xadrez, eu lhe mostrava. Ela parecia gostar tanto de xadrez quanto o seu irmão.

Depois do passeio, nós quatro nos sentamos em banquinhos ao redor de uma mesa prateada no pavilhão. Bebemos suco de laranja e comemos *cookies* em forma de lua crescente chamados de *kaab el ghazal*, ou "chifres de gazela", de um prato azul de porcelana.

Seguimos nosso guia em direção à saída, o mesmo trajeto que fizemos para entrar, e então ele nos conduziu por um caminho em torno de um prédio azul, o Museu Berber, um lugar que não tínhamos visto ainda. Persianas de madeira com rebites de metal adornavam a livraria do museu, num tom pálido contrastando com o azul-cobalto do exterior do prédio. O guia nos levou até o caixa da loja e parou. Era esse o fim do passeio? Uma saída pela loja de conveniência?

— Como você gostaria de pagar a doação? — ele perguntou.

Nós nos voltamos para Anna. — Ah. Achei que o hotel tinha resolvido isso — ela respondeu. — Eu tinha entendido que a conta ia ser cobrada pela nossa reserva no Mamounia.

Mas estava claro que o pagamento deveria ser feito ali, pessoalmente, na livraria. Anna e Jesse se viraram para mim, o que fez com que o guia e o caixa fizessem o mesmo. Eu senti minhas bochechas corando. Abri a bolsa e procurei entre os recibos pelo meu cartão. Não estava lá. Eu senti uma pontada de pânico quando procurei novamente. O gerente do hotel tinha me devolvido quando eu assinei o documento, certo? Eu fiz todo o caminho de volta na minha cabeça. Deixei o cartão cair no *riad*? Talvez no balcão da recepção do hotel? Ele estava na minha mão quando fui tomar café e sem querer esqueci por lá?

Olhando na minha bolsa pela terceira vez, tive que aceitar que eu definitivamente não estava com o meu cartão de crédito, apenas com o de débito, cuidadosamente guardado ao lado do meu passaporte. Eu me senti presa. Entreguei meu cartão de débito com o coração pesado, sabendo que na minha conta tinha apenas 410,03 dólares e que iria ficar no negativo.

O caixa passou meu cartão uma, duas, três vezes — mas a transação continuava sendo negada. Eu não havia usado meu cartão de débito no Marrocos, nem informado meu banco que estaria viajando, por isso as cobranças irregulares estavam sendo negadas.

Nenhum de nós tinha como pagar. Eu estava mortificada. E agora?

O guia insistiu que retornássemos ao hotel para pegar um cartão e realizar o pagamento. Para garantir que não iríamos simplesmente desaparecer, ele voltaria conosco.

Desde que conheci Anna, mais ou menos um ano atrás, eu vinha percebendo a sua determinação para que as pessoas a levassem a sério. Ao seguir o guia para fora da livraria, senti que, na visão deles, acabávamos de mudar de visitantes para criminosos em potencial. Entendi então o quanto doía ter a própria credibilidade questionada. Eu me senti incompreendida, como se tivéssemos comido em um restaurante e esquecido de levar a carteira — uma situação comum, honesta —, e os funcionários acreditassem que não tínhamos intenção alguma de pagar.

Saímos dos jardins pela entrada principal, onde nosso motorista estava nos esperando. Nós quatro entramos no carro. O guia estava quieto e cada vez mais retraído. Durante o passeio, acabei descobrindo que ele era, na verdade, o diretor da Fundação Jardim Majorelle e amigo de longa data de Bergé e Saint Laurent. Parecia absurdo ter a presença dele no nosso banco de trás, e toda vez que nós quatro pulávamos com os movimentos do carro, eu me sentia humilhada e injustiçada. Eu lhe pedi desculpas várias vezes por estar tomando o seu tempo. Com certeza ele deveria ser ocupado e ter coisas mais importantes para fazer do que nos acompanhar até o hotel, principalmente porque a fundação estava se organizando para abrir o Museu Yves Saint Laurent em breve.

Nossa van estacionou na calçada mais próxima à nossa acomodação, ao lado do muro do La Mamounia. Meus amigos ficaram no carro enquanto corri para dentro. Naquele momento, tendo que lidar com um problema atrás do outro, minha crescente irritação e frustração com Anna estavam sendo ofuscadas pelo meu desespero em conseguir manter as rédeas da situação. Eu estava muito ocupada tapando buracos para perder tempo me estressando com o motivo de eles continuarem aparecendo.

Nosso mordomo, Adid, me viu chegando e abriu o portão. Eu procurei por todo o nosso quarto, mas meu cartão de crédito não estava em lugar nenhum. Procurei de novo, e de novo, na sala de estar, e na minha mesa de cabeceira, na escrivaninha, examinando bem o chão no caso de eu tê-lo derrubado. Será que eu o tinha colocado na minha mala? Abri o compartimento onde tinha guardado os meus outros cartões em caso de emergências. Nada. Desesperada, peguei o meu American Express corporativo, que me fora dado pelo Condé Nast[13] para cobrir gastos de trabalho, e o coloquei na bolsa. Corri pelo caminho de cascalho que dava para o prédio principal do hotel. Meu coração estava acelerado e o ar-condicionado do salão me gelou a pele.

---

13   Um dos maiores grupos internacionais de edições de revistas, incluindo *Vogue*, *The New Yorker*, *GQ*, *Vanity Fair*, entre outras.

Eu chamei o gerente que estava na recepção.

— Você ainda está com o meu cartão de crédito? — perguntei.

Ele assentiu com a cabeça. Estava com ele! Estava lá. Eu senti um alívio passar pelo meu corpo e pensei em todo mundo esperando na van. — Preciso dele de volta — eu falei.

Mas, para minha surpresa, ele negou. Ainda precisávamos resolver a questão da conta do hotel, ele me disse. Meu cartão estava sendo usado como refém porque Anna, que era a responsável pelo pagamento, ainda não o tinha feito.

Eu implorei, explicando que precisava do cartão para pagar o passeio aos jardins, que era o único método de pagamento que funcionava, que o moço da fundação estava no carro esperando. Meu desespero encontrou apatia.

Pensando rapidamente, eu abri a minha bolsa e tirei o American Express corporativo de dentro.

— Aqui — eu disse para apaziguar. — Me devolva o meu cartão pessoal e, enquanto isso, você fica com esse.

Ele estendeu o braço para pegá-lo, mas antes que o fizesse, eu disse firmemente: — Você pode segurá-lo, mas não pode fazer nenhuma cobrança. — Ele assentiu.

— Onde está a srta. Delvey? — ele perguntou.

— Ela está esperando na van.

— Nós precisamos falar com ela.

Seu tom era arrepiante. Eu sabia que a situação estava ficando séria. Andei rapidamente até a calçada.

Passei por Jesse no caminho. Ele parecia irritado. — Eu vou estar no quarto — ele disse. — Isso é ridículo.

Anna e o guia estavam ainda dentro da van. A porta de trás estava aberta.

— Anna, eles estão te procurando na recepção — eu disse.

O som do seu escárnio me fez sentir como se eu fosse mãe de uma adolescente rebelde. Sem abrir a boca, ela saiu do carro e foi em direção ao hotel, me deixando sozinha com o diretor.

O Marrocos não era igual a outros lugares, onde você podia pagar remotamente. Nós tínhamos que voltar à livraria. Sentados frente a frente na parte traseira da van, o diretor e eu tivemos que lidar com o desconforto de passar o caminho nos encarando. Eu tentei puxar assunto, mas notei que ele não estava interessado.

— Eu peço desculpas novamente por tomar seu tempo dessa forma — eu disse. Quando ele não me respondeu, eu não consegui mais olhar em seus olhos.

Finalmente de volta ao caixa, o diretor ficou parado ao meu lado enquanto o funcionário da loja passava o meu Amex.[14]

Foi recusado.

Ele tentou novamente.

Recusado.

Eu não tinha nada além dele. O funcionário atrás do caixa tentou ligar para o número atrás do cartão. A

---

14   Apelido da marca American Express.

chamada não foi completada. Eles iriam me deixar ir embora? Será que poderíamos pagar depois?

Com a mão, ele gesticulou para que eu o seguisse, liderado pelo atendente e pelo diretor, e fui conduzida para fora da linda livraria, com suas prateleiras de madeira esculpida e seu teto que lembrava o de uma catedral, um espaço onde nada de errado poderia acontecer. Eles me levaram para um corredor estreito, cheio de objetos de escritório e uma bancada que se estendia por um dos lados.

Eu estava sozinha entre os dois homens. Minhas mãos suavam e começaram a tremer. Tive que lutar para manter a compostura.

— Como você sugere que resolvamos esta situação? — um deles me perguntou.

Eu encarei a parede à minha frente. Estava coberta de papéis informativos e anúncios para funcionários, regras e diagramas escritos em francês. Os detalhes estão embaçados agora, mas me recordo de pensar o quão distante eu estava da minha vida cotidiana. Eu estava no fim do mundo.

— Preciso fazer uma ligação internacional — eu disse.

O atendente da loja pegou o telefone e mais uma vez digitou o número que estava atrás do cartão. Quando não funcionou, ele me disse que o número estava errado. Eu pedi para tentar e, depois de várias tentativas testando com o código do país, dessa vez ouvi o som da ligação sendo completada, e então um toque e, finalmente, uma voz robótica do outro lado da chamada.

— American Express. Por gentileza, diga em poucas palavras como posso ajudar.

—Atendente — eu interrompi. O robô continuou: — Atendente. — Interrompi novamente. Repeti a palavra até que o robô deu lugar a uma pessoa. A voz era grossa e sulista. Seu sotaque me fez lembrar de casa.

Ladeada ainda pelos dois homens, eu expliquei a situação, fazendo de tudo para soar calma enquanto tentava passar minha angústia. Por que meu cartão não tinha funcionado? Ele me esclareceu que "Empréstimo Responsável" tinha apontado a cobrança de 30.865,79 dólares no meu cartão como atividade suspeita.

Eu senti meus órgãos se desligando, pegando fogo e virando algodão, tudo de uma vez dentro do meu corpo.

Não, não. Eu o assegurei, era apenas um bloqueio — não ia ficar na minha conta.

O desespero em minha voz provavelmente o tocou. Em vez de entrar em detalhes, ele me perguntou de quanto eu precisaria para sair tranquilamente do Marrocos. Se fosse possível, eu o teria abraçado pelo telefone. Ele aumentou o meu limite de crédito e eu desliguei o telefone.

Tentei segurar as lágrimas no caminho de volta à livraria, engolindo em seco para conter as minhas emoções. Eu estava furiosa por estar lá sozinha, por ter sido colocada naquela situação, por ter que limpar as bagunças de Anna.

Ao entrar novamente na livraria, eu fiquei surpresa por encontrar Anna e Jesse andando em direção ao caixa. Deviam ter vindo com outro carro do hotel. Eles pareciam aliviados por ter me encontrado, mas nenhum deles demonstrava estar muito preocupado ou penitente. De qualquer forma, era tarde demais. O estrago já tinha sido feito: o museu havia passado meu cartão de novo e dessa vez a transação havia sido aceita.

Nós três voltamos na van em silêncio. Não sei como eu não explodi no caminho.

Tudo isso aconteceu antes mesmo do almoço. Eu não me lembro da conversa que veio depois, ou como ficou decidido que iríamos para a medina,[15] ou quem sugeriu o restaurante e como encontrá-lo. Nosso motorista parou na entrada do que parecia um labirinto e concordou em nos esperar.

Era a primeira vez que nos aventurávamos no *souk*[16] sem um guia. Eu estava irritada e impaciente. Nós cortamos nosso caminho por meio de vielas estreitas, nos esquivando de motocicletas e vendedores insistentes e um tanto agressivos, à procura do Place des Épices.[17]

Quando finalmente chegamos ao Nomad, um terraço-restaurante com vista para Rahba Lakdima, a praça das especiarias, já era fim de tarde. O movimento do almoço já tinha passado e o lugar estava praticamente deserto. Nós nos sentamos sozinhos ao ar livre, mais quietos que o normal. Eu estava muito abalada para falar sobre o que tinha acontecido. Ainda segurando a vontade de chorar, pedi vegetais e cuscuz mesmo estando sem fome. Tudo o que eu queria era voltar para o hotel e somar todas as cobranças no meu cartão de crédito.

No caminho de volta para a van, nós nos perdemos. Andamos em círculos, passando pelas mesmas lojas várias vezes. Anna e Jesse se revezavam para escolher qual direção escolher. Eu seguia atrás deles, mal era capaz de segurar as pontas, pronta para me jogar no chão em desolação e autopiedade.

Momentos antes de o pânico tomar conta, veio a luz. Anna resolveu ligar para nosso motorista. Ele nos encontrou na esquina de uma rua movimentada e nós o seguimos para o hotel pela última vez.

---

15   Partes antigas das cidades árabes fortificadas. Dentro das medinas há vários bairros, mercados e zonas de oficinas e comércio.
16   Mercado, em árabe.
17   Uma cafeteria em frente à praça de especiarias da medina de Marrakesh.

Nos portões do La Mamounia, a segurança fez, como de costume, a checagem do carro em caso de algum problema. Mas naquele dia eles pareciam se mover em câmera lenta. No momento em que descemos do carro, eu fui até a recepção, onde peguei meu cartão corporativo e perguntei por que eles tinham cobrado o meu cartão se era apenas um bloqueio temporário. O hotel tinha me garantido que meu cartão não seria cobrado, não tinha? Qual a definição desse "bloqueio" afinal? Era um eufemismo para cobrança temporária?

O *concierge* explicou que um crédito desse mesmo valor iria aparecer na minha conta, que se tratava apenas de uma *pré-autorização*, uma formalidade, mas que era temporária. Eu não conseguia entender a sua lógica ou por que ele estava falando de forma tão vaga. Após alguns minutos de conversa que não levava a nada, eu estava física e psicologicamente esgotada e retornei para o nosso quarto com os meus dois cartões de crédito.

Anna tinha pedido uma garrafa de vinho rosé e estava andando em volta da nossa piscina particular, modelando em um dos seus vestidos sob medida. Era de fios brancos, praticamente transparente, deixando à mostra seu biquíni preto. Um copo de vinho em uma mão, um cigarro na outra. Eu passei por ela sem parar e fui direto para o meu quarto.

Sentei-me de pernas cruzadas na cama e foquei no meu laptop. Eu fiz uma planilha no Excel computando todos os gastos relacionados à nossa viagem, começando com as quatro passagens só de ida. Na manhã em que tínhamos nos programado para sair de Nova Iorque, Anna havia ficado presa em reuniões e nossos voos ainda não tinham sidos comprados. Ela pediu minha ajuda e me garantiu que faria a transferência para minha conta dentro de uma semana. Então eu acabei comprando as passagens. *Apenas de ida, em vez de ida e volta, para deixar a viagem mais flexível*, segundo ela. Depois das passagens, houve as cobranças dos restaurantes, as roupas do *souk* e a nossa visita ao Villa

Oasis. Eu não acrescentei a conta do hotel, uma vez que o bloqueio era temporário.

Eu tirei um *print* dos valores e mandei por e-mail para Anna, como ela tinha me pedido, incluindo as minhas informações bancárias, para que ela pudesse me reembolsar:

Olá, Anna

O valor total é U$ 9.424,52

Me avise se você precisar de mais alguma coisa.

Eu hesitei antes de assinar:

Obrigada por tudo.

Eu respirei fundo. Enviar esse e-mail me trouxe um pouco de alívio: o problema já não era mais meu. Anna agora tinha a informação necessária para realizar o reembolso, e eu estava quase livre de toda essa experiência. Senti uma explosão de energia, daquelas que vêm logo depois de uma grande liberação de adrenalina. Eu me juntei a Anna e Jesse na piscina. Avisei a Anna que tinha lhe encaminhado um e-mail com a relação total do que ela me devia. Ela sorriu sem piscar.

— Eu vou te transferir dez mil dólares na segunda — ela me prometeu. — Para garantir que todos os gastos foram cobertos.

Meu humor melhorou significativamente. Quando Anna me passou uma taça de rosé, eu a peguei com gratidão. Nós terminamos a garrafa, eu troquei o que vestia por um vestido — parecido com o que Anna estava usando, mas em preto — e fomos para o Le Marocain, o restaurante do hotel, para nosso último jantar em Marrakesh.

O restaurante em estilo *riad* estava localizado nos jardins próximos ao prédio principal do hotel. Nós nos sentamos no terraço, ao lado de um lago com lírios, cercados por lanternas com velas, na mesma mesa que havíamos comido na nossa primeira noite no Marrocos. Pareceu-nos um final apropriado. Enquanto esperávamos pela comida, Anna ficava de olho no celular. Ela estava contente, praticamente sorrindo à toa, parecia brilhar de tão satisfeita que aparentava estar. Música andaluza tocava à nossa volta, o trio de músicos andando de mesa em mesa, tornando intoxicante cada uma das músicas. A viagem havia sido tumultuosa, para dizer o mínimo, mas, ao sentarmos nós três ali na nossa última noite, a sensação era de contentamento e calma. Conversamos sobre os planos de Anna e Jesse de irem no dia seguinte para Kabash Tamadot,[18] o hotel do sr. Richard Branson[19] que ficava nas Montanhas do Alto Atlas onde tínhamos almoçado no dia anterior.

Após o jantar, comecei a arrumar os meus pertences, enquanto Jesse foi para o seu quarto e Anna terminava de fumar no pátio. Fazer as malas era tranquilizador: encontrar tudo, dobrar tudo, empilhar tudo. O processo me devolveu um pouco do sentimento de controle.

— Você deveria ficar com todos estes — Anna comentou, de volta ao quarto e carregando várias roupas nos braços. — Eu não acho que irei usá-las novamente. — Ela me entregou as peças que tinha comprado na medina de Marrakesh, incluindo o macacão vermelho e os vestidos pretos transparentes. Quase todas as peças haviam sido feitas sob medida. Eu as enfiei na minha

---

[18] No idioma berbere, significa brisa suave. É um hotel luxuoso com vista para as Montanhas Atlas do Marrocos.
[19] Empresário britânico, fundador do grupo Virgin e autor de diversos livros. Seus investimentos vão da música à aviação, vestuário, biocombustíveis e até viagens aeroespaciais.

mala. Não gostava ou queria ficar com eles, mas tinha algo nos olhos de Anna que me impediu de recusar. Eu lhe agradeci pelo presente. Ela abriu um sorriso enorme.

Eu ia partir bem cedo na manhã seguinte, mas na minha cabeça eu já tinha ido. Bagagem: arrumada. Alarme: ligado. Carro: reservado. Conferi minha lista mais uma vez mentalmente, passando pelos itens como um religioso passa pelas contas de um terço. Quanto mais organizada me sentisse, melhor eu iria dormir. A presença de Anna ameaçava a minha eficiência. Finalmente, coloquei meu pijama, lavei o rosto e escovei os dentes. Anna estava de costas para mim quando puxei as cobertas no meu lado da cama. Gentilmente, eu peguei um dos travesseiros compridos e coloquei entre nós, fazendo uma barreira no meio. Minha intenção era partir antes que ela acordasse.

Capítulo 2

Nova Iorque, Nova Iorque

Marrakesh ficava muito longe de Knoxville, no Tennessee, onde eu fui criada, a mais velha de três crianças. Meus pais não eram do estado, mas eles fizeram mestrado em Knoxville e voltaram para criar uma família, atraídos pela qualidade de vida da cidade e da proximidade com a cidade dos meus avós maternos, que moravam do outro lado da montanha, em Spartanburg, na Carolina do Sul.

Meus irmãos e eu aprendemos a importância de se ter boas maneiras desde cedo — que era algo essencial para demonstrar consideração e respeito pelos outros. Não importava se era um parente ou a moça que fazia milk-shakes: através da educação nós reconhecemos a dignidade do próximo.

Nossos pais queriam que trabalhássemos duro e seguíssemos nossas paixões, e eles nos deram o necessário para alcançá-las. Apoiaram nossos sonhos de forma enérgica, mas também nos deram espaço para que encontrássemos nosso próprio caminho. Eles não pareciam tão preocupados com os nossos erros, porque queriam que conseguíssemos encarar desafios difíceis com entusiasmo em vez de ter medo do fracasso. Agora eu vejo que fui bastante privilegiada. Me foram dadas a força e a confiança para que eu pudesse seguir os meus sonhos e acreditar que tinha pelo menos um pouquinho de bondade em cada pessoa.

Nova Iorque entrou nos meus sonhos pelas histórias que meu pai contava. Ele era do Brooklin e isso o definia. Eu imaginava a cidade como as fotos cinzentas e em preto e branco que ele havia tirado quando morava lá, imagens de mendigos e vagabundos, amigos e estranhos. De alguma forma, sua vida no Brooklin o fazia um estrangeiro aos meus olhos — isso e o judaísmo, que na nossa casa só significava que ganhávamos presentes no Hanukkah e no Natal. Mas para a sociedade à nossa volta, era uma distinção difícil de ignorar. Quando eu falava alguma palavra com o sotaque tenessiano muito forte, ele brincava e me entregava uma moeda. Falar ci-*né*-ma era praticamente ter uma moeda garantida. Meu pai era irreverente, barulhento e adorava uma boa risada, e eu identificava sua personalidade como um sintoma da sua vida no Brooklin.

Minha avó Marilyn morava em Nova Iorque e nós a visitávamos pelo menos uma vez ao ano. Íamos durante o Hanukkah, quando o frio do norte era implacável e entorpecedor. Eu me vestia de forma apropriada para o clima, com uma jaqueta enorme excessivamente colorida, protetores de ouvido e luvas. Queria que as pessoas da rua entendessem que eu pertencia àquele lugar. Eu olhava para todos os estranhos, sorrindo para eles quando passavam, como os sulistas faziam. Demorei muito para aprender que as coisas eram bem diferentes em Nova Iorque.

No verão, após meu primeiro ano na Faculdade Kenyon, consegui um estágio em Nova Iorque na Federação Americana de Maternidade Planejada. Eu me mudei para o quarto de visitas do apartamento da vó Marilyn, tirei minhas "roupas de trabalho" da mala, coloquei no armário que ela tinha separado para mim e comecei minha vida profissional na cidade.

Meu estágio foi uma escolha ousada para o meu primeiro verão longe de Knoxville. No meu colégio, durante o ensino médio, havia cursos vocacionais e um deles era em maternidade adolescente. Tinha até uma creche onde pais adolescentes podiam deixar seus filhos enquanto iam para as aulas. Pais jovens não eram uma anomalia — a nossa matéria em educação sexual baseava-se na abstinência e era claro que não dava certo.

— Levante a mão se você é virgem — disse a educadora em umas das aulas. Ela veio de uma organização cristã e foi chamada pela escola para nos ensinar essa parte no currículo. — Ok. Agora levante a mão se você é virgem pela segunda vez. — Isso significava que você já havia perdido sua virgindade, mas, após ter refletido sobre seus erros, tinha se arrependido e se declarado virgem de novo, preferivelmente até o casamento dessa vez. Olhamos ao redor e nos mexemos desconfortavelmente em nossos assentos. Algumas meninas se entreolharam, claramente segurando informação. Outras arrumaram as posturas em suas cadeiras, talvez imaginando que boa postura era indicador de pureza. As aulas consistiram em um programa de dois dias com uma apresentação gráfica em PowerPoint e diversos exercícios interativos que nos ensinaram que sexo antes do casamento levava a ter seu coração partido, sofrer um dano físico irreversível e que diminuía o seu valor. O método da abstinência focava em preservar sua "área de diamante" (uma área invisível que começava no pescoço, incluía seios e barriga e terminava na genitália) como um prêmio a ser conquistado pelo seu futuro marido. Você tinha que proteger o seu diamante até que ganhasse um novo diamante — uma aliança de casamento.

Aceitar o estágio em Nova Iorque foi um ato de rebeldia contra as restrições religiosas ineficazes como educação sexual baseada na abstinência. Vir para Nova Iorque foi observar de relance a vida que eu poderia ter em uma cidade maior — tanto em tamanho quanto em globalização.

Aquele verão foi bastante revelador. Quando chegou ao fim, eu tinha adquirido um respeito imenso por aqueles que trabalhavam incansavelmente para organizações cujos meios eram insuficientes e o sucesso era sempre medido em comparação com o quanto ainda tinha de ser feito. Saúde pública não era a profissão que eu queria para construir minha carreira, mas Nova Iorque definitivamente era o lugar para mim.

Durante o verão do meu segundo ano, eu consegui outro estágio, dessa vez em uma agência de criação chamada Art + Commerce, que a empresa de entretenimento IMG[20] tinha acabado de comprar.

Meu namorado da faculdade, Jeremy, queria trabalhar na indústria de restaurantes em Nova Iorque, então nos mudamos juntos para lá, com dois dos melhores amigos dele, Matt e Corey. Passamos a morar em um estúdio localizado ao norte da Union Square que fora convertido em um apartamento com dois quartos. Após mais ou menos uma semana trabalhando na cozinha de um restaurante agitado, meu namorado mudou de ideia e largou a cidade, indo se juntar a sua família que estava de férias na Croácia, e depois voltou para a casa dele em Los Angeles. Eu fui largada morando com Matt e Corey.

Os dois eram magnetizantes, atraentes e extremamente sociáveis. Durante o dia, Matt estagiava no *Late Night com Conan O'Brien*[21] e Corey trabalhava como um dos modelos sem camisa que ficavam na entrada das lojas da Abercrombie. Durante a noite — e aqui quero dizer bem tarde da noite — eles promoviam baladas. Eu passei aqueles meses seguindo-os como se fosse uma irmã mais nova. Apelidei aquele verão de "Modelos e Garrafas".

Quando saía com os meninos, pensava que todo mundo parecia mais alto e mais maduro do que eu. Não tinha nenhuma roupa chique para sair. Eu fazia faculdade em Ohio, onde vestíamos roupas da American Apparel que não combinavam: regatas largas, botas e flanela. Naquele verão, eu usei na maioria das vezes

---

20 Conhecida como International Management Group, é uma empresa global de gestão de esportes, eventos e talentos com sede na cidade de Nova Iorque.
21 Um programa de talk-show que foi exibido de 1993 a 2009 no canal NBC.

roupas *vintage*, achados de brechós e até um vestido que eu mesma costurei com um tecido marrom de caxemira. Tentei não deixar isso abalar minha confiança, mas eu sabia que minha cara de criança e meus sapatos sem marca eram os motivos pelos quais eu era barrada em alguns lugares.

Mesmo querendo ser incluída, era um pouco entediante sair todas as noites. Em algumas ocasiões, eu ia atrás de alguma coisa para me entreter. Falava com estranhos forçando meu sotaque sulista para ver a reação deles. Quando eu arrastava as palavras, as pessoas costumavam prestar atenção em cada uma delas. As piadas eram mais engraçadas. Histórias eram mais precisas. O único problema era a decepção inevitável deles, quando eu voltava para o meu sotaque natural. De uma forma ou outra, acredito eu, todos nós nos aventuramos por diferentes identidades durante a faculdade.

Meu estágio na Art + Commerce foi um divisor de águas. Além de oferecer suporte a agentes de fotografia que representavam lendas da indústria como Annie Leibovitz e Steven Meisel,[22] eu ajudei a orquestrar sessões de fotos com a equipe da agência. Minhas tarefas eram simples — organizar a lista de contatos, oferecer materiais, pegar café —, mas eu estava trabalhando nos bastidores onde eram criadas as fotos que passei a minha vida toda admirando. Durante o processo, descobri minha paixão por produção e me apaixonei pelo ritmo frenético e glamoroso do mundo da fotografia.

Eu estudei em Paris durante o semestre de primavera do meu primeiro ano e completei vinte e um anos no mês em que cheguei. Era a primeira vez que eu via-

---

[22] Fotógrafo de moda norte-americano, fotografou celebridades como Madonna e Isabella Rossellini.

java ao exterior sozinha. Meus amigos todos tinham escolhido viajar para outros lugares, como Amsterdã, Buenos Aires, Cidade do Cabo e Jaipur, então tive que ir em busca de uma colega de quarto. Acabei encontrando a amiga de uma amiga, uma garota que havia feito ensino médio em Los Angeles com Kate, minha colega de quarto de Kenyon. Nós morávamos do lado esquerdo do rio Sena, no Quartier Latin, a alguns passos da Notre-Dame. No nosso pequeno apartamento, a sala de estar também funcionava como meu quarto e o sofá-cama fazia o papel da minha cama. Vi Paris mudar de inverno para primavera, enquanto eu estudava fotografia, história da alta-costura e aprendia francês. Foi mágico.

Próximo ao fim do meu semestre no exterior, considerei meus planos para o verão. Eu estava determinada a estagiar no departamento de fotos de uma revista. *Vanity Fair* era o sonho.

Do meu apartamento em Paris, eu procurei pelos responsáveis do desenvolvimento no cabeçalho da revista e encontrei o nome da mulher que era a produtora fotográfica sênior. Então fui pesquisar como Condé Nast formatava os e-mails de seus funcionários: primeironome_sobrenome@condenast.com. Eu decidi arriscar.

Cara srta. MacLeod, meu e-mail começava. Eu descrevi minha experiência na Art + Commerce, contei o quanto adorava a *Vanity Fair* e terminei o e-mail escrevendo: *Eu daria o meu braço para trabalhar no departamento de fotos, mas também estou disposta a tentar algo completamente novo!*

Kathryn MacLeod me enviou uma resposta algumas horas depois: *Olá, muito obrigada pelo seu e-mail,* ela escreveu. *Eu adorei sua mensagem, deixe-me checar isso para você... Não estou envolvida com o processo de admissão de estagiários na V.F. Vou descobrir quem é e te recomendar — te garanto que seu braço não será necessário.*

Naquela época, essa resposta pareceu um milagre, a coisa mais maravilhosa que tinha acontecido comigo.

Eu estava extasiada por ter recebido uma resposta. Alguns dias depois, consegui uma entrevista via telefone. A ligação de Leslie, a assistente da Kathryn, veio quando eu passava pelo Pompidou Center no meu caminho para casa. Eu havia saído mais cedo da aula e tinha sido pega desprevenida. Parei no canto de uma praça, na sombra de um museu de arte, e me sentei no chão para atender a ligação.

Infelizmente, todas as vagas para estágios de período integral estavam preenchidas, Leslie me explicou. Eu estava decepcionada, mas imaginava que um estágio lá era uma chance em um milhão. Estava satisfeita por ter chegado ali e, no final das contas, acabei conseguindo um estágio no departamento de fotografia da *Harper's Bazaar*.[23]

Durante o meu último semestre da faculdade, eu fui a um jantar na casa do deão da faculdade. O presidente da junta administrativa da faculdade estava sentado à minha direita. Contei um pouco das minhas experiências em Nova Iorque e lhe disse que gostaria de achar alguma coisa parecida.

— Se você pudesse trabalhar em qualquer revista, qual seria? — ele me perguntou.

— *Vanity Fair* — respondi prontamente.

— Ah, Graydon Carter é um amigo meu — ele disse. — Seria um prazer passar o seu contato para ele. — Graydon Carter era o editor-chefe da revista. Parecia muito bom para ser verdade. — Me mande um e-mail antes de ir para Nova Iorque — ele acrescentou — e irei agendar um encontro entre vocês.

Para a minha grande surpresa, o encontro realmente aconteceu. Eu voltei para o quarto de visitas no

---

23 Revista americana mensal de moda feminina.

apartamento de minha avó e uma reunião foi marcada, mas, um dia antes desse encontro, eu me lembrei de uma coisa importantíssima: *eu não tinha a mínima ideia do que falar com Graydon Carter.* Instantaneamente, fiquei aterrorizada de não saber o que dizer, como em momentos de prova ou entrevistas em que dá um branco na cabeça. *Perguntas*, eu pensei. Eu precisava de perguntas, então preparei uma lista delas.

Naquela tarde, eu recebi um e-mail da assistente do sr. Carter.

Cara srta. Williams,

Infelizmente, a agenda do sr. Carter foi tomada por uma série de compromissos inadiáveis, a partir de amanhã até o fim da semana. Ele perguntou se você poderia se reunir com a srta. Chris Garret, a vice-editora, em seu lugar. O assistente da srta. Garrett, Mark Guiducci, está em cópia neste e-mail. Ele a estará aguardando aqui na revista amanhã, antes da sua reunião às 16 horas. Se a agenda do sr. Carter permitir um espaço nesse período, eu irei entrar em contato para agendar uma breve conversa com ele.

Espero que entenda. Qualquer pergunta, por favor entrar em contato.

Muito obrigado,

David

No dia seguinte, como prometido, Mark estava me esperando no vigésimo segundo andar. Ele era exatamente como tinha imaginado que um assistente na *Vanity Fair* seria: engomado e carismático. Eu o segui por um par de portas de vidro e um corredor de carpete. Fotos antigas da revista estavam penduradas por toda a parede.

— Chris, Rachel está aqui para te ver — Mark disse, colocando a cabeça para dentro do escritório. Uma mulher elegante, expressões afiadas como as de um pássaro, me cumprimentou.

— O que te traz aqui? — ela questionou quando nos sentamos. Sua pergunta veio enrolada em uma linda cadência, um sotaque saído direto de um filme britânico dos anos 1950. Deixei escapar uma pequena risada antes de perceber que era uma pergunta honesta, e então me joguei na minha explicação: porque a *Vanity Fair*, acima de qualquer outra revista, resumia minhas paixões por fotografia e redação perfeitamente, e porque minha mãe sempre me disse para "adquirir gostos, não coisas" e era isso que eu aspirava fazer. Sua expressão foi suavizando à medida que me ouvia, até que ela abriu um pequeno sorriso.

— Eu adoraria que você considerasse um estágio com a revista — ela disse. Eu senti meu coração afundar.

— Muito obrigada, mas eu já fiz vários estágios — eu lhe disse. — Eu estou procurando por um emprego fixo.

— As pessoas não costumam sair da *Vanity Fair* — ela explicou. Não tinham vagas abertas no momento.

Nas duas semanas seguintes, eu enviei uma carta de agradecimento à mão para a srta. Garret e fiz o mesmo com a área de recursos humanos. Eu tinha praticamente desistido quando, uma tarde, dois e-mails chegaram à minha caixa de entrada. O primeiro era de Kathryn MacLeod, a mesma Kathryn MacLeod que eu descobrira no cabeçalho da revista e a quem encaminhara um e-mail no ano anterior. O segundo era de Chris Garrett. Uma vaga havia surgido para ser assistente de Kathryn. Como ela não sabia que eu já tinha entrado em contato com Kathryn antes, Chris pensou em mim para a posição e enviou meu currículo. Kathryn recebeu a recomendação e se lembrou da nossa correspondência passada. No dia seguinte, eu fui fazer uma entrevista. Recebi uma oferta de trabalho na mesma tarde.

— Williams! Estou feliz por te ver novamente, querida. Isso quer dizer que você conseguiu o emprego? — Adam me perguntou detrás da mesa da recepção. Nós havíamos nos conhecido quando ele liberou a minha entrada para a entrevista. Eu assenti e sorri em resposta. — Parabéns! — ele disse, me cumprimentando com um *high five*. Adam me entregou uma credencial temporária, até que a minha ficasse pronta.

O elevador abriu no vigésimo segundo andar para um amplo átrio, com portas de vidro em cada lado. *Aja como se você já tivesse estado aqui antes,* uma voz em minha cabeça sugeriu. Era uma frase que meu treinador de futebol costumava dizer quando meu time fazia um gol ou ganhava um jogo. Eu estava transbordando de empolgação, mas era melhor me manter calma, tomar notas de tudo, de como cheguei ali e do que estava por vir.

Nos meses seguintes, eu aprendi muito mais do que poderia ter imaginado, e muito foi aprendido na raça. Agora acredito fielmente que você deve encarar o seu primeiro emprego com uma lista de diretrizes específicas, principalmente se você acabou de se formar em artes. Eu proponho o seguinte:

1.   Não fique na defensiva.

2.   Espere pouquíssimo *feedback* caso você esteja fazendo um bom trabalho. Nenhuma notícia é uma boa notícia.

3.   Deixe seu ego na entrada.

4.   Nunca presuma nada. Verifique. E verifique de novo.

5.   Enrolação não serve para nada em e-mails. Vá direto ao ponto.

6.   Entenda por que você está fazendo algo.

7.   Pense no dia seguinte.

8.   O inferno não é nada perto de um chefe que recebe um e-mail com más notícias e uma carinha triste no final.

9.   Na verdade, elimine todo e qualquer *emoticon* das suas correspondências profissionais.

10. Em aniversários, comemorações ou ocasiões especiais, enviar um cartão é suficiente.

※

Eu deixei o quarto de visitas de minha avó após um ano e me mudei com uma amiga para a Christopher Street no West Village,[24] em um minúsculo apartamento de apenas dois cômodos e caro além da conta.

---

24   Bairro nova-iorquino com ruas pitorescas que atrai multidões da moda para suas butiques de grife e restaurantes modernos.

Minha cama ficava no canto do quarto, embaixo da janela, e a parte inferior desta pegava no ar-condicionado. Em épocas específicas no ano eu acordava com picadas de aranhas nos braços e nas pernas. Os círculos vermelhos começaram como coceiras e acabaram virando protuberâncias inchadas. Eu fui a clínicas e tomei uma série de antibióticos, troquei meus lençóis, limpei todas as minhas roupas e todo o quarto, mas sem sucesso. Aguentei um ano com as picadas até desistir e decidir que precisava de um novo lugar. Eu me mudei para um estúdio próximo, onde pagava menos, tinha mais espaço e morava sozinha.

E esta era a minha vida: eu tinha um ótimo emprego, estava morando sozinha e tinha um novo namorado chamado Nick e um gato chamado Boo, o qual eu resgatara das ruas de West Village quando era apenas um filhotinho de três meses se escondendo debaixo de um carro. Minha vida em Nova Iorque tinha finalmente se tornado realidade e por quatro anos tudo seguiu bem.

Nesse período, eu fui promovida de assistente para associada e, finalmente, para editora de fotografia. Kathryn não era mais minha chefe direta (desde então, vários assistentes tinham vindo e ido atrás de mim), mas ela ainda se sentava ao meu lado e nós éramos praticamente um time. Meus dias eram repletos de detalhes necessários para organizar as elaboradas sessões de fotos da revista — tudo, desde reservar lugares para as fotos até o processo de limpeza no set e as questões de logística. O trabalho era desafiador e pouquíssimo glamoroso, mas era extraordinário estar lá, ter um papel em todo aquele processo, mesmo que pequeno, contribuir para a criação de fotos icônicas com figuras famosas e influentes da nossa época. Eu viajava pelo escritório, não só para sessões de fotos em Nova Iorque, mas também em Los Angeles, Paris, Belfast e Havana. A agenda raramente era confirmada antes, sendo tudo no último minuto. Foi daí que aprendi a ser ágil. Eu estava motivada, feliz, ocupada e realizada.

E então eu conheci Anna.

Capítulo 3

A Fundação Anna Delvey

Eu já estava na Vanity Fair havia seis anos quando ela apareceu. Desde o primeiro momento, tinha alguma coisa nela que demandava a atenção dos outros, algo *diferente* e que era cativante. Eu a conheci uma noite quando estava com meus amigos. É engraçado de se pensar, em retrospectiva, o tamanho do impacto que teve uma noite normal. Anna me pareceu um pouco estranha a princípio, e se conhecê-la não tivesse desencadeado uma série de eventos que mudariam as nossas vidas para sempre, eu provavelmente a teria esquecido no dia seguinte.

Era uma quarta-feira de fevereiro de 2016, algumas semanas depois do meu aniversário de vinte e oito anos. Eu havia acabado de me recuperar de uma gripe forte, que tinha me deixado em casa por vários dias assistindo *The Great British Bake Off,* uma série de TV que eu descobrira recentemente e pela qual ficara praticamente obcecada. A edição anual de Hollywood da *Vanity Fair* estava nas bancas, a foto de capa exibia treze mulheres famosas, entre elas Jennifer Lawrence, Cate Blanchett, Jane Fonda e Viola Davis.

Como de costume, fui trabalhar na matriz da Vanity Fair, agora localizada no quadragésimo primeiro andar do One World Trade Center — o prédio mais alto dos Estados Unidos —, onde Condé Nast havia se mudado dois anos antes. Passei a manhã revendo minhas despesas: procurando recibos de cobranças que tinham sido feitas no meu cartão de crédito antes e durante cada sessão de fotos. Separei cada nota, cuidadosamente preenchendo suas informações em um portal on-line, e então adicionei o código que ligava cada gasto com o seu projeto. Terminei o relatório depois do almoço, escaneei os recibos e cliquei em *Enviar*. Em poucas semanas, Condé Nast aprovaria os itens e o reembolso seria feito diretamente para a American Express. O restante do dia foi tranquilo, com e-mails contendo as próximas datas das sessões de fotos. Por volta das 17h30, eu estava cansada de um dia de papelada e a fim de socializar. Enviei um e-mail para a minha colega Cate, perguntando se ela queria ir jantar. Ela tinha planos, mas sugeriu que saíssemos para uma rápida taça de vinho. Nós fomos ao P. J. Clarke,[25] no Brookfield Place,[26] próximo ao nosso escritório. Ela teve que sair depois de 45 minutos, mas eu fiquei e pedi algo para comer.

    Talvez tenha sido o vinho ou a semana de trabalho que havia sido lenta. Talvez eu estivesse animada por finalmente ter me recuperado da gripe ou por me sentir bem na roupa que estava vestindo. Não importa a razão, mas, naquela tarde em particular, eu estava cheia de energia e a fim de me divertir um pouco. Depois que Cate foi embora, eu abri meu celular para pensar no meu próximo passo.

    Mandei uma mensagem para minha amiga Ashley, uma loira animada, que sempre acertava no batom e tinha um coração enorme. Eu a conhecia desde o meu primeiro verão em Nova Iorque. Naquela época, ela estava trabalhando na revista *Interview*[27] com uma das minhas melhores amigas da faculdade. Desde então, Ashley havia encontrado seu caminho no mundo de editoriais de moda e se tornado uma escritora freelancer. Ela viajava para ir em festas, eventos e desfiles e então

---

25   Uma famosa cadeia de restaurantes norte-americana.
26   Shopping center e complexo de arranha-céus, localizado na região de Lower Manhattan.
27   Foi uma revista norte-americana que fechou em 2018, apelidada de Bola de cristal do pop. O formato era constituído de 60% de matérias e 40% de propaganda.

escrevia sobre eles para revistas como *Vogue, AnOther Magazine, W.* e *V.* Era sempre divertido estar perto dela, e, como era a Semana da Moda, havia uma grande chance de ela já estar nas ruas atrás de uma aventura.

Oi!! Eu acabei de terminar o meu último desfile, ela respondeu rapidamente. *Quer sair para beber em algum lugar?*

Era exatamente o que eu queria. Nosso plano era: eu terminaria meu jantar, ela encerraria parte de sua cobertura da Fashion Week e então, às vinte horas, nós nos encontraríamos no Black Market, um coquetel-bar em Alphabet City.[28]

Ashley foi pontual e pegou uma mesa para nós. Eu tive que parar em casa — para deixar minhas coisas do trabalho e trocar meus sapatos por algo com salto — e por isso cheguei quinze minutos atrasada, pedindo desculpas. Nós duas estávamos animadas e nos atualizamos da vida uma da outra enquanto bebíamos coquetéis. Em alguns dias, Ashley iria para a Fashion Week de Londres e então para Havana antes de mais uma semana da moda, dessa vez em Paris.

Quando as bebidas acabaram e nós já havíamos colocado nossas novidades em dia, decidimos nos juntar com algumas das amigas de Ashley que também eram do mundo da moda e estavam em outros bares aquela noite. Caminhamos por vinte minutos para nos encontrar com elas no Happy Ending, um local badalado no Lower East Side, com restaurante no térreo e uma balada no subsolo.

Encontramos o nosso grupo terminando o jantar, em uma área reservada nos fundos do restaurante. Mariella estava lá, uma australiana de cabelo castanho curto

---

[28] Enclave boêmio em East Village. Área residencial descontraída com restaurantes e bares badalados, além de *lounges* de coquetéis artesanais e uma famosa cervejaria alemã.

e com um jeito naturalmente atrevido, o que ficava mais exacerbado devido ao seu sotaque. Eu a havia conhecido recentemente por intermédio de Ashley. Ela trabalhava com relações públicas para marcas de luxo. Tinha duas outras garotas também, mas eu não as conhecia bem: uma assistente de moda da revista Hearst e uma publicitária que trabalhava para uma agência de moda.

Eu me senti especial me juntando a esse grupo. O conhecimento de moda de todas elas e a série de curiosidades que elas tinham sobre quem-era-quem superava o meu, mas eu também sabia falar essa língua e entendia as piadas. Elas eram amigas de publicitários, modelos, músicos e designers. Não importava para onde íamos, elas conheciam o cara que ficava na porta — aquele que decide se você é alta o suficiente, rica o suficiente, bonita o suficiente para entrar. Quem, dependendo do humor ou se você conhece a pessoa certa, que fala a coisa certa, deixa você entrar. Entrada seletiva — é uma coisa engraçada. Por que exclusividade é atrativo? Porque todos nós queremos a sensação de pertencimento. Nós almejamos validação, seja de amigos ou de estranhos. Se você tivesse me perguntado naquela época, eu teria ficado na defensiva. Eu provavelmente teria dito: *Ah, a questão da porta é uma besteira, mas lá dentro é mais divertido do que você imagina, melhor do que você encontraria em um bar aleatório.* E eu estaria correta. Nessa noite em particular, eu queria que o cara da porta tivesse sido mais exigente.

Tommy apareceu na nossa mesa quando os pratos já haviam sido retirados. *Tommy* era um nome que eu havia ouvido ser mencionado várias vezes. Já na casa dos quarenta e poucos anos, nascido na Alemanha mas morando em Paris, ele trabalhava com criação de marca, marketing e eventos para alguns negócios. Eu o conhecia como alguém que organizava festa exclusivas para a Fashion Week — em diversos locais populares, desde hotéis chiques como o Surf Lodge, em Montauk, até boates agitadas como a Le Baron, na Chinatown — que agora não é mais tão agitada assim. Se você fosse procurar por ele em uma multidão, qualquer pessoa a quem perguntasse iria lhe responder a mesma coisa: *Tommy? Ele estava aqui agora há pouco.* E ele sempre, *sempre* usava um chapéu.

Era graças a ele que tínhamos uma reserva em um dos *lounges* no andar debaixo. Chegamos à balada na hora em que começava a ficar agitada, já não estava vazia, mas ainda não tinha lotado. Homens e mulheres com copos de vodca e canudos pretos davam voltas em meio à névoa de gelo seco em busca de um lugar para ficar. Fomos pelo lado direito até o fundo, onde a densidade tanto de gente quanto de fumaça era maior e a música estava mais alta. Nós nos sentamos em banquinhos em volta de uma mesa baixa, redonda e com tampo vermelho.

Não consigo me lembrar o que chegou primeiro: o balde de gelo e a garrafa de Grey Goose que estávamos esperando ou Anna Delvey. Ela era uma estranha e mesmo assim não uma desconhecida completa. Eu a tinha visto pela primeira vez mais ou menos um mês antes, em fotos do Instagram da Ashley e outras garotas que conhecia o suficiente para reconhecê-las. Curiosa para saber quem era o rosto novo, eu cliquei na conta que havia sido marcada nela e descobri que @annadelvey (agora @theannadelvey) tinha mais de quarenta mil seguidores. Depois de passar por suas postagens — fotos de viagens, artes e algumas *selfies* —, imaginei que ela era uma socialite. Ela sorriu e ficou à vontade rapidamente em nosso meio, uma adição descontraída para o nosso grupo. Eu estava ansiosa para conhecê-la.

Anna usava um vestido preto colante e uma sandália rasteirinha da Gucci também preta e com detalhes em dourado nos tornozelos. Sentou-se do outro lado de Mariella, que estava à minha esquerda. Ela metodicamente mexia no cabelo, o arrumando para que ele ficasse sobre os ombros quando Mariella nos apresentou. Anna tinha um rosto angelical, enormes olhos azuis e lábios grossos. Ela me cumprimentou com um sotaque indistinto e sua voz era surpreendentemente aguda.

Com o passar do tempo, a conversa girou em torno de como Anna tinha entrado em nosso grupo de amigas. Ela tinha feito um estágio na revista *Purple* em Paris e se tornado amiga de Tommy quando ele estava morando lá. Essa era a introdução-padrão nova-iorquina: *Olá, tudo bem? Como você conhece fulano, com o que você trabalha?*

— Eu trabalho na *Vanity Fair* — eu disse, completando com o esperado: *No departamento de fotografia*; *Sim, eu amo*; e *Estou lá há seis anos*. Anna era uma boa ouvinte. Atenciosa, engajada e generosa: ela pediu outra garrafa de Grey Goose e pagou a conta. Pude perceber que ela tinha gostado de mim e me senti feliz por ter feito uma nova amizade.

Pouco depois daquela noite, fui convidada por Mariella para ir com ela e Anna ao Harry's, uma *steakhouse* no centro, não muito longe do meu escritório. Era a primeira vez que Mariella tinha entrado em contato comigo diretamente e fiquei contente com aquilo. Até então a gente só tinha se visto quando eu estava com Ashley, que era quem eu conhecia melhor no nosso grupo.

O Harry's era um restaurante um tanto quanto masculino e luxuoso, com bancos de couro e paredes de painéis em madeira. Anna estava lá quando cheguei e Mariella nos encontrou alguns minutos depois, vestida impecavelmente, tendo vindo direto de um evento de trabalho. Nós fomos levadas para a nossa mesa e nos sentamos, retirando nossos casacos e colocando nossas bolsas ao lado. *Essas meninas são tão legais*, pensei comigo mesma, um pouco nervosa de estar ali e desesperada por um coquetel. Anna nos disse que estava testando um aplicativo que um amigo tinha desenvolvido. Ela o tinha usado para fazer a nossa reserva e também usaria para pagar. Eu não estava com fome — havia comido pizza mais cedo no trabalho —, mas Anna tinha pedido aperitivos, entrada, vários acompanhamentos e uma rodada de martínis para a mesa.

A conversa fluiu tranquilamente, assim como os coquetéis. A tarde tinha aquele glamour nova-iorquino no ar: martínis em uma churrascaria e conversa de trabalho.

Mariella nos contou sobre o seu trabalho, falando do evento de relações públicas de que tinha acabado de sair e que havia sido um sucesso. Então eu contei sobre o meu dia, que fora corriqueiro em comparação com o de Mariella. Nosso foco então voltou-se para Anna. Ela nos contou que havia passado o dia em reuniões com advogados.

— Para quê? — perguntei.

O rosto dela se iluminou com a pergunta. Ela dava duro em sua fundação — um centro de artes visuais dedicado à arte contemporânea, explicou, mencionando vagamente um fundo fiduciário. Ela planejava alugar o Church Missions House, um prédio no sul da Park Avenue com a Vigésima-Segunda, para que pudessem ser reunidos *lounges*, bares, galerias de arte, espaços para estúdios, restaurantes e um clube para sócios, tudo num mesmo lugar. Ela se encontrava diariamente com advogados e banqueiros para que o aluguel pudesse ser finalizado.

Eu estava impressionada. Anna e Mariella personificavam um nível de empoderamento profissional que eu respeitava e queria para mim. As ambições de Anna, principalmente, eram incríveis — os seus planos eram grandiosos e promissores em teoria —, mas tão fascinante quanto elas, ou talvez até mais, era a forma hipnotizante dela. Anna era excêntrica de uma maneira cativante, não tinha aquele polimento ou primor da maioria das socialites. O seu cabelo era frágil, o rosto quase sem maquiagem, e ela constantemente mexia as mãos com inquietação. Em minha juventude, eu conheci várias meninas que pareciam ter sido treinadas para debutar em bailes do século XVIII. Anna não era nem de longe uma delas, e por esse motivo eu a apreciava ainda mais.

Mais comida chegou enquanto continuávamos a conversa, e, quando chegou a hora de pagar, Anna mostrou o seu celular para o garçom, apontando a tela.

— Eu acho que não está funcionando — ele disse.

— Tem certeza? — Anna perguntou. — Você poderia tentar de novo?

O garçom levou o celular dela até um computador do outro lado do restaurante, digitou os números manualmente e voltou para a nossa mesa em seguida.

— Eu sinto muito. Está dando erro — ele disse, devolvendo o celular de Anna. Mariella e eu amenizamos a frustração dela ao nos oferecermos para dividir a conta. Tinha sido um final de tarde agradável entre amigas e, mesmo que não tivesse comido mais do que algumas ostras, eu não me importava de pagar uma parte do jantar, não quando a companhia havia sido tão prazerosa. Achei que não tinha nada demais.

Eu me reunia com Ashley, Anna e Mariella quase todos os finais de semana. Nossa amizade era baseada em noitadas no SoHo e alguns eventos após o trabalho. Fomos uma vez a um dos eventos de Mariella — um lançamento de livro na loja principal do Oscar de La Renta[29] lá no Upper East Side —, onde nos encontramos com Aby Rosen, um desenvolvedor imobiliário que trabalhava para a RFR Realty,[30] a empresa dona do prédio que Anna queria alugar. Quando Anna o avistou, ela animadamente foi em sua direção para cumprimentá-lo. Eu os observei de onde estava, maravilhada com a habilidade dela de manter uma conversa de forma tão assertiva com um proeminente homem de negócios.

Minhas noites normalmente começavam comigo e Ashley combinando de sair para beber e terminavam com um grupo sempre se juntando a nós. Um a um iam chegando: Mariella, Anna e às vezes outros. Nós tínhamos uma mentalidade de quanto mais, melhor, e as

---

[29] Estilista e designer de moda dominicano, naturalizado americano.
[30] Empresa imobiliária de Manhattan (NY).

noites em Nova Iorque sempre seguiam o mesmo fluxo: começávamos em um restaurante, parávamos em um bar e terminávamos em uma balada. A maioria dos lugares que frequentávamos hoje já fecharam as portas e tiveram seus nomes esquecidos. Quaisquer que fossem seus nomes, todos eles tinham apenas um propósito: atrair o público da moda do momento.

À medida que os meses se passaram, Anna e eu começamos a conversar sem a necessidade do restante do grupo. Eu estava lisonjeada que ela havia me escolhido e passamos a sair juntas só nós duas em algumas ocasiões. Foi nessa época que nossa amizade foi ficando mais forte. Eu e Nicky ainda namorávamos, mas como assistente fotográfico de Annie Leibovitz, ele viajava sem parar a trabalho. A maioria dos meus amigos da faculdade morava em outros lugares, e aqueles que estavam em Nova Iorque residiam no Brooklin e estavam ocupados com empregos que lhes exigiam muito tempo. Por causa disso, quando não estava com Ashley ou com o restante do grupo, eu ficava sozinha.

Até onde eu sabia, Anna era solteira, mas romance e relacionamentos nunca estavam na sua lista de preocupações. Ela mencionava alguns casos apenas de passagem e nunca era nada sério. Isso dificultava a tarefa de descobrir o seu tipo de homem ideal, que era uma curiosidade minha. A apatia dela em relação a namoros só aumentava a sua fama de misteriosa. Parecia que ela escolhia ficar solteira de propósito e que a independência era uma de suas marcas registradas.

Eu estava dentro do táxi indo para o centro um dia quando recebi uma mensagem de Anna para ir à sua casa. Naquela época, ela estava morando no Standard, um hotel perto do meu apartamento. Eu associava três coisas ao Standard: festas — por causa das duas baladas que ficavam nos últimos andares do hotel; exibicionismo — uma vez que uma em cada quatro paredes era uma janela gigantesca que oferecia a qualquer um do Meatpacking District[31] uma vista sem censura de tudo que acontecia dentro dos quartos; e André Balazs, o dono do hotel. Mal sabia eu que apenas um dos três fatores era de interesse de Anna: o magnata hoteleiro multimilionário que ela conheceria mais tarde.

 Cheguei quando o sol já estava se pondo, o saguão ficara tomado por um brilho dourado. Encontrei Anna lá, sentada em um banco curvado com almofadas vermelhas. Ela estava com alguém que eu não conhecia, um coreano-americano vestido todo de preto, que aparentava estar nos seus trinta e poucos anos. Não consigo me lembrar se ela me falou que ele estaria lá ou se eu pensei que a encontraria sozinha. De qualquer forma, quando me aproximei, ela se levantou para me cumprimentar e me apresentou o homem que a acompanhava e de quem já tinha ouvido falar: Hunter.

 Hunter Lee Soik era um empresário na área de tecnologia. Eu ouvira pessoas se referindo a ele como "futurista" — seja lá o que isso significava. Não sei se eles estavam juntos ou não naquela época, mas mais tarde ela se referiria a ele como ex-namorado. Eles não eram muito afetuosos, mas como Anna havia dito que estavam dividindo um quarto de hotel, eu presumi que pelo menos fossem dormir juntos. Hunter estava de visita vindo de Dubai, onde ele morava após ter saído de Nova Iorque. Ele se mostrou um pouco frio a princípio, enigmático na maneira como se reclinou para nos ouvir bater papo. Aos poucos foi puxando assunto comigo, fazendo as perguntas usuais, quem eu era, onde trabalhava. Quando me contou um pouco de sua trajetória,

---

31 Área comercial no extremo oeste da cidade, repleta de lojas de grife, restaurantes e baladas onde antigamente funcionavam grandes matadouros.

descobri que tínhamos Art + Commerce em comum. Ele havia trabalhado lá como consultor.

Hunter começou a falar mais à medida que as horas foram passando. Depois que o gelo havia sido quebrado entre nós, eu vi que ele era interessante e eloquente. Parecia saber de tudo um pouco.

Depois de um tempo, decidimos ir para o Boom Boom Boom, uma das baladas do hotel. Estava mais quieto do que eu me lembrava, uma vez que só tinha ido às festas nos finais de semana. Nós nos sentamos em uma mesa nos fundos, próximos a uma parede de vidro que dava vista para toda Manhattan.

Hunter me contou sobre seu trabalho na Fundação Futuro de Dubai, explicando que trabalhava como curador do que o país tinha a oferecer em termos de cultura e arte. As suas responsabilidades pareciam formidáveis, até um pouco exageradas. Ele também me disse que havia criado um aplicativo chamado Shadow, quando morava nos Estados Unidos, projetado para fomentar uma "comunidade de sonhadores". A ferramenta funcionava como um alarme, mas o som era suave e soava de uma forma que permitia à pessoa lembrar e transcrever os seus sonhos. O aplicativo usava um algoritmo para extrair palavras-chaves das gravações dos usuários. Essas palavras-chaves iriam ser anonimamente colocadas em uma base de dados para que os usuários pudessem ver outros sonhos ao redor do mundo. Hunter tinha lançado uma campanha no Kickstarter para arrecadar fundos para o desenvolvimento do projeto. Eu admirei a iniciativa.

Hunter não só estava ajudando a formar o futuro cultural de um país inteiro, ele também tinha inventado um aplicativo. Procurei o nome dele na internet e vi que a ideia para o Shadow havia aparecido no *The New Yorker*, *Wired*, *The Atlantic*, *Forbes*, *Fast Company*, *Business Insider* e *Vice* — ele até fez uma palestra no TED Talk.

O que eu poderia dizer é que, estando eles juntos ou não, Anna e Hunter tinham tudo para ser um casal influente e poderoso internacionalmente. Só de observá-los, eu podia notar que eles passavam bastante tempo juntos. Grande parte da sua comunicação era não verbal: mensagens secretas por meio de olhares, acenos e pequenos sorrisos. Eles compartilhavam uma história com a dinâmica misteriosa entre os dois — uma história sobre a qual eu sabia muito pouco.

Tomei conhecimento logo depois que Anna havia sido apresentada a muitos de seus conhecidos por meio de Hunter, incluindo um designer de moda, um dos fundadores do Vine[32] e Mariella. Era óbvio que Hunter tinha ótimas conexões em alguns círculos. Hunter voltou para Dubai pouco tempo depois da nossa visita, mas Anna continuou a manter contato com pessoas com as quais eles compartilhavam algo em comum.

Uma dessas pessoas era Meera, uma filantropa na casa dos cinquenta anos que havia se divorciado do ex-vice-presidente de uma das mais importantes empresas na área financeira. Em um sábado de junho, eu e Anna fomos visitá-la em sua mansão no Hyde Park, no rio Hudson. Meera estava oferecendo um almoço e Anna tinha sido convidada. Anna, por sua vez, me pediu para acompanhá-la.

Naquela manhã, cheguei cedo à Grande Estação Central. Anna estava atrasada e, para agilizar o processo, eu entrei na fila para comprar passagens de ida e volta para nós duas.

Faltavam cinco minutos para o trem partir, eu esperava ansiosamente por Anna na plataforma ao lado do nosso trem. Ela havia dito que já estava na estação, mas ainda não tinha aparecido. Finalmente, apenas

---

[32] Trata-se de um serviço de armazenamento de vídeos em formato curto, hoje extinto, que precedeu o TikTok.

poucos segundos antes da saída do trem, eu a localizei. Ela estava praticamente correndo em minha direção, usava um vestido preto justo, óculos de sol, e carregava uma jaqueta de couro preta, uma bolsa Balenciaga e uma sacola de compras cheia de revistas de fofoca para ler durante a viagem. Nós conseguimos encontrar dois lugares vazios e nos sentamos uma ao lado da outra.

Quase duas horas depois, chegamos à estação de Poughkeepsie. Pegamos um táxi até o endereço no Hyde Park e nos deparamos com uma mansão antiga e de muito bom gosto. Meera nos cumprimentou calorosamente na porta, beijando cada uma de nossas bochechas.

— Muito obrigada por nos ter convidado — Anna disse alegremente, entrando na casa. Nós seguimos a anfitriã até a cozinha, onde os funcionários estavam ocupados preparando o almoço. Meera passou algumas instruções e então nos guiou até a sala de estar próxima à cozinha. — Venham conhecer as outras — ela disse, indo na frente. A sala de estar era no estilo rústico, em espaço aberto e com vigas que iam até o teto abobadado de madeira. Do lado de fora da sala havia um deck com vista incrível de todo o terreno, a quadra de tênis, a distante cadeia de montanhas Catskills e o rio Hudson.

Jovens na mesma faixa etária que eu e Anna conversavam em círculo, sentadas em sofás de luxo. Elas pausaram a conversa e se viraram quando estávamos entrando. Percebi que olhavam mais para Anna do que para mim, o que não era surpresa, Anna normalmente causava esse efeito.

Meera nos apresentou. — Esta é Anna Delvey — ela anunciou. — Uma jovem talentosa que está trabalhando na sua própria fundação de arte. — Algumas pessoas arregalaram os olhos, outras aprovaram com a cabeça. Meera me apresentou como uma boa amiga de Anna e então como editora de fotos na *Vanity Fair*. Eu me senti como uma ajudante e, em essência, suponho que era isso que eu era.

Pegando pedaços da conversa, deduzi que a reunião tinha relação com United World Colleges[33] e presumi que Anna havia sido convidada mesmo sem ter sido aluna de uma das faculdades. Eu me senti intimidada só de estar ali, consciente que todas se conheciam muito bem. Lembro de ficar pensando, apesar de meu nervosismo, em tentar fazer um esforço para conversar com aquelas pessoas novas. Seria a coisa educada a se fazer — o que eu sabia devido à forma como fui criada — e poderia até ser interessante.

A comida estava disposta em forma de bufê, o que encorajava as pessoas a se misturarem. Eu me servi com um pouco de salada de macarrão e vegetais assados e esperei por Anna para que pudéssemos nos juntar às outras convidadas. Mas ficou claro que Anna tinha outros planos. Ela não tinha interesse algum de interagir com qualquer outra pessoa que não fosse eu ou Meera. Ela me levou para o canto da mesa de jantar e colocamos nossos pratos ali antes de voltar à cozinha para pegar alguma bebida.

— Você tem vinho rosé? — ela perguntou a um garçom. — Eu vou querer um. — Impulsivamente, fiz o mesmo. Voltamos para os nossos pratos. Eu fiquei desconfortável com nosso isolamento, estava nervosa por talvez passar a impressão de sermos mal-educadas, mas segui Anna mesmo assim, uma vez que eu era a convidada dela e não conhecia ninguém ali. Fiquei aliviada quando Meera veio se sentar ao nosso lado.

As duas conversaram sobre a fundação de Anna. Como de costume, o tópico fez com que Anna se animasse. Eu já estava acostumada a ouvi-la falar da fundação e repetir sobre o seu progresso: do local perfeito para a fundação — o prédio histórico na Park Avenue South — até as reuniões intermináveis com banqueiros e advogados para finalizar o aluguel. Eu era, em grande parte,

---

[33] Movimento internacional composto por dezoito faculdades e que tem como objetivo a interação entre estudantes de diferentes países, vivendo e trabalhando juntos.

invisível para as duas enquanto elas conversavam, mas o papel de observadora me agradava.

Quando terminamos o almoço, nós nos juntamos brevemente às outras na sala de estar e então Anna sugeriu que fôssemos explorar a piscina. Ela encheu a sua taça de vinho e fomos para o lado de fora, descendo o caminho que levava até uma cerca retangular branca. Havia uma mulher na área da piscina, observando sua filha nadar. Ela olhava com atenção e estava claramente entretida com a filha dando cambalhotas e plantando bananeiras na água, os dedos do pé enrugados pela água. Era um contraste de energias, eu era um meio-termo entre a inocência e domesticidade das duas e a espontaneidade e loucura de Anna.

Ao lado da piscina, Anna bebia e se entretinha no Snapchat, admirando a própria beleza com diversos filtros e tirando várias *selfies*. Eu me juntei a ela, sorrindo para a câmera do iPhone, com nossos narizes rosados e orelhinhas de cachorro. O restante do grupo veio para a área da piscina também, guiado por Meera em um tour pela propriedade. Sugeri que fôssemos com elas e então paramos a nossa sessão de fotos. Anna ainda estava bebendo e era notável, mas talvez eu estivesse sendo muito sensível. Eu me importava com o que os outros pensavam de mim — *de nós*. Tinha consciência disso e estar com Anna, vendo como ela fazia o que bem entendia, me fazia querer ser mais como ela, mais livre, ou pelo menos não me preocupar tanto.

Quando a propriedade inteira já havia sido apresentada, as pessoas começaram a ir embora. Parte do grupo havia alugado um carro de Nova Iorque e nos ofereceram carona. Nós aceitamos, descartando nossas passagens de trem. Eu e Anna nos apertamos no banco de trás com uma terceira mulher.

Não muito tempo depois, Anna perguntou se havia um cabo auxiliar ao qual ela pudesse conectar o celular para ouvir alguma música. Eu fiquei impressionada com a audácia (ou era confiança?) de seu pedido, uma vez que ela não tinha falado praticamente nada com as outras até então. Ela colocou um álbum que não parecia combinar com a viagem e o cenário a nossa volta, sem contar com o grupo de quase estranhos dentro do carro, mas era Beyoncé, então ninguém reclamou. Nós seguimos o caminho de volta praticamente em silêncio, a não ser pela música.

    Aquele foi um dos últimos dias que passei com Anna em 2016. Com a chegada do verão, eu me vi ocupada com viagens. Fui a casamentos na Geórgia, Maryland, Pensilvânia e New Hampshire. Estive na Carolina do Sul com minha família, em Montauk com Nick e fiz algumas viagens de final de semana para visitar meus melhores amigos da faculdade. A trabalho, fui a Paris para uma sessão de fotos com Bruce Springsteen, a Los Angeles para mais sessões de fotos e a Toronto para ajudar em um estúdio de retratos no Festival de Filmes de Toronto.

    Quando o outono chegou, minha agenda tinha se acalmado, mas Anna já fora embora. Ela estava em Nova Iorque com um ESTA, o visto para europeus que dava direito a ficar no país por três meses seguidos. Quando venceu, ela voltou para Colônia, na Alemanha, onde morava.

    Em outubro daquele ano, a New Establishment Summit anual da *Vanity Fair* foi em São Francisco e era uma conferência a que Anna havia planejado ir. Eu tinha até passado o contato do vice-diretor de eventos da revista para ela comprar um ingresso, que sairia por seis mil dólares. Ela estava ciente do preço e não parecia ser um problema, mas, alguns dias antes do evento, Anna mandou uma mensagem avisando que um amigo da família havia falecido e que ela ficaria na Alemanha por mais um tempo a pedido de sua mãe. Eu estava focada no trabalho, então o cancelamento teve pouquíssimo impacto nos meus planos.

    Durante os meses seguintes, eu passei mais tempo com os meus amigos da faculdade do que com Ashley ou Mariella. Anna mal passou pela minha cabeça nesse período em que não nos vimos. Até o dia em que ela voltou, quase seis meses depois, e pulou de volta para a minha vida.

Capítulo 4

Amizade instantânea

Em fevereiro de 2017, um ano depois que a conheci, Anna voltou para Nova Iorque. Eu falei pouco com ela durante o período em que não esteve nos Estados Unidos, algumas mensagens ocasionais através de um número internacional em que ela dizia estar ansiosa para voltar e colocar o papo em dia. Era um domingo quando ela chegou. Anna se hospedou no 11 Howard,[34] não muito longe do meu apartamento, e no domingo mesmo já me convidou para almoçar.

Ela queria experimentar o Le Cocou, um restaurante francês inaugurado recentemente no mesmo prédio que o hotel dela e que estava recebendo críticas maravilhosas. Era um lugar para se visitar, e Anna já sabia disso.

— Estou morrendo de vontade de ir lá — eu disse a ela, sabendo que reservas no restaurante eram praticamente impossíveis, uma vez que já vinham sendo feitas com meses de antecedência. Como hóspede do hotel, ela presumiu que o concierge conseguiria uma reserva de última hora, mas não fiquei surpresa quando isso não deu certo.

No final das contas, decidimos nos encontrar no Mamo, um restaurante italiano na West Broadway. Ao mesmo tempo que estava ansiosa para revê-la, eu não sabia o que esperar. Não a conhecia muito bem e tinha se

---

34   Hotel moderno e sofisticado próximo ao Soho, em Nova Iorque.

passado tanto tempo desde a última vez que havíamos nos visto e conversado, parecia que estávamos nos encontrando pela primeira vez. Eu também tinha ficado um pouco confusa sobre o porquê de ela ter me escolhido como a primeira pessoa para rever desde a sua volta. Apesar disso, me senti lisonjeada com o convite e saí do apartamento animada para revê-la. Eu me tornara boa em lidar com ligações frias e conhecer novas pessoas por trabalhar na *Vanity Fair* havia tanto tempo, mas novas amizades ainda tinham um período de incubação e eu levava um tempo para me sentir confortável. Eu estava com borboletas no estômago quando cheguei ao restaurante.

A decoração do lugar tinha um ar de Provença,[35] mesmo estando tecnicamente no SoHo. Na área do jantar havia cadeiras de bistrô, toalhas de mesa branca e uma bancada rosé por toda a extensão do lado esquerdo. Sob pôsteres de filmes italianos antigos emoldurados, espelhos retangulares ladeavam as paredes do restaurante.

Anna tinha se sentado em uma cabine em forma de L próxima à porta. Acima dela, um pôster de Lino Ventura e Jean-Paul Belmondo,[36] ambos com armas na mão e uma paisagem urbana ao fundo. *ASFALTO CHE SCOTTA*, lia-se o nome do filme em italiano para "Asfalto quente". O título original era *Classe Tous Risque*.[37]

Quando me viu, Anna sorriu e se levantou para me abraçar, suas bochechas estavam coradas. Ela vestia uma roupa preta casual, com um casaco de penas macio nos ombros. Seu rosto arredondado estava sem maquiagem, nem mesmo um rímel, e seu longo cabelo castanho estava solto, recém-secado com secador. Ela colocou seus pertences no balcão à sua esquerda e equilibrou uma enorme sacola de compras para que não caísse.

---

35   Cidade litorânea na França, na costa do mar Mediterrâneo.
36   Atores italiano e francês, respectivamente, das décadas de 1960 e 70.
37   Em português: *Como fera encurralada*.

— Há quanto tempo está aqui? — eu perguntei, sentando-me à sua frente. Ela tinha acabado de chegar, vindo direto da loja da Apple, onde comprara um MacBook e dois iPhones — um para o seu número internacional e outro para o seu número local.

Anna pediu um Bellini — um coquetel de pêssego com vinho branco italiano — para o garçom, um jovem italiano com olhos de cachorrinho. Eu pedi o mesmo. Ela estava ansiosa para beber. Anna me disse que os seus pais quase não bebiam e que, se bebesse sozinha, eles achariam que ela era alcoólatra ou algo do tipo. De acordo com Anna, ter voltado para casa foi bom para se organizar e fazer um detox.

Ela me contou que, durante o seu ano fora, aproveitou para fazer longas trilhas. Eu respondi com entusiasmo: havia crescido perto das Montanhas Smokey e também gostava de fazer trilhas. Levei mais de um mês para perceber que Anna usava a palavra "trilhas" tanto para o que eu interpretava como caminhadas em montanhas ou trilhas íngremes, quanto para falar de simples caminhadas. Ela não parecia se importar, estava feliz de termos uma atividade em comum — nós duas gostávamos de andar. Era uma conexão.

Durante essas caminhadas, Anna contou que colocava fones de ouvido e ouvia música enquanto explorava as paisagens do interior, o que a ajudava a limpar a mente.

— Deve ter sido gostoso — eu comentei. Natureza e espaços abertos eram praticamente um luxo em Nova Iorque, uma cidade com cimento e multidões por todos os lados. Não foi o comentário que ela esperava.

— Foi totalmente entediante — ela desdenhou.

Eu fiquei surpresa e decepcionada, mas fiz um esforço para tentar justificar a sua resposta e atitude como um sintoma da idade e do privilégio que ela tinha. Afinal, para algumas pessoas, aparentar estar entediado é considerado "legal" e entusiasmo é visto negativamente.

O garçom retornou e claramente esperava que fizéssemos o nosso pedido. Eu não tinha nem olhado o menu ainda. Naquele momento, não sabia nem por onde começar.

— Capelli d'angelo ao molho carbonara para a princesa? — ele sugeriu.

— Pode ser — eu respondi.

— Ah, devíamos pedir uma garrafa de vinho — Anna disse, ainda olhando o menu.

— Eu prometi a mim mesma que iria limpar meu apartamento hoje e ainda tenho que fazer algumas coisas do trabalho — eu disse, mais para mim mesma. — Mas um vinho cai bem agora.

— São só duas taças cada, a gente não precisa terminar a garrafa.

— Ah, ok. Vamos beber então — eu concordei.

Eu gostava de ter alguém que me pressionasse dessa maneira. Anna fazia parecer que ceder a algumas indulgências não era sempre uma questão de sim ou não. Era uma questão de um passo de cada vez. Ela até fazia isso soar sensato. Sua forma de pensar às vezes era muito diferente da minha — como ao escolher morar em hotéis em vez de apartamentos —, mas isso só tornava sua visão de mundo ainda mais fascinante.

Nova Iorque atrai todo tipo de gente: artistas e banqueiros, imigrantes e temporários, novos ricos e dinheiro velho, pessoas esperando para serem descobertas e pessoas que nunca querem ser encontradas. Todo mundo tem uma história para contar — algumas mais elaboradas que outras. Mas, sem exceção, pessoas são feitas de camadas, e camadas viram personagens, personagens fascinantes.

Anna era uma personagem — eu já sabia, mas tinha esquecido o que a fazia tão diferente: o sotaque europeu e a forma exótica de ela falar, a forma que simplesmente escolhia ter, falar e fazer qualquer coisa que queria. Ela estava a fim de comer o macarrão com mais carboidratos, mais molho e mais recheado que tinha no menu e pediu sem dar uma única desculpa e sem nenhum traço de culpa. Eu, por outro lado, era o oposto dela.

Eu sabia que seria um longo almoço. Encorajada pela minha leve embriaguez, decidi tocar no assunto família, o qual ela nunca havia mencionado. Quando perguntei se ela era próxima aos pais, Anna me disse que o relacionamento entre eles parecia mais baseado em negócios do que em amor. Isso me era difícil de entender, em diversas maneiras. *Negócios?* Como assim? Eles não se interessavam por Anna, apenas distribuíam dinheiro sem nenhum afeto? Ou usavam o dinheiro como uma forma de poder para exigir que ela atendesse às expectativas deles? Ela não parecia alguém que tivesse frequentado colégio interno (as suas habilidades interpessoais eram muito... *impetuosas*), então eu a imaginei em casa, negligenciada emocionalmente, no interior de Colônia, em uma mansão antiga com tantos cômodos que poderiam se passar vários dias antes de Anna encontrar com alguma outra pessoa. Isso explicaria a sua autonomia, eu pensava, e me fazia sentir pena dela.

O pai dela trabalhava com energia solar, ela me contou, mas o dinheiro da família vinha do avô, que havia morrido quando a mãe de Anna era jovem. Os seus pais não entendiam as ambições e o mundo em que Anna vivia, ela acrescentou, mas eles confiavam nela para tomar as próprias decisões. Negócios à parte, parecia não haver muita coisa com que eles pudessem construir uma relação: — Eu não sei, sobre o que deveríamos conversar? Eles não entendem o que estou fazendo. — Anna não via motivos para tentar. Quando ela deu a entender que a sua mãe sentia-se triste pelo fato de as duas serem distantes, eu notei uma leve melancolia em seu tom.

— E irmãos? Você tem algum? — perguntei, esperando algo um pouco mais alegre. Ela disse que o seu irmão era doze anos mais jovem, então, em essência, ela tinha sido criada como filha única. A sua mãe tinha sido cuidadosa em manter os dois completamente separados, ela explicou, para prevenir que Anna ficasse enciumada ou incomodada.

Anna falava como se fosse normal, como se a sua mãe tivesse feito um bom trabalho em separar os dois, e talvez até tenha. Talvez o temperamento de Anna não lhe permitisse se misturar com outros. Contudo, isso me fez pensar que Anna tivesse alguns problemas.

Ela me lembrava de uma menina que conheci no ensino fundamental. Aqui, iremos chamá-la de "Sarah Jean". Sarah Jean tinha uma vida difícil. A mãe dela era líder do meu grupo de coral — até que os outros pais perceberam que ela tinha problemas em controlar a raiva. A gota d'água foi durante uma performance de Natal em que, na frente do público, ela berrou: *Sorriam! Isto é para ser alegre!*

Sarah Jean tinha muita dificuldade em se dar bem com as outras meninas. Ela era desleixada e intrusiva. Queria atenção o tempo todo e o seu comportamento fazia com que as outras meninas se sentissem desconfortáveis. Para piorar, foi a primeira a entrar na puberdade, então ela ficou ainda mais estranha aos olhos das outras.

Minha mãe passou a se interessar pelo bem-estar de Sarah Jean. Fazia questão de prestar atenção nela, de ouvir as suas opiniões e tratá-la com mais gentileza e carinho. Minha mãe me encorajou a fazer o mesmo. Anos depois, quando perguntei para a minha mãe o motivo daquilo, ela disse que era porque *"conseguia ver um problema surgindo naquela garota"*.

— É preciso uma aldeia? — eu perguntei naquela época, me referindo ao provérbio: é preciso uma aldeia para criar uma criança.

— É preciso pessoas que estejam dispostas a enxergar — ela disse. — Meninas requerem atenção especial.

Eu via pedaços de Sarah Jean em Anna. As coisas em comum entre elas fizeram eu me aproximar mais ao invés de me afastar, como teria feito normalmente. Achei que eu poderia ser uma pessoa de quem ela precisasse, alguém com quem ela pudesse contar. A autoconfiança de Anna podia ser excessiva às vezes, mas eu via isso como uma prova de sua resiliência. Eu não tinha uma herança, ou nem mesmo economias, mas minha família havia me dado todo o amor e o encorajamento do mundo — e, mesmo assim, ir atrás de sonhos era algo incerto e traiçoeiro. Surpreendia-me que Anna, três anos mais nova do que eu, tivesse criado um sonho tão grande quanto a sua fundação e estivesse trabalhando duro para realizá-lo, tudo por conta própria.

O garçom chegou com o prato de macarrão caracol, fumegante em meio ao queijo parmesão gratinado. Eu dei uma mordida e parei. Era culpa minha por não ser mais assertiva: eu era intolerante a lactose e meu prato estava coberto de queijo. A coisa racional a se fazer era chamar o garçom e explicar o ocorrido, mas não foi o que fiz. Sem querer causar um transtorno, eu decidi passar rapidamente na farmácia mais próxima e comprar uma caixa de Lactase: *voilá*, problema resolvido. Anna revirou os olhos e sorriu quando contei meu plano. Eu pedi licença e saí à procura de uma farmácia.

Após quinze minutos — e azar em dois estabelecimentos — eu achei uma pequena farmácia na Rua Central. Encontrei a última caixa de Lactase em uma prateleira entre um produto para gases e outro para o estômago. Bingo! Paguei às pressas e voltei para o Mamo, me perguntando o que Anna e o garçom deveriam pensar de mim.

Anna estava no processo de tirar os novos celulares das caixas quando cheguei. Ela pediu licença para ir ao banheiro logo que me sentei; ao mesmo tempo, o garçom apareceu com um novo prato. Anna havia tomado a liberdade de explicar a minha situação e pedir para que preparassem um novo prato sem leite e derivados.

O meu plano de correr pelo bairro à procura de remédio tinha um furo: a comida esfriaria. Eu fiquei agradecida que ela houvesse falado por mim.

Quando terminamos de comer, o garçom trouxe uma tigela de morangos com açúcar de confeiteiro de sobremesa, juntamente com seu número de telefone em um pedaço de papel.

— Ele queria saber se você estava solteira — ela disse. — E eu falei para ele lhe perguntar diretamente. — Apesar de não estar interessada, era verdade que Nick e eu estávamos tendo algumas crises em nosso relacionamento. Tínhamos brigado pouco antes do meu aniversário e logo em seguida, já que tinha recentemente saído do seu trabalho para Anna Leibovitz, ele resolveu passar um mês peregrinando pela Costa Rica, e desde então estava sendo péssimo manter contato. Era uma fase em que não sabíamos se estávamos realmente juntos ou se tínhamos terminado. Então não, não estava disponível para sair com o garçom, mas eu *estava* particularmente feliz por ter Anna de volta na cidade, bem quando precisava de uma distração.

Quando a conta chegou, Anna entregou o seu cartão e puxou o meu de lado, dizendo que, por ter me convidado, ela pagaria a conta. Eu insisti, mas sem sucesso, então acabei aceitando e lhe agradeci.

Quando saímos do restaurante, eram quase cinco da tarde. Nós andamos em direção ao hotel, e Anna me convidou para entrar e tomar alguma coisa. Passamos pelo saguão moderno do hotel, indo direto para uma escada em espiral de aço à esquerda. A escada dava duas voltas ao redor de uma coluna maciça, subindo até o segundo andar. Lá, nós entramos na Biblioteca, um *lounge* estiloso que parecia um dos clubes do SoHo House,[38] só que mais bonito, porque não havia sido descoberto por todos e me fez sentir exclusiva ali.

---

38   Um clube privado para membros exclusivos e normalmente famosos.

O design do lugar tinha algumas características escandinavas. Todos os elementos da decoração, desde os móveis até a iluminação, pareciam obras de arte. Ao entrar, você se deparava com uma recepção à esquerda, com dois funcionários do outro lado da mesa, mexendo no computador e atendendo ligações. O restante do espaço era dividido em pequenas áreas de descanso: um sofá escultural e espreguiçadeiras ficavam em volta de uma mesa de café no estilo nórdico; do lado direito, havia uma mesa para cada duas cadeiras com assentos largos; no meio do espaço, próximo às janelas, um enorme vaso de flor enfeitava uma mesa redonda de seis lugares; e no fundo da sala, um candelabro iluminava uma longa mesa de jantar.

Meus olhos passaram por todo o espaço e pararam em uma fotografia pendurada do outro lado da mesa da recepção, uma imagem em preto e branco de um teatro vazio — era parte de uma série de fotos de um fotógrafo japonês chamado Hiroshi Sugimoto. Luz emanava de um telão de cinema em branco, iluminando do centro da imagem até o palco vazio, os assentos e o teatro. Sugimoto havia usado um formato de câmera que era capaz de capturar milhares de quadros de um filme em uma única imagem. O resultado parecia algo de outro mundo. Toda vez que olhava algo do trabalho dele, eu me lembrava de Shakespeare, uma peça dentro de outra peça. Suas fotos capturavam energia cinética, maravilhosa e cheia de emoção e luz. Observar a obra era como se eu estivesse lá naquele teatro, como se eu fosse parte da audiência e estivesse olhando para aquele teatro vazio sob uma tela em branco.

Qualquer coisa poderia acontecer ali naquele palco, ou talvez já tivesse acontecido. Talvez tudo já estivesse lá, naquela tela branca.

Anna, havia pouco reinstalada em Nova Iorque, tinha uma agenda: ela queria estabelecer uma rotina de academia. Eu tinha recentemente cancelado o meu plano em uma academia para economizar dinheiro — eu poucas vezes ia mesmo — e estava me sentindo fora de forma. Anna havia descoberto um aplicativo que permitia reservar um horário com um *personal trainer* que viria até nós, então decidimos testar juntas. Agendamos nosso primeiro exercício para quarta-feira daquela semana.

Na quarta-feira de manhã, eu acordei mais cedo do que de costume. Vesti um agasalho e desci os quatro andares do meu prédio pela escada me sentindo energizada e entusiasmada. Depois de uma corrida leve de dez minutos, cheguei ao hotel de Anna e mandei uma mensagem informando que estava lá embaixo. Enquanto esperava por uma resposta, eu fiquei admirando o saguão do 11 Howard. Sem a luz da Golden Hour,[39] o saguão parecia muito mais frio, minimalista e moderno, cheio de superfícies lisas de mármore. Ainda sem resposta, enviei outra mensagem e ela finalmente me respondeu, pedindo para eu subir até o seu quarto.

O corredor do nono andar não era muito iluminado e o carpete no chão abafava qualquer som. Quando eu bati na porta do 916, Anna atendeu. O seu rosto parecia inchado. Ela estava usando algum tipo de macacão de mergulho profissional que era mais chique que muitas das minhas roupas de trabalho. Eu havia vestido naquela manhã os meus shorts velhos do time de futebol e uma camiseta larga, e então, olhando para ela, senti como se tivesse errado na escolha de roupa.

— Entre — ela disse.

Ao entrar, notei um banheiro logo à minha esquerda. Cada centímetro da pia de mármore estava coberto

---

39   Expressão utilizada no ramo da fotografia para referir-se ao período logo após o nascer do sol e imediatamente antes do pôr do sol, quando a luz do dia é mais avermelhada e mais suave.

com produtos de beleza caríssimos. O quarto em si era pequeno, mas também estava repleto de pertences espalhados. Suas malas de viagem eram aquelas de plástico duro e encontravam-se no canto esquerdo do quarto, atrás de uma mesa oval quase impossível de enxergar em razão da quantidade de papéis e sacolas de compras sobre ela. Do outro lado do quarto, entre o espaço da cama e da janela, Anna tinha enfiado um *rack* de metal para pendurar a jaqueta de penas que havia usado no domingo e outras peças de roupa preta. *Então é assim a vida de alguém que mora em um hotel?*, eu me perguntei. No console da televisão, notei embalagens vazias de Net-a-Porter[40] e da Amazon, além de equipamentos de academia que ela havia comprado on-line, todos ainda em sacolas — uma corda de pular com luzes de LED e uma escada ergométrica. Eu não tinha dúvidas que Anna pedia tudo o que queria através de um clique: serviço de quarto, vestuário de grife, roupas de academia chique e o que quer que fosse possível.

Anna pegou uma garrafinha de água. Mas o conteúdo não era água, provavelmente algum produto para emagrecimento. Ela apanhou a chave do quarto e então saímos, a porta trancando atrás de nós só de fechar. Aquela seria a primeira de muitas manhãs de exercícios com Anna. Fomos até uma sala vazia que o hotel mantinha como espaço multifuncional, e, quando o *personal trainer* chegou, ele nos guiou por uma série de exercícios de flexões, saltos, agachamentos e abdominais. Anna fazia os exercícios apenas parcialmente. Seguia as instruções, mas até um certo ponto, e focava mais em velocidade do que em performance. Ela também focava bastante no celular, que deixou tocando música. Foi naquele momento que descobri a paixão de Anna pelo Eminem, algo que não estava esperando. Uma coisa tão aleatória que me fez rir. "Lose Yourself", aquela música do filme de 2002, *8 Mile*,[41] tocava no volume máximo.

---

40 Marca de luxo britânica.
41 Em português: *Rua das Ilusões*.

Para mim era nostálgico, para Anna, um hino.

A convite de Anna, eu e o treinador nos juntamos a ela para tomar café no Le Coucou após o treino. Ela estava claramente decidida a comer naquele restaurante, e por sorte, devido ao horário, não tivemos nenhum problema para conseguir uma mesa. Era um péssimo lugar para começar o dia, pois tudo pareceria mais feio que aquele restaurante. Luz natural entrava no restaurante através de altas janelas e iluminava as toalhas brancas da mesa de forma belíssima, tudo isso enquanto bebíamos café em xícaras de porcelana. Eu me senti um pouco desconfortável, minhas roupas suadas claramente não eram adequadas para estar sentada em poltronas tão lindamente em veludo. Preocupada com o horário e com meu trabalho, pedi licença e saí do restaurante antes de Anna. Enviei-lhe uma mensagem perguntando se ela queria que eu dividisse o valor de oitenta e cinco dólares do *personal trainer*. *Não!*, ela me respondeu, como eu já imaginava. Eu era extremamente grata por sua generosidade.

Aquele foi um dia tranquilo no escritório. Nós estávamos terminando nossa edição de abril e um bom número de funcionários já havia ido para Los Angeles para a festa anual do Oscar que a revista organizava e que aconteceria no domingo. Meu voo só seria no final da semana. Eu queria ir ao pedicure antes da viagem e me perguntei se Anna gostaria de ir comigo. Era legal ter uma amiga que não seguia o cronograma das 8h às 17h e que morava no centro. Eu lhe mandei uma mensagem perguntando se ela estava disponível.

Estou saindo agora para ir ver apartamentos no SoHo, ela respondeu. *Quer ir junto? E sim, eu preciso de um pedicure*, ela acrescentou. *Podemos ir depois.*

A porta principal do número 22 da rua Mercer fez um pequeno som ao se abrir. Eu passei por um porteiro e peguei o elevador até o primeiro andar. O apartamento 2D era fácil de encontrar. O corretor de imóveis estava vestindo um terno pristino. Tudo nele parecia simétrico: boca, orelhas, olhos, cabelo — como se tivesse sido feito em fábrica. Eu o olhei com desconfiança enquanto ele me guiava por um longo hall de entrada com prateleiras brancas e objetos coloridos. Nós passamos a porta da suíte principal — a cortina parecia extremamente macia e a cabeceira da cama estofada dava ao quarto um ar mais feminino — e seguimos pelo corredor, passamos por uma larga janela que dava para uma pequena varanda, tão pequena que parecia mais decorativa do que funcional devido à escultura de uma gigantesca maçã vermelha em seu centro. Eu já tinha estado em apartamentos extravagantes como esse, para sessões de fotos, jantares e quando fui visitar familiares de alguns amigos — alguns apartamentos eram até mais bonitos que esse —, mas nunca tinha visitado um com alguém da minha idade cogitando comprar. Eu me senti honrada por Anna querer minha companhia, talvez até uma opinião, para tomar uma decisão tão importante e pessoal quanto essa.

Eu e o corretor entramos na cozinha, que era em conceito aberto e onde Anna estava, do outro lado do balcão, ao lado de uma parede de armários brancos envernizados, parecendo estar focada e ao mesmo tempo em casa. Como de costume, ela estava toda de preto, com uma bolsinha de couro pendurada no seu cotovelo esquerdo. Só então percebi que tinha um casal na sala de estar, que era ao lado da cozinha, mas em diferente nível. O casal estava conversando com outro corretor.

— Aquele é Fredrik Eklund — o corretor sussurrou. Eu não sabia quem era, mas assenti como se soubesse.

Anna me cumprimentou enquanto abria um armário da cozinha. Me aproximei e espiei com ela o interior. Tinha potes de cerâmica espaçados uniformemente, cada um rotulado de acordo com o seu conteúdo.

— Este apartamento é decorado? — eu perguntei.

— Não. Uma atriz famosa mora aqui — ele me respondeu.

Parecia um cenário de filme. Cadê a poeira? A bagunça? Tudo parecia novo em folha e imaculado. Eu mantive a minha opinião comigo mesma, sem saber ao certo o gosto de Anna. Afinal, se ela estava acostumada a morar em hotéis, talvez se importasse mais com comodidades do que com a personalidade de um ambiente.

Só depois ficaria sabendo que o apartamento pertencia a Bethenny Frankel do seriado *The New Housewives of New York City* e que a escultura de maçã era uma referência ao logo da série. E que Eklund era um corretor de imóveis famoso que aparecia em um programa de TV chamado *Bravo*.

Nós continuamos a nosso tour pelo apartamento em silêncio, enquanto o corretor de Anna abria e fechava portas e apontava para detalhes importantes com uma narração encenada: janelas em arco, mármore importado, armários embutidos, closet. Anna não deixava nada passar na sua expressão, mas ela estava prestando atenção em cada detalhe.

Dez minutos depois, percebi que ela estava ficando entediada e que sua atenção ia se dissipando. O corretor pareceu perceber o mesmo e então nos levou para uma rápida olhada no porão do prédio, onde tinha uma academia, e então saímos do local. Na calçada, Anna pediu um Uber. Quando o carro chegou, nós três entramos e fomos ver o próximo apartamento.

— Você tem um cabo auxiliar? — Anna perguntou para o motorista. Ele passou o cabo e Anna conectou o seu celular para ouvir música. Ela escolheu "Tunnel Vision" de Kodak Black e aumentou o volume para que qualquer tipo de conversa fosse impossível.

Anna estava interessada em mais um imóvel, um apartamento na Great Jones Alley, um prédio que ainda não tinha sido construído. Em vez de olharmos o apartamento em si, nós observamos um modelo em miniatura, plantas e uma suíte decorada que ficava no escritório de vendas ao lado.

Ao final do tour, quando estávamos na calçada, o corretor entregou a Anna uma sacola cheia de panfletos de apartamentos caríssimos. Ela aceitou relutantemente e prometeu entrar em contato. No momento em que ele se afastou e não conseguia mais nos ouvir, ela reclamou da sacola de lixo que agora tinha que carregar. Eu concordei que era um incômodo e pensei que a conversa acabaria ali. Mas Anna continuou: — Argh, *por que eu precisaria disso? É tão irritante!* — Ela odiava coisas desnecessárias, explicou. Era uma atitude relacionada ao seu estilo de vida. Ao morar em hotéis, ela só tinha espaço para coisas essenciais.

Eu me lembrei do seu quarto, lotado de coisas espalhadas, incluindo uma escada ergométrica, e fiquei intrigada com a contradição.

Anna continuou a série de reclamações. Quando era mais jovem, ela adorava ganhar coisas novas e as queria sempre organizadas, mas depois de um tempo ela tomou uma decisão. Por que deixaria que bens materiais a controlassem? Ela havia chegado à conclusão de que *"nada disso importa mesmo"* e que *"coisas, assim como dinheiro, poderiam ser perdidas em instantes"*.

Eu fiquei feliz em ouvir Anna falar aquilo. Me fez perceber que ela não se prendia a sua riqueza. — A gente não leva nada quando partimos — eu concordei.

Naquela quarta-feira em particular, eu já tinha me exercitado, tomado café da manhã e ido procurar por apartamentos, tudo em companhia de Anna. Em três dias e meio eu tinha passado mais tempo com ela do que com qualquer um dos meus melhores amigos em um mês inteiro. Mas nosso dia juntas ainda não tinha terminado. Nós paramos para comer — os panfletos inúteis nos acompanhando — antes de ir para o salão. Fomos para o Blue Ribbon Sushi na rua Sullivan e nos sentamos no bar. Em nossa frente, viam-se vários frutos do mar, um mais colorido que o outro, todos à mostra em uma janela curvada. Eu fiquei encarando um tentáculo solitário que estava em um prato, admirando as pequenas ventosas. Aquilo era repulsivo e encantador ao mesmo tempo e peguei meu celular para tirar uma foto.

— Eu gosto de sushi, mas isso é um pouco novo para mim — confessei. — Minha mãe não gosta de peixe, então nós não comíamos quando crianças. — Para mim, aquele tentáculo parecia uma língua de monstro, não interessava meu estômago nem um pouco.

Anna me disse que tinha comido sushi várias vezes com Hunter, então deixei para ela fazer o pedido. Normalmente, eu teria escolhido alguma coisa "segura", que sabia que iria gostar, como rolinhos primavera ou tempurá de camarão, mas eu estava feliz por ter uma desculpa para tentar algo novo (contanto que não tivesse tentáculos). Ela foi falando nomes de pratos diferentes com experiência: *hamachi*, rolinho vietnamita, *uni*, *ikura* e duas taças de vinho branco.

Anna tinha um arsenal de curiosidades referentes à cultura pop que ela usava para me educar nesse mundo. Durante a refeição, por exemplo, ela ficou surpresa ao descobrir que eu não sabia nada sobre Danielle Bregoli, uma adolescente que havia recentemente ficado famosa por causa da frase "*Cash me outside, how 'bout dat*"[42] em um episódio de Dr. Phil.[43] Anna achou o vídeo da

---

42 Em português: "Te pego na saída, o que você acha disso?".
43 Psicólogo americano que se tornou conhecido pelo público ao participar dos programas de Oprah Winfrey como consultor de comportamento e relações humanas.

cena, intitulado "Eu Quero Devolver a Minha Filha de Treze Anos que Rouba Carros, Empunha Facas e Fica Rebolando por Tentar me Incriminar". Enquanto esperávamos pela nossa comida, assistimos ao vídeo, no qual Bregoli, uma adolescente com cara de criança, chapinha no cabelo e brincos de argola enormes, descrevia o seu mau comportamento sem um pingo de remorso. Quando a menina percebeu que as pessoas do auditório estavam rindo dela, ela as chamou de "vadias" e as desafiou, duvidando que teriam coragem de enfrentá-la cara a cara. Quando Dr. Phil questionou o que aquilo significava, a mãe da garota explicou: significa que ela vai lá fora fazer o que tem que ser feito.

Talvez sua ousadia e sua marra tornassem a cena engraçada, mas não era um humor que eu compartilhava. Eu vi Anna dar risada e tentei enxergar o que ela via, mas Bregoli me fazia lembrar da minha escola, quando ainda estava no ensino fundamental, das crianças que vinham de bairros barra-pesada e de famílias difíceis, que acabavam se rebelando na escola porque tinham tão pouca atenção em casa que elas buscavam um pouquinho que fosse, da forma que podiam. O vídeo me deixou triste. Notando a minha reação, Anna automaticamente mencionou a fama que Bregoli alcançou, mostrando a conta do Instagram da menina como evidência. Mas isso só fez com que eu me sentisse pior. O objetivo do programa era mostrar para a menina que o seu comportamento delinquente tinha consequências negativas. Em vez disso, a deixou famosa na internet.

Eu fiquei com medo de que a minha desaprovação me marcasse como puritana, então tentei fingir que não havia me incomodado. Por que eu tinha que levar tudo tão a sério? Era algo realmente importante? Eu não podia simplesmente ver isso como piada?

A dinâmica da nossa amizade estava aos poucos ficando mais clara. Anna me desafiava a ser menos certinha, crítica e mais leve e divertida. Ao mesmo tempo, ela me convidava para o mundo dela de hotéis, restaurantes e atividades excêntricas. Eu era tanto a sua plateia quanto a sua companhia. E parte de mim queria ser um pouco mais como ela.

Eu paguei o almoço, e no Uber até o salão, nós avaliamos a situação das nossas unhas. As de Anna pareciam sementes de abóbora, pintadas em um tom de areia que ficava mais fosco ao se aproximar do centro da unha. — Eu finalmente entendi agora, — ela disse, se referindo ao formato das suas unhas. — Se eu as deixar assim, elas não quebram. — Anna tinha um tique, ela ficava beliscando as unhas de uma mão com o dedão e o indicador da outra mão, quando estava distraída, como naquele momento no carro.

— Meu pai fica louco com isso — ela disse, tendo percebido que eu estava olhando. Comentou que ele achava que os outros iriam pensar que tinha algo de errado com ela. Anna abriu um sorriso quando se questionou se o pai estava certo ou não.

Anna tinha uma tatuagem no pulso, eu já havia notado, mas não sabia o seu significado. Era o contorno de um laço de fita. — Há quanto tempo você tem essa tatuagem? — eu perguntei.

Desde pequena, ela contou. A tatuagem era uma homenagem a Maria Antonieta. Durante o período escolar, Anna havia escrito um trabalho sobre a rainha e sua morte infeliz, e tinha desenvolvido uma fascinação por ela. Eu não conseguia entender por que ela admirava uma pessoa que supostamente teria mandado seus súditos comerem brioche quando ouviu que estes estavam passando fome. Lembrei então do filme *Maria Antonieta* de Sofia Coppola, com a Kirsten Dunst, e imaginei uma Anna de quinze anos assistindo ao filme, talvez fosse *essa* rainha que ela idealizava.

— Eu tenho essa tatuagem há tanto tempo, eu até esqueço que ela existe — ela me contou. Pelo tom de voz, deu a entender que a admiração pela rainha já havia passado.

Nós chegamos ao Golden Tree Nails & Spa, um salão que eu tinha escolhido porque os funcionários eram sempre legais e atenciosos. Nós entramos com uma série de olás por parte dos funcionários e fomos até as prateleiras de esmaltes coloridos. Eu escolhi um tom bordô. Não me lembro da escolha de Anna. Nós sentamos lado a lado nas cadeiras de massagem e mexíamos em nossos celulares enquanto enchiam de água as bacias aos nossos pés e preparavam os materiais. Anna, que transformava tudo que fazia em algo divertido, resolveu pedir uma taça de vinho.

— Vai em frente — eu disse e acabei concordando em uma taça. Eu já estava um pouco alterada por causa do vinho do almoço, mas resolvi me juntar a ela, como de costume. Anna pediu uma garrafa de vinho por um aplicativo e em breve seria entregue no nosso endereço. Ficamos em silêncio quando as cadeiras começaram a massagear as nossas costas e os funcionários mexiam em nossos pés.

Foi Anna quem quebrou o silêncio. — Nós devíamos ir a uma sauna infravermelha — ela sugeriu. Ela já tinha mencionado a sauna antes. Pelo que havia entendido, a sauna era como um micro-ondas, que usava luz infravermelha para esquentar nosso corpo de dentro para fora. Eu não tinha a mínima ideia do que aquilo significava.

— Vamos então — eu disse, topando qualquer coisa.

Anna segurava o celular com a mão esquerda enquanto usava os dedos da mão direita para navegar no celular. — Eles têm vagas para esta noite — ela comentou e fez uma reserva para um *spa* chamado HigherDOSE.

— Legal!

Enquanto esperávamos nossas unhas secarem, uma mulher entrou no salão segurando uma sacola plástica preta. Anna acenou para chamar a atenção da moça. — *Delivery?* — a mulher perguntou.

— Isso — Anna respondeu. O vinho chegou quando já tínhamos que ir para o *spa*, então, sem abrir a garrafa, eu paguei pelas nossas unhas e saímos às pressas. Anna puxou dois copos de plástico do bebedouro e, quando entramos no Uber — depois que o celular dela já estava conectado e tocando *rap* —, ela abriu o vinho e encheu os copos de plástico. Beber em veículos não me deixava muito confortável, mas eu não falei nada.

Nós terminamos os nossos copos assim que chegamos à East First Street. O *spa* ficava dentro de uma loja chamada A Cozinha do Alquimista, que parecia estar fechada. Porém a porta estava destrancada e nós entramos e passamos por um bar vazio. Mais para dentro, viam-se prateleiras cheias de misturas ervais curativas: tinturas, óleos, incensos e sálvia. Só estávamos nós duas ali. Seguimos em direção a uma escada nos fundos da loja e vimos que tinha uma mesa de informações do *spa*.

A mulher de trás da mesa parecia uma sósia da Shailene Woodley, a atriz de *Divergente*. — É a primeira vez que vocês vêm aqui? — ela perguntou.

— Alguém já te falou que você é a cara da Shailene Woodley? — eu soltei. Todos os vinhos do dia soltando a minha língua.

— Sim. — Ela riu. Acontecia o tempo todo, ela disse. — Mas meu nome é Becca.

Becca nos explicou como funcionava a sauna. — Não se preocupem se vocês perceberem marcas pretas na toalha — ela disse. — O calor é ótimo para eliminar toxinas e o corpo pode liberar metais pesados ao suar. — Ela pegou algumas toalhas de um armário e nos guiou até uma área privativa.

Era um espaço quadrado, escuro e silencioso, com uma cabine de madeira e portas de vidro ao centro. Havia uma vela, um bebedouro e alguns copos em uma mesa em um dos cantos da sala. Becca pegou um controle remoto da bacia que também estava em cima da mesa. — Vocês vão usar isso para mudar as cores da cabine — ela explicou, apertando um botão. Ela então pegou um guia para cromoterapia e explicou rapidamente qual energia cada cor irradiava. Azul, por exemplo, era usado para trazer relaxamento e eliminar a dor; enquanto vermelho servia para aumentar o pulso e a circulação. Eu estava um pouco cética, mas intrigada, e fiz várias perguntas. Anna não estava nem aí. Ela só prestou atenção quando Becca nos mostrou um cabo que podíamos usar para tocar música.

Enfim sozinhas, podíamos começar nosso tratamento. Eu fui até um dos cantos da sauna para me despir com um pouco de privacidade e me enrolar em uma das toalhas brancas. Anna fez o mesmo no lado oposto da sauna. Ela tirou a garrafa de vinho da sua bolsa da Balenciaga e serviu dois copos. Eu brinquei com o borrifador e passei por uma névoa fina de água de rosas para pegar o copo que Anna tinha me oferecido.

A porta da cabine era parecida com a de boxe de chuveiro. Nós nos sentamos em um banco de madeira uma ao lado da outra, nossos ombros a apenas um palmo de distância. — Você quer escolher as músicas? — eu perguntei, e obviamente ela queria. Ela escolheu uma *playlist* mais variada que tinha outros artistas além de Eminem.

Nós já estávamos molhadas de suor nos dez primeiros minutos e ainda tínhamos mais quarenta e cinco. Se alguém abrisse a porta naquele momento, encontraria duas jovens com o rosto vermelho, cabelos presos em coque, suando horrores em toalhas brancas e rindo bobamente enquanto tomavam vinho. Tudo isso ao som de música dentro de uma caixa que mudava de cor a cada poucos minutos. Pode até não soar bem, mas nós estávamos nos divertindo.

De vez em quando, Anna cantava baixinho junto com a música, e eram canções que eu não esperava que ela curtiria, como "It's All Over Now, Baby Blue" do Bob Dylan. Ela disse que essas músicas a faziam lembrar de Olivier Zahm,[44] o editor-chefe da revista *Purple,* onde havia estagiado. Anna me contou que ele costumava tocar esse tipo de música quando estavam no carro. Não passou pela minha cabeça perguntar por onde ela andaria de carro com ele — provavelmente eu supus que fosse em Paris ou na cidade onde as impressões da revista eram feitas, que ela dissera ser próxima de sua cidade natal.

Anna me contou muito mais de sua vida do que eu da minha, e estava tudo bem para mim, que sempre fui uma pessoa mais reservada, desde criança. Eu estava contente por ser só a ouvinte.

Beber vinho em uma sauna tinha sido uma péssima ideia. Nós tínhamos brincado com isso, dizendo que a combinação nos faria eliminar o álcool à medida que fossemos suando, mas a realidade foi que nós ficamos moles por causa da desidratação. Eu fui a primeira a parar. Trocamos o vinho pela água e mesmo assim, ao final dos quarenta e cinco minutos, estávamos acabadas. Poças de suor ficavam para trás quando saímos da sauna. Depois de termos tomado banho, sentamos um pouco para nos refrescar. Quando fomos nos vestir, rimos novamente com a nossa dificuldade para colocar a calça jeans colada com o corpo úmido.

Nosso corpo ainda estava quente quando saímos para a noite fria. Perspirávamos enquanto esperáva-

---

44   Editor de revista francês, crítico de arte, diretor de arte, curador, escritor e fotógrafo. Ele é o cofundador e proprietário da revista semestral de arte e moda *Purple.*

mos o carro chegar. E fomos terminar o dia na biblioteca do 11 Howard. Eu tomei um suco verde e Anna, mais uma taça de vinho. Havia sido uma quarta-feira bizarra, um dia que, sem Anna, teria sido normal. Eu ainda não a conhecia muito bem e nem ela a mim, mas havíamos encontrado o nosso ritmo e em um único dia nós tínhamos estabelecido as atividades e os lugares que seriam centrais na nossa amizade nos meses que viriam.

CAPÍTULO 5

Dilúvio

Meu papel na vigésima terceira festa anual do Oscar da *Vanity Fair* era de auxiliar Justin, o fotógrafo da revista. Graças aos meus colegas no departamento de moda, eu estaria pegando emprestado um Valentino azul-marinho de veludo, com decote drapeado e alças finas que se cruzavam nas costas. Mal podia esperar. Eu havia pousado em Los Angeles no domingo de manhã, o dia do evento, e estava no *spa* do Montage Beverly Hills quando Anna me mandou uma mensagem.

Fui à sauna hoje de manhã sozinha, ela escreveu, referindo-se à mesma sauna que havíamos ido juntas. *Meu Deus, eu acabei de descobrir que você pode comprar a cabine inteira por tipo, mil dólares.* Ela me enviou o link do site como prova.

Que incrível!, respondi entusiasmada. *Eu estou na sauna do hotel agora!*

Eu não levei a descoberta de Anna muito a sério — ela morava em um hotel; onde enfiaria uma sauna? Então ela mandou mais uma mensagem: *Eu vou tentar descobrir se consigo colocar no hotel em algum lugar. Faz muito sentido ter a sua.* Dei risada sozinha e balancei a cabeça meio descrente. Eu li a mensagem dela duas vezes antes de responder. Não era ela que tinha dito algo sobre coisas desnecessárias?

Haha!, duvido que eles vão deixar, eu respondi.

Eu vou comprar uma e dizer: opa, não sabia que era tão grande assim.

Típico de Anna: pedir desculpas, não autorização. Eu já conhecia a rotina. Mas ter uma sauna de mil dólares no quarto de hotel? Não tinha certeza se ela estava brincando ou não. Eu já havia percebido que Anna tinha algumas ideias que pareciam mais com piadas. Ela normalmente dava risada das ideias, mas acabava seguindo em frente até onde conseguia. (Nessa situação específica, ela foi até o final. Quatro meses depois, o 11 Howard abriu uma HigherDOSE dentro do hotel, graças a ela.) A grandiosidade de Anna, mesmo que às vezes confusa, costumava dar certo.

Eu segui com o meu dia. Fui até um salão de beleza e fiz um penteado com trança lateral. Quando retornei ao hotel, eu me juntei a duas colegas de trabalho para fazermos as nossas maquiagens com um profissional. Depois fui direto para o meu quarto para dar alguns retoques finais, vesti uma cinta para apertar minha barriga, afivelei meu salto de cinco centímetros da Marni[45] e, por último, coloquei o meu vestido. Nesse momento tive um problema: eu prendi a respiração, encolhendo a barriga, e me virei para tentar puxar o zíper até o final. No meio do caminho, o zíper ficou preso. Eu briguei com ele por alguns minutos, mas, como estava atrasada, fui forçada a desistir.

A festa aconteceria em um pavilhão conectado ao Wallis Annenberg Center para Artes Performáticas. Eu cheguei às 16h30 e me esquivei dos meus colegas, tentando manter minhas costas escondidas. Ryan foi o primeiro colega que encontrei. — Me ajuda! — eu pedi e virei de costas. Segurei minha respiração novamente e abri um pouco os braços. Ele puxou com força e o zíper soltou. Por fim vestida adequadamente, eu fui me encontrar com Justin para começar o trabalho.

A cerimônia do Oscar terminou em uma confusão imensa, um envelope errado fez que Faye Dunaway

---

45 Grife italiana.

anunciasse por engano que *La La Land* tinha levado a estatueta de Melhor Filme em vez de *Moonlight*. O fiasco resultou em um corte no discurso de aceitação e uma tentativa de consertar a situação que deixou mais de trinta milhões de telespectadores com vergonha alheia.

Quando os convidados chegaram à festa, todos agitados devido ao drama que tinha acabado de ocorrer, eles estavam mais do que prontos para beber. Garçons com terno branco serviam bandejas de Dom Pérignon logo na entrada. O salão estava lotado de estrelas de cinema, ícones da moda, políticos, músicos, atletas e magnatas. As páginas da revista aos poucos foram ganhando vida.

Meu trabalho era uma edição hollywoodiana da vida real de "Onde está Wally?": "Encontre os Oscars". Eles estavam nas mãos de Emma Stone, Casey Affleck, Viola Davis, Mahershala Ali, entre outros. Eu andei pelo salão, procurando rostos e cutucando Justin quando eu via uma foto. O espaço virou um Paraíso de Celebridades — Mick Jagger, Scarlett Johansson, Matt Damon, Mary J. Blige, Tom Ford, Elon Musk, Jackie Chan — muitos que se juntavam em grupos inesperados, como Amy Adams conversando com Vin Diesel; Pharrel Williams com Charlize Theron e Salma Hayek; e Jony Ive com Katy Perry.

Por volta das duas da manhã, a festa começou a caminhar para o fim — algumas pessoas até então permaneciam aqui e ali, aqueles que seguravam estatuetas ainda estavam na adrenalina da vitória da noite e seguiriam firmes até de manhã. Quando o salão ficou praticamente vazio, eu tirei meus sapatos e fui descalça até o serviço de transportes. Já no hotel, caí na cama assim que entrei no quarto e só fui acordar horas mais tarde em uma confusão de grampos e cílios postiços.

Anna não me perguntou a respeito da festa. Tirando a nossa conversa sobre a sauna, ela fez apenas perguntas vagas. *Como está aí em LA?* Ou *Como você está?* Eu achei legal ela não ter me pressionado para saber de nenhuma fofoca do mundo dos famosos. Em vez disso, ela focou em fazer planos para quando eu voltasse. *Eu vou estar com a Kacy às 6h30 da manhã na segunda, terça e sexta da semana que vem*, ela escreveu. *Você está convidada.*

Anna estava determinada a entrar em forma e havia feito uma pesquisa e descoberto que a treinadora de famosos Kacy Duke tinha feito Dakota Johnson entrar em forma para o papel dela em *50 tons mais escuros*. O valor de trezentos dólares a sessão era aparentemente simbólico para Anna.

Eu sei que você só vai voltar na segunda à noite, ela escreveu, *então pode aparecer na terça ou na sexta.*

Beleza, eu respondi. *Eu acho que provavelmente estarei muito cansada na terça, mas adoraria ir na sexta!*

A princípio, achei que acompanharia Anna na sua aula uma única vez, a qual ela estava pagando independentemente da minha presença, e que talvez eu pudesse aprender alguma coisa para repetir sozinha depois.

Mas quando voltei para Nova Iorque, a minha amizade com a Anna se intensificou e passamos a nos ver praticamente todos os dias, não só para o treino. Nick ainda estava no exterior e nosso relacionamento ia de mal a pior. Coincidentemente, eu tinha me afastado um pouco de Ashley e Mariella enquanto Anna esteve na Alemanha.

Não teve nenhuma razão específica — eu estava me sentindo menos sociável no inverno, preferindo ficar mais em casa. A vida em Nova Iorque era assim, em fases. Quando você pode ter qualquer coisa, a qualquer momento — restaurantes, bares, clubes, museus, teatros e assim vai, em uma cidade que nunca dorme —, ou você faz tudo, ou você não faz nada.

Naquela sexta, às seis da manhã, Anna me mandou mensagem para ter certeza de que eu tinha acordado. Nosso treino estava agendado para as 6h30 e o plano era que Anna passaria para me buscar e juntas iríamos para a academia de Kacy, que ficava em Chelsea. Foi decisão dela de malhar tão cedo (em parte porque esse era o horário que Kacy tinha disponível). Mesmo que Anna não tivesse que cumprir o horário comercial como eu, ela colocava metas elevadas na sua agenda da semana. E frequentemente não as alcançava. Não demoraria para eu aprender que Anna estava constantemente atrasada, mesmo que no fundo ela quisesse ser uma pessoa matinal.

A manhã estava congelante, então, em vez de esperar do lado de fora, eu fiquei de olho da janela da cafeteria que sempre frequentava. Anna já estava atrasada quando me mandou mensagem avisando que o Uber tinha cancelado. Quando ela finalmente apareceu, eram dez para as sete, eu já tinha terminado meu café e uma pequena tigela de cereal. Nós chegamos à academia de Kacy quarenta e cinco minutos atrasadas.

O treino acontecia em uma academia no subsolo de um prédio de luxo. Eu e Anna pulamos do carro e corremos para dentro, com Anna guiando o caminho. Nós ignoramos o porteiro e atravessamos o saguão indo direto para o elevador. Quando as portas se abriram, Anna entrou no elevador como se não houvesse pessoas saindo. No andar debaixo, eram necessárias as digitais de Kacy para que as portas se abrissem. Ficamos presas do lado de fora, mas logo vimos um homem se aproximando. Ele abriu a porta e Anna entrou sem ao menos olhar para ele. Entrando atrás dela, eu pedi desculpas e agradeci ao homem.

Apesar do nosso atraso, Kacy nos cumprimentou com um sorriso. Ela era mais velha que eu e Anna, provavelmente na casa dos cinquenta, mas aparentava ter muito menos. E estava muito mais em forma que nós duas. — Vamos lá, meninas, está na hora de se mexer

— ela disse e eu me senti aliviada, pois tinha assumido que, com o nosso atraso, ela não conseguiria nos dar aula antes do próximo aluno. Kacy ignorou as minhas desculpas e nos colocou para trabalhar. Nós começamos com exercícios para os braços. Depois de me medir, Kacy me entregou um par de pesos de dois quilos, o mesmo que ela tinha dado a Anna. *Ela está subestimando a minha força*, eu pensei. Mal sabia que, depois de várias séries de pequenos movimentos, com um peso em cada mão, eu mal conseguiria levantar meus braços no dia seguinte.

Focamos nas nossas pernas em seguida. Kacy demonstrava um exercício — de forma impecável —, Anna copiava e depois era a minha vez. Eu tentei não olhar enquanto Anna fazia as séries. Ela os executava muito rápido e de qualquer jeito, e se nós nos olhássemos, as duas iriam cair na risada.

O penúltimo exercício da manhã era chamado "Levantamento de bunda nova-iorquino", Kacy disse em meio a risos. Nós precisamos ficar em uma posição abaixada, como se estivéssemos preparadas para atacar, e então levantar apenas a bunda. Quando eu finalmente comecei a pegar o jeito do exercício, Kacy me interrompeu. — Rachel, como vou conseguir ver se sua bunda está tendo resultado se você usa essas calças de vovó? — ela zombou em meio a risos. Eu e Anna caímos na gargalhada.

Anna agendou cinco aulas com Kacy para a segunda semana de março.

— Você deveria vir! — ela insistiu.

— Você tem certeza? É o *seu* treino particular. Eu não quero que você tenha que dividir a atenção de Kacy. É a sua aula.

— Eu estou pagando trezentos dólares por aula, então tecnicamente posso fazer o que eu quiser. Sem contar que Kacy é super de boas, ela não liga. E é mais divertido se a gente fizer juntas. É meio entediante ter que fazer tudo aquilo sozinha.

Era uma oferta tão boa que fiquei feliz de aceitar. Nós fomos juntas no domingo e de novo de terça até sexta. Todas as manhãs começavam com uma mensagem de Anna: *Está acordada?* E então eu ia até o café na esquina pegar uma bebida para nós e esperar ela vir me buscar.

Anna estava sempre atrasada e tinha sempre algum problema com o Uber. Todo motorista que era conectado com ela acabava cancelando. Imaginei que isso era resultado das notas que ela ganhava no final de cada corrida. Eu estava acostumada com ela — e vivia dando desculpas para o seu comportamento —, mas os motoristas a viam como mal-educada, normalmente atrasada e exigente. Ela nunca falava *"Poderia aumentar o som, por favor?"*. Era sempre *"Aumenta o som"* até um volume que fazia as caixas de som estralar. Ela arrancava cabos e batia portas sem dizer um mísero obrigada.

Nós começávamos o dia indo para Chelsea; a trilha sonora era a *playlist* favorita de Anna, com músicas como "Mask Off" de Future ou "Acting Crazy" de Action Bronson[46] tocando nos alto-falantes no volume máximo. A música continuava na academia, onde Anna sincronizava o seu celular com uma caixa de som Bluetooth que a acompanhava em cada exercício. Anna recebia olhares irritados dos outros alunos de Kacy quando a música ficava muito alta, e Kacy acabava intervindo, controlando o volume. Na verdade, Kacy era a pessoa perfeita para balancear nossa dupla: quando éramos inconsistentes, ela nos centrava; quando estávamos atrasadas, ela era paciente; quando estávamos dispersas, ela chamava a nossa atenção.

Depois de ter usado a mesma calça de academia por vários dias seguidos, o meu guarda-roupa foi pro-

---

46 *Rapper*, escritor, chefe de cozinha e apresentador norte-americano.

movido. Anna me deu um par de *leggings* que tinha comprado on-line na Net-a-Porter e não gostou. A calça havia ficado curta na canela, mas, como eu era mais baixa que ela, em mim a calça chegava quase nos meus tornozelos. Com as calças e mais uma visita à minha loja favorita de descontos, a T. J. Maxx,[47] eu tinha roupas de academia suficientes para manter as minhas idas à lavanderia apenas uma vez na semana.

Eu e Anna tínhamos nos tornado inseparáveis. O mundo era mais charmoso quando ela estava por perto — as regras pareciam não se aplicarem a ela. O estilo de vida de Anna era um mundo cheio de conveniências, a facilidade com que ela adquiria as coisas era sedutora. Os nossos exercícios normalmente terminavam em visitas à sauna. Nós corríamos da Kacy para HigherDOSE e depois voltávamos para o 11 Howard para um café da manhã no Le Coucou, seguindo a fórmula criada por Anna para uma vida saudável. A gente alternava quem pagava pelas sessões no HigherDose — não de uma forma sistemática, mas por quem fazia a reserva no aplicativo —, mas as aulas e os cafés da manhã eram todos na conta de Anna. — Você trabalha duro pelo seu dinheiro, muito mais do que eu terei que trabalhar na vida — ela me disse.

Se não fosse pelas nossas tardes, os exercícios que fazíamos pelas manhãs teriam sido suficientes para nos deixar em forma. Anna normalmente me enviava uma mensagem antes do final do meu expediente. *Quer vir aqui tomar alguma coisa depois que você sair?* Março passou conosco nos encontrando depois do meu traba-

---

47 Cadeia de lojas de departamento que vende produtos mais baratos.

lho pelo menos duas vezes na semana. Nós começávamos na Biblioteca. Anna falava por nós duas. Ela reinava, tendo feito amizade com todos os funcionários do hotel e me dando a posição de conselheira e confidente. Como era de costume, Anna me contava mais do que eu contava para ela, o que fazia sentido, considerando a magnitude do dia dela (reuniões milionárias sobre investimentos, por exemplo) comparado ao meu (marcar horário no salão de beleza para as minhas sessões de fotos). Eu ouvia com interesse tudo que ela contava sobre as reuniões com as pessoas envolvidas no mundo da hotelaria — pessoas como Richie Notar[48] e André Balazs. Ela também falava sobre as negociações financeiras, sobre ter se encontrado com um diretor chamado Spencer Garfield e um banqueiro chamado Dennis Onabajo do Fortress Investment Group. — Nós precisamos marcar um jantar para que você possa conhecê-los — ela disse, o que achei um pouco estranho, mas gentil da parte dela. Até onde sabia, Anna não era amiga próxima de ninguém em Nova Iorque além de mim, então fazia sentido que ela quisesse compartilhar comigo as suas conquistas e conexões.

— O Fortress foi todo CSC comigo e eu passei, então qualquer um achando que não sou de confiança deve apenas olhar isso — ela disse enquanto bebíamos vinho branco e comíamos ceviche na Biblioteca. Ela me explicou que CSC era um acrônimo para Conheça Seu Cliente, um processo que instituições financeiras utilizavam para avaliarem potenciais clientes antes de fazer qualquer tipo de negócio. Ter passado pelo CSC do Fortress, como ela disse, significava que a empresa tinha verificado a identidade dela, analisado sua adequação e avaliado riscos em potencial para determinar se ela era de confiança e ética.

O simples fato de Anna entender o mundo dos fundos de cobertura já me impressionava, que dirá ela

---

48 Empresário do setor hoteleiro e antigo gerente da cadeia de restaurantes e hotéis Nobu.

entender o suficiente para navegar por esse mundo e lidar com toda a papelada e Deus sabe mais o que era necessário para satisfazer possíveis investidores e convencê-los a investir nela. Era compreensível a preocupação de Anna com questionarem a sua legitimidade: ela era uma jovem excêntrica de vinte e seis anos — metade fashion, metade estrangeira (e digo também no sentido intrínseco: tinha algo nela que a marcava como diferente, *alien* e estranha). Eu conseguia ver por que as pessoas poderiam ter dúvidas. Ela era uma mistura de fashionista e analista financeira em um corpo pintado por Botticelli. Era confuso, mas o efeito normalmente funcionava a favor dela.

Nossa presença na Biblioteca do 11 Howard era tão constante que nos sentíamos em casa lá. Jogávamos as nossas coisas no sofá e nos sentávamos nos bancos altos da mesa da recepção para fofocar com quem estivesse trabalhando lá naquela hora. Nem todos achavam Anna divertida, mas ninguém podia negar que ela era ousada. Ela era direta de uma forma que incomodava algumas pessoas e tão confiante que chegava a ser cômico. Da mesma forma que achava a confiança dela divertida, eu também a abominava às vezes. Anna se comportava como uma criança mimada e mal-educada, o que era intrigante, pois ela tinha a tendência de fazer amizade com trabalhadores em vez de gerentes e ocasionalmente deixava escapar comentários que mostravam uma profunda empatia com os trabalhadores. — É muita responsabilidade ter pessoas trabalhando para você. Porque elas têm famílias para alimentar, isso não é brincadeira — ela disse uma vez. Era tranquilizador ouvir Anna falar esse tipo de coisa e normalmente ela falava isso nas horas certas, quando eu estava achando difícil me sentir conectada a ela, ao mundo dela.

Um dia eu a peguei tendo uma conversa motivacional consigo mesma em frente ao espelho da Biblioteca. — Eu sou linda e rica — ela se gabou. Nós tínhamos bebido algumas taças de vinho, mas, mesmo assim, eu fiquei boquiaberta.

— Você está falando sozinha? — perguntei. — É impressão minha ou você acabou de se chamar de linda e rica?

Ela virou imediatamente e o sorriso em seu rosto era vulnerável, mas, quando viu minha consternação, ela caiu na gargalhada. Anna se deliciava com a minha surpresa, como se ela fosse uma criança que havia sido pega falando palavrão pelos pais. Eu acabei rindo também, boba com ela. Às vezes parecia que Anna estava atuando: a menina que veio para terra — grandiosa, ingênua, única e completamente deslocada.

Nunca dava para saber se ela estava falando com sinceridade ou se era brincadeira. Eu me lembro de um dia em que ela chamou alguém de plebeu — não me lembro se foi na cara do sujeito ou quando ele já tinha se afastado, mas ela tinha dito com um escárnio teatral. Eu fiquei chocada. — Você acabou de chamar alguém de plebeu? — eu perguntei, não acreditando nos meus próprios ouvidos. Ela riu, de novo, ante a minha surpresa. Mas daquela vez eu não a acompanhei.

— Ah, não é ofensivo na Alemanha — ela explicou.

— Aqui é — respondi.

De vez em quando, nós brincávamos com outros hóspedes do hotel. Simpática por natureza, eu normalmente batia papo com eles por mais tempo que Anna achava necessário. Anna demorava segundos para decidir se uma pessoa tinha algo de bom para oferecer, seja entretenimento, conversas ou algo a mais. Se decidia que não, ela normalmente os ignorava. Parando para pensar nisso, eu não me lembro de nenhuma ocasião em que Anna tenha fingido gostar de alguém ou de algo. Anna era direta com as suas opiniões, e ela era cheia de opiniões. — Saia daqui com essa porcaria — ela poderia dizer, só parte em brincadeira, se alguém lhe oferecesse batatas fritas ou qualquer outra coisa aleatória que ela não queria. Ela também amava se referir a outras pessoas e a coisas como *"fake news"*. Normalmente era assim:

— Anna, não, está tão tarde! Eu preciso ir para casa.

— Não, não, volta aqui! — Anna chamou o garçom, rindo sozinha. — Mais duas taças, não escute Rachel, ela só fala *fake news*.

Anna sabia em que pé ela estava em relação a tudo. Até o que não era opinião ela transmitia com propriedade. Por exemplo: se você perguntasse a Anna sobre política, ela diria ser decididamente apolítica. Ela acreditava que política tinha pouquíssima relação com poder. A verdadeira força governamental era dinheiro.

Mesmo quando eu discordava dela ou sentia vergonha do seu jeito, da forma que se achava no direito de cortar as pessoas enquanto falavam, por exemplo, o fato de Anna estar constantemente opinando sobre tudo me fazia querer a sua aprovação e eu me sentia privilegiada por ser sua amiga. Quando estávamos só nós duas, Anna me contava sobre as suas reuniões e as frustrações por causa dos atrasos do aluguel da Church Missions House. A fundação era o sonho de Anna. Ela trabalhava para que o sonho se realizasse, mas era apenas um conceito ainda, então eu ouvia enquanto ela fazia planos.

Anna tinha um jeito para descrever o mundo, os sistemas e as estruturas de poder que fazia com que tudo parecesse possível. Além das galerias, do clube privativo, do restaurante, do salão noturno, do bar e da padaria alemã, Anna queria que o espaço sediasse eventos que iriam misturar arte, comida e música. Ela falava de chefs de cozinha que gostaria que trabalhassem com ela — no momento tinha a atenção fixada no Action Bronson, depois de ter visto o programa dele chamado *F... That's delicious*[49] —, artistas que ela admirava e da cena de arte contemporânea. Anna era experiente, e em um mundo dominado por homens banqueiros, advogados e investidores, ela era assumidamente ambiciosa. Eu gostava disso nela.

---

49   Em português: "Foda-se... isso é delicioso".

Depois de alguns drinques na Biblioteca, nós desceríamos a escada em espiral, sairíamos pelo saguão de entrada e daríamos a volta até o Le Coucou. A nossa primeira parada no restaurante seria em um cantinho no lado esquerdo do bar. Você podia nos encontrar em um sofá laranja confortável, bebendo vinho e distraindo o barman enquanto ele preparava as bebidas dos outros clientes que aguardavam em suas mesas. As paredes à nossa volta eram cobertas com murais pintados à mão, mostrando um bosque enevoado. Os tons frios enfatizavam o ar romântico e caloroso do bar e do candelabro de cristal.

Para a maioria das pessoas, jantar lá não era algo casual. Em 2016, o restaurante estava no seu auge, era o destino para ocasiões especiais, as reservas estavam sempre cheias. Como naquele filme de 2003, *Eloise no Plaza*, Anna morava no hotel, e se a Biblioteca era a sua sala de estar, o Le Coucou era a sua cozinha. O lugar aonde ela ia para fazer refeições, reuniões e travessuras à noite.

Por Anna ser uma cliente regular do restaurante, nós recebíamos atendimento preferencial. Entrávamos sem precisar seguir um funcionário e, depois de uns drinques no bar, o maître, que já sabia os nossos nomes, nos levava para uma mesa. Anna, que na maioria das vezes estava vestida com um moletom da Supreme, calças de academia e tênis, passava pela toalha de mesa branca e sentava-se na banqueta incorporando uma espécie de luxo preguiçoso. A irreverência de Anna, tanto nas roupas quanto no comportamento, enviava uma mensagem clara para as pessoas ao seu redor: a noite especial delas naquele restaurante era apenas mais uma noite normal para ela — exceto que, em vez de pizza no sofá, ela comia enguia Montauk frita com trigo sarraceno de entrada e seguia com *bourride*. Esses eram os pratos favoritos dela. Anna tinha feito amizade com os garçons, com o *sommelier* e até mesmo com o chef, Daniel Rose, que, a pedido dela, fazia um *bouillabaisse*, um prato típico francês, que não tinha no menu, só para atendê-la. Ela bebia Puilly-Fumé como se fosse água, e eu me esforçava o máximo para acompanhá-la.

A dinâmica no meu relacionamento com Anna evoluiu de tal forma que eu mal percebi o quão estranha era. As atividades que fazíamos no começo da nossa amizade envolviam gastos que eu podia bancar — a sauna infravermelha, por exemplo, e o primeiro *personal trainer* que tivemos. Naquela época, quando me comprometia com uma atividade, eu assumia que pagaria minha parte. Anna algumas vezes insistia em pagar por nós duas e eu retribuía o favor em outra ocasião.

O único problema foi quando os gostos de Anna passaram a ficar cada vez mais caros. Ela começava no raso, mas nadava rapidamente até o fundo. Investia em sua aparência como se fosse uma transação de negócios. Ela foi ao Christian Zamora, um especialista em cílios postiços, e pagou quatrocentos dólares em uma extensão, ou pagava cento e quarenta dólares para fazer retoques. Ela também foi ao salão de Marie Robinson — a cabeleireira das famosas — e pagou mais quatrocentos dólares para pintar o cabelo e duzentos dólares na Sally Hershberger para cortá-lo. Ela queria experimentar tudo: crioterapia, microagulhamento, terapia intravenosa para beleza, e assim por diante. Quando se tratava de bens materiais, ela se continha, mas para gastos indulgentes, ela não conseguia se segurar.

Esse comportamento é que havia levado Anna até Kacy Duke e que fazia com que ela retornasse várias vezes ao Le Coucou. E como Anna gostava de ter companhia, ela me arrastava até o fundo com ela. Eu sabia me comportar nesse mundo, graças ao meu trabalho na revista e minhas experiências passadas com amigos ricos da faculdade, mas não era capaz de me manter longe do raso sozinha. Anna sabia disso. Mesmo assim, Anna queria as coisas que ela queria e me puxou para o seu barco. E eu deixei.

— O que vocês vão querer esta noite? — o garçom do Le Coucou perguntou. Ele mantinha as mãos unidas e o corpo inclinado para a frente. Eu e ele olhamos para Anna, que escolhia os vinhos e os aperitivos para a mesa. Quando era a minha hora de escolher a entrada, eu me virava para Anna para pedir a sua benção. Não é que eu precisasse da sua autorização — ela teria me dito para escolher o que eu quisesse —, mas eu tinha crescido com excesso de polidez, e era ela que estava pagando, então aceitava estar sujeita a sua opinião e acabei me tornando cada vez mais deferente.

Eu não tinha percebido que, com o passar do tempo, a balança da nossa amizade não estava mais em equilíbrio e que tinha mudado irreversivelmente.

PARTE II

Capítulo 6

Agitação

A viagem havia sido ideia de Anna. Ela disse que precisava sair dos Estados Unidos até o meio de maio, mais ou menos em um mês, para que pudesse pedir um novo ESTA. Em vez de voltar para Colônia e ficar com caminhadas entediantes pelo interior, ela propôs uma viagem para algum lugar quente. Já fazia muito tempo desde a minha última viagem de férias, e, depois de pensar um pouco, eu acabei concordando, acreditando que iríamos para a República Dominicana em algum pacote promocional. Eu já tinha decidido passar algum tempo viajando na primavera — não parecia uma má ideia acrescentar alguns dias em minha viagem para a França, onde iria me encontrar com meus colegas para a abertura da exposição de fotografias de Annie Leibovitz em Arles. Meia hora depois de ter mandado a primeira mensagem falando da viagem, Anna enviou outra perguntando: *Você tem algum departamento de viagem na Vanity Fair?* Eu respondi que nós usávamos uma agência de viagens. *Vou te ligar*, ela respondeu.

Em nossa conversa pelo telefone, Anna explicou que queria fazer um documentário durante a viagem, que estaria cobrindo todos os custos de hotel, assim como gastos comerciais. Precisava de minha ajuda para procurar destinos possíveis para que pudéssemos aproveitar ao máximo, já que uma viagem para fora dos Estados Unidos era algo que ela precisava fazer de qualquer jeito. Depois de algumas sugestões, ponderando vários lugares, Anna sugeriu Marrakesh — ela sempre teve vontade de ir —, já que aparentemente estava na moda. Ela sugeriu o hotel La Mamounia, um resort de luxo cinco estrelas que estava na lista dos melhores do mundo. Eu descobri que ele era incrível após uma pesquisa no Google. Ela me encaminhou a confirmação da reserva do *riad* no valor de sete mil e quinhentos dólares a noite quatro dias depois de decidir viajar. O valor não era absurdo, não se considerássemos os padrões de Anna, afinal, ela morava em hotéis cinco estrelas o tempo todo, seja em Manhattan ou quando ela estava em uma ilha na Grécia. Até aquele momento, estava contando que eu mesma iria pagar por minhas passagens e meus gastos pessoais.

A única coisa que faltava decidir era quem mais iríamos convidar. A prioridade de Anna era encontrar um cinegrafista para o documentário. Uma das concierges do 11 Howard, Neffatari Davis, era uma miniempreendedora amigável que tinha um sorriso bonito e adorava uma fofoca. Convenientemente, ela também era aspirante a cenógrafa. Eu e Anna tínhamos passado algum tempo com Neff quando ela estava trabalhando e algumas vezes depois do seu expediente, quando ela se juntava a nós no jantar ou no bar. Ela era dois anos mais nova que Anna, o que a fazia cinco anos mais nova que eu. Era evidente que Neff tinha um interesse em tudo que indicava talento, fama e dinheiro — se seus olhos brilhavam com alguma coisa, principalmente se tinha a ver com cinema, ela não guardava segredo. Ela carregava as paixões dela para todo mundo ver. Por algum motivo, ela me chamava de Vrachel, que significava Verdadeira Rachel, e eu não ligava.

Ela era uma escolha óbvia para ser a cinegrafista da nossa viagem ao Marrocos, e ela topou na hora. Neff e Anna tinham pesquisado hotéis antes da decisão de Anna em escolher o La Mamounia, e nós três fizemos um grupo para compartilhar planos para as filmagens e quem mais convidaríamos.

ANNA: A suíte que eu reservei tem três quartos e pode acomodar seis pessoas, colocando duas pessoas por cama.

EU: Beleza, tá ótimo, a gente precisa resolver quem mais vamos convidar, né?

ANNA: Me dê sugestões de três pessoas. A gente não precisa de seis, mas é o que cabe.

EU: Vou perguntar pros caras que trabalham comigo, mas quase todos são casados ou têm filhos.

NEFF: Eu estou super dentro. Já até achei gente para cobrir o meu turno no hotel.

ANNA: Legal. Vamos fazer um filme!!

Ela enviou uma série de *emojis* de câmera de cinema.

ANNA: Nós precisamos de mais três adereços que combinam com a narrativa.

NEFF: AAAA Estou tão animada!

Neff, por sua vez, enviou uma série de *emojis* de claquetes.

De acordo com a lei de Nova Iorque, uma pessoa que ficava mais de trinta dias consecutivos em um hotel era considerada inquilina em vez de hóspede, o que dificultava o seu despejo. Para evitar esse tipo de coisa, hotéis normalmente colocavam um limite de dias que uma pessoa podia ficar no hotel, sendo necessário pelo menos um dia fora do hotel antes de renovar a reserva.

Por causa disso, Anna tinha que sair do 11 Howard toda vez que chegava perto de ela alcançar a marca de trinta dias. Ela odiava a inconveniência. Seguir procedimentos e políticas era o seu grande inimigo, ela enxergava os protocolos a serem seguidos como uma arbitrariedade do hotel. Em meados de abril, quando ela estava perto de completar um mês no hotel, Anna teve uma ideia: ela iria fazer uma reserva de um dia no 11 Howard em meu nome. Eu faria o *check-in* e pegaria a chave por formalidade, mas todas as coisas de Anna permaneceriam no quarto. Ela faria uma mala e passaria vinte e quatro horas no Greenwich Hotel, onde jantaríamos e aproveitaríamos o *spa*. Anna cuidaria da questão do pagamento.

Eu não vi nada de errado com o plano, então, como combinado, fui até o 11 Howard por volta das dezessete horas no dia 11 de abril, uma terça-feira. Assim que entrei no hotel, Anna passou por mim sem parar ou ao menos olhar para mim. Ela não tinha me visto? Como que ela não tinha me visto? Foi estranho, mas, quando os olhos de Anna estavam fixados em um objetivo, o resto do mundo era invisível para ela.

Aonde você foi?, eu mandei uma mensagem, confusa com a saída repentina dela. Tínhamos massagem marcada para dali a uma hora.

Eu preciso pegar umas bagagens, ela respondeu, *volto em vinte minutos*.

Neff fez o meu *check-in*. O processo não demorou muito. Ela me deu a chave, mas, por não ter motivo para ir ao quarto, eu esperei por Anna no saguão e liguei para o *spa* avisando que nos atrasaríamos.

Anna apareceu uma hora depois — dez minutos depois do nosso horário no *spa*. Mais uma vez, ela passou por mim praticamente correndo, só parou para pegar a chave do quarto da minha mão, e seguiu em direção ao elevador, onde enfiou uma mala de viagem nova gigantesca da Rimowa.[50] Como havia sido Anna quem

---

50 Fabricante de malas de alta qualidade amplamente conhecidas por suas ranhuras paralelas de alumínio, que se tornaram características da marca.

tinha feito as reservas no *spa* e quem iria pagar, eu não via problemas em esperar por ela. No entanto, eu estava surpresa — não pela primeira vez — com o seu comportamento errático e um tanto quanto misterioso.

A recepção do hotel Greenwich fez o *check-in* dela rapidamente, e então corremos pelo saguão e pegamos o elevador direto para o *spa*. Nós estávamos tão atrasadas que só conseguimos aproveitar trinta minutos da nossa hora. A nossa meia hora de *spa* foi extravagante e um alívio para mim, eu estava passando por um momento estressante, com toda a situação não resolvida do meu relacionamento com o Nick e com a minha avó Ruthie, que tinha pegado pneumonia aos noventa anos. Anna não sabia nada disso, pois eu guardava a minha tristeza e a minha ansiedade para mim.

Neff se juntou a nós após o seu turno. Enquanto ela e Anna conversavam e riam na sauna a vapor, eu saí para atender uma ligação de Nick. Quando voltei e me encontrei com elas no vestiário, Anna e Neff perceberam que eu tinha chorado. Sem perguntar o que tinha acontecido, elas tentaram me animar. Neff começou me dizendo que eu era muito forte para chorar por homens e muito gentil para ter feito algo errado. Anna tentou me confortar também, mas de uma forma diferente.

— Ele só pode ser um estúpido — ela disse, sorrindo, usando a palavra estúpido no mesmo tom que aparecia em "Got It Good" do Russ, uma música que ouvíamos durante a nossa sessão de exercícios.

Eram raros os momentos em que eu deixava alguém ver que estava triste, então me senti exposta por ter as duas presenciando o meu choro. Mas o apoio delas fez com que eu me sentisse mais próxima a elas, então não foi de todo ruim.

Quando fomos jantar no Drawing Room, um espaço exclusivo para hóspedes, eu já estava me sentindo muito melhor. Nós conversamos sobre o namorado de Neff (um *rapper* que ela conhecia desde a infância em Washington, D.C.), os outros funcionários do 11 Howard e nossos planos para o Marrocos. Neff, por ter muito interesse em cinema, estudava cada detalhe do Greenwich como se o próprio dono do hotel — Robert De Niro — os tivesse escolhido. Eu fui para casa depois do jantar, animada com as férias que estavam por vir e feliz por ter a amizade da Anna e de Neff.

A viagem estava se aproximando, e Anna estava determinada a convidar mais pessoas. Ela me pediu sugestões, principalmente pessoas que poderiam ajudar Neff no filme. Eu estranhei que Anna, que estava pagando toda a viagem, queria que *eu* escolhesse as pessoas que chamaríamos, se bem que era eu quem trabalhava na indústria fotográfica e Anna não tinha contatos nesse ramo. Eu perguntei casualmente para alguns amigos meus, pessoas que podiam tirar uma semana de folga para fazer uma viagem, mas não insisti muito. A minha hesitação era definitiva, mas indefinida, eu não sabia exatamente por que hesitava, alguma coisa não parecia certo. Anna era tão fora de série, que eu não tinha certeza de que meus amigos entenderiam o jeito dela. Era uma forma de protegê-la? Ou proteger os meus amigos? Talvez a ambos? Anna também despertava uma parte de mim que eu não considerava a melhor. Por causa dela eu vivia me atrasando para as coisas, bebia demais e negligenciava outras amizades. Eu me orgulhava de ela gostar de mim, mas ao mesmo tempo, no fundo, me sentia envergonhada. Era possível uma coisa dessas?

Sentindo uma necessidade de me reconectar com a minha família, eu passei o feriado da Páscoa em Spartanburg, na Carolina do Sul, na casa dos meus avós. Plantei flores no jardim de minha avó com a minha mãe. Nós escolhemos algumas e as levamos para minha avó Ruthie na clínica, o pior já havia passado, mas ela ainda estava se recuperando. Eu também fiquei um pouco com meu avô Fletcher e fiz trilhas com meu pai. No domingo de Páscoa, pintamos ovos na varanda dos fundos com meus irmãos e primos. Foi um final de semana tranquilo e sem complicações. Era bom estar cercada de pessoas queridas.

Anna passou o feriado com Neff enquanto eu estava fora, algo que havia se tornado rotina. Mesmo parecendo que via Anna todos os dias, eu havia viajado bastante durante março e abril. Eu tinha ido visitar minha irmã Jennie em Baltimore, tinha ido para Stillwater em Minnesota para uma despedida de solteiro e para Washington, D.C., para uma festa de noivado. Eu também tinha recebido uma visita da minha colega de quarto da faculdade, a Kate, que veio para a cidade para a prova de seu vestido de noiva.

Neff depois me contou que, no tempo em que estive fora, Anna parecia solitária. Eu tinha percebido que Anna aparentemente não tinha muitos amigos e sabia que ela havia se afastado de Mariella (e, em consequência, de Ashley) antes de voltar para a Alemanha em 2016. Não sabia muito dos detalhes, alguma coisa referente à falta de tato de Anna — aparentemente ela tinha ligado para Mariella para passar uma notícia ruim, mas transmitiu a mensagem como se fosse uma fofoca divertida. O jeito que as três haviam se separado era algo que tinha me deixado cautelosa em relação a Anna, mas não era algo que me surpreendia totalmente, e eu insistia em lhe oferecer o benefício da dúvida. Sim, ela podia não ter muito tato e, sim, lhe faltavam habilidades sociais, mas Anna era bem-intencionada.

Enquanto eu estava em Spartanburg, Anna e Neff jantaram no Gramercy Tavern,[51] fizeram compras no

---

51 Restaurante americano famoso.

Rick Owens[52] e experimentaram crioterapia — uma forma de atrasar o envelhecimento através de uma câmara de gelo por dois ou três minutos. Anna havia comprado um novo par de sandálias durante uma de suas saídas e me mandado a foto por mensagem: *Eu acho que elas são a sua cara por causa das pérolas.*

No final de semana, Anna levou Neff para se exercitar com Kacy. Durante a sessão, Anna convidou Kacy para a viagem ao Marrocos. Quando Anna me disse que Kacy tinha aceitado, eu fiquei contente e aliviada de ter um adulto de verdade indo conosco.

Estou tão ansiosa para nossa aventura, eu mandei.

Sim! Nós vamos focar no filme e em entrar em forma, Anna respondeu.

Meu voo de volta para Nova Iorque era na segunda de manhã bem cedo, e, assim que pousei, vi uma mensagem de Anna. *O que você acha de convidar Mark Seliger para ir com a gente?*, ela perguntou. Mark era um fotógrafo profissional — ele também era amigo e cliente de Kacy —, mas eu só o conhecia através do meu trabalho. Eu falei para Anna que seria um pouco estranho para mim profissionalmente. Sabia que ela estava levando a sério a ideia do filme, mas convidar Mark, um homem mais velho que trabalhava comigo, para uma viagem com quatro mulheres para uma vila privativa? Não.

Mas faz sentido, porque ele conhece você e Kacy e também trabalha com vídeos, Anna argumentou.

Ele é um fotógrafo muito famoso e conhecido, eu respondi. *Ficaria surpresa se ele tiver disponibilidade.*

Mudamos o tópico da conversa e Mark não foi mencionado novamente. Eu não contei a ninguém nem

---

52 Estilista e designer americano.

que Anna tinha mencionado o convite. Era muito esquisito. Estava claro que Anna estava ficando cada vez mais aborrecida com o fato de não saber quem convidar, e o que tinha começado como algo divertido estava ficando mais estressante do que esperava.

Para piorar, no final de abril a amizade entre Anna e Neff havia ficado tensa. Quando paro para pensar sobre a amizade delas, eu consigo ver que era algo fadado a acontecer — Anna esperava de Neff uma relação de amizade e de funcionária. Ao mesmo tempo, era fácil de ver como Neff poderia não acreditar na sinceridade da oferta de Anna. Anna funcionava na base de extremos: noites de festa e almoços grandiosos, declarações ousadas e grandes gestos. De tudo isso, o que Neff deveria levar a sério?

Apesar do entusiasmo dela, Anna me contou que Neff não estava respondendo suas mensagens perguntando da disponibilidade dela para viajar — coisa que Anna precisava para confirmar a reserva do hotel — e o período de cancelamento gratuito estava terminando, após o que o dinheiro que Anna tinha colocado de depósito não seria mais reembolsado. Anna tinha dado a Neff um prazo para receber uma resposta e já estava de saco cheio por ter que cobrar.

Quando as datas foram finalmente decididas, Neff publicou no Twitter: *Estou indo pro Marrocos em algumas semanas para gravar um filme. Dois anos atrás eu era uma gerente no Starbucks. Você não pode me dizer que Deus não existe.* Na sessão de comentários, Neff havia respondido a mensagem de felicitações de uma pessoa perguntando-lhe se não queria se juntar a elas na viagem. Quando a garota respondeu que sim, Neff disse que iria checar para ver se todas as posições de assistente pessoal tinham sido preenchidas.

Anna me mandou um *print* da conversa.

É um pouco demais, não acha?, ela perguntou.

Eu concordei. Parte do meu trabalho em sessões de fotos era garantir que todo mundo envolvido respeitasse as políticas de sigilo — qualquer mídia social era proibida. Era uma distração para o nosso objetivo, que era produzir algo incrível para a revista publicar. Viagens, locações, *sets* e talentos não eram recrutados para que fotógrafos — ou qualquer outra pessoa — instantaneamente contassem detalhes ou compartilhassem imagens que quebravam o nosso sigilo ou exclusividade. Era algo que me incomodava e que tornou minha reação pouco caridosa, especialmente porque Neff não tinha minha experiência com eventos fechados.

Considerando que eu tive que ir atrás dela para que me confirmasse as datas faltando um dia para o limite..., Anna continuou.

Sim, isso é irritante, eu disse.

Esse é meu problema com essa gente, Anna reclamou.

Eu interpretei a declaração dela como uma afirmação genérica referente às pessoas que falavam mais do que faziam.

Anna preferia que Neff tivesse ao menos esperado gravar o filme antes de postar sobre ele. *Seria vergonhoso para ela se essa viagem não acontecesse*, ela mandou. *E ainda convidando gente aleatória do Twitter quando você sabe que não está em posição de convidar ninguém. Tipo, eu gosto dela, ela parece ser alguém que dá duro na vida. Mas esse desejo psicótico de se mostrar é bem desagradável para mim.*

Ela continuou. Anna falou que tinha se oferecido para pagar os equipamentos que Neff alugaria. De acordo com ela, Neff disse que ia atrás de lentes fotográficas em uma loja de câmeras, mas não tinha ido até agora. *Não é ela que deveria estar indo atrás dessas coisas? Eu vou ter que resolver isso agora?* Anna estava brava. *Não sou eu que quero ser cinegrafista. E eu tenho mais* o que fazer. Não tenho que ficar indo atrás dela pra tudo, ainda mais quando você foi convidada para uma viagem de graça. Essa é uma péssima atitude para quem quer trabalhar no ramo criativo.

Você tem que ser organizado, esperto e automotivado, eu disse, concordando com Anna.

Eu acho que ela quer que achem isso dela, Anna disse, mas tem uma grande diferença entre falar e fazer. É difícil de ignorar, eu sei que ela trabalha no hotel para ter dinheiro, mas a vida não é fácil se você não se esforçar.

Na tarde de 1º de maio, eu fui jantar com Anna no Le Coucou. Kacy e uma amiga dela, que era uma estrela pop sueca, se juntaram a nós também. Para esse jantar, Anna tinha realmente feito uma reserva no restaurante. Havia uma expectativa no ar, os garçons estavam claramente animados enquanto esperavam por notícias do James Beard Awards, em Chicago, uma premiação para os melhores profissionais da culinária nos Estados Unidos. No momento em que o telefone tocou, um grande viva explodiu na cozinha: Le Coucou tinha sido nomeado o melhor novo restaurante do ano. Os funcionários se abraçaram, formaram um círculo e aplaudiram uns aos outros, pegaram a garrafa da prateleira mais cara e fizeram um brinde em comemoração. No final da noite, Anna e eu éramos as únicas presentes, tendo virado parte da família. Aquela noite foi uma das raras ocasiões que experimentei como uma experiência fora do corpo: a alegria de todos me envolvia, parecia girar em torno de mim de forma eufórica. Eu vi o quanto era especial estar ali, com aquelas pessoas naquele momento.

No fundo, eu também sabia que em duas semanas estaria no Marrocos com Anna. Aquela noite no Le Coucou me lembrou de que, apesar de quaisquer dúvidas que podia ter em relação a ela, Anna tinha uma forma mágica de ver o futuro, ela enxergava potencial nas coisas e sabia exatamente onde estar em cada momento.

※

Anna não perdeu tempo ficando frustrada com Neff, que acabou apagando as postagens assim que foi questionada. Anna tinha me convidado para ir com ela a Omaha, no Nebraska, para a reunião anual dos acionistas da Berkshire Hathaway, mas, como iria participar do evento da 53ª premiação da Sociedade de Designers Editoriais com meus colegas do departamento de foto e arte na sexta-feira e de uma festa de noivado no sábado, eu não pude ir. Um dia antes da viagem de Anna para Omaha e exatamente uma semana antes da viagem para o Marrocos, Neff teve uma mudança de planos.

Neff mandou uma mensagem para Anna, a qual Anna me encaminhou. Se nós ainda fôssemos para o Marrocos, Neff digitou, ela só poderia ficar de sexta até quarta — não uma semana inteira, como nós — porque tinha que ir para Los Angeles para a gravação de um clipe com o seu namorado. Neff estava passando por um momento difícil em seu relacionamento, então eu relevei. Anna também, a princípio, mas percebi que ela ia ficando cada vez mais irritada à medida que as mensagens iam chegando. Ela havia dito a Neff que não fazia sentido ela ir, pois chegaríamos ao Marrocos no sábado à tarde e não valeria a pena todos os gastos se ela só ia ficar até quarta-feira. Neff pulou do barco sem nem pedir desculpas e Anna havia ficado chateada.

As coisas ficaram estranhas. Ocupada com a reserva de um jatinho privado para sua ida a Omaha, Anna pediu que eu falasse com Neff e explicasse que ela ficara magoada (talvez fosse seu orgulho que estava ferido).

Seria ótimo se você pudesse falar com ela amanhã, Anna me enviou. *Parece que ela não entende a importância dessa viagem.*

Não só em relação à viagem, eu sabia que Anna não sabia lidar com esse tipo de situação de forma elegante. Mas ter sido arrastada para o meio disso era estranho. Eu falei com Neff na segunda de manhã. Mesmo entendendo o lado dela, fiz o que me foi pedido. A viagem era muito importante para Anna, eu expliquei. Mesmo que Anna não demonstrasse, ela estava bem chateada. Eu disse que Anna era mais sensível do que imaginávamos.

Neff foi um doce. Ela entendeu perfeitamente a situação e prometeu que iria falar com Anna para pedir desculpas, dizer que estava agradecida pela oportunidade e que sentia muito por não poder ir. A conversa em si foi perfeitamente normal. Acho que fui a única a me sentir desconfortável com a tensão no grupo. Para mim, era como uma cena de *Meninas malvadas* — Anna era Regina George e eu era o seu peão.

A situação com Neff havia sido resolvida, mas ainda sentia que tinha alguma coisa errada em relação à viagem. Quando desliguei o telefone, eu parei para refletir. Tinha algo estranho na reação de Anna, ela parecia neutra mesmo quando estava brava. Ela havia me encaminhado as mensagens que enviara para Neff com o intuito de me mostrar que estava irritada:

ANNA: Eu não acho que faz sentido você ir para ficar só três dias...

NEFF: Você tem razão.

ANNA: Então você está fora?

NEFF: Hum, acho que sim.

ANNA: Boa sorte com a sua gravação então.

Ao me mandar a conversa entre elas, Anna esperava que eu confirmasse que suas mensagens tinham sido hostis, mas não era o caso para mim. Se eu fosse Neff, lendo aquelas mensagens sem saber que Anna estava chateada, não teria adivinhado. As mensagens de Anna eram muito discretas para refletir perfeitamente a profundidade da sua irritação.

Eu recebi *snapchats* de Anna em Omaha, incluindo um vídeo dela sendo arruaceira com alguns empresários que estavam na reunião de acionistas, completamente bêbada no Zoológico e Aquário Henry Doorly. Ao voltar da viagem, nós conversamos pelo telefone. A nossa ida para o Marrocos seria em poucos dias. Agora que Neff estava fora, Anna vinha tendo dificuldades para encontrar alguém para substituí-la. Achar alguém que soubesse mexer em uma câmera e fazer um vídeo estava bom para ela. Anna sugeriu que eu convidasse o Nick. Eu perguntei e ele negou, dizendo que era fotógrafo e não cinegrafista. O que era verdade. O que também era verdade é que ele não gostava muito da minha amizade com a Anna. A última vez que o convidei para ir jantar conosco, ele me perguntou:

— Onde?

— No Le Coucou — eu respondi.

— Vamos para outro lugar. No Odeon — ele sugeriu.

— Eu não acho que a Anna vai querer.

— Por quê? Ela nunca sai do hotel?

— Na verdade, não.

— Você não acha estranho? Ela que escolhe o restaurante. Ela que escolhe tudo.

Eu já tinha aceitado isso, porque, como era Anna quem estava sempre pagando por tudo, ela tinha o poder de escolha. Esse assunto me deixava sempre na defensiva. Talvez fosse apenas a forma como alguns relacionamentos funcionavam. Negando a preocupação dele, eu argumentei que a nossa amizade era real e que tudo que ele via como estranho era, na verdade, resultado do temperamento difícil dela.

Anna e eu nos encontramos naquele dia e continuamos a nossa conversa sobre quem convidar para o Marrocos. Eu tinha que me encontrar com um amigo que estava na cidade, mas, quando chegou perto da hora de ir, Anna não queria que eu fosse embora. — Eu até te convidaria, mas faz tanto tempo que não o vejo — eu expliquei. Jesse e eu havíamos virado amigos quando ele era assistente fotográfico e morava no Brooklyn. Ele tinha comprado um trailer e dirigido pelo país até Los Angeles, onde morava havia dois anos, e fazia muito tempo que nós não nos víamos.

Anna não aceitou não como resposta e acabei mandando uma mensagem para Jesse avisando: *Eu parei no 11 Howard para dar um oi para minha amiga que mora aqui... Ela perguntou se podia vir junto só para comprar algo pra comer e eu não sabia como dizer não... Eu falei para ela que queria conversar com você, já que faz muito tempo que a gente não se vê (!!!!), ela provavelmente vai se tocar e ir embora logo. Mas você vai gostar dela. Ela é meio doida, mas é um amor e bem divertida.*

Eu amo gente doida, ele respondeu. *Sem problemas.*

Nós nos encontramos no Tacombi, um restaurante de tacos em Nolita.[53] Anna não foi embora depois de "comer algo" como havia prometido. Ela comeu conosco e permaneceu lá, e eu deixei. Ela e Jesse se deram bem. Antes de pagar a conta, Anna convidou Jesse para ir ao Marrocos sem nem me perguntar antes. Ele aceitou na hora, dando credibilidade a Anna com base no meu re-

---

53   Charmoso bairro sofisticado de Nova Iorque. Conhecido pelas compras luxuosas e pela abundância de joalherias de grife, butiques de roupas exclusivas e lojas de decoração.

lacionamento com ela. Aparentemente minha aprovação não interessava para nenhum deles; ambos a viram como irrelevante ou implícita. O que me incomodou, mas eu não consegui pensar em algo para barrar a ideia: não queria atrapalhar uma viagem grátis para o Jesse (eu ficaria grata de tê-lo comigo) e também não queria reclamar do convite com Anna. Eu podia apenas relevar.

⁂

Após ter convidado Kacy e Jesse, Anna me perguntou o que eu achava que eles esperavam que ela pagaria — tirando o hotel que, de acordo com Anna, já estava resolvido.

— Então — eu comecei —, como você está praticamente contratando os dois para fazer um serviço, eles vão esperar que você cubra os voos e os gastos lá.

Anna processou a informação em silêncio antes de oferecer: — Eu vou pagar a sua passagem também — ela disse, como se fosse algo que já estava nos seus planos.

— Ah... — eu respondi. — Obrigada, Anna, mas não precisa. É muita generosidade da sua parte.

— Eu ficaria feliz por pagar — ela disse.

Mas, um dia antes da nossa partida, Anna ainda não tinha reservado as passagens. A sua procrastinação não me surpreendia mais. Eu já tinha visto Anna fazer arranjos no último minuto várias vezes. Voos para o Marrocos não esgotavam e Anna não se importava de pegar o mais barato. A viagem era dela. As regras também seriam dela. Se ela não estava preocupada, por que eu estaria?

Anna queria um voo no final do dia, ela disse. Ela tinha muita coisa para resolver antes de ir. Eu não tinha problemas com isso, também tinha muito que fazer. Depois de Marrakesh, eu iria para o sul da França. Era algo que eu sempre quis fazer. Quando estudei no exterior, eu tinha planejado visitar Provença na primavera, mas, quando a primavera veio, eu não queria sair de Paris — então acabei postergando a viagem para um outro momento e ele finalmente tinha chegado.

Foi uma correria deixar tudo preparado para passar duas semanas longe do escritório. Anna provavelmente teve mais trabalho, já que muitas de suas reuniões eram presenciais. No começo da semana eu não tinha me abalado com o fato de as passagens ainda não terem sido compradas, mas, quando chegou o dia em que estávamos programados para partir, era hora de dar uma cutucada.

Eu não era a única ansiosa, Kacy e Jesse também haviam me enviado mensagem perguntando sobre o voo. Jesse estava indo para o estúdio, auxiliar em uma sessão de fotos durante o dia, e precisava de tempo para chegar até o aeroporto e deixar o seu trailer no estacionamento de longa permanência. Eu era praticamente a secretária de Anna, involuntariamente agindo como intermediária. Tendo noção do quanto Anna era desligada, todo mundo encaminhava para mim as mensagens que seriam para ela.

Mandei uma mensagem para Anna às oito da manhã: *A gente pode ir amanhã se hoje estiver muito enrolado. Eu acho que eles estão um pouco ansiosos sem saber do horário de embarque.*

Querendo ajudar e acelerar o processo, eu procurei várias opções de voo. Reservar passagens era grande parte do meu trabalho, e, já que Anna tinha dificuldades com logística, eu não tinha problemas em pegar aquela responsabilidade. Tirei fotos de duas opções que poderíamos escolher, uma naquela tarde e uma para o dia seguinte.

O que aconteceu depois foi intrigante: Anna agiu de forma suave e rápida. Ela respondeu com várias opções de voos e opiniões até que encontrou a escolha perfeita: um voo pela TAP Air Portugal que sairia do aeroporto JFK às 23h15. Esse horário era perfeito para todo mundo: daria tempo de Kacy arrumar as coisas e Jessie estacionar o seu trailer. O itinerário tinha uma escala longa em Portugal, mas não importava. Finalmente estaríamos a caminho!

Para mim está ótimo. Eu mandei e coloquei alguns *emojis* de uma menina dançando.

Vou ter que mudar o traslado do aeroporto, ela respondeu, confirmando que iria resolver aquilo.

Ótima ideia! Estou tãaao animada, mandei.

Cinco minutos depois, Anna me enviou outra mensagem.

Você está ocupada?

Dá pra falar.

Me interrompem o tempo todo e eu vou entrar em uma reunião agora. Você consegue finalizar a questão das passagens? Compre classe econômica só de ida para todo mundo.

Com que cartão?, perguntei.

Ela me enviou duas fotos: frente e verso de um cartão de débito da J. P. Morgan em nome de ANNA SOROKIN-DELVEY.

Ok! Posso ajudar sem problemas. Me mande as suas informações e as da Kacy. Eu tenho as do Jesse.

Ela me enviou uma foto do passaporte da Kacy e do dela.

Eles não colocaram Delvey no ESTA, então acho melhor não colocar na passagem. O endereço de cobrança é Rua 11 Howard, 10013 NY.

O passaporte dela, emitido em Düren, na Alemanha, dizia ANNA SOROKIN-DELVEY, mas eu fiz o que ela mandou.

Beleza! Estou comprando agora, respondi. Achei curioso o fato de o endereço de cobrança ser o endereço do hotel, mas onde mais seria, se ela estava morando por tempo integral no hotel?

Valeu. O site atualiza depois de um minuto e eu nunca consigo terminar a compra.

Logo depois que reservei as quatro passagens, eu recebi uma ligação da agência, me informando que o cartão havia sido recusado. Justo, pensei, a compra tinha totalizado quatro mil dólares e presumi que o banco precisaria de uma autorização de Anna para ser aprovado. Ele me pediu para ligar quando Anna autorizasse o pagamento, então anotei o número e mandei mensagem para Anna.

Oi, Anna, o cartão foi recusado. Você pode ligar pro banco para que eles autorizem a cobrança?

Claro!, ela respondeu.

Me avisa quando você tiver feito. Desculpe pelo incômodo.

Estou esperando na ligação com o banco, ela respondeu. *Eles disseram que vão me ligar de novo quando o bloqueio for liberado, e eu preciso aumentar meu limite porque o bloqueio do Mamounia caiu hoje também.*

Essa conversa foi exatamente às 13h45. Nós estávamos falando sobre isso desde as oito da manhã. Eu já estava impaciente, pronta para ter as coisas decididas e seguir com o meu dia. Dito isso, em retrospectiva, não consigo entender por que a mensagem dela que veio a seguir parecia plausível na época.

As pessoas da companhia aérea me ligaram e falaram que vão fechar em dez minutos, ela escreveu.

Eu não sabia o que fazer com essa informação, mas vi que era algo urgente.

Compro no meu cartão e você me paga?, eu perguntei.

E foi assim que começou, o começo do fim.

Capítulo 7

Marrakesh

Aprendemos muito sobre os outros quando viajamos: a forma como as pessoas fazem as malas, como elas planejam passeios e quão cedo elas chegam ao aeroporto. Eu viajava com tanta frequência por causa do meu trabalho que tinha desenvolvido a minha própria rotina que funcionava. Sou um membro orgulhoso do Clube dos Adiantados. Eu sempre tenho horas de sobra. O processo de embarque é feito sem pressa e a passagem pelo detector de metais é tranquila: sigo com fones no ouvido, passo em uma loja de conveniência para pegar algo de lanche e uma garrafa de água e dou uma volta pela área de embarque para fazer hora — talvez ler um livro. A alternativa é estressante na minha opinião: sair apressada, ficar enjoada no táxi por causa da ansiedade, ter que furar fila ou sair correndo até o portão. Obrigada, mas eu passo. Essa é uma opção que normalmente nos torna vulneráveis à grosseria de terceiros e causa mau humor em estranhos — e pessoas tendem a perder a calma facilmente em aeroportos. O estresse causa coisas terríveis nas pessoas. Então eu faço a minha rotina, na minha velocidade.

Eu queria ir para o JFK sozinha na sexta-feira. Anna tinha o hábito de se atrasar para tudo e eu não queria ter que lidar com atrasos no aeroporto. Eu já a tinha ouvido falar de ter pegado um helicóptero várias vezes para chegar em cinco minutos no aeroporto — quando táxis não serviriam mais. Era desse tipo de estresse que eu queria passar longe — sem contar os gastos desnecessários (mas Anna falava que um dia, uma hora em sua vida seria tão valiosa que valeria mais a pena pagar setecentos dólares em um helicóptero do que ficar uma hora no trânsito). Para mim, eu preferia sair bem cedo e pegar o metrô do que ter que correr e pegar um helicóptero.

Eu vou pro aeroporto bem cedo, para conseguir terminar parte do trabalho lá mesmo, eu mandei para Anna.

Ok. Vamos juntas, ela respondeu.

Valeu a tentativa.

Fui para casa terminar de fazer as malas e avisei Anna que passaria para pegá-la às dezenove horas, acreditando que, se eu reservasse o carro, teríamos mais chances de manter o cronograma.

Mas obviamente não foi tão fácil. Anna estava tendo problemas com a gerência do 11 Howard havia semanas. Eles tinham lhe pedido para começar a pagar pelas reservas com antecedência e ela estava enfurecida com esse tratamento irregular. *Ninguém deve pagar antes*, ela reclamou. Em função disso, ela retaliou em dobro. Primeiro, cancelou todas as reservas que ainda tinha. E depois comprou o domínio na internet de todos os produtos do hotel.

Ela me mandou uma mensagem por volta das dezessete horas que dizia: *Bando de cuzão*. Sem reservas, o hotel se recusava a guardar os pertences dela.

Talvez o Mercer deixe você guardar lá, eu mandei.

Sim, ela respondeu. *Reservei um mês lá. Quero que eles se fodam.*

Pegamos todas as coisas dela e deixamos no Mercer a caminho para o aeroporto. Nós havíamos combinado de nos encontrar no 11 Howard por volta das sete da noite, mas, quando chegou a hora, Anna estava ocupada no salão arrumando o cabelo. Eu ainda precisava de mais meia hora para terminar de arrumar as malas, então não fez muita diferença para mim.

Eu mal podia ver a minha cama embaixo da bagunça de roupas e de malas. Fui fazendo inventário de cada peça à medida que eu as dobrava: pijamas, roupas de praia, shorts, calças, camisetas, vestidos. Assim que fechei a minha mala maior, eu segui o mesmo processo para a mala de mão. Eu estava desenterrando uma mala de rodinhas que podia ir dentro da cabine do avião quando recebi outra mensagem de Anna.

Será que já mando um e-mail avisando que comprei os domínios deles ou não?

Eu esperaria mais um pouco, eu disse. Na verdade, eu tentei convencer Anna a não comprar os domínios. O incorporador de imóveis Aby Rosen era o dono não só do 11 Howard, mas também do prédio que Anna queria alugar para a fundação dela. Não era uma boa ideia correr o risco de ter os gerentes do hotel contando para ele que Anna havia comprado os domínios do hotel. Mas Anna insistiu que Aby aprovaria e até bateria palmas para a decisão dela. Ela fez exatamente o que queria sem ao menos pensar na minha opinião.

Por que não?

Não é um pouquinho demais? Eles têm conexão com o Mercer, não tem? Eu só não quero que eles falem merda de você antes de você conhecê-los pessoalmente. A maldade dela era excessiva. Eu tentava convencê-la do contrário apontando para as possíveis consequências.

Não, o Mercer é do André Balazs, ela argumentou. *Não tem o que falar de mim. Eu não fiz nada.*

O que eu quero dizer é: você comprou os domínios deles.

Não é ilegal comprar domínio dos outros. E eu nem postei nada neles ainda.

Era perda de tempo discutir com ela.

Como você vai falar pra eles?, eu perguntei.

Vou mandar um e-mail para cada um dos gerentes comprovando que agora eu sou a dona. Eu nunca vou postar nada, mas gosto da ideia de eles saberem que eu poderia facilmente.

Quando cheguei ao 11 Howard, Anna ainda não tinha voltado do salão, então esperei por ela no Uber.

Eu vou pegar um carro grande, então tire as suas coisas do seu carro e vamos colocar tudo no meu.

O meu carro é bem grande, dá pra ir com ele. É uma SUV, eu respondi, preocupada com a hora.

Tudo bem, se você não se importa de deixar o carro esperando, ela escreveu. *Você pode mandar o valor adicional para a minha conta.*

Trinta minutos depois e ainda sem sinal de Anna. A cada minuto que passava, minha ansiedade aumentava. Ela tinha pedido aos carregadores de bagagem do hotel que colocassem as malas no carro, o que fiz sem problemas, porque já ia adiantando as coisas. Eu saí do carro e coloquei as bagagens dela dentro do porta-malas. Duas malas douradas e sacolas da Net-a-Porter estavam indo; o cabideiro e a grande caixa de papelão ficariam para trás. Quando tudo já estava no porta-malas, Anna apareceu, ela vinha andando, não exatamente uma corrida, mas quase lá. O cabelo recém-arrumado ondulava em volta dela.

A primeira parada foi na Crosby Street, onde os carregadores do Mercer nos ajudaram a retirar as malas e as levaram para o depósito do hotel até que Anna retornasse. A segunda e última parada era o JFK. Parecia um milagre, ter conseguido resolver a questão das malas e ter Anna no carro a tempo do voo — não tão cedo quanto o esperado, mas o suficiente para não precisarmos correr. Eu já imaginava que passar da porta, ir para longe das nossas vidas ocupadas em Manhattan, seria a parte mais difícil. Agora que o pior já tinha passado, só nos restava aproveitar a jornada — e nós estávamos prontas.

Faltando duas horas para o nosso voo, nós estávamos a caminho do aeroporto.

Kacy foi a primeira a chegar ao aeroporto e fez todo o processo de segurança sozinha. Jesse estava esperando por nós na entrada do terminal 5. Eu o cumprimentei com um abraço. Nós três ficamos contando piadas e fofocando enquanto esperávamos a nossa vez na fila do *check-in*. Eu fui a primeira a passar, a agente pegou meu passaporte com um sorriso e conversamos brevemente enquanto ela fazia o seu trabalho. Para a minha surpresa, ela fingiu não ter visto que minha mala ultrapassava o limite, me poupando de pagar uma multa pesada. Eu lhe agradeci e esperei por Anna e Jesse, que estavam fazendo o processo juntos com outro agente.

Jesse tinha experiência em trabalhar como *freelancer*, então ele esperava desde o princípio que Anna pagasse pelos gastos dele, incluindo o custo de despachar os seus equipamentos. Mas eles tiveram um pequeno tropeço no processo. Anna estava com o passaporte dela em mãos, mas tinha despachado sem querer uma de suas malas de mão, que continha os seus cartões de crédito. Ela virou para mim e, como já estava me devendo, perguntou se eu podia pagar a taxa de duzentos dólares da mala por enquanto. Eu não me importei, uma vez que ela estava pagando por toda a viagem; era um favor relativamente pequeno comparado a todos os gastos. Até o momento em que Anna conseguisse a sua mala de volta, seguiríamos neste esquema: eu paguei cento e vinte dólares pelo sushi que comemos no JFK e oitenta dólares pelo almoço durante a escala em Lisboa.

Finalmente, pousamos no Marrocos. Era um sábado, dia 13 de maio. O aeroporto internacional de Marrakesh estava lotado, mas o La Mamounia tinha providenciado assistência VIP no aeroporto. Dois homens em uniformes em tom café nos encontraram no portão de chegada e nos levaram até uma cabine de imigração acelerada. Eles seguiram conosco até a retirada de bagagens, onde nós quatro esperamos pelas nossas malas e depois seguimos para a imigração. A fila estava tão longa que ficamos só observando por um momento.

Foi aí que Anna fez algo peculiar.

Ela foi na frente, separando-se do nosso grupo como se tivesse vindo para o Marrocos sozinha. Ela andou rapidamente até o começo da fila e ali simplesmente passou direto, nos deixando para trás. Quando percebemos que ela estava indo embora, nós a chamamos e tentamos segui-la, mas os guardas nos notaram — coisa que não haviam feito com ela — e bloquearam o nosso caminho, nos levando até o final da fila.

Anna olhou para trás com uma expressão de quem não havia percebido o que tinha acontecido e então abriu um sorriso. Dada o tamanho da fila que teríamos que esperar, eu entendi por que ela tinha testado a sua sorte — mas eu também entendi naquele momento, de uma forma não muito intensa, mas significativa, que Anna não trabalhava em equipe. Era ela e apenas ela. Anna também se comportava dessa maneira em Nova

Iorque? Definitivamente, não era algo diferente, mas por algum motivo eu enxerguei esse comportamento diferente agora que estávamos tão longe de casa.

Nós nos reagrupamos do outro lado da imigração em um terminal grande que tinha paredes e tetos brancos que me lembravam daquelas mangas de vinho que eram de espuma branca reticulada. O motorista nos encontrou no terminal. Nós o seguimos até o lado de fora, onde o ar quente e seco nos recebeu. Havia duas Land Rovers estacionadas, eu e Anna entramos em uma e Jesse e Kacy em outra. O trajeto aeroporto-hotel levou dez minutos, e então paramos em um complexo palaciano e atravessamos os portões. Fomos recebidos por um homem vestindo roupas tradicionais marroquinas e uma fez na cabeça. Nós havíamos chegado ao nosso destino singularmente opulento. A srta. Delvey, nossa anfitriã, optou por um passeio pelo hotel para ela e os seus convidados. Não tinha necessidade de fazermos *check-in* ou de pegar as chaves, já que nossa vila tinha um mordomo em tempo integral e, de acordo com Anna, todas as cobranças já haviam sido tratadas com antecedência.

Nosso *riad* privativo era do tamanho de uma casa pequena, e nosso mordomo, um homem gentil chamado Adid, nos recebeu na entrada. Nós passamos pela sala de entrada, demos três passos até o centro de uma sala de estar elegante com piso de azulejo marroquino. Do lado esquerdo havia um sofá, duas cadeiras e dois pufes decorativos, todos estofados em veludo brocado dourado — na verdade estava mais para o amarelo-açafrão. No lado direito tinha a sala de jantar, uma mesa redonda de madeira escura situada no centro, com vasos de rosas brancas. Uma cesta de frutas e massas folhadas junto com um vinho nos aguardavam.

Dois dos três quartos do *riad* ficavam diretamente ao lado da sala de estar. Kacy ficou com o quarto da esquerda, do outro lado da soleira da sala de estar. Jesse ficou com o quarto à direita, logo ao lado da sala de jantar.

O terceiro quarto era depois de um longo corredor escuro com paredes carmesim e teto entalhado de madeira de cedro. O corredor passava por trás da sala de estar e do quarto de Jesse, dando para uma suíte master com sala de estar privativa, lareira e uma mesa. Eu e Anna dividiríamos a suíte. Todos os três quartos tinham portas que abriam para o pátio onde ficava a piscina privativa, as espreguiçadeiras e um portão que dava para os jardins idílicos do hotel.

O hotel tinha quatro restaurantes: culinária francesa, marroquina, italiana e uma rotisserie que ficava na área da piscina. Como era nossa primeira noite em Marrakesh, optamos por comida marroquina. Nós nos sentamos em uma mesa do lado de fora e começamos oficialmente a nossa noite e nossas férias com uma rodada de Aperol Spritz e uma garrafa de vinho branco seco. Nós quatro tínhamos aquele brilho satisfeito de viajantes recém-chegados.

Cada um trazia algo diferente para o grupo. A Kacy de férias era uma Kacy com calças largas de estampas coloridas, uma blusa de seda branca e um sorriso energético. Ela não escondia a sua animação por estar em um hotel tão luxuoso, mas mesmo assim era um entusiasmo moderado. Ela parecia interessada nos planos e nos possíveis passeios — visitar o mercado de Marrakesh e o Jardim Marjorelle, por exemplo —, mas também estava contente em fazer os seus próprios planos — e eu descobriria mais tarde que era ficar tomando sol na piscina. Animada, mas sempre de forma balanceada, Kacy era nosso lastro.

Jesse, por sua vez, vestia uma camisa azul-clara e calças escuras, seu cabelo longo estava preso em um coque alto. Era o observador que se divertia com o que acontecia em sua volta e na maioria das vezes tinha nas mãos uma câmera fotográfica. Ele normalmente contribuía para as conversas com comentários, fatos, histórias e opiniões. Ele que teve a ideia de fazer um bate e volta até as Montanhas Atlas, porque havia pesquisado sobre o local e conversado com um amigo. Jesse era uma pessoa repleta de intelecto, que às vezes chegava a ser até um pouco cínico. Ele costumava me contar do que havia visto e fazer suas reclamações, mas, após compartilhar, era rápido em deixar pra lá. Nós dois brigávamos como irmãos de vez em quando. A rigidez de suas opiniões me deixava louca, ao mesmo tempo que minha tendência em deixar a emoção me controlar em vez da lógica o tirava do sério.

Anna Delvey, rainha internacional dos caprichos e mistérios, vestia preto da cabeça aos pés, como de costume: calça jeans preta colada, camisa preta e casaco de penas pretas. Ela se sentava relaxada na cadeira e apenas observava, como se agora, que havia trazido todos ali, estivesse satisfeita em assistir à sua conquista. Anna ria zombeteiramente enquanto processávamos o luxo a nossa volta. Ela estava tão impressionada quanto nós, mas era muito mais rápida em sentir-se em casa. Acima de tudo, principalmente naquele jantar, Anna estava *feliz*.

Eu? Bem, eu preenchia os buracos, mantendo o grupo unido e fazendo o meu melhor para que todos estivessem felizes. Durante o jantar ao ar livre, meu sorriso era incontrolável. Eu estava rodeada de pessoas de cuja companhia eu gostava, em um país que nunca tinha visitado, em um hotel grandioso e mais extraordinário do que seria capaz de imaginar. Meu intuito era fazer com que todos se sentissem tão felizes quanto eu de estar ali naquela viagem.

Curiosamente, algo engraçado aconteceu durante o jantar. Dois gatos apareceram no terraço do restaurante e vieram até a nossa mesa. Marrakesh era famosa pelo grande número de gatos de rua, então não era uma surpresa vê-los ali. A surpresa foi que ambos vieram direto em minha direção — ignorando os outros — e me encararam até que eu lhes desse um pouco de comida (o que acabei fazendo). Pelo resto da semana, os gatos apareciam do meu lado onde quer que fôssemos. Virou uma brincadeira no grupo que eu era uma dominadora de gatos. Então talvez aquele também tivesse sido meu papel: agradar pessoas e gatos.

Depois da nossa refeição e do álcool que a acompanhou, nós voltamos para a vila um pouco embriagados. Kacy resolveu ir dormir, enquanto Anna, Jesse e eu ficamos na sala conversando. Eu acho que foi Anna quem decidiu ir para a piscina primeiro. Marrakesh ficava a mais ou menos quatrocentos e cinquenta metros acima do nível do mar e por isso a noite era fria. Apesar de estar com um suéter grosso, eu havia passado um pouco de frio durante o jantar, na hora que cruzamos os jardins para voltar para o nosso *riad*. Eu resolvi ficar de fora da piscina, mas Jesse seguiu Anna.

Música tocava no celular de Anna enquanto eles nadavam. Eu decidi ir para o quarto e me aquecer debaixo das cobertas. Alguns minutos depois, ouvi Anna dizer:

— Vamos fazer Rachel entrar na piscina. — *Nem morta*, pensei. Eu sou insuportável quando estou com frio, pois odiava frio. O jantar havia sido divertido, eu estava de bom humor, mas realmente não queria entrar na piscina. Nem por todo dinheiro do mundo. Não mesmo.

Eu não lembro da sequência exata de eventos, mas me recordo de ser perseguida. Foi só Anna no começo. Ela veio em minha direção com um sorriso malicioso e um brilho arteiro no olhar. Aquilo foi o suficiente para me fazer correr. Eu disparei pelo quarto, segui pelo longo corredor, passei pela sala de estar e pelo pátio e dei a volta na piscina. A princípio, eu tentei levar na brincadeira, dando risada, mas, à medida que Anna continuava a correr atrás de mim, comecei a ficar brava. — Eu estou falando sério! — eu gritei. — Eu não quero!

Entrei no quarto pela porta da piscina. Quando eu pulei na cama, Anna pulou atrás de mim. Eu me lembro dela segurando os meus pulsos. Nós lutamos uma contra a outra. Ela estava rindo, eu não. Ainda consigo ver a cara dela quando percebeu que eu era a mais forte. Eu me livrei das suas garras, rolei para fora da cama e continuei a fugir. Foi naquele momento que Jesse se juntou na perseguição.

Eu me recusava a ser jogada na piscina. Se eu fosse entrar, eu o faria do meu jeito. Decidida, fui em direção a minha mala, coloquei às pressas uma roupa de banho, marchei até a piscina e pulei sem hesitar. Eu saí da piscina tão rápido quanto entrei.

— Pronto. Feliz agora? — eu disse. Eles comemoraram. Pingando e morrendo de frio, eu voltei para o quarto batendo os pés.

Tudo bem, eu sei. Pobre coitada, né? Ser perseguida por dois amigos que só queriam que eu entrasse na piscina privativa da nossa vila em um dos melhores hotéis do mundo. Mas eu estava com tanta raiva que, no momento em que fiquei sozinha no quarto, senti lágrimas querendo escapar. Beleza, estávamos todos um pouco bêbados. Mas e aí? Tinha que relevar tudo?

Anna e Jesse? Só brincando.

Mas eles tinham sem querer tocado em um dos meus gatilhos.

Eu passava tanto pano para Anna — tolerava o seu jeito mandão, sua grosseria e sua falta de limites, mas eu havia dito claramente: eu não queria entrar na piscina. Por que foi tão difícil aceitar? Ela não só ignorou o meu pedido, mas arrastou Jesse consigo, usando meu amigo contra mim. Anna sabia que eu não estava brincando, mas mesmo assim resolveu me provocar. Anna havia me feito sentir intimidada, sozinha e arrependida de ter ido.

Enviei uma mensagem para Jesse e um e-mail, para garantir que ele tinha entendido o recado: *Por favor, não se junte a Anna para conspirar contra mim. Não é divertido. Eu não acho engraçado.* Em minutos ele me respondeu pedindo desculpas e dizendo que não aconteceria novamente. Logo em seguida, antes mesmo de colocar meu celular na cabeceira e ir dormir, Anna apareceu no quarto acanhada e cabisbaixa. Eu tirei os olhos da tela do celular e olhei para ela rapidamente antes de voltar a olhar para baixo. O quarto permaneceu em silêncio e ela foi para o banheiro se trocar. Anna só abriu a boca quando voltou do banheiro.

— Você está realmente brava, né? — ela perguntou, sua voz baixa.

— Sim — respondi e esperei um segundo antes de adicionar: — Não foi engraçado.

— Me desculpe, de verdade. A gente se empolgou — ela disse.

Eu senti o aperto no meu peito começar a se soltar. — Tudo bem.

Ela fez uma pausa. — Eu nunca vi você tão brava.

Para a minha surpresa, percebi que comecei a sorrir e então dei risada. Anna riu junto comigo.

Estava tudo bem quando fomos dormir.

Na manhã seguinte, eu decidi deixar o incidente para trás. Nós tínhamos bebido muito vinho, estávamos muito cansados e eu com certeza havia exagerado na minha reação. Eu ia fazer um esforço para dali em diante não ser tão séria. Anna marcou uma aula particular de tênis pela manhã. Nós nos encontramos com ela para o café da manhã no bufê da piscina. Passamos o resto do dia explorando tudo o que o hotel tinha para oferecer. Nós andamos pelos grandes jardins e relaxamos na *hammam* — uma sauna marroquina. Entre nossas aventuras, Adid aparecia como mágica, sempre acompanhado de melancias frescas e garrafas de vinho rosé. Nós nos deliciávamos na luxúria e no êxtase de não ter nenhuma obrigação. Perdíamos a noção do tempo tomando sol. Quando estávamos com fome, nós comíamos. Quando estávamos cansados, íamos tirar um cochilo. No final do dia, nós estávamos completamente relaxados e nos dando bem uns com os outros.

Bem cedo na manhã seguinte, nós fizemos um treino com Kacy. Felizmente, tínhamos a academia só para nós. Jesse estava lá com sua câmera, e, enquanto Anna adorava ser filmada, eu era relutante. Depois da academia, Anna e Kacy foram dormir mais um pouco. Nós decidimos que iriamos andar por Marrakesh à tarde. O La Mamounia era lindo, mas estávamos prontos para explorar a cidade.

Anna queria duas coisas: tirar uma foto para o Instagram perto daqueles cestos coloridos de especiarias e um lugar para comprar *kaftans*.[54] O concierge do La Mamounia agendou tudo e em minutos nós tínhamos um guia turístico e um motorista para nos levar para passear. Descemos da van, um atrás do outro, e, depois de um dia em um paraíso em forma de resort, nos vimos em meio ao calor empoeirado de um labirinto misterioso chamado medina — a antiga cidade fortificada.

O nosso guia sabia quais eram as nossas prioridades, no entanto ele fazia paradas pelo caminho em lojas de antiguidades e de tapetes — essas nós queríamos ver. Bebemos chá quente — como era costume — e nos sentamos no sofá, observando como os tapetes eram feitos. Anna se abaixou para sentir a textura dos famosos tapetes marroquinos feitos à mão pelos berberes — uma tribo das Montanhas Atlas. Baixinho, Anna se ofereceu para me comprar um dos tapetes. Eles custavam milhares de dólares. Era uma oferta generosa — típico de Anna. Eu lhe agradeci, mas recusei. Nós continuamos nosso passeio após terminarmos o chá.

---

54 Túnica tradicional do Marrocos, podendo ser de mangas curtas ou longas, mas sempre larga.

Nós chamávamos a atenção por onde passávamos. O nosso guia era um homem de rosto rechonchudo, tagarela, que vestia um boné de beisebol e calças jeans claras. Kacy, logo atrás, estava toda de branco e carregando uma *tote*[55] de tecido azul. Anna, ao lado de Kacy, usava um vestido coral amarrado nas costas, deixando seus braços e costas à mostra. Os óculos de sol estavam no topo da cabeça e na mão ela levava a bolsa que havia despachado sem querer. Atrás delas vinha Jesse, com uma mochila nas costas e sua câmera fotográfica em posição. Eu andava atrás de todo mundo, parando aqui e ali para tirar fotos dos becos com o meu celular. Ninguém falava com a gente enquanto andávamos — nós estávamos muito ocupados, maravilhados com as pessoas e os lugares a nossa volta.

— Você poderia fazer esse vestido só que em linho preto? — Anna perguntou para uma mulher no La Maison du Kaftan Marocain. Antes que a mulher pudesse responder, Anna continuou: — Eu vou querer um em preto e um em branco. Rachel, eu adoraria comprar um para você.

Eu examinei as prateleiras da loja enquanto Anna experimentava um macacão vermelho e uma série de vestidos transparentes. Experimentei algumas coisas também, mas estava receosa em relação ao tecido duvidoso e o preço dos produtos. Decidi me juntar a Kacy e Jesse na área de descanso e tomar chá enquanto esperávamos por Anna.

Quando Anna foi pagar, o cartão dela foi recusado.

— Você avisou seu banco que ia viajar? — perguntei.

— Não. — Eu não estava surpresa que a compra seria recusada, afinal, era um valor alto no Marrocos. Anna me perguntou se eu podia lhe emprestar o dinheiro, me prometendo reembolsar na semana seguinte.

---

[55] Bolsa-sacola grande e aberta, com alças paralelas nas laterais.

Eu concordei e paguei o valor de 1.339,24 dólares no meu cartão de crédito, tomando o cuidado de guardar o recibo. Nós andamos pela medina até o momento em que começou a escurecer. Nossa próxima parada foi o La Sultana, um hotel cinco estrelas de luxo que ficava no meio da medina, onde nos sentamos no terraço da cobertura à luz do luar e ao som hipnotizante que vinha das torres da mesquita por toda a Cidade Vermelha,[56] indicando o horário da oração islâmica. Satisfeitos com o nosso passeio, nós jantamos em alto-astral. O jantar foi por minha conta também, somando na lista de Anna.

Quando voltamos para o nosso resort, nós paramos para beber no Churchill Bar, que ficava dentro do prédio principal do hotel. Conversávamos sobre o que poderíamos fazer no final do dia e alguém mencionou o cassino do hotel. — Eu nunca fui a um cassino — eu disse. E então ficou decidido. Nós terminamos de beber e fomos direto para lá. Ficamos por pouco tempo, mas nesse curto período Anna me ensinou a jogar na roleta, me explicando como funcionava. A minha parte favorita do cassino eram as máquinas caça-níqueis, e elas pareciam gostar de mim também. Ganhei um pouco de dinheiro em uma jogada de sorte e perdi depois mais rápido ainda. Nós fomos embora quando minhas fichas tinham acabado — restando apenas uma que guardei de recordação.

Naquela noite no *riad*, Jesse e Anna foram novamente para a piscina. Jesse filmava enquanto Anna nadava com o vestido preto que havia comprado mais cedo. A música de fundo era "Rhyme or Reason" do Eminem. Anna não tinha problemas em fazer poses: ela levantava o vestido para que ele flutuasse na água, deixando suas pernas à mostra. A performance foi artificialmente sensual. Ela estava encenando para a câmera, claramente amando a atenção e sorrindo sem parar.

---

56   Apelido para Marrakesh.

Kacy não estava se sentindo muito bem. Ela começou a sentir dor de barriga na segunda-feira à tarde. Na terça-feira, quando era hora do nosso passeio, ela resolveu ficar na vila para descansar. Anna, Jesse e eu íamos para o Jardin Majorelle. O hotel havia reservado nosso carro e motorista — além do mesmo guia do dia anterior. Nós estávamos passando pelo saguão em direção ao carro quando um dos funcionários do hotel chamou Anna.

— Srta. Delvey, será que poderíamos falar com você? — ele perguntou com muito tato, puxando-a de lado.

— Algum problema? — eu perguntei, quando ela se juntou a nós novamente.

— Não — ela respondeu, me reassegurando. — Eu só preciso ligar para o meu banco.

Anna estava vestindo o macacão vermelho, na esperança de sair bem nas fotos. Jesse filmava e eu tirava algumas fotos enquanto andávamos pelo jardim. De lá, fomos almoçar em um restaurante no hotel Dar Rhizlane.[57] O restaurante era situado na beira da piscina do hotel. Após o almoço, nós saímos à procura de especiarias fotogênicas e encontramos o melhor lugar para fotos no Mellah, o bairro judaico da cidade. Fotos tiradas, nós retornamos ao La Mamounia.

Um funcionário do hotel abordou Anna novamente quando passamos pelo saguão. Ela o acalmou garantindo:

— Ok. Eu só preciso ligar para o meu banco. É por causa do jeito que vocês ficam tentando passar o cartão o tempo todo.

---

57 Hotel de luxo cinco estrelas em Marrakesh.

O hotel era cercado por muros altos, suas paredes ocre faziam parte das muralhas da cidade no século XX. As paredes interiores eram cobertas por buganvílias e nós estávamos caminhando ao longo delas quando Anna se aproximou de um dos seguranças. — Você poderia nos dizer se tem alguma forma de subir no muro? — ela perguntou. A princípio eu achei que a tinha entendido errado. Mas ela perguntou novamente, tentando explicar que queria escalar e se sentar no topo. A pergunta era absurda, assim como a ideia. Os muros eram altos e estreitos. Não tinha nenhuma escada ou algo que permitisse a subida. Além do mais, o topo era desigual — se Anna achasse um jeito de subir, ela não conseguiria achar um lugar para se sentar.

Observei a conversa de Anna com o guarda, ele parecia estar tão confuso quanto eu. Ele se virou para mim, em busca de uma explicação ou tradução, e eu dei de ombros e balancei a cabeça. Eu também não tinha certeza do que ela queria. Ou ela estava sofrendo de confusão — diante a uma situação impossível, mas tentando encontrar uma brecha — ou fazendo a pergunta como uma forma de entretenimento próprio às custas do guarda. Conhecendo Anna, apostei na segunda opção e fiquei quieta, observando paralisada.

Na quarta-feira de manhã, quando estava a caminho do café da manhã, foi a minha vez de ser parada no saguão por um dos funcionários. — Srta. Williams, você por acaso viu a srta. Delvey?

Quando me juntei aos outros no restaurante da piscina, avisei Anna que a recepção estava procurando por ela. Ela estava começando a ficar estressada com a inconveniência. Eu sabia quando Anna estava irritada: ela fazia alguns sons bufantes com a boca que chegavam a ser engraçados e passava a digitar furiosamente no celular. Ela saiu para resolver a situação e rapidamente retornou, claramente aliviada por ter lidado com o problema.

Não muito tempo depois, Anna, Jesse e eu estávamos na van passando pelo deserto e bebendo vinho rosé a caminho das montanhas. Kacy ainda estava se sentindo mal e preferiu ficar na cama pelo segundo dia consecutivo. Como de costume, o celular de Anna tocava música no volume máximo. Uma hora depois nós chegamos ao Sir Richard Branson's Kasbah Tamadot, um retiro com apenas vinte e oito quartos situado no sopé remoto das Montanhas do Alto Atlas. Nós tínhamos ido almoçar lá.

O hotel irradiava uma energia serena: os hóspedes pareciam relaxados com a brisa do hotel. O nome do local era apropriado, uma vez que Kasbah Tamadot significava brisa leve em berbere, o idioma do povo norte-africano. Nós nos sentamos em volta de uma mesa no terraço, com direito à vista do vale e das montanhas. O menu do restaurante era encadernado em uma linda capa tecida à mão. Anna e eu pedimos *mojitos* para começar. Jesse escolheu uma *mimosa*. Não demorou muito para nossa mesa ficar cheia de coisas coloridas e saborosas. Bebemos Perrier em taças de vidro em um tom laranja vibrante e comemos pão berbere que tinham acabado de sair do forno, molhando no azeite de oliva marroquino. Ao longo do almoço, nós mudamos para vinho branco. O meu *tagine* — um prato típico norte-africano que consistia em um ensopado de carne temperada e vegetais preparados por cozimento lento servido em uma travessa de barro rasa, com uma tampa alta e cônica — estava tão quente que eu mostrei para Anna e Jesse como borbulhava. Nós não estávamos prontos para ir embora ainda e então pedimos sobremesa: sorvete de limão e framboesa, merengue de morango e chantilly e três cafés expressos.

Mais uma vez, quando chegou a hora de pagar, a conta no valor de 236,24 dólares foi cobrada no meu cartão.

Depois do almoço, Anna pediu na recepção para fazer um tour pelo hotel. Nós vimos brevemente os vinte e oito quartos — que iam desde suítes até tendas berberes — e cada um era decorado diferentemente, em um estilo que misturava mobília tradicional marroquina com antiguidades do mundo todo. Nós passamos pela piscina turquesa — a peça central do hotel — e, a pedido de Anna, passeamos pelos jardins perfumados e vimos as duas quadras de tênis que ficavam no meio de todo o verde. Eu não sabia dizer se Anna estava fingindo interesse ou se ela estava sinceramente curiosa. Ela brincou com a ideia de fazer uma reserva naquele hotel para a semana seguinte, mas mudou de ideia quando a lembrei que estaria indo para a França.

Quando voltamos para Marrakesh, nós fomos direto para o nosso próximo passeio. O Dar Yacout era um restaurante situado dentro de uma casa medieval, com músicos Gnawa[58] que vestiam fantasias vermelhas e sentavam-se de pernas cruzadas em um tapete enquanto tocavam seus instrumentos. Nós começamos a nossa noite ao ar livre, debaixo de um céu azul-escuro e com uma taça de vinho. Muitos dos clientes do restaurante — incluindo Anna e Jesse — filmavam e tiravam fotos dos músicos. Nós estávamos exuberantes. Especialmente Anna, que parecia contente e relaxada — mais do que em qualquer outro momento da nossa viagem. Anna conversava com Jesse, contando piadas e fazendo-o rir. Nós três estávamos nos dando muito bem, o drama bobo da primeira noite havia sido completamente esquecido e superado.

O jantar no Dar Yacout era um evento longo, um banquete luxuoso de cinco pratos, com porções enormes

---

58   Um dos estilos de danças africanas ligados à morte e à passagem de um mundo para o outro.

e muito vinho. Nossa mesa era em uma cabine acolchoada com vista para o pátio, as mesas e pétalas de rosa espalhadas por toda a nossa volta. O jantar todo durou horas. Era uma junção de comida muito boa com lugar confortável que fazia com que você se sentisse super-relaxado. Quando finalmente terminamos de comer, resolvemos ir para o pátio e tomar um chá antes de voltarmos para o hotel. Eu não consigo me lembrar agora do que conversamos, mas me recordo de ter rido e de me sentir satisfeita com tudo o que tínhamos feito no dia: tínhamos ido até as montanhas, conhecemos Kasbah Tamadot e comemos em um restaurante maravilhoso. As férias não estavam sendo o que eu tinha imaginado. Nós tínhamos menos atividades planejadas para cada dia do que eu esperava e nós funcionávamos com quase nenhuma organização. Mas, olhando para trás agora, eu lembro de me sentir sortuda por estar lá, tão longe de casa, e de estar muito grata a Anna por ter me convidado.

    Já era tarde quando voltamos para o hotel. Nós entramos pelo saguão principal e imediatamente dois gerentes nos pararam. Eles queriam falar com Anna e ela se sentou para fazer uma ligação enquanto eu e Jesse a esperávamos. Era uma situação embaraçosa. No começo, nem eu nem Jesse estávamos prestando muita atenção no que estava acontecendo, mas depois percebemos que os gerentes estavam ficando cada vez mais agitados. Jesse começou a falar com um deles. Eu não conseguia ouvir a conversa, mas depois Jesse me contou que alguém havia sido demitido por causa da confusão em relação ao pagamento da nossa estadia.

    Após alguns minutos, Anna, que estava longe o bastante para eu não conseguir ouvir a conversa dela — mas parecia estar falando em frases curtas ao telefone —, começou a andar em direção ao nosso *riad*. Jesse e eu a seguimos, assim como os dois gerentes. Eles ficaram em pé no meio da nossa sala de estar, recusando as cadeiras que eu havia oferecido. Anna se sentou em frente a eles. Eu pedi licença e fui dormir, morrendo de vergonha da situação, mas sabendo que não tinha nada que eu pudesse fazer.

Foi no dia seguinte que tudo deu errado. Uma manhã de pânico que virou um filme de terror. Os gerentes do hotel na sala de estar, exigindo um cartão. Eu, cedendo à pressão e entregando o meu. Quando fiz as minhas malas e fui dormir naquela noite, eu esperava ir embora antes de Anna acordar.

No dia em que eu deixei o Marrocos, ela acordou junto comigo. Anna parecia uma sonâmbula andando atrás de mim enquanto eu ia recolhendo os meus últimos pertences. Tentei colocar um pouco de distância entre nós, levei minha mala para a sala de estar e fui até o pátio, onde Adid nos trouxe um prato de frutas e café. Jesse acordou, sonolento e sem camisa. Nós três nos sentamos em volta da mesa, Anna com as pernas cruzadas e puxando uma pele do dedo com os dentes, Jesse mexendo no celular. Ficamos em silêncio a maior parte do tempo. Nós três já tínhamos aproveitado a viagem o suficiente e, assim como crianças que ficavam nas festas até os últimos minutos, já estávamos prontos para ir embora.

— Não se divirtam sem mim — eu disse a eles e passei a minha mala para o motorista que estava me esperando na frente do *riad*.

Jesse me abraçou. Eu abracei Anna.

— Muito obrigada por tudo — eu disse a ela.

Terminamos de nos despedir e eu entrei no carro. Pelo vidro, fiz uma expressão de quem estava triste por partir, mas na verdade eu estava aliviada de estar indo embora depois de uma situação tão estressante e caótica como a do cartão. Eu estava agradecida pelo convite de Anna para umas férias tão requintadas. Eu tinha gostado de muitas coisas da viagem: o luxo do hotel, as refeições incríveis, os guias particulares. Foi um presente generoso e eu reconhecia isso.

Até então, eu acreditava que Anna ia pagar a conta do hotel quando ela fosse embora ou, na pior das hipóteses, se a fatura no meu cartão continuasse, ela me reembolsaria na semana seguinte juntamente com as passagens aéreas e os gastos da viagem. Eu não tinha concordado com essa situação e o ponto que havia chegado, mas, considerando como as coisas tinham acontecido, eu me senti sem saída. Sim, eu estava incomodada com o descaso de Anna em relação à logística, mas esse era o jeito dela. Uma garota rica desconectada dos estresses do mundo real, sem contas mensais para pagar, que tirava férias em outro país e não avisava os pais, que havia gastado toda a mesada e sido forçada a ganhar tempo para pagar as coisas, que ao mesmo tempo que se escondia em momentos difíceis também sabia resolvê-los rapidamente. Eu confiava que ela iria resolver tudo. Eu acreditava nela.

Capítulo 8

Adiamento

Ansiosa para deixar Anna e o *riad* para trás, eu cheguei ao aeroporto cedo, passei pelo embarque e a segurança rapidamente. Usei meu tempo livre para escrever dois cartões-postais (com fotos de camelo no fundo), um para Nick e outro para os meus pais, para eles terem lembranças do Marrocos. Eram em formato de manuscritos e na parte detrás lia-se: *Olá, esse cartão é fofo, não é? Eu amo você, te vejo em breve.* Eu não escrevi nada sobre Anna em nenhum dos dois. Como não tinha selos postais, eu os guardei no meio do livro que estava lendo e segui o meu caminho.

Eu tinha tirado duas semanas de férias do trabalho, um recorde para mim, que tinha poucos dias de folga. Trabalhar na área de publicação de uma revista não dava muitas oportunidades para se tirar férias, já que era um ciclo infinito de trabalho. Essas duas semanas no meio de maio foram como um milagre. Eu iria do Marrocos para Nice, onde eu tinha planejado alugar um carro e dirigir por Provença, antes de me encontrar com meus colegas para a inauguração em Arles.

Quando pousei em Nice, eu liguei o meu celular e imediatamente recebi uma mensagem de Anna. Era do dia que ela e Jesse tinham programado para voltar para Nova Iorque. Eu digo "programado" porque Anna havia deixado o itinerário dela flexível, reservando apenas passagens de ida para que pudesse decidir que dia voltar. Ela eventualmente decidiu estender a viagem e se hospedar por alguns dias no resort que nós havíamos visitado, o Kasbah Tamadot. Jesse, que dependia de Anna para pagar a passagem de volta, foi junto. Ela já estava nas Montanhas Atlas quando conversamos.

Eu estou me atualizando nos meus e-mails agora, vou te encaminhar a confirmação assim que eu a receber, Anna me garantiu. Ela então me disse que o gerente mais alto do La Mamounia tinha passado no *riad* mais uma vez. *Eu passei para eles o seu contato, eles querem te mandar um e-mail agradecendo.*

Eu estranhei a mensagem durante os dois minutos que se passaram até chegar a próxima.

Você prefere que eu transfira todo o dinheiro para a sua conta e aí você decide o que quer abater do cartão? Desse jeito você pode enviar um e-mail direto para eles com todas as instruções.

A pergunta dela não fazia sentido. Para quem eu enviaria um e-mail? Era óbvio que eu queria que Anna transferisse o valor total para a minha conta. Era possível transferir dinheiro direto para a American Express? Provavelmente, mas a ideia parecia confusa. Eu já tinha passado as minhas informações bancárias para ela, com o recibo de todos os valores.

Sim, prefiro uma transferência direta de todo o valor, muito obrigada, eu respondi. *Desse jeito eu posso já deixar separado para pagar o cartão de uma vez.*

Ela pareceu entender. *Assim você consegue decidir o que é melhor para você e ainda consegue vários pontos no cartão,* ela mandou, incentivando a transferência ao mencionar os pontos. Ela enviou outra mensagem em seguida: *Obrigada novamente por ter me ajudado. Eu apreciei bastante.*

Foi aí que eu entendi: Anna tinha a intenção de colocar toda a conta do hotel no meu cartão, adicionando ao total que ela me devia dos gastos que a gente teve fora do hotel. Eu não entendia direito como funcionaria — nem sabia que era possível. Como ela tinha saído do La Mamounia sem pagar? E como ela havia feito *check-in* em outro hotel?

Eu mandei três mensagens uma atrás da outra:

Eu não acho que o valor do hotel vai passar.

E de nada, obrigada pela viagem.

Só queria que a situação da transferência fosse resolvida hoje, estou preocupada com a possibilidade de os meus cartões não funcionarem durante o final de semana. Desculpe pelo incômodo.

Parecia o certo supor que a conta do hotel seria toda cobrada no meu cartão de crédito. Nós duas já havíamos deixado o La Mamounia, mas eu confiava que Anna iria me reembolsar como havia prometido. O que mais eu podia fazer?

Eu vou te transferir setenta mil dólares, assim **tudo fica certinho**, ela mandou.

Era mais dinheiro do que eu ganhava no ano.

Muito obrigada, eu respondi.

Alguns minutos depois ela me copiou no e-mail que mandou para o hotel:

...referente ao meu último e-mail. Poderia por gentileza me enviar a conta total e o resumo de todos os gastos cobrados no cartão de Rachel?

Agradeço a cooperação — Rachel foi gentil o bastante de ter emprestado o cartão dela, mas é minha responsabilidade garantir que todos os lados estão **sendo beneficiados.**

Aguardo uma resposta até o final do dia de hoje. Obrigada, AD.

Mesmo sendo a minha primeira visita ao sul da França, quando cheguei eu me senti acolhida e como se já nos conhecêssemos. Minha tia Jennie — a irmã mais velha da minha mãe, que viajava pelo mundo e era uma admiradora da França — havia me dado algumas dicas que eu obedientemente anotei e segui. Eu tinha escolhido a rota, alugado o carro e feito reservas em hotéis com antecedência para cada noite e planejado mais ou menos o que faria em cada dia, deixando espaço para explorar.

Eu coloquei minhas coisas no Hôtel Nice Beau Rivage, um hotel simples, mas adorável, que ficava a um quarteirão do mar e a poucos passos da Cidade Velha.[59] Como só iria passar uma tarde e uma manhã em Nice, eu não perdi muito tempo descansando após a viagem, saindo logo para explorar. As ruas estreitas abriam caminho para lojinhas coloridas, todas com um tom de amarelo por causa do sol que se punha. Levei uma câmera comigo com a ideia de tirar fotos, afinal era uma atividade que eu podia fazer sozinha e que me encorajava a interagir com o que estava à minha volta.

Ao longo do dia, Anna manteve contato via mensagens. À noite, ela me atualizou em relação à transferência: *Eu já dei entrada em tudo, vou te encaminhar o número de rastreio assim que o banco me passar. Espero que você esteja se divertindo!*

O dia seguinte era o terceiro sábado de maio, dia em que o mercado de rua era montado. O céu estava

---

[59] Parte histórica de Nice.

azul e limpo e, quando na sombra, a temperatura era fresca. Eu saí do hotel cedo para voltar à Cidade Velha, onde tomaria café e então exploraria o mercado de antiguidades a céu aberto na Praça Garibaldi. Admirei os móveis e os diversos bricabraques, contente em colecionar fotos em vez de coisas.

Minha estadia na França estava rapidamente se tornando o oposto do que havia sido no Marrocos: acomodações modestas e imersão cultural completa em vez da opulência do La Mamounia e a falta de passeios enriquecedores. Marrakesh já havia se tornado uma coisa distante.

À medida que a hora do *checkout* se aproximava, eu comecei a fazer o caminho de volta ao hotel, passando pelo Promenade du Paillon, um parque que separava a cidade histórica das partes mais novas de Nice.

Ao longo da passarela, gêiseres explodiam em intervalos aleatórios, água jorrava para cima, algumas vezes bem alto, outras nem tanto. Crianças encharcadas corriam entres os chafarizes, arriscando-se e gargalhando.

Segundo Anna, o processo do meu reembolso já havia sido iniciado, e eu só precisava esperar. Mas fui lembrada da minha situação financeira quando tentei pagar a minha estadia no hotel e o cartão não passou. A American Express tinha aumentado o meu limite apenas o suficiente para que eu pudesse sair do Marrocos. A minha sorte era que o dia anterior havia sido dia de pagamento na Condé Nast e então recebi duas semanas de salário direto na minha conta bancária. Foi esse dinheiro que usei para pagar o hotel.

Peguei minha mala que tinha guardado na recepção e fui para o lado de fora esperar por um táxi. Mandei uma mensagem para Anna: *Oi, Anna, meu Amex não está funcionando, eu tenho dinheiro suficiente para o final de semana, mas queria que a transferência fosse concluída até segunda para que eu possa pagar o cartão.* Logo em seguida acrescentei: *Espero que vocês estejam se divertindo andando de camelo.*

A resposta dela veio rapidamente. *O dinheiro vai cair na segunda-feira durante a primeira metade do dia.* Fiquei aliviada.

Eu peguei um táxi até o lugar onde iria retirar o carro que tinha alugado. Era a minha primeira vez dirigindo fora dos Estados Unidos, mas tentei não pensar muito sobre isso. Pelo menos na França eles dirigiam do mesmo lado que nos Estados Unidos.

Dirigir era uma experiência intuitiva e de efeito calmante. Aproveitei a jornada Aix-en-Provence e passei boa parte do dia apenas dirigindo. Depois, fui para o estúdio do pintor Paul Cézanne, o Atelier des Lauves, e vi tudo o que inspirou o pintor: a luz, a paisagem, recortes da sua infância. Eu admirava o trabalho dele desde pequena. Todos os móveis do estúdio estavam encostados nas paredes, dando espaço ao centro. Tinha objetos de natureza-morta por todo lado: crânios, tigelas, frutas e telas de pintura. Era uma experiência agradável, mas ao mesmo estranha, conectar o ateliê simples com a magnitude de suas obras.

Em seguida, eu dirigi por mais vinte minutos até o Château La Coste, onde perambulei por caminhos sinuosos, visitei duas exibições de arte e passei por um jardim de esculturas. Os arredores do Château eram modernos quando comparados à elegância escondida do ateliê.

Eu cheguei em Lourmarin logo após o jantar, parando um pouco antes dos muros da cidade para tirar fotos dos campos de papoulas ao pôr do sol. O meu hotel das próximas duas noites seria o Le Moulin de Lourmarin, onde Adam — que aparentava ter a minha idade — realizou o meu *check-in*. Originalmente, o prédio era um moinho de azeite durante o século XVIII que havia sido convertido em hotel.

Bem cedo na manhã seguinte, eu andei até o Cemitério de Lourmarin, tirando fotos pelo caminho. Era um passeio apropriado para um domingo de manhã e o fiz com um pouco de espiritualismo, pensando em Patti Smith[60] e nas suas peregrinações a lugares sagrados. Dei duas voltas no cemitério até encontrar o túmulo de Albert Camus, escritor e filósofo famoso. Seu túmulo era simples, um pequeno pedaço de mármore e algumas flores de narciso.

Às dez da manhã do dia seguinte, meu celular vibrou com uma mensagem de Anna.

Espero que você esteja bem, ela mandou, e, sem que eu precisasse perguntar, acrescentou: *Eu vou fazer de tudo para que a transferência caia hoje.*

Eu agradeci.

No meu roteiro para aquele dia tinham diversas atividades. Visitei um mercado em Lauris, fiquei abismada com as paisagens de Bonnieux, passeei por um monastério em Gordes, refiz os passos da minha tia Jenna em Venasque — onde ela havia morado por um tempo —, e enfim cheguei a Villeneuve-lès-Avignon. O hotel da vez era o mais chique dos que eu tinha reservado: Le Prieuré, uma propriedade no estilo Relais & Châteaux[61] que havia sido convertida em hotel a partir de

---

[60] Poetisa, cantora, fotógrafa, escritora, compositora e musicista norte-americana. Ela tornou-se proeminente durante o movimento punk.
[61] Associação de hotéis e restaurantes de luxo de propriedade e operação individuais.

um priorado, um tipo de mosteiro. Eu tinha conseguido uma reserva através de um site de descontos por menos de duzentos dólares.

Era um paraíso. Antigo, paredes cobertas de ligas de hera, venezianas turquesa, janelas largas com acabamento branco e o melhor de tudo: um jardim que não tinha sido aparado e era perfeito na sua forma natural. Depois de dar uma volta pela cidadezinha medieval, eu fui jantar no restaurante do hotel. A minha mesa era no terraço, ao ar livre, com vista para o jardim, e eu pude observar suas flores e ramos enquanto comia. O som ao meu redor era uma mistura de conversas nas mesas ao lado e passarinhos cantando. A luz do sol havia transformado em dourada toda a paisagem. Eu estava enfeitiçada e profundamente grata de estar ali. Os últimos dias haviam sido as primeiras férias que tirei completamente sozinha, e infelizmente já estavam chegando ao fim. Eu ainda tinha o resto da semana na França, mas estaria na companhia de colegas de trabalho. Eu bebia Côtes du Rhône[62] entre porções de queijo e estava satisfeita com as minhas decisões de passeios e tudo que havia conhecido. Sentia-me orgulhosa da minha autossuficiência.

O dia terminou igual havia começado: com uma série de mensagens de Anna.

Uma: *Oi.*

Duas: *Tudo bem?*

Três: *Me avise quando cair o dinheiro. Espero que não tenha te dado muito trabalho.*

Fui conferir minha conta bancária. Nada. *Oi! Ainda não caiu o dinheiro, talvez caia amanhã. Tudo certo! Sem muitos problemas, estou usando o meu cartão*

---

62 Vinho tinto francês.

de débito, mas já estou no meu último mil. Vocês vão embora amanhã?

Sim, estou tentando reservar um helicóptero para ir direto para Casablanca e não ficar quatro horas no carro.

Uau, respondi.

Estou fazendo amizade com os policiais locais para conseguir as autorizações, haha.

Menina do céu, você não dorme em serviço.

Na manhã seguinte, eu devolvi o carro que havia alugado. A minha colega Kathryn e o marido dela, Mark, iriam me buscar mais tarde e juntos iríamos para Arles onde compartilharíamos um Airbnb. Enquanto os esperava, eu visitei a Ponte de Avignon e então fui caminhando até o centro da cidade, onde gastei algumas horas explorando.

Anna me mandou uma mensagem naquela tarde, mas apenas para reclamar de Neff. Algo sobre Neff se gabando no Twitter por ter ouvido *Tha Carter V* — o álbum do Lil Wayne que não havia sido lançado. A única razão de Neff ter ouvido o álbum foi porque Anna havia tocado para ela, e Anna só teve acesso ao álbum porque ela conhecia Martin Shkreli.[63]

Eu tinha ouvido pouco sobre Martin Shkreli. A primeira vez havia sido por um comentário de Anna, quando ela se gabou após tê-lo conhecido no Le Coucou. — Depois que eu o conheci, todos os funcionários do 11 Howard viraram para mim me perguntando por que eu estava me encontrando com uma das pessoas mais odiadas do mundo — foi o que ela me contou. Ela tinha ficado exasperada com a curiosidade dos funcionários. Anna

---

63 Ex-gestor de fundo de hedge, preso sob acusações de fraude em investimentos e famoso por comprar o remédio Daraprim e aumentar o valor de 12,5 dólares para 750 dólares por comprimido.

fizera Martin assinar uma cláusula de confidencialidade e estava irritada pela possibilidade de ter que fazer o mesmo com os funcionários. Anna não esperava que tantas pessoas o reconheceriam ou que o odiassem tanto. Eu me lembro de ter respondido: — Bem, ele é um vilão notório. — E ela foi rápida em defendê-lo, argumentando que ele tomavadecisões baseadas em negócios e que estava tirando vantagem do sistema e lucrando em cima de empresas de seguro e não de pessoas. Para ela, o que ele estava fazendo não era ilegal. Para mim, a sua lógica me mostrou que ela era capaz de deliberadamente separar consequências éticas e morais de transações financeiras. Vendo sua frieza, eu tinha suposto que era uma mentalidade à qual ela tinha aderido para conseguir ter o seu espaço no mundo financeiro. Eu não concordava com ela, mas não tinha espaço para argumentar.

Eu falei para ela não contar para ninguém e ela tinha dito que "claro que nunca falaria nada, óbvio", Anna tinha me mandado, soltando os cachorros para cima de Neff.

Eu simpatizei com a sua frustração e respondi: *Você está brincando! Sério?*

Só se alguém for muito estúpido para não ligar os pontos. Ela trabalha no mesmo hotel que eu moro. Nossa, que coincidência!, Anna mandou, claramente finalizando com sarcasmo.

Sim! Mancada. Você deveria pedir para ela apagar.

Ela está atrás de cinco minutos de fama, Anna disse. *Ela removeu o tweet, mas não respondeu a minha mensagem.*

Deixa isso pra lá.

Quando Kathryn e Mark chegaram, nós nos encontramos e fomos juntos para Arles. A viagem durou menos de uma hora. Era uma terça-feira à tarde e nosso voo de volta seria somente no sábado. A abertura da exposição se daria na sexta-feira, então nós tínhamos dois dias para fazermos o que quiséssemos. Eu desliguei o modo "planejadora de viagens" agora que estava com Kathryn e Mark, resolvendo seguir os planos deles. A nossa dinâmica como um grupo era muito parecida com a de uma sobrinha que viaja com os tios. Não só isso, eles já tinham visitado Arles antes; Kathryn tinha vindo por causa de sessões de fotos e nos contou todas as histórias — casos do Grand Hotel Nord-Pinus — como se fossem parte de um folclore. Eu adorei fazer parte da viagem deles e estava agradecida por aquele momento.

Na manhã de quarta-feira, nós passamos na Luma Foundation, onde Annie e sua equipe estavam preparando as coisas para o evento. As fotografias ainda estavam sendo instaladas, mas já dava para ver a magnitude. O nome da exibição era "Os Anos Iniciais: 1970-1983: Arquivo #1". Eram mais de oito mil fotografias, impressas e sem molduras, sendo fixadas às paredes dentro do enorme galpão industrial. Individualmente, as fotos não pareciam preciosas: elas eram cruas, o espectador sentia-se íntimo do que havia sido fotografado. O impacto coletivo era impressionante.

Mais tarde, quando estávamos a caminho do almoço no La Chassagnette, uma espécie de restaurante que também era uma fazenda orgânica, eu recebi uma mensagem de Anna.

Como estão as coisas? Está em Arles?

Cheguei ontem à noite! Está tudo bem! A transferência ainda não caiu, será que eu deveria ligar para o banco? Vocês ainda estão em Marrakesh?

Anna respondeu uma hora depois. Nós já havíamos chegado ao restaurante e estávamos sentados do lado de fora, apreciando a luz do sol que entrava pela treliça coberta de vinhas. Nós experimentávamos diferentes vinhos e acabávamos com as porções de degustação no momento em que elas chegavam à nossa mesa.

Anna respondeu.

Eu vou te encaminhar o código para que o pessoal do seu banco consiga rastrear. Eles me ligaram ontem para confirmar.

Perfeito, obrigada!, eu respondi. *Vocês estão voltando hoje?*

Sim. Uns amigos meus estão vindo para Marrakesh para celebrar o aniversário da esposa de um deles. Acho que vou ficar mais um ou dois dias para vê-los, mas o Jesse tem que voltar.

Amigos? Era a primeira vez que ouvia falar deles, mas não pensei muito a respeito. Olhando minha resposta, é bem provável que eu tinha interpretado errado o que ela havia mandado. *Boa viagem!!! Espero que ocorra tudo bem quando chegar ao Mercer.*

Anna continuou mandando mensagem ao longo do dia. Ela queria um novo *personal trainer*. Alguma pessoa para ir nos dias em que ela não tinha aula com a Kacy: *Talvez o Mercer tenha algum espaço vazio que podemos usar para nos exercitar, porque, caso contrário, eu não sei onde poderíamos treinar.*

Depois do almoço, nós três fomos por Camargue até Saintes-Maries-de-la-Mer. A cidade litorânea estava repleta de caravanas, graças ao Gitan Pilgrimage — um evento anual que trazia ciganos de toda a Europa para homenagear o santo deles, Sara-la-Kali.[64] Nós observamos do carro enquanto dirigíamos lentamente. Alguns estavam descalços no asfalto e era uma mistura de cores

---

64   Em português: Sara, a negra.

e povos. O papa Paulo VI os havia chamado de "eternos peregrinos do mundo".

Quando retornamos a Arles, nós nos encontramos com outros colegas que haviam se reunido em antecipação da inauguração. Anna mandou uma nova mensagem. *Jesse acabou de ir embora. Eu vou ficar aqui até sexta à noite.*

Era uma boa notícia. Quando fui embora, eu me perguntei como seria a convivência só dos dois, uma vez que eu era a intermediadora entre eles. Mantive contato com Jesse por mensagens nesses últimos dias e, a princípio, ele parecia bem. Os dois haviam andado de mula em um passeio pelo deserto. Jesse tinha cumprimentado Richard Branson ao esbarrar com ele no hotel. Anna também quis fazer aulas de tênis e para atendê-la o hotel trazia diariamente um treinador do La Mamounia. Ela e o treinador haviam se tornado amigos e a presença dele normalmente durava mais tempo que a aula. O treinador acabou se juntando a Anna e Jesse nos jantares e passeios. Aparentemente, uma terceira pessoa era bom para a dinâmica deles. Mas as mensagens de Jesse foram ficando cada vez mais agitadas. *Só para você saber, Anna tentou reservar voos hoje para sairmos amanhã. Não tem como reservar voos com menos de vinte e quatro horas daqui.*

O que aconteceu?, perguntei. Eu havia reservado uma passagem para o mesmo dia para Kacy sem problemas. Me perguntei se Jesse teria se enganado, mas presumi que ele tinha pesquisado a respeito.

Todo dia eu pergunto para ela qual é o nosso voo. Mas descobri que ela não comprou nada. Eu não sei por quê.

Já era de se imaginar, amigo, respondi.

Isso está me deixando louco.

Claramente Jesse estava doido para ir embora. Ele contava com o dinheiro de Anna para voltar para casa, mas ela ficava enrolando para comprar a passagem. Fiquei aliviada quando Anna disse que Jesse estava finalmente voltando.

Kathryn, Mark e eu retornamos para o nosso apartamento. Assim como durante o dia, Anna ficou tagarelando via mensagem. Ela ia ficar mais alguns dias no Marrocos e de lá iria para Los Angeles para participar de uma conferência de tecnologia. O foco dela ricocheteava: Marrocos, Los Angeles, Nova Iorque. Ela me encaminhou um e-mail de Peter Bracke, um dos envolvidos na reserva do Mercer. O e-mail confirmava a data de chegada e falava da parceria do hotel com uma academia próxima. Ela queria saber se deveríamos mencionar a academia ao novo *personal trainer*.

ANNA: O que acha de três vezes na semana que vem?

ANNA: eu acho que se a gente falar que somos do Mercer, eles deixam a gente fazer o que quisermos.

ANNA: Assim eu posso treinar com a Kacy nos outros dias.

ANNA: Opa, esqueci que talvez eu vá para a Califórnia.

ANNA: Acho melhor começar com o Key na semana do dia cinco.

ANNA: Só não sei o quão tolerante ele é com ajustes de última hora. Não quero assustar ele logo no começo.

Eu não estava a fim de fazer planos com Anna. Sentia-me descansada e realinhada depois de ter passado um tempo comigo mesma. A viagem para o Marrocos tinha mostrado o quanto eu e Anna éramos diferentes e estava considerando me distanciar um pouco dela. Eu ainda a achava envolvente, mas estava pronta para dar um tempo no nosso relacionamento.

O jantar daquela noite foi em grupo: eu, Kathryn, Mark, o gerente do estúdio de Annie, o vice-presidente executivo de uma empresa de licenciamento de imagens e o seu marido. Annie deu uma passada para nos cumprimentar antes de ir para a cama mais cedo, preparando-se já para o grande dia. Nós sete nos sentamos em volta de uma mesa no pátio do Hôtel du Cloître.

Jesse me mandou uma mensagem perto da meia-noite. Ele estava preso em Casablanca. Apesar de ter insistido e pedido para que Anna confirmasse a reserva antes de entrar no carro e de ela ter garantido que estava tudo certo, ele chegou ao aeroporto quatro horas depois e descobriu que não tinha passagem.

Ele estava incrédulo. Jesse estava acostumado a viajar a trabalho, o que significava que normalmente era de responsabilidade do produtor garantir que tudo corresse bem (fazer reservas com antecedência e resolver problemas caso eles ocorram). Jesse não tolerava falta de organização e não era trabalho dele resolver problemas. Ele sempre esperava que itinerários fossem cumpridos, hotéis fossem reservados e passagens compradas — o que era sensato da parte dele e eram expectativas que eu compartilhava, mas com Anna nada parecia garantido.

Quando Jesse confrontou Anna sobre o ocorrido, ela explicou que o seu assistente tinha cancelado a passagem sem querer quando ela decidiu ficar mais alguns dias. Como estava preso no aeroporto e determinado a ir embora, ele resolveu comprar a própria passagem, mas, até a compra ser processada, já era tarde demais para embarcar. Ele explodiu, desabafando comigo enquanto discutia com Anna. Eu fiquei com pena dele enquanto lia suas mensagens. Jesse acabou passando a noite em um hotel.

Naquela noite, acabei perdendo o sono e fui olhar a minha conta na esperança de ver a transação completada. Entrei no site da American Express. As cobranças do hotel ainda estavam no meu cartão, totalizando 36.010,09 dólares. E havia novas cobranças, dessa vez no meu cartão corporativo — duas linhas de cobranças que totalizavam 16.770,45 dólares. Era o valor da nossa conta, o valor que o hotel não tinha conseguido cobrar no meu cartão pessoal que estava congelado no momento. Eles claramente tinham mantido as informações do meu cartão corporativo.

Meu estômago embrulhou.

Se recebesse a transferência de Anna logo, eu poderia aplicar o valor para pagar a fatura do cartão corporativo antes que alguém percebesse. Mas contar com Anna se mostrava cada vez mais incerto. Ela continuava a falar comigo da mesma forma, mas as suas promessas vazias eram motivo de preocupação e seu tratamento com Jesse era causa de consternação. Em Nova Iorque, o jeito distraído e esquecido de Anna tinha poucas consequências, mas em Marrakesh era perigosamente problemático. Ela nos fazia sentir como se estivéssemos todos debaixo do mesmo guarda-chuva e que estava ao nosso lado quando tínhamos problemas. Quando eu tive que pagar as dívidas, ela estava fisicamente do meu lado me garantindo que tudo ficaria bem. Afinal, ela era nossa anfitriã generosa. Mas permitir que Jesse fizesse uma viagem de quatro horas e deixá-lo preso no aeroporto sem um voo ou um plano era completamente diferente.

Eu comecei a ver o comportamento dela como negligente e isso me preocupava.

Capítulo 9

Chegada

Eu voltei para Nova Iorque no dia 27 de maio, um sábado. Meu voo saiu de Marselha, com uma parada em Paris.

Mandar mensagens para Anna cobrando o valor que ela me devia tornara-se parte da minha rotina diária. A cada manhã, nós alternávamos quem começava a conversa.

Algumas vezes era eu: *Oi, Anna. O dinheiro ainda não caiu. Você tem o código para que eu consiga ligar pro banco perguntando?*

Outras vezes, era ela quem mandava mensagem primeiro: *O dinheiro já caiu? Eu ainda estou esperando me enviarem o código, te mando assim que tiver. Se o dinheiro ainda não tiver entrado, o banco pode usar o código para rastreá-lo.*

A enrolação já estava me dando nos nervos, mas como acreditava que o dinheiro cairia a qualquer momento, eu não comentei com ninguém sobre isso. Não me parecia necessário e, além do mais, eu fui ensinada que assuntos financeiros eram algo pessoal. Se eu fosse Anna, teria vergonha de fazer isso com um amigo meu. Ao não comentar a situação para os outros, eu estava sendo respeitosa. Sem contar que eu acreditava que conhecia Anna melhor do que qualquer pessoa, então não faria muito sentido pedir conselhos para os outros. Eu havia achado uma forma de racionalizar o atraso, considerando como ela sempre costumava colocar a carroça na frente dos bois — como reservar o *riad* para seis pessoas antes de decidir quem convidar ou fazer reservas em restaurantes para quatro pessoas e ter que caçar quem preencheria os outros lugares. Em relação à logística, Anna era péssima, mas, de alguma forma, as coisas costumavam dar certo. Eu apliquei o mesmo princípio à transferência. Ela havia dado início e, mesmo que demorasse um pouco — e ela não conseguisse achar o código de rastreio —, eu estava certa de que tudo se acertaria. Apesar de a situação ser estressante, eu estava feliz por estar em casa, reunida com meu gato, Boo, e por passar um tempo com Nick. Eu também pude ver mais meu irmão Noah, que havia se mudado para Nova Iorque e estava morando no quarto extra da vó Marilyn — um rito de passagem da família. No primeiro final de semana depois da viagem, a namorada de Noah saiu de Knoxville para visitá-lo na cidade. Eu e Nick nos juntamos aos dois no Brooklyn para um passeio. Eu levei a minha câmera e tirei fotos como havia feito na França, me passando por turista. Segunda-feira era feriado, então nós aproveitamos o final de semana prolongado. Permaneci em silêncio sobre a minha situação financeira. A minha vida inteira, eu fui uma pessoa muito reservada — não só com dinheiro, mas com sentimentos também —, então não era estranho da minha parte eu manter esse tipo de informação para mim. Mas dessa vez, com o que estava acontecendo, eu passei a sentir que estava entrando em um tipo de negação ao não falar nada e fingir que não estava estressada, seguindo como se tudo estivesse bem.

    Anna havia dito que ia fazer escala em Londres e depois voaria direto para Los Angeles: *Ninguém está em NY e tudo está fechado por causa do feriado, eu não quero ficar no Mercer dois dias e depois ficar fora o resto da semana.*

    Coincidentemente, eu também iria para Los Angeles na quinta-feira daquela semana. EIria participar de uma visita ao Wallis Annenberg Center em Beverly Hills para estudar o espaço para uma foto em grupo que seria tirada em outubro por Annie Leibovitz, durante a conferência desse ano da *Vanity Fair*, a New Establishment Summit — conferência a que mais uma vez Anna queria ir. Apesar de que minha visita seria breve, coincidia com a visita de Anna, e, se até lá o dinheiro não tivesse caído, eu resolveria a situação pessoalmente.

E depois disso? Qual seria o próximo passo? Eu continuaria a minha amizade com Anna? Iria culpá-la por depender de mim para resolver o problema dos seus cartões? Em contrapartida, ela havia sido generosa o bastante ao me convidar para uma viagem daquelas, e mesmo que aquele dia tivesse sido frustrante, uma vez que o pagamento fosse completado, não teríamos mais nenhum problema entre nós. Eu sempre tive o impulso de ajudar amigos que precisassem.

Mas a situação havia me levado ao limite. Anna esperava que eu ignorasse o atraso inexplicável e o que havia ocorrido com Jesse? Meus sentimentos em relação a ela haviam mudado irreversivelmente e eu estava tentando entender em que pé estávamos agora. Ter viajado com ela me mostrara que por baixo de seu comportamento peculiar havia um risco que eu não tinha detectado antes. Quando Anna testava os limites em Nova Iorque, os riscos não eram altos, mas em Marrakesh, sim. A sua imprudência era difícil de ignorar.

Assim que a situação fosse resolvida, eu iria me afastar um pouco. Talvez pudéssemos ter uma amizade mais casual depois de um tempo. Eu não queria tê-la como amiga próxima, mas também não a queria como inimiga. Era a primeira vez que eu cortava relacionamentos — e eu odiava a ideia de ter alguém bravo comigo. É necessária muita coragem para cortar relações completamente com uma pessoa, então pensei que poderia mantê-la como amiga, mas não como éramos antes da viagem. Anna poderia ser uma pessoa que eu via de vez em quando. Dessa vez iria me esforçar mais para criar e manter os meus limites. Dessa vez eu saberia o que esperar de qualquer coisa vinda de Anna e estabeleceria limites para o meu nível de envolvimento.

Seria uma amizade mais superficial, mas uma amizade da mesma forma.

Por enquanto, eu teria que forçar uma amizade em vez de me afastar, pelo menos até o dinheiro entrar na minha conta. Nós continuamos conversando, na maioria das vezes por mensagem e ocasionalmente por telefone. Quando não estávamos falando da transferência, nós conversávamos como se nada tivesse mudado. O fato de nossas conversas estarem normais me acalmava.

Como de costume, Anna estava acostumada com grandes demonstrações. Ela ia de um plano ao outro, usando os seus sonhos fantasiosos como combustível. Nós íamos para Los Angeles e ela já estava pensando nos seus próximos passos.

Agora estou vendo de ir para LA na terça à tarde. A conferência é na quinta na hora do almoço, Anna mandou, referindo-se à Conferência Anual de Tecnologia da Recode,[65] da qual ela queria participar.

Eu chegaria em Los Angeles na quarta-feira à noite e terminaria as coisas no trabalho por volta das cinco da tarde do dia seguinte.

Ok. Pode ser, Anna respondeu. *A gente pode se encontrar na quinta à noite então.*

Sim! Vai ser divertido, eu respondi.

Podíamos ir naquela casa de espelho, de Doug Aitken,[66] *em Palm Springs na quinta. É uma viagem de duas horas. É a última coisa aberta na Desert X*. Ela deu a ideia.

Anna já havia mencionado essa casa antes: *Mirage* de Doug Aitken era uma das obras da Desert X, uma exposição de arte contemporânea no meio do deserto

---

65 Site de notícias focado em tecnologias e no Vale do Silício.
66 Artista americano que usa a paisagem ao seu redor para criar obras de arte.

do Vale Coachella que abriu em 2017. *Mirage* era uma réplica em tamanho real de uma casa americana suburbana, não tinha nada demais em seu formato, mas as paredes eram cobertas por espelhos, então cada lado da casa refletia a paisagem exterior. A informação sobre a exposição no site era:

> MIRAGE é reconfigurada como uma ideia arquitetônica: uma casa suburbana aparentemente genérica agora vazia: de narrativa, habitantes e suas posses. Essa estrutura minimalista funciona inteiramente em resposta à paisagem ao seu redor... Sua forma arquitetônica familiar torna-se um dispositivo de enquadramento, uma câmara de eco visual que reflete incessantemente tanto o sonho da natureza em um estado puro desabitado quanto a busca de sua conquista... Como uma lente em escala humana, MIRAGE funciona para enquadrar e distorcer o mundo em evolução fora dele... Não há perspectiva fixa ou interpretação correta. Cada experiência desta obra de arte viva será única.

Eu entendia o interesse de Anna; a instalação tinha tudo que a atraía: era uma atração popular para o público certo, sua impermanência a fazia especial e sua localidade a tornava exclusiva — era o destino ideal para uma excursão de estilo. Nós iríamos de carro até Palm Springs na quinta e veríamos a instalação na sexta-feira. E passaríamos a noite no Parker Palm Springs.

ANNA: Não tem muito pra fazer lá quando não é época do Coachella.[67]

EU: Poderíamos ficar duas noites e voaríamos de volta no sábado por volta das quatro, antes dos voos noturnos.

---

[67] Evento anual de música e arte com duração de três dias que acontece no vale de Coachella.

ANNA: Ok. E minhas lentes de contato estão acabando, então eu preciso comprar novas, preciso voltar logo para NY.

Ela queria que eu pegasse as lentes para ela? Eu ofereci.

Não, mas você podia trazer a minha câmera Polaroid.

Nós continuamos a conversa e planejamos a viagem, mas dessa vez eu estava mais cética em relação aos planos dela.

Anna mandou: *Nós também podíamos alugar um carro diferentão. Que tal um clássico?*

Faria sentido alugar um carro para a viagem, uma vez que levava duas horas de Los Angeles até Palm Springs, mas a ideia de um "carro diferentão" me fez pensar que as chances de esse passeio realmente acontecer eram baixas. Dali em diante, eu participei das fantasias dela só para ver até onde Anna iria, uma forma de teste para ver o que ela realmente ia fazer.

Os links começaram a chegar três minutos depois: primeiro um Porsche 356 Speedster Tribute preto com bancos em couro vermelho e depois um Pontiac LeMans de 1971 branco.

Anna mandou uma mensagem antes do terceiro link — um Ford Model A de 1928 azul. *HAHA Eles estão disponíveis. Não sei como a gente vai dirigir longas distâncias neles, mas ok.*

Imagina parar com esse carro para buscar o pessoal hahaha

Anna estava fazendo o processo completo como de costume: abordando as possibilidades começando sempre da melhor. As opções grandiosas eram sempre as primeiras, quem ligava para dinheiro? Anna, claramente não. Nós duas estávamos tapando sol com peneira e sabíamos disso.

Na quarta-feira daquela semana, poucas horas antes de ir para o aeroporto, Anna me mandou uma mensagem de Londres.

Eu vou tentar pegar um voo mais tarde, isto é, se eu tiver terminado tudo aqui. Eu já perdi metade da conferência.

Duas horas depois, ela enviou outra mensagem.

Não vou conseguir ir para LA, infelizmente, tenho muito para fazer. Mas vamos tentar ir à instalação em um carro legal algum dia durante o verão.

Combinado, respondi.

Eu fui para LA naquela tarde, como havia planejado, e voltei no dia seguinte em um voo noturno. Meu aluguel estava para vencer, eu estava estressada e nada de a transferência cair. Eu não estava mais conseguindo lidar com a minha ansiedade sozinha.

Cedendo sob a pressão, eu contei a Nick.

— Nick, preciso te contar uma coisa.

— O quê?

— Por algum motivo, quando estávamos no Marrocos, os cartões de crédito de Anna pararam de funcionar. — Ele esperou que eu continuasse. — E sobrou para eu fazer os pagamentos...

— E...

— É muito dinheiro, tipo, *muito* dinheiro — eu gaguejei. — Ela tinha prometido que iria me reembolsar, mas a transferência dela ainda não caiu e estou começando a ficar realmente estressada.

— Hum, isso não é bom — ele disse.

— Sim, eu sei. Ok, eu tenho certeza de que vai ficar tudo bem — eu disse, sentindo minha voz ficar presa na garganta. — É que é muito dinheiro e eu não sei por que está demorando tanto. Anna ainda está viajando e... — Eu tinha começado a chorar. Nós nos sentamos no sofá e eu expliquei a história com todos os detalhes. — Eu confio nela. Mas é muito dinheiro, muito mesmo.

Ele se levantou para buscar um copo de água e eu o segui até a cozinha. Quando ele virou e me viu chorando, Nick colocou o copo na mesa e veio me abraçar.

— É só dinheiro, Rachel. A única coisa é que acontece de ser *muito* dinheiro.

A forma como ele falou me fez rir. Nós dois sabíamos que era dinheiro o bastante para ter grandes consequências na minha vida, mas, naquele momento, era a coisa mais gentil que ele poderia ter dito.

Minhas mensagens para Anna ficaram cada vez mais desesperadas. *Oi, amiga, você acha que a transferência vai vir hoje? Eu preciso pagar o meu aluguel. Você conseguiria me transferir dois mil rapidamente só para eu pagar sem que o cheque volte? Outra coisa, a fatura do meu cartão também está para vencer, mas eles podem esperar até segunda.*

Para ajudar a resolver a situação, Anna me passou o contato da contadora da família na Alemanha, uma mulher chamada Bettina. Ela me ajudaria com a transferência enquanto Anna ainda estava viajando. Eu dei entrada no pedido de Pagamento Rápido do banco, como ela havia me instruído. No primeiro dia de junho, Anna mandou um e-mail para Bettina sobre o meu pedido e me marcou em cópia.

Bettina — esse processo já foi finalizado? Por favor, auxilie nessa transferência que já está quase duas semanas atrasada. Rachel é uma amiga próxima minha e ela foi gentil o bastante para me emprestar o seu crédito para cobrir as minhas despesas.

Confirme imediatamente e coloque nós duas em cópia.

Eu mandei um e-mail para ela duas horas depois.

Olá, Bettina. Dando seguimento à nota de Anna. Você poderia ajudar?

Obrigada,
Rachel.

Anna respondeu imediatamente.

Bettina, é quase final do dia em Nova Iorque — garanta que isso se resolva o mais rápido possível e mande a confirmação de sucesso para todo mundo. Você tem todo o acesso de verificação das minhas contas e não há motivos para todo esse atraso. Como eu já mencionei várias vezes, essa não é uma fatura que pode esperar, é uma transferência pessoal — entre em contato com quem quer que seja necessário para concluir isso agora. Eu estou disponível no meu número de Nova Iorque, pode me ligar a qualquer momento caso seja necessário algo a mais da minha parte.

Obrigada,
AD

Uma hora e meia depois, Bettina finalmente nos respondeu.

Anna, me desculpe pela demora. Nós já encaminhamos tudo o que era necessário e eu estarei recebendo em breve a confirmação do banco. Não há mais nada para se fazer.

Entrarei em contato com as duas o mais breve possível.

Atenciosamente,

Bettina Wagner

Dois dias se passaram como se nada estivesse errado. A minha amiga da faculdade e antiga colega de quarto Kate iria se casar em duas semanas e passaria o final de semana em Nova Iorque. Não teria madrinhas em seu casamento, mas eu atuava como uma de forma não oficial — ou como ela havia dito: eu não consigo fazer isso sem você. Nós duas comemos comida marroquina e bebemos vinho francês em frente ao Café Mogador na St. Marks Place.[68] De novo: Marrocos e França. Era um sinal? Ou eu estava imaginando coisas? Tentei ignorar a minha ansiedade. Kate era como um copo de água no meio do deserto. Eu me sentia mais aliviada por estar com ela e, mesmo com todo o meu estresse, passar um tempo juntas foi especial. Eu me deixei levar pela leveza da nossa amizade e lhe dei toda a minha atenção. Nós conversamos e decidimos a ordem dos eventos da cerimônia de casamento. *Esse momento é de Kate*, eu pensava e guardei o meu segredo. A questão do dinheiro estava começando a me comer por dentro, mas eu escondia completamente.

---

68 8th Street é uma rua famosa de Manhattan conhecida pelo nome St. Marks devido à igreja de São Marcos.

Minha tia Jennie e Janine visitaram Nova Iorque logo depois que Kate foi embora. Elas vieram de Washington, D.C., e do norte do estado, respectivamente. Janine era praticamente da família, ela e tia Jennie haviam se tornado amigas durante um semestre da faculdade que estudaram na Inglaterra e ela fazia parte da minha vida desde que eu me lembrava. Janine usava lenços de seda, batom vermelho e uma coleção de pulseiras prateadas que faziam barulho quando ela movia os braços.

Nós três nos encontramos na segunda-feira à noite para jantar no Lower East Side. Elas estavam doidas para ouvir as minhas histórias da França e eu contei tudo com prazer. Porém fiz questão de não mencionar Anna. Não tinha razão para deixá-las preocupadas e eu me sentia desconfortável de mencionar o custo da viagem.

Bem, essa era a minha intenção.

Em algum momento durante a segunda taça de vinho e o meu último pedaço de pato assado, eu deixei escapar:

— Sim, Marrakesh foi incrível, mas uma coisa estranha aconteceu...

E quando percebi, eu já estava contando tudo, de uma forma que passasse confiança a elas de que eu seria paga. Foi quando elas perguntaram:

— Quanto? — Janine perguntou.

Eu falei o valor e elas ficaram em silêncio.

— Você acha que tem chance de ela ser uma golpista? — tia Jennie perguntou.

Eu dei risada. — Quem? Anna? Não, sem chances. Eu entendo a pergunta, vendo de fora, mas não, ela só é atrapalhada. Eu acho que está distraída com alguma coisa, mas ela vai voltar de Londres daqui a pouco, então eu tenho certeza de que em breve tudo estará resolvido.

Fiz com que minha tia e Janine prometessem manter segredo, não queria que ninguém se preocupasse.

Anna tinha entrado em contato comigo naquela tarde. Ela ainda estava viajando. Contou que uma pessoa que havia trabalhado para a sua família por mais de trinta anos acabara de falecer e que iria dar uma passada na Alemanha para a cerimônia.

Mal posso esperar para voltar para NY, para normalidade, ela mandou.

Mantenha-se firme!, eu respondi, acrescentando um *emoji* de coração.

Eu parecia calma, mas meu cérebro não descansava por um minuto sequer, procurando razões para o atraso e pensando em soluções. Na terça-feira depois da minha conversa com Jennie e Janine, eu acordei cansada. Fui do sonho para a vida real em um piscar de olhos, começando o dia com um e-mail para Bettina.

Cara Bettina,

Você poderia por gentileza me passar alguma atualização? Eu estou atrasada nas minhas contas por causa disso. Por favor, me avise se tem algo que eu possa fazer para garantir que esse pagamento ocorra até a primeira parte do dia de hoje.

Obrigada,

Rachel

Com o intuito de reforçar a situação, eu também mandei uma mensagem para Anna: *Estou ficando muito nervosa em relação a esse dinheiro. Está tudo bem? Você consegue fazer com que Bettina resolva isso hoje? O cheque do meu aluguel vai voltar e eu não consigo pagar as minhas outras contas.*

Estou entrando em contato com ela agora, Anna escreveu. *Desculpe se eu parecer um pouco estressada hoje. Minha carteira foi roubada ou perdida e eu preciso reaver tudo antes de pegar um voo. Sua transferên-*

cia não tem nada a ver com isso, no entanto, vou ligar para Bettina de novo. Desculpe pelo atraso.

Depois de enviar as mensagens, eu pedi dois mil dólares emprestados para Nick para evitar que o cheque voltasse, e ele generosamente providenciou.

Naquele mesmo dia, poucas horas depois, Kacy me mandou uma mensagem. *Anna está passando aperto em Casablanca.* Casablanca? Eu achei que Anna estivesse em Londres. Kacy me contou que, pelos últimos quatro dias, Anna estava no hotel Four Seasons[69] de Casablanca e que ela não tinha condições de pagar a estadia. Quando os gerentes do hotel entraram no quarto dela demandando pagamento e ameaçando chamar a polícia, Anna ligou desesperada para Kacy, que falou com os gerentes e tentou mandar o dinheiro, mas eles já haviam perdido a paciência e queriam Anna fora dali. Eles a escoltaram para fora do hotel. Kacy conseguiu pedir um carro para ela e Anna estava a caminho do aeroporto.

Meu Deus!, foi a minha resposta. Eu contei para Kacy do que havia ocorrido no La Mamounia. *No final, eu que tive que pagar tudo nos meus cartões e ainda estou esperando pela transferência — e preciso dela desesperadamente.*

KACY: Tem alguma coisa muito errada.

EU: Ela não quer pedir dinheiro aos pais.

EU: Eu estou em contato com a contadora dela. De acordo com ela, o dinheiro cai hoje, mas eu não estou confiante.

KACY: Por que ela ainda está no Marrocos? E sozinha?!

---

69 Em português: Quatro Estações. Cadeia de hotéis com mais de cem unidades em 43 países.

EU: Não tenho a mínima ideia! Eu achei que ela ia para Londres...

EU: Ela me falou que a carteira dela tinha sido roubada. O que essa menina está fazendo?

Anna estava com problemas, isso era óbvio, mas por quê? E o que poderia ser feito? Eu e Kacy estávamos vendo uma amiga em apuros e nós duas éramos naturalmente altruístas. Nós duas concordamos que a melhor opção era entrar em contato com a família de Anna, mas, mesmo assim, nenhuma das duas tinha ideia de por onde começar. *Ela já falou para mim da família dela*, eu contei para Kacy. *Mas é difícil de entender a situação entre eles, ela fala de forma vaga.*

No início daquela tarde, eu recebi um e-mail de Bettina.

Cara Rachel

Estou esperando pela confirmação da transferência por parte do banco para que eu possa te encaminhar. Você conseguirá rastrear a transferência com isso.

Atenciosamente,

Bettina

Eu respondi:

Cara Bettina,

Já se passaram duas semanas. Você acha que receberá essa confirmação hoje?

Você me disse que receberia ontem, junto com o dinheiro que também já era para ter caído.

Eu não tenho condições de continuar nessa situação.

Obrigada pela compreensão,
Rachel

Após duas horas sem resposta por parte de Bettina, Anna começou a me mandar mensagens, contando tudo que ela estava passando.

ANNA: Esses últimos dias foram literalmente um inferno.

ANNA: Nunca mais viajo na vida haha.

EU: Eu imagino, deve ser péssimo. Eu estou em uma situação complicada até essa transferência cair. Está tudo bem? Eu não entendo por que está demorando tanto.

ANNA: Vou ligar para eles de novo. Desculpe. Esse dia está maluco, eu ainda estou no aeroporto tentando pegar um voo e pedir substituição de todos os meus cartões.

ANNA: Eu me sinto péssima por ter te colocado nessa situação.

Algumas horas depois, foi a vez de Kacy me mandar mensagem.

KACY: O dinheiro da Anna já caiu?

EU: Não, ainda não.

KACY: Ela quer que eu pague a passagem de volta dela. Classe executiva! Dois mil e quinhentos dólares! Você já falou com ela? Isso é loucura!

EU: Eu mandei mensagem perguntando se ela estava bem.

KACY: E aí?

EU: Ela está envergonhada por não ter me pagado ainda e não quis me pedir ajuda (e eu literalmente não consigo ajudá-la).

EU: Eu acho que ela vai te pagar de volta.

EU: Você deu a ideia de falar com os pais dela?

EU: Não sei o que dizer.

EU: Espero que ela acorde depois de tudo isso.

Kacy comprou a passagem e Anna chegou a Nova Iorque na tarde seguinte. Ela mal tinha passado da imigração quando me mandou uma mensagem me convidando para sair depois do trabalho.

Muita coisa havia mudado desde o nosso último almoço em Nova Iorque. Ela não tinha percebido? O seu descaso me espantava. *Todo esse estresse está me afetando*, eu mandei. *Vamos amanhã se você estiver livre*. Eu estava só empurrando o convite, não tinha intenção alguma de almoçar com ela.

Tudo bem, sem problemas. Eu tenho aula com Kacy amanhã, se você quiser participar.

Ela estava me testando ou sentindo falta da nossa rotina antes do Marrocos? Eu não estava preparada para vê-la pessoalmente. Era muito para mim. Mesmo assim, estava aliviada por Anna estar de volta a Nova Iorque e em um hotel perto do meu trabalho. A nossa relação podia estar por um fio, mas a proximidade dela me deixava mais tranquila, me dava uma razão para ter esperança de que tudo ia se acertar.

Capítulo 10

Descarrilamento

Eu continuei mantendo o meu segredo a quatro chaves, mas, à medida que as coisas iam ficando mais complexas, não pude evitar mencioná-lo em termos vagos para três colegas do meu trabalho. Elas ficaram abismadas. Eu pedi a opinião delas sobre como lidar com a situação da minha amizade que havia desmoronado. Elas sabiam um pouco do meu relacionamento com Anna, na época em que nossa rotina era baseada em treinos logo cedo, visitas à sauna infravermelha e jantares no Le Coucou. Anna sempre foi enigmática — isso todas nós sabíamos —, mas essa característica não era mais divertida e intrigante, agora era alarmante.

Como Anna estava de volta aos Estados Unidos e consequentemente mais próxima dos bancos e funcionários, eu imaginei que seria mais fácil para ela organizar as suas finanças. Ela havia tido um problema com o pagamento dos seus impostos e em resposta a Receita Federal tinha congelado as contas dela. Anna não havia se dado conta que tinha que pagar impostos americanos por causa do seu trabalho com a fundação, mas já havia resolvido o problema. *Eu tenho uma equipe de advogados que me confirmou que tudo já foi resolvido*, ela disse. *Não tem mais nenhuma razão para a transferência não cair.*

Eu acreditei nela. Pensava que, como ela estava viajando, não tinha tido tempo ou forma de entrar em contato com os seus advogados e agora, que estava de volta e podia lidar com a situação pessoalmente, o pagamento seria efetuado. Eu confiava nisso e nela.

A essa altura, eu já tinha o número telefônico do atendimento ao cliente do meu banco na discagem rápida. Eu ligava para eles pelo menos uma vez ao dia esperando por uma atualização. O dinheiro que tinha pegado emprestado de Nick não iria durar muito tempo. Eu tinha desistido de qualquer contato com Bettina, convencida de que ela não estava fazendo nada para ajudar. Nick e eu brincamos que Bettina provavelmente era Anna, respondendo por uma conta de e-mail falsa. Era uma ideia divertida, mas não esperava que fosse a verdade.

A American Express havia começado a me ligar regularmente, perguntando quando eu iria pagar a conta do cartão. Tentei ao máximo explicar a situação, garantindo que poderia ser *a qualquer momento*. Eu estava presa no espaço tenso entre promessa e cumprimento e só me restava esperar.

Alguns dias depois, por volta do meio-dia, eu recebi uma mensagem de Anna. *Eu tenho o código de rastreio da transferência. G08710031505. Não sei o quanto isso ajuda.*

Eu girei na minha cadeira e dei um pulo. *Finalmente!*, pensei. Eu estava esperando por isso havia muito tempo.

Nick foi comigo ao banco. Eu havia passado a noite anterior em claro, em pânico, e ele estava preocupado comigo. Nós nos encontramos no Westfield World Trade Center, o shopping subterrâneo embaixo do enorme prédio comercial, e fomos direto ao banco. O funcionário do banco digitou o código no sistema, mas não era um formato que o sistema reconhecia.

Meu coração acelerou e minha animação foi embora. Não era um bom sinal, e eu sabia, mas mantive o meu otimismo. Passei a tarde para baixo, mas me recusava a aceitar derrota, pedi repetidamente a Anna um número de referência federal, não o que quer que fosse aquilo que ela tinha me mandado.

Eu realmente não consigo entender por que a transferência não caiu ainda, eu enviei. Estou esperando por esse código desde o dia que saí de Marrakesh. Todo dia ouço que está sendo processada. Você poderia me enviar o comprovante que mostre que essa transferência está realmente sendo processada?

Encaminhado, Anna respondeu. *Me desculpe mais uma vez por te colocar nessa situação, eu vou ser mais organizada daqui para a frente. Eu te transferi um pouco mais do que te devo como agradecimento e um pedido de desculpas pelo atraso.* Olhei o meu e-mail e vi que Anna tinha me encaminhado uma mensagem de alguém chamado Ryan e que continha um número de referência federal. Eu entrei na minha conta bancária de hora em hora esperando ver o dinheiro.

EU: Ainda nada. Eu vou continuar checando e te manterei informada.

ANNA: Ok, já foi debitado da minha conta bancária.

Eu acordei antes da cinco da manhã no dia seguinte, não conseguindo dormir, minha cabeça estava a mil. Eu estava enjoada e temorosa. Mandei mais uma mensagem.

EU: Você disse isso antes. Ainda nada. Eu estou perdendo o sono por causa disso. Até meu estômago está sofrendo as consequências. Esse dinheiro tem que cair na minha conta hoje ou tem algo muito errado.

ANNA: Tem algo que posso fazer para ajudar?

EU: Você consegue verificar pela sua conta o status da transferência com o código que você me passou?

ANNA: Não que eu saiba. Vou ligar para o meu banco assim que eles abrirem.

ANNA: O que eles te disseram? Não é incomum transferências demorarem um pouco, especialmente transferências de valores altos.

EU: Meu banco disse que transferências nacionais não demoram mais que vinte e quatro horas.

ANNA: Se a transferência não cair hoje eu te envio por Paypal.

EU: Obrigada, Anna. Desculpe por te mandar mensagem no meio da noite. É que estou muito estressada.

ANNA: Sem problemas. Eu entendo que é uma situação estressante e que é minha culpa, você tem toda razão de estar chateada.

Era reconfortante que ela pelo menos se sentisse responsável pelo que havia acontecido. Anna validou os meus sentimentos e me fez acreditar que ela entendia que eu tinha uma boa razão para estar me sentindo daquela forma. Eu me senti mais leve por umas duas horas, quando meus medos voltaram na hora do almoço.

EU: Meu emprego está em jogo, Anna. E me falaram que o código não é válido.

ANNA: Me dá um momento, estou em reunião.

EU: Anna, o que está acontecendo?

EU: ?

ANNA: Terminei.

ANNA: Vou ligar para eles agora.

ANNA: Eles estão em uma reunião, vão me retornar às 14h30.

EU: Por que é sempre alguma coisa? Eu estou achando que você está me enrolando há semanas e não tenho mais como bancar isso. Não tenho mais opções reservas.

ANNA: Eu estou realmente tentando.

ANNA: Nem tudo está sob o meu controle.

EU: Parece que tem algo errado. Alguma coisa segurando esse dinheiro, obviamente algo não está certo. Uma transferência não demora semanas para cair. Na verdade, não demora nem dias. Eu acho que você não está sendo sincera comigo e não posso ficar correndo atrás de você assim.

ANNA: Se você quiser que eu entre em contato com o contador do seu trabalho dizendo que assumo a responsabilidade pelo valor excessivo no seu cartão comercial e explicar o que aconteceu, eu posso fazer isso.

ANNA: Eu resolvi as últimas coisas que estavam em aberto na quarta-feira.

EU: Não consigo entender por que você não me manda por Paypal como discutimos: quarta-feira foi há dois dias.

ANNA: A transferência foi enviada ontem. Me desculpe, eu não tenho a confirmação no formato que você quer, então não consigo te encaminhar.

EU: Eu não ligo em que formato venha a confirmação, contanto que prove que uma transferência foi enviada ontem em meu nome e para a minha conta.

EU: Por favor, seja sincera comigo. Eu não entendo por que isso está sendo tão complicado.

ANNA: Irei te enviar o comprovante assim que eu o tiver.

ANNA: O Paypal só permite que eu te envie cinco mil, mais que isso eu preciso confirmar meu endereço.

ANNA: Você recebeu os cinco mil?

EU: Sim, obrigada.

Eu tinha recebido um e-mail do Paypal com o assunto: você recebeu dinheiro. No corpo do e-mail falava que Anna Delvey havia me enviado cinco mil dólares. Anna nunca tinha me pagado nada por Paypal e eu mal usava a minha conta, então não tinha certeza de como funcionava. Entrei na minha conta do Paypal para verificar que o dinheiro estava lá e imediatamente transferi o valor para minha conta bancária.

ANNA: A transferência vai cair até segunda, caso contrário eles têm permissão para intensificar a situação e te reembolsar por danos.

EU: Eles não te mandaram nenhuma confirmação de nada?

ANNA: Não, ainda não.

EU: Então eu não acho que seu banco realmente processou a transferência ontem. O número federal não é válido e eles não podem te enviar um comprovante de transferência? Eles vão te enviar o recibo hoje? Quando uma transferência é iniciada o recibo é automaticamente emitido. E então demora no máximo 48 horas para aparecer na minha conta.

EU: Você disse que o dinheiro cairia ontem e agora está me dizendo que vai cair na segunda. Parece que você só está adiando e adiando, sem nenhuma garantia, afinal não temos nenhuma prova de que essa transferência foi iniciada.

EU: Não tenho ideia do que "intensificar a situação" significa, mas acho que já passamos desse ponto.

ANNA: O dinheiro vai cair até segunda.

ANNA: Caso contrário, eu irei te enviar dinheiro de outra forma: outra conta, sacando o valor ou com cheque.

ANNA: Não é grande coisa.

EU: Ok. Para mim é grande coisa sim.

EU: Mas você sabe disso.

EU: Meu emprego e todas as minhas finanças estão em jogo. Meu apartamento também estava até você ter me transferido os cinco mil. Eu não estou conseguindo dormir. Acordo de madrugada em pânico. Minha vida está completamente de cabeça pra baixo por causa disso. Essa situação não só é grande coisa, mas é uma das experiências mais traumáticas da minha vida. Não consigo entender como você pode dizer que não é grande coisa.

ANNA: Eu quis dizer que tenho outras opções para te mandar o dinheiro.

ANNA: Como te mandei por Paypal.

ANNA: Foi isso que quis dizer.

As mensagens entre nós passaram a fazer parte de uma rotina que me deixava enjoada e com dor de cabeça. Quando o dinheiro do Paypal caiu na minha conta, eu paguei o valor mínimo, um total de quase dois mil dólares, da fatura de maio do meu cartão pessoal. A fatura de junho iria fechar no final daquela semana e tinha um pagamento mínimo de 32.879,60 dólares. Eu estava aliviada por ter recebido pelo menos um pouco do dinheiro, mas efetivamente não ajudou muito a minha situação financeira. Anna permanecia impassível diante dos meus pedidos e acusações. Cada mensagem que eu mandava, simplesmente era ricocheteada em eco. Ela mandava mensagens curtas, uma atrás da outra, charadas em que ela esperava que eu caísse, táticas para atrasar ainda mais. Meu desespero foi ficando cada vez pior, mas Anna não havia levado em conta a minha tenacidade.

E assim seguimos, dia após dia, semana após semana. Eu ia para o trabalho. Cada detalhe em sessões de fotos, chamadas telefônicas e conversas parecia necessitar do dobro da minha atenção e esforço. Agendei um fotógrafo e um espaço de estúdio para fotos de Beck, um músico americano. Eu ia e voltava com um agente de Londres, resolvendo uma sessão com Clive Owen.[70] Eu estava fazendo o meu trabalho havia tantos anos que já se tornara intuitivo, mesmo quando era exigente, mas agora eu mal conseguia segurar as pontas: "Você é o assistente do estilista? Ótimo, você pode instalar essa parte do estúdio"; "Vocês estão ficando com fome? O almoço está marcado para o meio-dia. Eu vou ver se os fornecedores podem vir mais cedo"; "Olá, estou ligando para verificar para que horas você gostaria que eu agendasse o seu carro para o aeroporto" — essas coisas agora requeriam muito de mim. Meu cérebro estava em outro lugar em todas as situações. Eu tentava usar os meus finais de semana para aliviar o estresse, mas acabavam sendo os dias em que ele piorava, pois os bancos estavam fechados e não tinha nenhuma esperança de o dinheiro cair de sábado ou domingo.

A maior parte da minha energia estava devotada a Anna — racionalizando o atraso e correndo atrás do reembolso.

❦

— Nada ainda, mas vai dar tudo certo — era o que eu continuava dizendo para Nick, Jennie, Janine e, mais importante, para mim mesma. Mas nenhum deles estava convencido. Minha ansiedade alcançava extremos à noite e eu não conseguia dormir. Nada parecia real e tudo parecia possível. *E se ela nunca me pagar?* Eu tinha esperado muito tempo para pensar nessa hipótese, com medo de que, se o fizesse, eu daria mais poder para

---

[70] Ator britânico indicado ao Oscar em 2004 pelo filme *Closer — Perto demais*.

o universo. Agora, incapaz de dormir, eu finalmente fiz a pergunta para Nick e senti a verdade em sua resposta pela primeira vez. Aquilo me destruiu.

Nick massageava as minhas costas enquanto eu tinha dificuldade para respirar. As palavras escapavam de mim como se eu estivesse sufocando. — Eu... não... vou... conseguir... reaver... esse... dinheiro. Eu... nunca... vou... conseguir... economizar... para... comprar... uma... casa... eu... não... vou... conseguir... ter... filhos... sustentá-los.

A manhã chegou mais cedo do que o meu sono. Mas na Alemanha, onde Anna tinha o seu dinheiro, estava horas à frente dos Estados Unidos. Talvez fosse hoje o dia — *tinha que ser hoje*, eu pensava. Eu tinha que continuar seguindo em frente. Um olho inchado olhava o celular e o outro estava fechado por uma compressa fria. Meus dedos digitavam rapidamente no escuro, mandando mensagem às cinco da manhã. Como eu poderia expressar o meu desespero e urgência? Como eu poderia fazer com que Anna entendesse e agisse? Sem tempo, eu me arrumei para o trabalho. Cabelo, maquiagem, roupa. Eu sorria para os colegas no corredor, me perguntando se eles conseguiam perceber o que eu escondia. Eu levava picadas de agulha durante o meu dia que me faziam perder o ar: *Vai cair hoje, vai cair hoje à tarde, vai cair até o final do dia*, Anna dizia. *Tudo já está resolvido agora.*

Estávamos no meio de junho e nada do dinheiro. Na quinta-feira antes do casamento de Kate, eu tomei uma decisão: Anna tinha tirado o suficiente de mim. Ela não teria mais nada. Eu redirecionei minha energia e lidei com minhas responsabilidades com atenção e cuidado: busquei o vestido de Kate em um alfaiate no

Brooklyn e já estava com o carro que havia alugado. Eu iria sair às seis da manhã da sexta-feira para estar em Amherst[71] ao meio-dia e almoçar com a noiva.

ANNA: Quando você volta?

EU: No final da tarde de domingo.

ANNA: Faz um mês que não te vejo.

EU: Nós estamos nos desencontrando com as viagens.

ANNA: Eu não fiz nada divertido desde que voltei.

ANNA: Vamos fazer algo legal na segunda.

ANNA: Eu vou estar no Mercer.

EU: Eu realmente preciso resolver isso antes de conseguir ter qualquer tipo de diversão. Eu estou muito estressada.

Diversão. Havia sido assim que nossa amizade começou: noites fora, jantares chiques, vinho branco e glamour. Agora a festa tinha acabado, mas ainda estávamos conectadas, contra a minha vontade. Eu queria Anna fora da minha vida, mas ao mesmo tempo não podia deixá-la ir. Ela havia me prendido em um quarto e jogado a chave pela janela. Foi de propósito? Ela estava com medo de que eu fosse embora? Ela queria que eu precisasse dela? Era esse o poder que ela tanto queria?

Tirando Nick, ninguém em Amherst sabia de nada em relação ao meu problema com Anna. Eu poderia contar para elas, é claro, e me apoiariam, mas não era nem a hora nem o lugar certo para falar daquilo. Além

---

[71] Cidade em Massachusetts.

do mais, a mera existência delas — do meu grupo de amigas — era apoio por si só. Eu precisava delas. Nós éramos em nove, uma irmandade forjada na faculdade, não por causa de clubes, mas porque havíamos escolhido umas às outras. Anna não tinha espaço ali. Ela não tinha nenhuma amizade longa, pelo menos que eu soubesse. Ela era muito insensível, antissocial e desconectada por natureza. Anna precisaria de mim como condutor, como alguém que faria as pessoas se sentirem conectadas a ela. Agora eu entendia: a minha aceitação em relação a Anna era o que encorajava as outras pessoas a fazerem o mesmo.

Minha amiga Liz oficializou o casamento em uma tenda branca em uma colina gramada:

— Nós estamos aqui envoltos nos braços do Vale do Rio Connecticut — ela começou —, onde Kate e Russel escolheram criar um lar para essa grande celebração de amor. Que todos deixam a magnificência deste lugar acalmar as nossas almas. — Tudo estava calmo, parado. — Russ e Kate, por gentileza, virem-se para olhar para os seus convidados. Vocês escolheram essas pessoas para compartilhar este momento com vocês.

Em tempos de trauma, a vida se desdobra em momentos de picos e depressões. Você passa por altos e baixos com mais intensidade, tudo está amplificado. Eu chorei, percebendo o quanto amava os meus amigos.

O retorno para Nova Iorque trouxe o pesadelo de volta e intensificado. — Você não consegue ver que tem algo muito errado? — Nick exasperou-se. Eu o estava mantendo atualizado do que estava acontecendo e até mostrei algumas das mensagens que Anna tinha me mandado, na tentativa de achar alguma solução. Ele estava ficando cada vez mais bravo com Anna e com as suas respostas vagas. Nas vezes em que me vi confrontada com o pessimismo dele, acabei tentando defendê-la.

— Se ela já fez a transferência, onde que está esse dinheiro? — ele perguntou.

— Eu liguei pro banco para checar e eles me disseram que ainda não está no sistema, mas, se não estiver até amanhã, Anna vai sacar dinheiro ou achar uma outra forma de me pagar — eu respondi.

— Nada do que essa garota diz é verdade!

Essa era uma possibilidade que me preocupava, claro. Mas o que mais eu poderia fazer? Eu estava tentando ser firme com Anna da melhor forma possível, sem que ela fugisse. O único conforto que eu tinha era que estávamos nos contatando frequentemente. Ela não tinha simplesmente ficado muda e desaparecido.

Pelo contrário: ela falava sem parar. Mais de uma transferência havia sido inicializada, uma teria que cair. E se ela transferisse o dinheiro para um cartão de crédito dela? E se pagasse por bitcoin?

Hum. Não, obrigada. Não sei pagar fatura de cartão com isso, eu respondi.

Anna escreveu: *A transferência de ontem está a caminho e aquela primeira vai ser enviada assim que eles obtiverem a certificação de regularidade com os meus advogados. Vamos ver qual vem primeiro.*

E, mesmo assim, os dias iam passando, um depois do outro, e ainda sem sinal da quantia na minha conta. *Você conseguiu a confirmação?*, eu perguntei. Três horas se passaram e mandei outra mensagem. *Ainda nada aqui. Eles te mandaram alguma coisa? Daqui a pouco os bancos fecham. Eu achava que cairia hoje?? Anna?*

Eu não tenho o swift code. Estou em uma reunião, ela respondeu. *Tenho algumas ligações perdidas e não* consigo falar agora. Não recebi e-mail algum falando de atrasos. Se o dinheiro não estiver na sua conta na segunda, vamos nos encontrar e eu saco o dinheiro para você.

Está bem, respondi. Com toda a situação, eu tinha aprendido o significado de *swift code* e que era um número normalmente usado para transferências internacionais.

Ela acrescentou: *Eu providenciei tudo que eles me pediram do departamento de fraude e tudo mais, fiz com que isso fosse tratado como prioridade máxima por todo mundo que está envolvido. Eu sinto muito por tudo isso e você está certa em estar frustrada, mas tudo isso não vem da minha negligência, eles estão pedindo cada vez mais coisas, coisas absurdas, e falando que tudo tem 48h-72h de processamento. Eu acabei de receber uma mensagem de voz de uma pessoa que supostamente tinha que ter entrado em contato comigo na segunda-feira.*

Sinto muito, respondi. *Eu sei que também é frustrante para você.*

Sim, nada é fácil para mim, ela respondeu. *Toda vez que uma coisa dá certo, 99 outras dão errado.*

Mais uma semana começou e mais uma segunda-feira terminou sem nada de o dinheiro aparecer. Nada de transferência, nada de dinheiro físico, nada de explicações. Anna continuava a dar desculpas: *Estou esperando os meus advogados encaminharem ao banco uma última coisa. Depois disso, tudo estará em ordem; eles tinham que verificar mais informação e eu não sabia que foi feriado nacional na Alemanha entre quinta e sexta-feira, então eles só conseguiram as coisas hoje. Estou dirigindo, te mando mensagem daqui a pouco.*

Dirigindo para onde? Eu respondi. *Anna — isso é muito urgente e já se passou muito tempo!! Nós precisamos nos encontrar para que você me deposite hoje. Eu não posso continuar esperando por essa transferência. Eu estou extremamente estressada por causa disso.*

Estou voltando para a cidade, ela escreveu, informando que tinha ido resolver algumas coisas mais ao norte do estado. *Eu passei a noite em claro trabalhando com um pessoal da Europa.*

Ok. Saca dinheiro e me manda mensagem? Eu te encontro no Chase, o meu banco. Ou posso te encontrar no seu banco. Tanto faz.

Mas Anna ainda estava "no carro" e depois "em uma reunião" pelo resto do dia. Ela me mandou uma mensagem às três da manhã: *Acabei de chegar. Eu tenho que sair da cidade de novo amanhã durante a primeira metade do dia. Acho que vou sair por volta das 7-8 da manhã. Se encontrar um banco aberto eu posso deixar um envelope com a segurança no World Trade Center. Isso ou a transferência cai hoje, ou eu estarei de volta à tarde.* Quase duas horas depois, ela me escreveu novamente: *Ainda estou trabalhando. Provavelmente não vou voltar para NY até de tarde. Prometo resolver isso hoje.*

Eu lhe respondi no momento em que acordei: *Por favor, me mantenha informada. Ainda não tem nada na minha conta. Eu também não recebi nenhum e-mail com o swift code etc. não acho que a transferência vai cair. Por favor, se organize para sacar dinheiro ainda hoje.* No entanto, pelas mensagens eu percebi que Anna provavelmente não voltaria para a cidade antes de os bancos fecharem. Ela mandava: *Posso depositar o dinheiro na sua conta? Tem agências do seu banco aqui.* Eu liguei para o banco para perguntar se isso era possível e eles me informaram que Anna poderia depositar uma ordem de pagamento, um cheque administrativo ou um cheque normal em meu nome, mas não poderia depositar dinheiro em espécie. Mas, mesmo assim, eles teriam que passar por um processo de liberação que poderia demorar até sete dias. Anna insinuou que um cheque administrativo seria a melhor opção.

Ok, eu respondi. *Se você não conseguir voltar hoje... o que acho que vai ser difícil, certo?? Você vai retirar um cheque e depositar na minha conta?*

Eu te aviso quando eu passar no banco.

Uma hora depois, eu mandei uma mensagem para verificar o andamento das coisas. *Você já está indo para o banco? Por favor, reserve tempo suficiente para que isso seja resolvido.*

Sim, ela prometeu.

Qual é a situação? Você conseguiu o cheque?

Estou na agência agora, ela escreveu. E então, alguns minutos depois: *Eles não tinham dinheiro suficiente naquela agência. Estou indo para outra.*

Eles não têm dinheiro para um cheque??? Não fazia o menor sentido.

Dinheiro em espécie, ela explicou. *O dinheiro fica disponível imediatamente. O cheque administrativo leva pelo menos um dia para ser processado... Não posso ser responsável pelos horários de compensação, mas será minha responsabilidade cobri-los. O que quero dizer é que, se o cheque demorar para ser compensado, você vai ficar igualmente frustrada.*

Nós tínhamos decidido pelo cheque, não tínhamos? E eu tinha falado que ela não conseguiria depositar dinheiro em espécie no meu nome, não tinha? Talvez eu estivesse ficando louca. Talvez ela estivesse.

Faz o cheque mesmo, já que eles não têm notas suficientes, eu disse. *Honestamente, eu prefiro esperar por um cheque do que pela transferência, pelo menos o cheque meu banco vai conseguir rastrear.* Anna não respondeu por duas horas. *O que está acontecendo? Ela não respondeu. De verdade, parece que você está enrolando. Qual é o problema?*

Quase uma hora tinha se passado quando ela finalmente respondeu: *Eu peguei no meu banco, acabei caindo no sono dentro do carro. Foi mal por não ter respondido.*

O que você pegou?, perguntei.

Um cheque, ela disse.

༺❦༻

O dia seguinte foi 22 de junho, uma quinta-feira, exatamente um mês e dois dias da data de embarque para o Marrocos. Se Anna tinha realmente pegado o cheque, eu queria que a entrega fosse o mais simples possível, antes que ela encontrasse alguma coisa para usar de obstáculo. Era hora de confrontá-la pessoalmente.

Sem avisar que lhe estaria fazendo uma visita, eu fui até o Beekman Hotel[72] faltando quinze minutos para as onze da manhã. *Oi. Estou aqui embaixo. Qual o número do seu quarto?* Ela não me respondeu. Eu liguei do meu celular, ela também não atendeu. Imperturbável, eu fui até a recepção.

— Oi. É possível fazer uma ligação para um quarto de hotel? — Ele assentiu. — Anna Delvey. Obrigada. — Eu não estava nervosa, eu estava brava. As minhas palavras eram curtas e firmes.

Anna atendeu sonolenta. — Alô?

— Oi. Estou aqui embaixo. Qual o seu quarto?

Era a primeira vez que eu a via desde o La Mamounia. Anna estava despenteada, seu cabelo amassado du-

---

72 Hotel chique localizado no centro financeiro de Nova Iorque.

rante o sono. Não usava maquiagem e seus cílios estavam bagunçados, faltando algumas extensões. O quarto era pequeno e estava uma bagunça. Viam-se papéis em todas as superfícies. As suas malas estavam abertas no chão e lotadas de roupas e pertences. O vestido preto que ela havia mandado fazer no Marrocos tinha sido pendurado em um plástico de lavanderia na porta do armário.

— Onde está o cheque? — eu perguntei, tentando tornar o nosso encontro uma simples transação.

Ela procurou pela pilha de papéis, olhou debaixo da cama e dentro de várias bolsas até anunciar que tinha esquecido dentro do carro. Anna explicou que, depois de ter saído da cidade no dia anterior, ela tinha voltado com um de seus advogados em um Tesla alugado. O cheque devia ter ficado lá.

Óbvio que não seria fácil. Óbvio que teria algum problema.

Primeiro Anna ligou para a loja onde ela tinha alugado o carro e depois para o escritório do seu advogado. Ela tinha certeza de que estava com ele. Eu me recusei a ir embora. Anna me garantiu que teria o cheque de volta. Ela tinha me dito que deixaria o cheque no meu escritório, mas, quando eu pedi o número do seu advogado e ela não conseguia me passar, eu decidi que não sairia do seu lado. Eu a acompanhei até o Le Coucou, onde ela teria uma reunião durante o almoço com um advogado e um gestor de riqueza privada. O gestor não parecia impressionado com o que Anna explicava sobre a fundação que ela queria abrir. Comparando com as outras vezes em que havia escutado a sua apresentação, hoje parecia realmente um pouco apagada. Ela parecia juvenil na forma de falar, vaidosa ao mexer no cabelo e desarticulada ao transmitir componentes-chaves do projeto. Nós terminamos de comer e um dos homens pagou a conta. Eu segui Anna de volta até o Beekman. Ela me disse que tinha que participar de uma chamada de conferência.

— Não seja por isso — eu disse, resoluta. — Fique à vontade.

Ela não fez a ligação. Em vez disso, nós nos sentamos lado a lado no bar do hotel. Nossa mesa parecia um tabuleiro de xadrez. Seguindo o personagem, Anna pediu ostras e uma garrafa de vinho branco, assinando a conta para o seu quarto. Eu fiquei em silêncio, enviando e-mails corporativos pelo celular, em parte ignorando Anna e em parte de olho nela e ocasionalmente perguntando por atualizações. Anna não falou com ninguém — a não ser com o nosso garçom. Não teve nenhuma ligação ou reunião. Para provar que eu estava falando sério, fiquei até às onze da noite, quando finalmente fui embora com raiva, avisando que estaria de volta às oito da manhã do dia seguinte para que pudéssemos ir juntas até o banco. Ela concordou. — Espero que você tenha se divertido, pelo menos — ela disse com um tom de sarcasmo e um sorriso travesso.

— Não. Isso não foi divertido, não foi engraçado. Isso não está certo — eu respondi, incrédula.

Na manhã seguinte, eu cheguei no horário combinado e mandei mensagem avisando.

EU: Estou aqui.

ANNA: Eu não estou no hotel.

EU: Eu te avisei que viria... onde você está?

ANNA: Eu vim buscar as coisas.

EU: Eu vou te encontrar. Isso precisa ser resolvido antes de eu ir trabalhar hoje.

ANNA: Eu achei que você ia me mandar mensagem antes de vir.

EU: Eu achei que você estaria dormindo. Onde eu posso te encontrar? Eu vou até aí, não tem problema. Preciso resolver isso.

ANNA: Eu levantei às seis horas para poder resolver isso.

EU: Então por que ainda não resolveu? Me fala onde você está.

ANNA: Eu te mando mensagem quando estiver com tudo.

EU: Não, Anna. Se você acordou ás seis horas, vamos fazer isso agora. Eu tenho coisas para fazer hoje. Preciso ter certeza de que isso vai ser feito. Não consigo mais confiar em você para resolver isso. Vamos, me fala onde você está que eu te encontro.

ANNA: Eu vou deixar as coisas no OTC.[73]

EU: Ou eu posso ir buscar... Isso está suspeito. Qual é?

ANNA: Eu estou indo atrás das coisas, o que tem de suspeito nisso?

EU: Então deixa eu me encontrar com você. Não vou esperar no escritório, já esperei muito.

ANNA: Eu te mando mensagem quando estiver com tudo.

EU: Eu vou te encontrar agora. Onde você está? Não posso esperar que você me envie uma mensagem. Eu não estarei no escritório. Não consigo acreditar que você não está aqui, Anna. Você disse que iríamos ao banco esta manhã. Estou perdendo minha capacidade de confiar em você.

ANNA: Não estou no hotel, estou pegando as coisas com meus advogados.

---

[73] Sigla para One World Trade Center.

EU: Isso é ótimo, então nós nos encontramos agora. Apenas me diga onde.

ANNA: Achei que você fosse pelo menos me mandar uma mensagem antes de aparecer.

E assim continuamos:

EU: Então irei te encontrar para pegar o cheque. Eu não consigo acreditar que você está realmente indo atrás disso.

ANNA: Achei que você fosse me perguntar primeiro antes de vir.

EU: Eu disse muito claramente ontem à noite a que horas voltaria. E agora você

não vai me dizer onde você está. Eu não acredito que você esteja fazendo o que diz que está.

E continuamos até que explodi:

EU: Eu quero te encontrar para esperarmos juntas ou irmos ao banco. Você está enrolando. Eu quero te encontrar agora, Anna, vamos lá. Não destrua nossa amizade por causa disso. É totalmente ridículo. Cresça e lide com isso. Vamos para o banco. Para mim você está no hotel se escondendo. O que eu deveria pensar de tudo isso? Você tem o dinheiro por acaso? Anna??? Você realmente pegou o cheque? O que diabos aconteceu com as transferências? Por que eu estou tendo que ficar atrás de você? Não é assim que as coisas deveriam acontecer. Você deveria atender o telefone e conversar comigo.

ANNA: Se você não acredita em mim, fique à vontade para subir no meu quarto e me esperar lá. Eu passo aí quando eu tiver as coisas.

EU: Eu tenho mais coisas para fazer com o meu tempo. Apenas cumpra suas promessas e pare de dar desculpas.

Capítulo 11

Mudando de Marcha

Era hora de dar um basta. Paciente até demais, eu passei muito tempo tentando achar alguma lógica por trás de tudo, mesmo com toda a absurdidade da situação. Eu havia perdido a esperança de que Anna resolveria o problema por conta própria. Era hora de ir atrás de respostas em outro lugar. Um dos meus benefícios como funcionária da Condé Nast era cobertura em processos legais. No dia 23 de junho, eu finalmente tive coragem de pedir uma lista de advogados conveniados e comecei a investigar o que realmente estava acontecendo com Anna. Entrei em contato com todo mundo que poderia ter alguma informação sobre ela que eu não tinha.

Conversei com Ashley primeiro. Depois que ela e Mariella cortaram amizade com Anna, Ashley havia chamado Anna de louca. Na época, achei que tinha entendido o que ela queria dizer: Anna era, afinal, um pouco diferente do que estávamos acostumados socialmente e eu me esforçava para olhar além disso. Agora, quando reflito sobre isso, eu vejo que entendi errado. Eu deveria ter levado o "louca" a sério.

Ash, eu entrei em uma fria com Anna e ela me deve dinheiro. Você mencionou uma vez que alguém sabia como entrar em contato com os pais dela? Eu estou precisando disso. Já faz mais de um mês que ela me deve uma quantia absurda de dinheiro (longa história) ... eu estou considerando falar com advogados, mas quero que seja em último caso. É uma situação tão fodida e não dá nem para dizer que você não me avisou.

Ashley sugeriu que eu entrasse em contato com Tommy Saleh, que estava no Happy Ending no dia em que conheci Anna. Aparentemente, ele tinha emprestado dinheiro para Anna uma vez e saberia como entrar em contato com os pais dela. Tommy era uma daquelas pessoas que eu costumava encontrar nos lugares que frequentava, mas que eu não conhecia de fato. Enviei uma mensagem e nós dois nos encontramos em Williamsburg[74] para conversar em um sábado à tarde.

Ele era alemão como Anna e eles se conheceram quando ela ainda era uma estagiária na revista *Purple* em Paris, onde ele costumava morar. Ele me contou que ela tinha uma vida de luxo em Paris, que morava em um apartamento grande e que o dia dela era repleto de desfiles e festas. Ele descreveu em detalhes a Anna que eu conhecia. Mas também me contou uma coisa nova: Anna recebia em torno de trinta mil dólares no começo de cada mês e rapidamente gastava tudo em compras, hotéis e comida. E era aí que ela começava a pedir dinheiro emprestado aos amigos. Amigos como ele. Ela sempre teve problemas desse tipo relacionado a dinheiro.

— E você teve o seu dinheiro de volta? — perguntei.

A resposta dele foi igualmente alarmante e tranquilizadora. Depois de semanas insistindo, ele tinha conseguido o dinheiro de volta quando ameaçou envolver o pai dela. — Ele é um bilionário russo — ele disse. — Ele leva óleo da Rússia para a Alemanha. — Anna havia me dito que a família dela trabalhava com energia solar. Tommy continuou: Anna iria herdar dez milhões de dólares em seu aniversário de vinte seis anos, que havia sido em janeiro, mas como ela era uma atrapalhada, seu pai estava segurando o dinheiro até setembro. *Olha só! Isso explicaria as tentativas de enrolação*, eu pensei, me

---

74 Área descolada no Brooklyn que atrai jovens e modernos para suas butiques chiques, bares descolados e restaurantes agitados.

prendendo à esperança. Mas por que ela não me disse? Será que estava envergonhada? Eu fiquei imaginando-a brigando com os pais para ter acesso a sua herança mais cedo. Talvez o atraso havia sido resultado de algum problema psicológico (eu tinha começado a suspeitar que ela tinha algum tipo de distúrbio de personalidade), ou talvez fosse só sua irresponsabilidade mesmo.

    Eu me preocupava que Anna estivesse usando os seus gerentes de bancos e advogados para negociar a liberação do dinheiro em vez de falar diretamente com seus pais. Ela não via que eu estava em uma situação de emergência? Talvez dessa vez ela tivesse exagerado tanto nos gastos que o medo que sentia da reação dos pais era maior do que qualquer preocupação que pudesse ter com a minha situação. E se os gastos exagerados dela virassem mais um motivo para que o seu pai atrasasse a liberação dos fundos? E se ele cortasse todo o dinheiro dela? Eu não me importava. Tudo isso já tinha ido longe demais. Se isso era um padrão de comportamento, ela precisava de ajuda.

    Eu precisaria convencer Anna de que só tinha uma opção: ser honesta. E se eu não conseguisse convencê-la, eu tinha uma lista de advogados que conseguiriam.

    Um dia depois do meu encontro com Tommy, eu decidi dizer a Anna que eu estava considerando envolver advogados. Eu realmente não queria ter que fazer aquilo — eu presumi que o processo seria caro —, mas esperava que a ameaça seria suficiente para fazer com que ela agisse e finalmente me pagasse. Ao mesmo tempo, não queria assustá-la e tinha medo de ela sair do país. Mesmo tendo sido firme, tentei ser compassiva também.

EU: Anna, eu vou entrar com advogados se isso não se resolver até segunda. Eu literalmente não posso aceitar mais nenhum atraso. Na verdade não quero fazer isso, mas você não está me deixando nenhuma escolha. Estou ficando sem opções. Não sei se você precisa falar com seus pais, mas trata-se de algo importante para mim e eu não posso esperar para sempre que você resolva isso. Eu não tenho condições financeiras e emocionais de continuar com essa dívida que não é minha.

ANNA: Tá.

EU: Eu realmente odeio isso, de verdade. Me desculpe. Eu espero que a gente consiga resolver isso.

EU: Eu quero que você seja honesta e me diga se você tem ou não tem acesso a esse dinheiro. Mas com todas as desculpas e a enrolação, está impossível confiar em você. Além disso, eu sinto que não consigo fazer você entender o quanto isso é sério para mim.

ANNA: Não faz sentido eu me colocar nessa posição se não tenho o dinheiro para resolver isso. Por que faria isso de propósito?

ANNA: Eu achei que já tínhamos praticamente resolvido com o cheque e tem muitas coisas acontecendo ao mesmo tempo para eu resolver. É uma coisa atrás da outra o tempo todo, ontem especialmente.

ANNA: O que eu ganhei com tudo isso?

ANNA: Você acha que sou tão estúpida assim?

EU: Não estou te chamando de estúpida e não acho que você fez isso para ganhar alguma coisa. Eu só estou tentando fazer com que você entenda o quão grave e urgente isso é... E precisa ser resolvido na segunda-feira.

ANNA: Tá.

Na segunda de , eu estava no quadragésimo primeiro andar do World Trade Center, sentada à minha mesa, distraída. Eu fiz chamadas (— Sim, nós temos modelos do meio-dia até as três e meia) e respondi e-mails (*Você vai estar na reunião hoje de manhã?*). O departamento de foto seguia normal. Eu dei uma escapada para me encontrar com Kathryn no estúdio de Annie Leibovitz, onde iríamos revisar alguns planos para a New Establishment Summit — Annie iria selecionar as fotos que haviam sido tiradas na minha última viagem para Los Angeles e decidir em que área seriam expostas.

No mesmo instante em que a reunião estava programada para começar, Anna ligou. Eu não atendi. As últimas mensagens dela haviam afetado a minha compostura, cada uma me atingindo em cheio, e a ideia de atender um telefonema parecia ainda pior. Só havia duas possibilidades: ou ela tinha resolvido a situação, ou não. *Estou em reunião, só posso digitar*, respondi, e ela não teve problemas em digitar. Apesar da minha ameaça, Anna continuou a fazer promessas vazias. Ela também queria me encontrar para o almoço. Segundo ela, o Beekman estava sem vagas e ela estava esperando o Mercer entrar em contato para informar se eles tinham algum quarto disponível. Não entendi o que ela queria que eu fizesse com essa informação. O que o hotel dela tinha a ver comigo? Eu estava ocupada demais para parar durante o almoço, eu disse a ela, mas poderia pegar o cheque assim que estivesse pronto.

Meu problema com Anna só piorava. Ao ameaçar tomar uma ação legal, eu esperava que ela sentisse um pouco de urgência — eu me senti agoniada diante da minha decisão de contar para ela dos advogados —, mas ela ignorou a ameaça como se não fosse nada. Parecia estar completamente tranquila. Não tinha pedidos de desculpas ou apelos desesperados da parte dela, tudo continuava igual.

Quando voltei ao escritório, eu ponderei sobre qual seria o meu próximo passo e me virei para Kathryn, perguntando a opinião dela, como já havia feito diversas vezes. Agora não me lembro se, quando contei a ela, nós estávamos nas nossas mesas ou se eu a tinha puxado para um lugar mais silencioso, mas nunca esquecerei como ela não hesitou e me ofereceu um empréstimo no mesmo instante. Senti as lágrimas em meus olhos ao lhe agradecer, mas disse que por enquanto não tinha necessidade, já que esperava a transferência cair a qualquer momento. Só de saber que era uma opção e que eu não estava sozinha, já me sentia aliviada.

Anna me ligou chorando no dia seguinte para me dizer que a transferência cairia de uma conta alemã. Eu me perguntei se ela chorava por ter finalmente contado tudo aos pais. Talvez eu estivesse certa, porque Anna me mandou uma captura de tela logo em seguida que mostrava a confirmação de uma transferência do Deutsche Bank.[75] Encaminhei a imagem para Kathryn para que o marido dela, que falava alemão, pudesse traduzir. Segundo ele, tudo parecia legítimo. Então, mais uma vez, eu esperei o dinheiro cair na minha conta.

Quando eu tinha sete anos, fui com a minha família para a ilha Kiawah, na Carolina do Sul. Eu construía castelos de areia próximo ao oceano quando percebi uma menina por volta da minha idade andando em minha direção. Eu era envergonhada e introvertida, então mantive os olhos na areia e torci para que ela não parasse. Mas a menina era amigável e não só parou como também se sentou ao meu lado. Nós ficamos ali, no raso onde a água batia. Éramos dois pontinhos pequenos no horizonte. Esticamos as pernas contra a água, as ondi-

---

[75] O maior banco da Alemanha.

nhas batendo na nossa pele até que ela se deitou completamente na areia.

— Deite na areia — ela disse, apertando os olhos contra o sol.

Eu olhei para ela na areia. — Mas meu cabelo vai ficar com areia — respondi.

Ela se apoiou nos ombros para olhar para mim. — Para que você vem para a praia então? — ela perguntou.

Naquela tarde eu tomei banho e observei a areia na banheira. A água quente me queimava um pouco, mas eu estava feliz. Eu tinha feito uma nova amiga. Esse evento estava marcado na minha memória, uma ordem de acontecimentos que me tinha trazido algo bom: um ato de confiança, desapego do que conhecia, imersão completa e nenhum arrependimento.

Mais ou menos vinte anos depois, durante a semana do Quatro de Julho, Nick e eu alugamos um carro e fomos para a ilha Kiawah nos encontrar com a minha família.

Eu sabia, sem dúvida alguma, que poderia contar qualquer coisa para minha família e ter o apoio incondicional deles. Mas eu não estava preparada para isso. Eu estava acostumada a guardar tudo para mim e resolver meus problemas sozinha. E tinha poucas pessoas que considerava próximas por causa disso, mas era uma parte de mim, de quem eu era — e eu havia encontrado uma forma de segurar as pontas em meio ao estresse. Eu tinha aprendido por experiência própria que, quando algo ruim acontece, como um término de namoro ou um acidente de carro, eu conseguia me manter controlada até o momento em que um ente querido me abraçava. Eu normalmente começava a chorar assim que me abraçavam. Então eu iria tentar evitar abraços. As minhas emoções estavam tão escondidas, que eu tinha medo de que, se as liberasse, eu entraria em estado de histeria.

E, por outro lado, mesmo que eu quisesse explicar a situação, como eu poderia? Como eu explicaria Anna? Eles ouviriam as minhas tentativas de resolver a situação e ficariam tristes e preocupados por mim. E isso só me faria sentir mais vulnerável ainda, e, além do mais, dali em diante eu teria que mantê-los informados do que viria a seguir e eu não tinha energia para isso. Viver dia após dia sem perder a cabeça já era esforço demais.

Meus pais estavam ocupados com a vida deles e manter meus problemas para mim seria melhor para todos. Meu pai concorria ao Congresso como democrata em um estado que era republicano desde 1855, antes da Guerra Civil. Embora nunca tivesse exercido um cargo político, ele havia trabalhado mais de trinta anos na área da saúde e viu os efeitos da política na vida das pessoas que ele ajudava. Já minha mãe, ela trabalhava em tempo integral ajudando na campanha e frequentemente fazia a viagem entre Knoxville e Spartanburg para visitar os seus pais que já tinham mais de noventa anos e ainda moravam sozinhos. Minha mãe e meu pai tinham muita coisa para se preocupar. Eu sabia que eles me apoiariam caso eu precisasse, mas eu ainda não tinha alcançado o meu limite. Ainda tinha opções, estava encontrando formas de conter as minhas emoções e seguir em frente.

Engolindo o meu segredo, eu aproveitei a praia: nadei no oceano, participei de brincadeiras na areia e tentei recuperar o meu equilíbrio. Em meio às atividades, eu ficava de olho no meu celular. A segunda-feira amanheceu nublada. Caminhei pela praia vazia e tirei fotos das nuvens. Quando eu voltei para a minha cadeira, entrei no aplicativo do meu banco. Ainda nada.

Você conseguiu a informação para rastrear a transferência?, perguntei para Anna. A minha irmã, vendo que eu estava com o celular na mão, me pediu que eu tirasse uma foto para ela. Eu a acompanhei até o mar e tirei algumas fotos dela e do namorado. Meia hora depois, Anna respondeu: *Sim, te mando hoje à tarde.*

Claro.

Eu tentei ganhar do meu irmão em um jogo com bola. Noah tinha conhecido Anna, quando ela foi comigo a uma reunião de família no Westville[76] para um jantar casual. Eles tinham gostado dela, meu irmão me contou depois, mas todos a tinham achado um pouco estranha. Depois da viagem para o Marrocos, eu tinha contado a ele a mesma coisa que contei para o restante da minha família: — Eu não acho que seremos amigas daqui para a frente.

Após perder duas rodadas para o meu irmão, eu me deitei em uma toalha de praia para descansar e voltei minha atenção para o livro que estava lendo: *Toda luz que não podemos ver*.[77] Um pouco mais tarde, nós deixamos as coisas na praia e voltamos para a casa alugada de bicicleta, onde fizemos alguns sanduíches e passamos mais um pouco de protetor solar antes de retornar à praia.

EU: Nada ainda.

ANNA: Eu estou para entrar em uma chamada com o seu banco e com o meu.

ANNA: Eu pedi o código de rastreio do lado alemão, já que seu banco ainda não consegue rastrear. Eles vão entrar em contato comigo com uma resposta.

ANNA: Me desculpe por ser uma época chata para fazer pagamentos. Isso não vai se repetir no futuro.

EU: Eu duvido que me colocarei nessa mesma situação novamente. Só quero que isso seja resolvido.

---

[76] Restaurante em Nova Iorque.
[77] Romance por Anthony Doerr, publicado no Brasil em 2015.

Voltamos para a casa alugada. Nossos sapatos com areia e nossas bolsas ficaram na entrada. Tomamos banho e nos reunimos na sala de estar. Minha irmã tinha trazido um bambolê e ficamos praticando um de cada vez, mas ninguém era tão bom quanto ela. Nós montamos um quebra-cabeça enquanto beliscávamos salgadinhos até a hora do jantar. Eu não dei nenhuma indicação de que tinha algo de errado comigo.

Na manhã do dia 4 de julho, as crianças em toda a ilha colocaram fitas azuis, vermelhas e brancas nas bicicletas para participar da parada pela cidade. Outras estavam na praia, usando pás para fazer sereias, castelos e outras esculturas que seriam julgadas no final do dia na competição de esculturas de areia. Eu estava no meu quarto, me preparando para lidar com mais um dia de estresse. Tinha verificado a minha conta bancária no momento em que acordei e nada havia mudado.

Por volta do meio-dia, eu fui à praia e mandei uma mensagem para Anna.

Você recebeu o código? O dinheiro ainda não caiu.

Os bancos estão fechados hoje, ela respondeu.

Mas o código não está vindo da Alemanha?, eu perguntei, querendo saber por que o Dia da Independência americana afetaria os bancos europeus.

Sim, ela respondeu, não se preocupando em entrar em detalhes.

Nós voltamos da praia ao final do dia, tomamos banho e comemos hambúrgueres e espigas de milho no jantar. Minha irmã assou uma torta de cerejas. Antes de dormir, fomos ver os fogos de artifícios e brincamos de charadas.

Na quarta-feira, Anna ficou muda. Eu enviei mensagens de manhã e de tarde, quando já estava em Charleston,[78] e ela não me respondeu. Na quinta-feira, eu acordei em pânico, conseguia ouvir minha família da cozinha, mas fiquei no meu quarto com a porta fechada. Anna havia respondido de madrugada: *Foi mal, só vi meu celular agora. Vou checar as coisas já.*

O que ela estaria checando de madrugada? Não fazia o menor sentido. *Eu não consigo acreditar que ainda estou esperando por isso. É absurdo. Já foram quase dois meses. Eu estava estressada no começo, mas agora é insuportável,* eu escrevi.

Ela não me respondeu.

Anna?

No mesmo momento, recebi uma mensagem de Kacy pedindo para que eu ligasse para ela. *Oi, Kacy, estou em uma viagem de família,* escrevi. *Anna ainda não me reembolsou. Estou considerando entrar com advogados. Essa situação toda destruiu nossa amizade. Estou absurdamente estressada e frustrada. Como você está?*

Enquanto eu esperava pela resposta de Kacy, voltei para a conversa com Anna. *Isso já chegou ao limite. Eu realmente não tenho outras opções.*

Já vou te enviar, ela escreveu.

Enviar o quê?

O código.

Como é que você ainda não tem o código? Por que eu sempre tenho que correr atrás de você? Se realmente estivesse preocupada com tudo isso ou arrependida, você iria atrás disso, você focaria nisso todos os dias até me reembolsar. Isso não teria levado mais de dois

---

[78] Cidade na Carolina do Sul.

meses, e nem sua amiga precisaria te cobrar todo dia. Você está tornando isso muito difícil para mim.

Eu pedi o código para eles, ela respondeu. Eles ainda não me mandaram nada. Você quer que eu invente um número?

Ela estava tirando uma com a minha cara, só podia ser isso. *É claro que não. Você deveria ficar no pé deles até que te mandem o código.*

Eu vou resolver isso esta semana, ela respondeu.

Você já falou isso diversas vezes. E ainda não foi resolvido. Por favor, resolva logo. Hoje é quinta-feira. Esta semana significa hoje ou amanhã. A transferência por acaso era válida? Você cancelou ou ela era sem fundo? Por que você não consegue me mandar um código e por que meu banco não consegue encontrá-la? Isso vem arruinando meus meses. Você não consegue dar uma desculpa decente ou uma prova de que esse dinheiro foi transferido. Eu estou com sérios problemas, Anna! Que tipo de amiga deixa a outra em uma situação dessa? Eu não ligo se você tiver que falar com seu pai ou com o papa para resolver isso, mas VOCÊ TEM QUE RESOLVER ISSO IMEDIATAMENTE. EU ESTOU QUEBRADA E SEM PACIÊNCIA.

Quando saí do quarto, Nick estava me esperando na cozinha com nossos almoços já preparados. Nós fomos de bicicleta até a praia para nos encontrar com a minha família. abri a minha cadeira um pouco mais para o lado e cobri o meu celular com uma toalha para continuar a mandar mensagens debaixo do sol.

Kacy havia me respondido: *Estou mais ou menos. Anna me mandou mensagem à uma da manhã e agora ela está no meu sofá! E ela também ainda não me pagou.*

O que estava acontecendo? Anna não tinha lugar para ficar? *Meu Deus. Essa garota é um pesadelo. Tal-*

vez você consiga convencê-la a pedir ajuda aos pais dela. Eu me encontrei com uma pessoa que também passou por essa situação com ela e que conhece a família dela. Ele disse que o pai dela trabalha com petróleo e é extremamente rico, mas controla o seu dinheiro porque ela obviamente gasta demais e etc. ele me encorajou a registrar um boletim de ocorrência, mas eu sei que isso a deportaria e eu não confio que receberei alguma coisa caso ela saia do país. Ela precisa de ajuda.

Eu estou com alunos no momento, então posso demorar para responder, Kacy escreveu. *Meu Deus! Eu acho que a gente precisa fazer uma intervenção! Posso falar pra ela que você me contou? Ela ainda está na minha casa e precisa sair! Você sabe se ela rouba ou se droga?*

Nada de drogas pelo que eu saiba. E sim, você pode contar que te falei que ela me deve, mas não mencione advogados, por favor.

Kacy voltou para o apartamento depois de sua aula e Anna me respondia por mensagens. Eu insistia que ela me mandasse o código de rastreio e que ligasse para o banco alemão.

Estou falando com eles agora, Anna respondeu.

Ela acabou de ir embora, Kacy escreveu. *Eu não falei nada ainda porque queria que ela saísse logo da minha casa. Mas nós vamos nos encontrar hoje mais tarde e vou falar com ela. Ela me contou que vocês saíram recentemente, é verdade?*

Ela só podia estar brincando. *Nós não saímos. Eu a segui por um dia inteiro esperando que ela me entregasse o cheque. Ela inventou uma história de que tinha deixado no carro de alguém e estava esperando a pessoa ir levar o cheque. Eu fiquei esperando que nem uma tonta por essa pessoa invisível!!!*

Você acha que ela está ficando em algum hotel?, Kacy perguntou. *Ela disse que está no Greenwich. Como é que a gente entra em contato com a família dela?*

Eu estou procurando informação sobre o pai dela, eu disse.

Ótimo! Porque ela precisa de ajuda. Ela está realmente tentando abrir a fundação dela ou só querendo irritar a família? Pelo que parece, ela não é próxima da família.

Eu diria que é as duas coisas. Ela não é nem um pouco próxima da família, confirmei. *Eu não sei qual é a história completa, mas acho que ela tem algum tipo de problema psicológico...*

Ela parou de te responder?

Não. A gente manda mensagem todo dia e todo dia é mais alguma desculpa ou atraso.

Estou na mesma situação!

Pois é. Ela é ótima em enrolar. Uma excelente manipuladora.

Excelente!!, Kacy respondeu, concordando comigo. *Sabe o que estava pensando... e se ela for uma golpista?*

Eu suspirei. *Hum... Não sei. Só o fato de ela estar de volta a NYC e nas nossas vidas sem ter desaparecido... Não sei se é tão simples.*

Durante a nossa conversa, Kacy percebeu que Anna havia esquecido o seu notebook no apartamento. Anna estava perguntando se podia voltar para buscar. Kacy, ao tentar evitar que Anna entrasse, deixou o notebook com o porteiro e saiu, indo passar o dia fora. Seis horas depois, o porteiro informou que Anna ainda estava no saguão do prédio. Kacy ficou longe de casa até a hora em que Anna foi embora.

Na manhã do dia 7 de julho, o nosso último dia na ilha, Nick concordou em tirar algumas fotos para a campanha do meu pai. Eu os acompanhei. Encontramos uma sala de conferência Em um dos clubes da ilha, encontramos uma sala de conferências com muita luz natural e paredes neutras, dando um ótimo plano de fundo. Eu fiz a minha parte para ajudar e ao mesmo tempo trocava mensagens com Anna.

EU: Você não pode ligar para eles e pedir o número?

ANNA: Você está lendo o que te mando? Eu já liguei para eles milhões de vezes.

ANNA: Há muitas coisas acontecendo agora, eu estou em dois telefones com eles, eles só me deixam esperando.

EU: Eu realmente não me importo se você está ocupada. Eu não posso continuar me importando. Eu só preciso ser reembolsada. Por que eu me dou o trabalho de ficar checando a minha conta se você sabe que o dinheiro não está vindo? É um puta desperdício do meu tempo.

ANNA: De onde você tirou isso? Eu já te falei milhares de vezes que o pagamento foi iniciado.

EU: Então não entendo por que eu ainda não recebi. Obviamente eu estou em pânico: estou em uma situação de merda, estressada e não vejo isso chegando ao fim.

EU: Você não consegue pedir ajuda para os seus pais? Parece que você está muito longe da sua alçada. O que está acontecendo, Anna? Você está bem?

ANNA: Eu não sei.

ANNA: Me prometem coisas que nunca são cumpridas e que me deixam como a vilã.

ANNA: Eu tenho trabalhado sem parar nessas últimas semanas e parece que nada muda.

No dia seguinte, Anna teve a cara de pau de perguntar se tinha alguém no meu apartamento. *Eu esqueci que tinha que sair do hotel por pelo menos uma noite.*

Eu não estava lá, Nick e eu só voltaríamos bem tarde da noite e iríamos dormir no apartamento dele no Brooklyn. Mas, por razões óbvias, eu não queria que Anna passasse a noite no meu apartamento.

Não tem ninguém, mas eu não tenho nenhuma chave reserva em NYC e meu prédio não tem porteiro eu respondi. Era verdade, mas conseguiria dar um jeito se precisasse. Mas por que eu deveria continuar fazendo as vontades de Anna? Chega.

Ela realmente não tinha para onde ir? Até onde ela iria até admitir que precisava de ajuda e ligaria para a sua família? Eu imaginava que, se ela contasse para os pais, eles a fariam voltar para casa. Mas, e se fizessem isso, eles também resolveriam as questões das dívidas dela?

Na segunda-feira, quando já estava de volta a Nova Iorque, eu passei o dia no escritório organizando uma pequena sessão de fotos para a atriz Carrie Coon.[79] Eu me sentia um pouco revigorada, por ter passado alguns dias na praia, mas continuava completamente exausta quando o assunto era Anna. Necessitava de energia para confrontá-la e sempre acabava precisando de um tempo para recarregar. Normalmente a duração e a fre-

---

[79] Atriz americana nomeada ao Prêmio Tony por sua performance na peça *Quem tem medo de Virginia Woolf?*.

quência das minhas mensagens com Anna variavam. Naquele dia, por exemplo, eu tinha pouco para falar. Com o intuito de estender a sensação de férias, eu comprei um pêssego após o trabalho e comi enquanto caminhava pela West Side Highway. Sentei-me para ler as mensagens da Anna — mais do mesmo — em um espaço gramado perto da água.

Depois de uma hora, eu fui para o meu apartamento. Mal tinha colocado minhas coisas na bancada quando Anna ligou. Ela estava chorando e a voz soava entrecortada. — Eu não quero ficar sozinha agora — ela soluçou. Eu me ofereci para encontrá-la no seu hotel. — Eu precisei sair de lá — ela disse. — Posso ir aí? — Eu disse que não e desliguei o telefone. Mas minha consciência bateu: ela claramente estava passando por dificuldades. Liguei de volta e falei que ela poderia passar, mas que não ficaria na minha casa.

Ela chegou praticamente na mesma hora. Anna estava acabada, olhos inchados e inconsolável. Era a primeira vez que ela vinha ao meu apartamento. Eu não tinha energia para interagir, então falei muito pouco. Meu apartamento era minúsculo e estava uma bagunça, a manifestação física do meu estado mental: pilhas de papel, caixas, roupas e outras coisas espalhadas. Eu pedi desculpas pela desordem. — Você não precisa pedir desculpas para mim — ela disse. Anna estava certa. Ela se sentou no meu sofá e voltou a chorar. — Eu me meti em uma imensa confusão — ela disse, assoando o nariz. Anna contou que devia aos seus advogados e gerentes um milhão e meio de dólares.

— Você precisa contar para os seus pais, Anna — eu implorei. — Você precisa de ajuda.

Ela estava mais quieta do que de costume e visivelmente triste. Percebi que ela ponderava a minha sugestão como se eu tivesse sugerido que contasse ao Papai Noel, mas, quando viu que eu estava sendo sincera, me respondeu. — Eles me fariam ter um emprego normal, isso é certeza.

O que era perfeitamente aceitável para mim. Eu disse o mesmo a ela, mas Anna ainda estava no processo de sentir pena de si mesma: ela voltou a chorar. Eu me levantei enquanto ela se debulhava em lágrimas e fui até a cozinha pegar dois copos de água. Anna me contou que havia ido até a casa de uma amiga buscar as malas que havia deixado com ela, mas, quando chegou lá, a amiga fingiu não ter a mínima ideia do que Anna estava falando. Eu já tinha ouvido Anna mencionar essas malas, ela tinha me contado que um anel que a sua mãe havia lhe dado estava lá dentro.

— E o anel da sua mãe? — perguntei.

— Ah — ela arfou. — Eu tinha esquecido disso. — Mais lágrimas. Eu não pude evitar sentir pena dela naquele momento. Nós duas precisávamos relaxar pelo menos por uma noite. Tomei a decisão de pelo menos naquele momento dar a outra face. Eu pedi duas saladas e coloquei *O diário de Bridget Jones* para assistir — e evitar diálogos. Reparei que Anna havia esperado até meia-noite para começar a procurar por hotéis, se podíamos chamar aquilo de "procura". Mesmo que eu tivesse dito que ela não poderia dormir em casa, não me surpreendi quando ela pediu, e, como estava muito cansada para discutir, eu deixei. Meu sofá era pequeno até para uma criança, não seria uma noite confortável. Deixei-a tentar achar uma posição confortável por um minuto antes de convidá-la para dormir na cama comigo. Eu lhe emprestei um pijama e fomos para a cama sem trocar uma palavra. Dormimos cada uma de um lado, de costas uma para a outra.

Nos dias que se passaram, Anna mandava mensagens de vez em quando pedindo desculpas. *Eu me sinto péssima por ter te envolvido nessa situação. Por favor, saiba que eu aprecio toda a sua ajuda, não é todo mundo que faria isso. Eu te devo mais essa, e, caso haja algo que você precise (além do dinheiro), é só me dizer.*

As mensagens apertavam o meu coração. Ela era minha amiga, não era? Obviamente Anna estava com problemas, mas a recusa dela de me dar respostas concretas e uma explicação racional me deixava com poucas opções. O que ela queria que eu fizesse?

EU: Anna?

EU: Por favor, a American Express fica me ligando para eu fazer o pagamento.

EU: Eu não tenho dinheiro.

EU: Não posso continuar desse jeito, começando meus dias em pânico e em lágrimas.

Eu finalmente liguei para um advogado no dia 17 de julho, quase dois meses desde o dia em que fomos para o Marrocos. Ainda tinha receios em seguir por esse caminho, pois corria o risco de perder a comunicação direta com Anna caso ela desaparecesse em pânico, me deixando sem alguma forma de encontrá-la. Mas na situação em que estava, não tinha mais o que fazer. Apesar de todas as minhas tentativas, eu não havia conseguido contatar a família dela. Tommy também não conseguiu ajudar e eu não sabia onde mais procurar. Não queria perguntar para as outras pessoas que Anna conhecia, pois não sabia em quem confiar, como Hunter, por exemplo. Ir atrás de um advogado era uma jogada necessária.

O advogado retornou a minha ligação enquanto eu estava no trabalho. Da forma mais sucinta possível, eu expliquei a minha situação. Antes mesmo que pudesse terminar, ele me interrompeu. — Você aprendeu a sua lição?

— Como é?

— Você também quer pagar pela faculdade de medicina do meu filho?

Que estúpido. Ele não podia parar por três segundos para se colocar no meu lugar? Me sentia em um ringue de luta onde acabara de ser derrubada no primeiro segundo por um truque barato e precisava de um minuto para sentar e respirar. Quando tentei falar com outro advogado, aprendi que a primeira coisa que teria que fazer era mandar uma carta de demanda, reconhecendo formalmente a dívida dela e estipulando um prazo-limite. Parecia simples, mas, caso Anna não pagasse até a data estipulada, meu próximo passo era processá-la. O convênio da Condé Nast cobria apenas até consultas e cartas de demanda, mas não litígio. Mesmo assim, se eu fosse pagar o processo do meu bolso, tinha uma série de problemas: Anna tinha acesso ao dinheiro? E pior, eu descobri que por lei Anna teria trinta dias após o recebimento da carta para pagar o seu débito. Fiquei com medo de o visto dela expirar dentro desses trinta dias e ela precisar sair do país. Se isso acontecesse, eu teria que viajar para o exterior para realizar o processo e os gastos totais provavelmente excederiam o valor que ela me devia. Não era possível que não tinha ninguém que pudesse me ajudar nessa situação — alguém que eu tivesse condições de pagar.

EU: Você parece uma fraude!!! Eu estou aterrorizada. Estou com sérios problemas, Anna.

ANNA: Como assim?

EU: Como assim??? Eu não tenho dinheiro para pagar nenhum dos meus cartões de crédito, não tenho dinheiro para o meu aluguel ou para qualquer gasto diário!!! Nada do que você me diz contém informações claras e todo prazo que você me passa acaba sendo mentira. Já se passaram DOIS MESES.

ANNA: E o que me torna uma fraude?

EU: Não falei que você era. Eu disse que todo o seu comportamento vago parece fraudulento. Estou surpresa que você ainda tenha que perguntar! Eu estou tentando continuar confiando em você Anna, de verdade, mas não consigo trabalhar, parece que vou surtar. Eu estou totalmente confusa.

ANNA: Eu estou tentando ser transparente e responsiva. Eu sinto muito que te coloquei nessa situação, não era minha intenção. Eu estou fazendo o possível para que isso se resolva.

ANNA: Eu tenho o dinheiro, o único problema é a questão administrativa.

EU: Toda vez que você fala que vou receber o dinheiro eu acredito, e toda vez que não recebo eu me sinto destruída. Eu choro por causa de todo esse estresse e não estou conseguindo dormir, sem mencionar as ligações constantes do banco. Eu não concordei com nada disso.

EU: Por favor, Anna, me fale o que está acontecendo.

EU: Você tem dinheiro em uma conta-corrente? Ou é tudo de um fundo de garantia e você não tem acesso à quantia de que precisa?

ANNA: Sim.

EU: Sim para o quê?

Ela não me respondeu.

Capítulo 12

Operação Clareza

No último domingo de julho, eu peguei o metrô até o Brooklyn e caminhei até o apartamento de Nick. Ele me encontrou no pé da escada e fomos juntos até o apartamento de um amigo, o Dave, que morava a quatro quarteirões dali. Ele estava nos esperando.

Dave foi uma das primeiras pessoas que conheci na faculdade. Durante o nosso primeiro ano, ele morava no andar acima do meu. Fomos apresentados antes da temporada de futebol da faculdade, antes de o restante dos nossos colegas chegarem. Ele tinha olhos azuis brilhantes e o bronzeado de Los Angeles, e contava piadas engraçadas. Depois de Kenyon, ele fez direito na NYU. Ele era um amigo próximo, alguém em quem eu confiava e que tinha um excelente conhecimento da lei. Eu tinha comentado um pouco da minha situação por mensagem antes de encontrá-lo. Era hora de criar uma estratégia.

No sofá da sala, eu lhe contei toda a história e consegui conter a maioria das lágrimas. Anna tinha parado de me responder por mensagem, mas havia me contatado pelo Facebook, dizendo ter perdido os seus três celulares. Em seguida, ela me ligou de um número desconhecido — o escritório do advogado, ela disse. Assim que ela desligou, eu procurei o número na internet e descobri que realmente era de um escritório de advocacia: Varghese & Associados. Um escritório especializado em defesa criminal. Alerta vermelho.

— Primeiro de tudo — Dave insistiu. — Você precisa estancar a ferida. Se tem algum momento em que você precisa aceitar ajuda dos outros, esse momento é agora. — A American Express estava me ligando e cobrando as faturas atrasadas dos meus cartões, tanto o pessoal quanto o corporativo. Se não pagasse dentro de duas semanas, eu seria reportada para a central de proteção de crédito. Na noite do dia 17 de julho — o dia em que liguei para o primeiro advogado —, eu recebi um e-mail de Janine. Ela estava de olho em mim desde o nosso jantar em junho, quando voltei de Marrakesh. Assim como Kathryn, ela generosamente ofereceu-se para me emprestar dinheiro. Dave me encorajou a aceitar. Passar por essa situação já seria difícil o bastante sem o estresse e o peso do valor nas minhas costas. Eu precisava colocar um band-aid.

Depois disso, eu enviaria uma carta em meu nome para Anna, em tons amigáveis, detalhando os termos para reembolso. Eu esperava que, uma vez que a carta estaria vindo de mim e não de um advogado, ela assinasse sem nenhum problema. Independentemente de ela assinar ou não, eu tinha duas opções a seguir.

A primeira: Colocar Anna contra a parede. *Suas ações indicam a fraude, e, se eu não tiver o dinheiro na minha conta até dia tal, eu falarei com as autoridades.* Talvez até o FBI! Eu sabia que ela queria ficar em Nova Iorque, então talvez a ameaça de ser denunciada (e potencialmente deportada) fosse o bastante para ela agir. O lado negativo dessa abordagem era que ela poderia desaparecer e, caso saísse do país, eu estaria efetivamente sem recurso. Dave também tinha alguns receios com essa abordagem, uma vez que poderia passar por extorsão.

A segunda: Como eu acreditava que Anna iria receber a herança da família em setembro, eu poderia oferecer um adiamento. Poderia dizer: *Está claro para mim que você está tendo problemas em saldar a dívida agora. Eu proponho transferir a data de pagamento para setembro dia tal e com isso você pagará a quantia original mais um valor x.* Eu teria que garantir que esse acordo fosse feito entre advogados.

Nós ainda tínhamos que decidir qual dessas opções tomar, mas concordamos que eu começaria escrevendo uma carta "amigável" para ela, assim como um e-mail para Janine. Dave queria conversar sobre o nosso plano com um amigo dele, que costumava lidar com esse tipo de situação e essas leis, só para termos certeza de que ele estava dando conselhos adequados. Nesse meio-tempo, eu tinha que deixar tudo pronto e aguardar o ok dele. Pela primeira vez em meses, eu me senti mais leve e esperançosa.

Na segunda-feira, por volta da uma hora da tarde, eu mandei o e-mail para Janine.

Janine,

Eu sinto lhe informar que não trago boas notícias. Infelizmente, minha situação com Anna piorou... Ela claramente é uma pessoa com muitos problemas e suas ações me levam a acreditar em fraude, mas eu ainda espero ser reembolsada. Eu só não sei quando. E repito, é muito dinheiro. Eu quero que você entenda isso e que, caso não seja possível providenciar um empréstimo, eu entendo perfeitamente. Só espero que você ainda esteja viva até essa parte e não caída no chão. Pensei em falar com você pessoalmente, mas não tenho dinheiro para sair da cidade. As coisas estão bem feias. Eu também pensei em te ligar, mas toda essa situação me drenou tanto emocionalmente que não acho que consigo manter uma conversa por telefone sem desmoronar.

É um milagre, mas meus pais ainda não sabem o que está acontecendo, assim como Jennie e Noah. Você e a tia são as únicas pessoas que sabem. Eu queria que continuasse assim por enquanto. Isso tudo é muito estressante e não sei se eles poderiam me ajudar. Prefiro poupá-los do peso de tudo isso, pois eles já têm muita coisa nas costas.

Janine, é muito importante que você seja extremamente honesta comigo. Por favor, não se sinta obrigada a me ajudar, por favor, por favor, por favor. Eu quero que você saiba que, independentemente do dinheiro, eu sou muito grata pelo apoio emocional e por saber que, caso esteja dentro de suas possibilidades, você me ajudará.

Amo você.

Janine havia sido gentil o bastante em oferecer um empréstimo, mas eu ainda mantinha a esperança de que não seria necessário aceitar. Esperava que, de alguma forma, Anna iria me pagar ou que uma das ideias de Dave funcionasse. Eu agradeci profundamente a ela e disse que esse seria meu plano de emergência.

Esticar o braço pedindo ajuda fez com que eu me sentisse completamente vulnerável e, ao mesmo tempo, abraçada. Finalmente, as coisas pareciam estar se encaixando. Era reconfortante ter a sensação de estar andando para a frente depois de correr em círculos por tanto tempo. No final do dia, eu liguei para Dave.

— Qual o veredito? — perguntei.

— Esquece o plano — ele respondeu.

Dave havia conversado com o seu amigo e ele, assim como nós, achava que, se eu ameaçasse Anna de entrar em contato com as autoridades, isto poderia passar como extorsão. E em relação a entrar em um acordo sobre postergar o pagamento até ela receber a herança, nós estaríamos mais uma vez depositando uma confiança em Anna que ela já tinha provado não merecer. Nós estaríamos apenas postergando o inevitável.

— A sua melhor opção na verdade é a polícia — Dave disse. — Tente agendar um horário com um detetive. Isso é o tipo de coisa que eles acham interessante.

Polícia? Mesmo que as ações de Anna parecessem criminosas, eu estava tentando evitar qualquer contato com as autoridades. Mas realmente parecia a minha melhor opção. Aceitei o conselho. Eu procuraria a polícia e iria preparada.

Naquela mesma noite, eu criei uma pasta no meu laptop com o nome *Operação Clareza*, na qual salvei todas as mensagens, e-mails e arquivos relevantes. Já era tarde quando terminei de imprimir todas as páginas. Elas ainda estavam quentes da impressão quando as coloquei em um fichário preto e então dentro da minha mochila. Eu estava cansada de esperar: um retorno de Anna, se as promessas dela seriam cumpridas e os advogados retornarem as minhas ligações. *Só mais essa noite*, pensei, e estava aliviada por finalmente ter um plano.

Antes de me deitar, eu recebi uma mensagem de Kacy. Mais uma vez, Anna havia aparecido na portaria do prédio dela. Kacy já tinha alguém no seu apartamento — um encontro — quando o porteiro ligou informando que Anna estava lá, sem os celulares, e precisava falar com ela. Quando Kacy atendeu, Anna estava chorando e falou que queria se matar. Para evitar uma cena na frente de seu acompanhante, Kacy desceu e conversou com Anna na portaria. Ela acalmou Anna e a convenceu a voltar para o hotel e descansar. As duas iriam se encontrar no dia seguinte para conversar melhor, quando ambas estivessem descansadas.

Será que Anna realmente era uma suicida? Era difícil acreditar. Anna havia insinuado a mesma coisa quando esteve no meu apartamento. Será que ela estava sendo manipuladora ou pedindo por ajuda? Talvez, para Anna, ambas as possibilidades fossem a mesma coisa. Na tarde do dia seguinte, enquanto organizava os arquivos do meu fichário, eu encontrei um artigo do site The Real Deal[80] da semana anterior: a agência imobiliária de Aby Rosen[81] havia assinado um novo contrato de aluguel para uma empresa sueca de fotografia, a Fotografiska. O novo endereço seria na Church Missions House, o mesmo prédio que Anna estava tentando alugar desde o dia que a conheci.

Não apenas Anna mas também os seus planos estavam desmoronando.

Na terça-feira, 1º de agosto de 2017, eu usava brincos de pérola e um vestido branco. Eu me sentia focada, decidida e firme.

— Eu gostaria de falar com um detetive — eu disse a um oficial de polícia que estava na porta da sede do departamento de polícia de Nova Iorque.

— Você tem um boletim de ocorrência? — ele perguntou. Eu neguei com a cabeça. Estava no prédio errado. — Você precisa abrir um boletim em uma delegacia primeiro — ele me explicou. — E então, talvez, você será encaminhada para um detetive.

Eu estava determinada. Olhei na internet qual era a delegacia mais próxima e marchei em direção a Chinatown. A delegacia era um prédio discreto na rua Elizabeth. A única coisa que entregava eram as lâmpadas azuis em cada lado da porta, acima da qual lia-se em

---

[80] Uma empresa de mídia com foco na cidade de Nova Iorque.
[81] Magnata do mercado imobiliário americano nascido na Alemanha.

uma placa, em letras douradas: 5ª Delegacia de Polícia. Eu passei por um conjunto de portas duplas e imediatamente me vi em um pequeno recinto de madeira. Do outro lado, um policial me perguntou: — Como podemos te ajudar?

Não era o que estava esperando. Eu pensei que estaria em algum tipo de escritório ou pelo menos em alguma área fechada e que pudesse me sentar. Como eu responderia tudo o que precisava em pé diante de uma porta? Eles realmente esperavam que eu contasse tudo com todo mundo ali? Por onde começaria? Talvez, depois que eu começasse, eles me deixariam entrar. Então eu passei a falar. Logo, um segundo policial se juntou ao primeiro. Eu continuei. O primeiro policial saiu e no lugar veio um terceiro. Eu continuei contando a história. No fim, mais um policial se juntou ao segundo e ao terceiro. Tratava-se de um homem grisalho e que se apresentou como tenente. Eu estava ofegante quando terminei de contar, ainda estava em pé na frente da porta e nem tinha aberto o meu fichário! Eu o tirei da minha mochila e mostrei a eles, deixando claro todas as divisórias que havia criado. Só o tenente permanecia. Ele parecia simpático, porém um pouco desdenhoso.

Quando ele finalmente falou, não era o que eu estava esperando. — Eu sinto muito que isso tenha acontecido com você — ele ponderou. — Mas, uma vez que aconteceu no Marrocos, não tem nada que possamos fazer.

Eu fiquei boquiaberta. — O quê? Mas a viagem foi toda planejada em Nova Iorque — eu expliquei. — Nós duas somos da cidade. As cobranças foram feitas nos meus cartões americanos. — Lágrimas teimosas escaparam naquele momento. Será que realmente nada poderia ser feito?

— Com a sua aparência, provavelmente você conseguiria o seu dinheiro de volta se começasse uma vaquinha on-line.

Não era o conselho que eu estava procurando. Ele deu mais uma sugestão: a de que eu tentasse ir a uma corte civil. — Talvez lá alguém possa te ajudar.

Eu comecei a chorar na calçada em frente à delegacia. A polícia já era a minha última opção. Nunca imaginei que eles não poderiam ou relutariam em ajudar. Eu estava em choque. Quando me recuperei, liguei para Dave e contei o que tinha acontecido, em seguida liguei para Kathryn para apoio moral e segui em frente.

Eu fui direto para a corte mais próxima. Se eu estava confiante de encontrar respostas lá? Não. Depois da minha experiência com a polícia, a minha esperança tinha chegado ao fundo do poço, mas eu estava comprometida a tentar tudo, mesmo que fosse apenas para tirar as opções da minha lista.

O prédio da corte era grande e metálico, me lembrando uma caixa. A entrada tomava um quarteirão inteiro, com janelas grandes e entradas nas duas esquinas. O interior parecia o de um aeroporto pequeno, com detector de metais em cada porta. A minha mochila passou por uma esteira de raio X, eu passei por um detector de metal e a busquei do outro lado. Eu parei no meio do saguão. Não sabia o que fazer a seguir, a quem procurar. Olhei em volta e então encontrei uma Central de Ajuda. *Perfeito*, pensei. Começaria dali. A mesa de informações era bem no meio do saguão, encostada contra a parede. Havia um homem sentado entre duas bandeiras americanas.

— Vocês estão abertos? — perguntei.

— Estamos fechados para o almoço. Voltaremos às 14h15.

Almoço. Eu escutei a voz de Janine na minha cabeça. *Eu sei que você está estressada, mas espero que esteja comendo!!* Resolvi parar para o almoço também.

Na rua Baxter, em meio a uma fileira de lojas que ofereciam fiança, o Whiskey Tavern parecia ser uma opção acolhedora. Eu me sentei em uma cadeira alta no bar, ao lado de um policial e um homem de terno.

— O que vai ser? — o barman me perguntou. Eu pedi um chá gelado, tiras de frango e bolinhas de batata cozinha. — O que a traz por aqui?

— Eu acho que caí no conto do vigário. Literalmente. — Os dois homens ao meu lado pararam de conversar e se viraram para mim. O barman apoiou os cotovelos no bar e segurou a cabeça com uma das mãos. Antes mesmo de me dar conta, eu estava contando tudo para eles, como havia feito na delegacia. A única diferença é que, dessa vez, meu desespero estava aguçado e eu chorava e ria ao mesmo tempo. Sim, as coisas estavam horríveis, mas eu conseguia enxergar um humor ácido ali.

— O almoço é por conta da casa — ele disse. Fritura, alívio cômico e gentileza de estranhos. Era o suficiente e hora de parar de sentir pena de mim mesma.

Quando eu voltei para a corte, fui direto até a Central de Ajuda. Lá, eu esperei pela minha vez em uma fila.

— Como posso ajudar? — uma mulher me perguntou após o jovem da minha frente ser atendido. A pergunta não era uma surpresa, mas ri de nervoso ao ter que explicar tudo de novo mais uma vez, principalmente exposta daquele jeito. A mulher me disse que não era o dia certo para o meu tipo de problema, mas ela se virou e falou com um homem que estava passando atrás dela naquele momento. Ele assentiu. — Ele normalmente não está aqui de terça-feira, mas pode ir — ela disse.

Eu passei pela porta e segui o homem até um cubículo. — Ok. Conte-me.

Sem deixar nenhum detalhe de fora, eu contei tudo mais uma vez. A sensação que eu tinha era de estar abrindo um quebra-cabeça e jogando todas as peças na mesa. *Pronto, está aqu,.* eu queria dizer. *O que faço agora?*

Quando terminei, ele abriu um sorriso sorrateiro e disse: — Bom, uau. Mas eu estou com um pouco de inveja que você conheceu o Marrocos. Como foi?

Sério? É essa a sua pergunte?, eu pensei. — Só consigo lhe dizer que não valeu a pena — respondi. Ele me ofereceu alguns panfletos de advogados Pro Bono, mas ele me disse que o dinheiro envolvido passava o limite financeiro com que uma corte civil lidava. Outro chute, outra bola fora.

Liguei para Kathryn mais uma vez ao sair. Ela sugeriu que nos encontrássemos para pensar em algo. Com certeza alguma das nossas conexões da *Vanity Fair* ou de sessões de fotos anteriores poderia ajudar. Era um pouco depois das quatro da tarde e ela ainda estava no escritório. Uma vez que era convenientemente no meio do caminho, nós concordamos em nos encontrar no Beekman. Eu cheguei primeiro e aproveitei o tempo para ligar para Janine e Nick, contando as novidades. Também mandei uma mensagem para Kacy, perguntando se ela tinha alguma atualização em relação a Anna. Kacy respondeu imediatamente, contando que Anna tinha aparecido mais uma vez na portaria do prédio. *Eu acho que nós duas — ou nós três — precisamos sentar com ela e tentar tirar a verdade dela*, respondi. *A situação está fora dos limites.*

Quando Kathryn chegou, nós fomos até o bar, o mesmo lugar onde algumas semanas atrás eu tinha passado horas esperando o meu cheque imaginário. Nós nos sentamos em uma mesa próxima à entrada. Meu mundo estava de cabeça para baixo. Antes mesmo que conseguíssemos pedir qualquer coisa, Kacy me mandou uma mensagem perguntando se eu poderia falar ao telefone.

— Vinho branco? — Kathryn perguntou. Eu concordei e pedi licença para fazer uma ligação.

— É hora de fazer uma intervenção — eu disse a Kathryn quando voltei. Kacy tivera uma ideia. Uma de suas clientes, Beth, era uma mãe divorciada na casa dos cinquenta e, de acordo com Kacy, uma especialista em arrancar a verdade das pessoas. Kacy iria pedir para Beth se encontrar com Anna no saguão. Beth, então, explicaria a Anna que Kacy encontraria com elas em um bar ao ar livre chamado Frying Pan, no píer da West Side Highway. Eu me juntaria a Kacy e iríamos tirar respostas de Anna. Era um plano que provavelmente precisaria de intervenção divina para dar certo, mas que valia o risco.

— Vai lá! Boa sorte — Kathryn disse. Eu dei um gole no meu vinho e saí.

PARTE III

Capítulo 13

O Frying Pan

Kacy também estava de branco. Eu a encontrei em frente ao seu apartamento em West Chelsea.

— Estamos de branco da paz — ela disse sorrindo. Nós andamos até o estabelecimento. — Isso já foi longe demais, alguma coisa está muito errada. Nós precisamos tirar alguma verdade dela. Nós precisamos entrar em contato com a família dela. — Eu concordei com a cabeça. Eu já sabia de tudo isso.

Meu estômago já doía quando atravessamos a avenida e chegamos ao bar. Liguei o gravador do meu celular ao nos aproximarmos de nossa mesa. Eu sabia que essa seria uma conversa importante e queria ter todas as palavras gravadas.

A mesa era no canto esquerdo, próximo ao píer e ao lado de uma cerca. O bar estava lotado, a maioria era composta por homens de terno com a gravata afrouxada e mulheres com roupa social que já haviam trocado os saltos altos por rasteirinhas. Anna estava sentada no canto direito da mesa, ao lado de Beth. Ambas nos viram chegando. Anna estava com o mesmo vestido havia semanas, desde aquela noite que o pegou emprestado quando dormiu na casa de Kacy. Tirando o fato de que nunca a tinha visto tão desarrumada — e um pouco amuada —, ela aparentava estar calma, apesar das circunstâncias. Anna não parecia assustada por me ver, só um pouco surpresa. Dava para ver os seus neurônios funcionando e ligando os pontos, caindo a ficha de que eu e Kacy estávamos em contato sem ela saber. Ela se recompôs rapidamente, preparando-se para o confronto que viria a seguir. Eu me sentei diretamente em sua frente. Beth levantou-se e nós nos apresentamos, e então ela foi até o bar pedir vinho branco e cerveja. Kacy sentou-se ao meu lado, de frente à cadeira agora vaga de Beth.

— Não podemos continuar assim, querida — Kacy começou. — Anna, nós resolvemos vir aqui porque alguma coisa claramente não está certa. A gente tem que entender o que está acontecendo e o que podemos fazer para melhorar. Para ajudar a Rachel e te ajudar. Porque, caso o contrário, isso vai continuar espiralando.

— Eu já falei que ela é a minha prioridade — Anna disse, apontando com a cabeça para mim. — Eu não estou nem resolvendo as minhas coisas.

— Eu não tenho dúvidas — disse. — Mas o que são essas suas coisas que você precisa resolver? O que deu errado? De verdade, o que está acontecendo com você?

— Já escutamos muitas mentiras, mentiras demais — Kacy interrompeu. — Sem mais mentiras.

— Eu não menti sobre nada — Anna disse monotonamente.

Kacy pulou em minha defesa. — Quantas vezes você já disse a ela que a transferência ia vir? Que o dinheiro ia chegar daqui, dali? Várias.

Beth voltou para a mesa naquele momento e perguntou para Anna: — Você já contou para elas o que vai acontecer em setembro?

A princípio, eu presumi que ela estava falando da herança de Anna, mas rapidamente percebi que estava se referindo a outra coisa.

Anna olhou para mim e Kacy. — Vocês viram o que escreveram sobre mim? — ela perguntou sem emoção alguma. Eu não tinha a menor ideia do que ela estava falando. Anna descreveu — com comentários de Beth — um artigo que tinha saído no *New York Post* na noite anterior, chamando-a de "aspirante a socialite". Anna começou a choramingar e levantou a sua taça para disfarçar e enxugar as lágrimas. O artigo a havia descrito de forma injusta. Ela fora retratada como alguém que passava os seus dias e noites frequentando festas e agindo frivolamente, e não trabalhando duro. Anna reclamou, dizendo que queria ser levada a sério.

Estava doida para ler o artigo, e esperei a conversa diminuir um pouco para dar uma olhada no meu celular. Encontrei o artigo rapidamente, e havia um segundo! O *Daily News* tinha publicado uma notícia sobre ela naquela manhã. Os artigos contavam como Anna havia roubado o Beekman Hotel após semanas de hospedagem sem pagar e que tinha feito o mesmo com o W New York-Downtown, mas por uma estadia mais curta. A notícia também mostrava que ela tinha tentado fugir de pagar a conta no Le Parker Meridien[82] após um almoço; na ocasião, ela havia sido presa e solta sem fiança. Agora Anna enfrentava três acusações de roubo de contravenção de serviços. O valor total que ela devia passava de doze mil dólares. O evento que Beth havia mencionado e que aconteceria em setembro não era a liberação da herança, e sim a data em que Anna atenderia corte.

Eu estava em choque. Como ela tinha deixado as coisas saírem do controle desse jeito? Ela não tinha entrado em contato com os pais para contar tudo o que estava acontecendo. Nem para eles, nem para nós. Agora o seu nome estava sendo arrasado pelos tabloides.

Mesmo tentando me manter firme, eu não conseguia olhar para ela e não me sentir afetada. Ela estava visivelmente chateada. Nós tentamos consolá-la. — Ninguém liga para essas notícias mesmo — nós dissemos.

Tão rápida quanto veio, a nossa compaixão foi embora. Por que deveríamos nos importar com a reputa-

---

[82] Atualmente chamado Parker New York, trata-se de um hotel e restaurante do grupo de hotéis Hyatt.

ção dela quando a minha vida estava desmoronando? Por que a reputação era o que a fazia chorar?

— Quem liga pro fato de você ter saído nos jornais? — Kacy perguntou. — Você tem noção de como está a vida dela?

— Mas tudo o que eu venho fazendo é para resolver isso — Anna choramingou. — Eu não estou dormindo, não estou fazendo nada...

— Quem liga pro seu sono? — Beth explodiu.

Beth estava vestida como uma mãe chique que era sócia daqueles clubes de campo, mas ao falar com Anna, ela não se conteve. Eu apreciei a força dela. Ela falava muitas das coisas que eu pensava e tinha vontade de dizer. Ter Beth falando por mim me permitia focar nas reações de Anna.

— O que eu vou fazer? Eu vou ter que me matar? Tipo, o que eu tenho que fazer? — ela voltou a choramingar.

Ah, me poupe do teatro, pensei. — Os seus pais têm ideia do que está acontecendo? Alguma ideia? — perguntei.

— Eles não vão fazer nada a respeito — ela disse, dando de ombros. As lágrimas pararam.

Kacy interrompeu. — O que você quer dizer com eles não vão fazer nada?

— Eles não vão fazer nada — ela repetiu. — Eles iriam querer que eu resolvesse isso sozinha.

Beth cortou a conversa e colocou na mesa as diferenças entre a minha situação e a de Anna. — A dor dela é real. Não é algo do tipo: meu contador não fez o que eu queria. Ela vai se ferrar, Anna, de verdade. A vida dela está na merda — Beth explicou. — Apenas fale a verdade pra gente. Anna, assim que você começar a ser honesta, você vai conseguir respirar.

Anna estava completamente calma agora. — Eu nunca menti em relação a nada. *Isso* é o que está acontecendo.

— Mas nós não temos nenhuma informação! — eu me exaltei.

Kacy cortou antes que piorasse. — Eu tenho uma pergunta. Por que você não quer contar para os seus pais? Me dê a razão pela qual você não quer que eles se envolvam. Porque você precisa de uma mão para te ajudar com isso.

— Eles estão sabendo — Anna disse.

— Eles estão bravos com você porque não é a primeira vez que isso acontece? Ou porque você gasta muito dinheiro? Ou porque eles são pessoas ruins e não querem te ajudar? Me dê a razão de eles não virem te ajudar — Kacy implorou.

— Eles falaram que eu tenho que resolver isso com o banco, e, no final das contas, esse dinheiro é deles mesmo. — Esta era uma resposta clássica dela: culpar o banco e os pais ao mesmo tempo.

— O dinheiro é de quem? — Kacy perguntou.

— Os meus fundos vêm dos meus pais.

— Por que você não consegue acessar o dinheiro? — perguntei.

— Porque eu recebo valores mensais. O valor total será guardado até dezoito meses depois do meu aniversário de vinte e cinco anos. Isso significa setembro. Mas eles ficam mudando, eles não cumprem a palavra deles. Eles deveriam ter resolvido tudo em abril e ainda não fizeram nada.

Anna parecia um computador quebrado que só repetia palavras.

— O que aconteceu com o seu aluguel? — eu perguntei, trocando de assunto. — O prédio foi alugado para outra pessoa.

— Do que você está falando?

— O prédio na Park Avenue South. Uma outra pessoa alugou.

— Quem?

— Aquela agência fotográfica sueca.

— Não — ela disse sem acreditar. — Foi a Fotografiska? Não.

— Eles anunciaram recentemente — Kacy completou.

— Onde? — Anna perguntou, estressada.

— Nos jornais.

— Quatro dias atrás — eu falei.

Quando ela pediu para ver a notícia, eu peguei meu celular e pausei a gravação antes de mostrar o artigo para ela. Por um segundo, Anna ficou desolada. Eu peguei meu celular de volta.

— É falso. Essa notícia é falsa.

Nós voltamos ao assunto das dívidas de Anna. Kacy perguntou por que ela simplesmente não ia para casa, resolvia as questões financeiras e voltava.

— Não adianta nada ir embora — ela respondeu. — Eu preciso resolver isso. Se eu for embora, não posso voltar. Nunca mais. Literalmente eu nunca mais poderei voltar, nem por um segundo.

— Tem algum outro hotel que tem algo contra você? — Kacy perguntou.

— Não sei — Anna suspirou. — Basta ler o que eles escreveram sobre mim que você vai descobrir algo novo.

Kacy repetiu que a gente não estava nem aí para o artigo — eu, no entanto, sim. O artigo confirmava que o problema dela estava ficando cada vez maior. Primeiro tinha sido eu, depois Jesse e Kacy, seguidos pelos gerentes do banco e os advogados que ela tinha mencionado no dia em que dormiu em casa. Agora *isso*. Tudo que ela tocava estava desmoronando. — Você pode mudar a sua imagem a qualquer momento — Kacy disse. — Mas você fez tudo isso. Você passou dos limites, Anna. Você gastou dinheiro que não tinha e isso não é bom.

— Mas eu tenho esse dinheiro — Anna insistiu.

— Você sabia que estava indo para um hotel e... — Kacy continuou e eu a interrompi.

— Você gastou um dinheiro que você não tem ainda — eu arrisquei. Houve uma pausa. — Certo?

— Eu gastei o dinheiro que prometeram que eu teria até hoje à tarde. — Outra frase vazia. Lá fora já estava escuro, a tarde já tinha ido embora.

— Eles falaram esta tarde. Há quanto tempo isso está acontecendo? — Kacy perguntou. — Quantas promessas? A do cheque, disso e daquilo?

— Os seus pais não percebem que isso é um problema? — eu perguntei.

— O que eles vão fazer? — Anna perguntou, dando de ombros.

— Eles podem fazer qualquer coisa — Kacy respondeu. — Eles poderiam dizer: *Nós vamos te dar esse dinheiro agora, mas, quando você receber a sua parte, iremos subtrair esse valor.* É simples assim.

— Para eles a questão não é sobre o dinheiro — Anna explicou. Ela estava completamente equilibrada agora, sem mais estresse ou drama ou lágrimas. Anna descreveu a atitude dos pais como se não significasse nada para ela. — Eles querem que eu resolva isso. — Eu pensei: *o que precisa ser resolvido? Qual era o problema?*

— Eles preferem que você vá para a *cadeia*? Se a corte te declarar culpada, você vai ser presa. Eles não vão te dar uma multa.

— Não tem prisão para quem deve — Anna disse como se fosse um fato. — Ninguém vai ser preso.

— Com que dinheiro você está pagando a sua acomodação?

— O escritório da minha família.

Kacy interrompeu dizendo que quando ela ligou não tinha nenhuma reserva em nome de Anna Delvey.

— Está no nome do escritório... Sei lá. — Como alguém se hospedava em um lugar sem saber o nome que estava na reserva?

— Ok, Anna — Kacy continuou. — Tem alguma forma de podermos pelo menos entrar em contato com a sua família?

Beth fez outra pergunta antes que Anna pudesse responder. — Você nunca esteve em uma situação dessas? — A conversa era uma interrogação bagunçada.

— Não — Anna respondeu. Kacy a lembrou da situação no Four Seasons em Casablanca.

— Não é a primeira vez — Kacy concluiu.

— Isso é — eu não estou mentindo — Anna argumentou.

— Você prefere ir para a corte por causa disso do que falar com seus pais? — Kacy perguntou, e dava para notar pelo seu tom de voz que ela não conseguia acreditar.

— Eu não tenho escolha! — a voz de Anna subiu algumas oitavas. — Não é que eu esteja escolhendo ir para o tribunal em vez de fazer isso ou aquilo. É simplesmente isso — ela disse irritada, mas ainda sem mais lágrimas.

— Mas Anna, você poderia falar com seu pai ou com sua mãe! — Kacy argumentou.

— Então você está contando abobrinha — Beth anunciou. — Você poderia falar literalmente qualquer coisa agora. Nós só precisamos da verdade para que possamos saber como vamos seguir em frente. É isso. A gente não liga se você é pobre, se você na verdade é da Sérvia. Não é importante.

— Parece que está faltando a peça mais importante de um quebra-cabeça — eu disse.

— Definitivamente tem alguma coisa que você não está nos contando — Kacy concordou.

— A gente *precisa* da verdade — Beth enfatizou.

— O que está faltando? — Anna provocou. — Que peça é essa? O que é?

Uma pausa em que as quatro olharam uma para outra.

Kacy foi a primeira a quebrar o silêncio. — A verdade é que eu acho que os seus pais deveriam saber o que está acontecendo. A gente precisa falar ou com o seu pai ou com a sua mãe, porque, honestamente, não confiamos mais em você.

— Meus pais vão me comprar uma passagem só de ida para a Alemanha e me colocar para trabalhar — Anna disse.

— Pelo menos faça com que eles paguem suas contas e aí você tenta começar a resolver o resto — Kacy sugeriu.

— Eles vão me mandar achar um emprego e pagar por elas eu mesma.

— Mas se eles souberem que tem uma pessoa sendo prejudicada por causa disso — Kacy começou —, que está sendo realmente prejudicada e que precisa do dinheiro porque ela é uma grande amiga sua que te ajudou quando você precisou...

Eu interrompi. — Você *tem* família? Tipo, parentes vivos? — perguntei. Parecia que uma luz tinha se acendido. Talvez essa fosse a mentira mais importante.

— Sim... — Anna respondeu baixo.

— Qual o nome do seu pai? — Beth perguntou.

Anna hesitou. — Eu tenho pai.

— Qual o nome dele? — Beth insistiu.

— Daniel... Daniel — Anna pronunciou o nome devagar e duas vezes.

— Daniel de quê?

— Decker Delvey.

— Daniel Decker Delvey? — Beth repetiu.

— Isso.

— Então por que não falamos com eles? — Kacy perguntou. — Deixe alguém falar com eles e fazer com que entendam a situação.

— *Eu já estou fazendo isso* — Anna disse, agitada. — Eu estou tentando de tudo. Eu não passo os meus dias coçando a bunda.

— O que está acontecendo que te dá a vontade de se suicidar? Qual é a razão disso?

— Porque nada está dando certo!

— O que é esse *nada*?

— Tudo! — Anna choramingou.

— Como amigas da Rachel, nós precisamos ajudá-la — Beth insistiu. Eu tinha acabado de conhecê-la — ela era amiga da Kacy, na verdade, mas apreciava o que estava fazendo por mim.

— Eu tenho conversado com a Rachel todos os dias — Anna respondeu.

— E você vem me falando a mesma coisa por dois meses.

— Eu só estou te falando o que eles me falam — ela retrucou. — Eu tenho, tipo, dez pessoas de testemunha. — A palavra dela era insignificante.

Beth foi com tudo, cutucando todas as desculpas que Anna havia dado. Ela já havia lidado com vários gerentes e advogados ao longo dos anos e, segundo ela, não tinha como eles serem responsáveis pelo atraso que Anna havia falado. — Essas coisas simplesmente não acontecem — ela disse. — Não tem desculpa para isso, eu sei.

Eu mantive meus olhos em Anna, prestando atenção no jeito como ela se movia, como piscava os olhos antes de decidir o que falar e, o mais importante, como tinha uma resposta para tudo.

— Vocês não sabem pelo que eu estou passando.

— Mas é isso que a gente está tentando saber.

— Você não nos conta — Kacy disse. — A gente está te perguntando desde que chegamos.

— Porque vocês só ficam falando que estou mentindo, e eu não estou — Anna respondeu. — Eu tenho vários advogados que são testemunhas. — Ela continuava fugindo do ponto: rodeando, trocando e desviando de assunto.

— Se você não consegue nem escutar o que tem de errado... — Beth disse.

— Eu sei que está errado, mas é isso o que me disseram.

Imaginando como Anna reagiria, resolvi mencionar Tommy. — Anna, eu sei que você já teve problema parecido no passado.

— Que problema?

— Com o Tommy.

— Eu nunca tive nenhum tipo de problema financeiro com ele.

— Ele te emprestou dinheiro e...

Anna me cortou. — Não, não me emprestou.

— ...teve que ameaçar para você devolver.

Ela continuou a negar e eu resolvi implorar para ela ser honesta. — Eu prefiro saber que você não tem nenhum dinheiro, caso essa seja a verdade, do que continuar ouvindo suas mentiras elaboradas.

— Qual é o seu plano? — Beth perguntou. — Sair do país, não voltar mais e fazer a mesma coisa em outro país?

— E por que você está pagando advogados? — Kacy também perguntou. — Eles não vão poder fazer nada, você é culpada.

— Ela não tem dinheiro para pagar por advogado — Beth completou, e, enquanto elas discutiam sobre advogados, eu me virei para Anna.

— Os seus pais estão bravos com você?

— Eu não sei. Só sei que eles vão falar para eu resolver isso sozinha.

— Mas como você sabe que eles vão falar isso? Qual é a pior das hipóteses? Eles te mandarem voltar?

— Sim. Eles vão me comprar uma passagem só de ida e me dizer para conseguir um trabalho — ela repetiu.

— Mas as coisas aqui não estão dando muito certo. Você não acha que uma hora ou outra você vai ter que voltar ou trabalhar?

— Eu estou fazendo tudo o que posso. Tipo, eu literalmente tenho passado noites em claro.

— Mas não está adiantando.

— Eu sei. Mas é que... — ela suspirou. — O que mais eu poderia estar fazendo?

— Tem alguma data em setembro em que isso vai estar definitivamente resolvido? — eu perguntei, querendo uma razão para acreditar. Essa era a minha última tentativa desesperada de reviver minha confiança nela.

— Deveria ser em setembro, mas tipo, eu não estou resolvendo nada além da sua situação e tipo, eu tenho todas as minhas outras coisas e...

— Eu sei. Eu não estou dizendo o contrário. O que eu quero saber é: tem uma data certa em setembro?

— Não. Mas não era para ser em setembro, era para ser amanhã.

— Tá, mas não é essa a situação. Qual era a data original de setembro? — eu perguntei, testando-a, vendo se a informação que Tommy havia me passado iria bater com o que ela diria.

— Não era em setembro — ela disse. Do nada, sem explicação nenhuma, Anna começou a falar da data de seu julgamento e que seria no dia 5 de setembro, um dia antes da expiração do seu ESTA — três meses depois do seu retorno do Marrocos. Minha cabeça girou. Ela tinha ignorado completamente a minha pergunta.

— Ela tem uma resposta para tudo — Beth disse, entrando na nossa conversa. — Você quer saber o que eu acho? Eu acho que você não está sendo honesta.

— Eu estou sendo honesta — Anna se defendeu. Ela não tinha lágrimas nos olhos e não demonstrava angústia, apenas desdém. Como ela conseguia manter-se tão calma?

— Você não está sendo honesta porra nenhuma, Anna. Porque você está cheia de historinhas de merda.

— Tipo o quê? — Anna perguntou, e a ousadia estava clara em sua voz. — Todas as minhas histórias são as mesmas. Minha história é a mesma e é consistente. Eu estou fazendo tudo o que eu posso. Não estou saindo à noite ou coisa do tipo!

— Você fica repetindo isso — Kacy disse. — Mas não é sobre sair. Você não é uma criança.

— É sobre você ter o dinheiro para pagar quem você deve — Beth disse.

— É sobre ser responsável — Kacy completou.

— Ela só fala asneiras. É tudo asneira. Ela não tem é nada — Beth declarou.

— Como você pode dizer isso? — Anna questionou.

— Eu conheço a sua história — Beth disse ceticamente. — Você é...

— Você pode explicar a minha história para mim? — Anna a interrompeu.

— Nada do que você diz é verdade.

— Você pode me explicar por que minha história é falsa? — Anna estava fazendo o possível para não ter que falar. O seu tom era provocativo, quase arrogante.

— Mas por que diabos você está *me* interrogando? — Beth estourou.

— Pessoal, vamos nos acalmar — Kacy interferiu.

— Explica para mim qual é a minha história verdadeira então? — Anna insistiu.

— Como é que você foi para o Marrocos? Como é que você faz tudo isso? Como você não tem um contador certo? Não tem explicação para essas coisas, porque essas coisas não existem.

— Eu fiz tudo isso, então elas devem existir — Anna disse. Ela estava sorrindo e sua expressão era sarcástica e confiante.

— Não. Porque você é tipo um passageiro — Beth disse.

— O que eu acho que Beth está tentando dizer é que tudo indica...

Beth não deixou Kacy terminar. — Não, me escute. Eu morei no Leste europeu. Eu morei na Rússia.

Kacy e Beth ficaram falando uma em cima da outra até que Anna comentou, com o mesmo tom sarcástico dela. — Será que alguém poderia me dizer por que minha história não é verídica?

— A sua história é simplesmente isto. Uma história. Sem fim — Beth disse. Eu concordava com ela.

— Ela é muito boa em manipulação para essa conversa — eu disse. Apesar de estar chorando um pouco, eu ainda mantinha minha compostura. — Não adianta. Eu venho assistindo a isso há dois meses já.

— Você não está sendo direta — Beth disse amargamente.

— Eu sou alemã e tenho um banco na Suíça. O que a Rússia tem a ver com tudo isso?

— De onde sua família é originalmente? — Beth perguntou.

— Da Alemanha — Anna respondeu rapidamente. Eu lembrei de Tommy me contando que o pai de Anna era um bilionário russo. Algo não estava batendo.

— A sua família é da Alemanha? — Beth perguntou de novo.

— Sim — Anna respondeu.

— E de onde seus pais são?

— Eles são da Alemanha.

Kacy colocou o foco da conversa de volta em mim.

— Absolutamente tudo na vida dela está diferente por causa dessa merda.

— E você acha que a minha vida está um mar de rosas?

— *Isso não é sobre você. Você que causou isso* — Kacy disse, estressada. — Você conseguiu o que queria no final das contas. Não é sobre você. Esse é o problema. Você tem que parar de pensar que o mundo gira em torno do seu umbigo. Ele é maior que isso e você precisa pensar nos outros também. Não é sobre não ir fazer compras, fazer seu cabelo ou suas unhas ou fazer massagem, sei lá. A gente está falando da vida real. A Rachel está trabalhando como louca, como *talvez* você esteja, mas para pagar o *seu* dinheiro, que ela pagou no cartão dela.

— Eu não peguei emprestado. Tipo, eu não entrei na conta dela e fiz compras.

— Você tirou uma puta de umas férias com ele — Kacy respondeu.

— Eu sei, é por isso que não estou negando nada, eu estou tentando reembolsá-la. Vocês não estão vendo tudo o que está acontecendo? — Anna choramingou. — Pelo que eu estou passando.

— Pare de pensar no que você está passando. Esqueça o que você tem que fazer ou o que você já fez. Esqueça tudo. Pense em alguém que não seja você por um minuto. Em algo que não seja o que você quer. Mas em o que outra pessoa esteja sentindo. Você precisa olhar para além de você, Anna. Ok? Agora entenda uma coisa: no minuto em que você conseguir sentir o que ela está passando e fizer algo que não tenha absolutamente nada de egoísmo, você vai conseguir resolver os seus problemas. A única coisa que você vem fazendo é falar como está fazendo tudo o que você pode. Isso não te dá nenhum ponto, porque isso é o mínimo, porque você extrapolou os limites.

Enquanto essa versão condensada ao vivo da minha vida acontecia — todas as mentiras, informações erradas e enganos —, eu mandei o link dos artigos para Ashley, Nick, Dave, Kathryn e Jesse. Nenhum deles tinha visto ainda.

Kathryn respondeu imediatamente: *Agora você tem o contato do advogado de Anna*, ela escreveu, referindo-se ao número no artigo. *Vamos entrar em contato com ela amanhã.*

Ashley, por sua vez, respondeu: *Uau. Eu sinto muito.* Ela também ofereceu passar o contato de um membro de sua família que era advogado, mesmo que fosse apenas para pegar conselhos.

As coisas estão feias por aqui, eu respondi. *Anna é um terror.*

Jesse também me respondeu: *Meu Deus, Rachel, isso é uma loucura! Você falou com ela?*

Estou no meio de uma confrontação agora com Kacy e uma amiga de Kacy, eu respondi.

E Anna?, Jesse perguntou.

Sim.

Jesus, ele disse. *Ela também deve a Kacy?*

Sim.

Ela é uma farsa ou estamos lidando com uma menina mimada que foi cortada do talão de cheque?

Não precisou de mais de dez segundos para eu digitar a minha resposta: *Eu acho que ela é uma golpista de carreira.*

Puta merda.

Eu olhei para Anna, que estava completamente desprovida de compaixão. Ela se mantinha na história e no personagem, alegando que tudo que ela contava era verdade — e que nada era culpa dela. Me mantive quieta enquanto assistia, parecia que estava flutuando para fora do meu corpo e observava as lágrimas escorrerem pelas minhas bochechas. Todas estavam exaltadas, falando alto e jogando acusações diretas, mas as feições de Anna permaneciam limpas de qualquer emoção. Os seus olhos estavam vazios. Foi então que tive a revelação de que eu não tinha a mínima ideia de quem ela era e, com isso, uma onda de calma e liberação passou por mim. Eu entendia a raiva e a descrença de Kacy e Beth; afinal, estava sentindo isso havia meses. Mas eu tinha finalmente chegado ao outro lado e sabia que só tinha uma resposta.

Após duas horas, a intervenção tinha alcançado o seu limite. Kacy foi a primeira a sair. Ela tinha gastado muita energia com Anna e não queria aparecer cansada no dia seguinte, já que participaria de um programa de TV. Beth, Anna e eu logo a seguimos. Nós três caminhamos pela West Side Highway debaixo da lua crescente de verão. Beth seguiu ao meu lado, enquanto Anna andava na nossa frente. Ela em direção ao Greenwich e Beth com destino ao seu apartamento em TriBeCa.[83] Eu tinha meus olhos em Anna enquanto ela andava com sua Balenciaga no braço e seus óculos de sol na cabeça. Isso era tudo que ela tinha? Talvez, para ela, tudo e todos fossem descartáveis. Ela parecia deslizar pela rua. Como alguém vai de familiar para completamente desconhecida?

Eu pensei em todos os meses até ali, sobre a forma como ela tinha respondido as perguntas e acusações. Eu voltava a pensar e analisar a maneira que ela tinha explicado as coisas e tentava desvendar o mistério. Mas isto era Anna: um quebra-cabeça, uma chara-

---

[83] Área sofisticada conhecida por seus antigos edifícios industriais, muitos deles agora transformados em lofts residenciais.

da sem solução — e, de alguma forma, isso em si já era uma resposta.

Parei na Rua Clarkson e esperei para atravessar a rua em direção ao meu apartamento, me despedindo brevemente de Beth. Anna continuou andando.

— Tchau! — eu disse atrás dela.

Anna virou abruptamente, sorriu e acenou. — Tchau! — me respondeu.

Aquela seria a última vez que veria Anna por um longo tempo.

Capítulo 14

O Cair da Máscara

Ainda pensando na noite anterior, eu acordei na quarta-feira de manhã com uma mensagem de Kacy perguntando se todo mundo estava bem devido ao dia anterior. *Acho que sim*, respondi. Ela também perguntou se mais alguma coisa tinha acontecido depois que ela foi embora — se Beth havia comprado o papo de Anna no final das contas. *Não, definitivamente não*, eu a assegurei. Beth se mantinha firme na descrença. Mas, mesmo assim, eu não pude evitar de pensar nas duas indo embora juntas na noite anterior e cogitar sobre essa possibilidade. Eu conhecia o poder de persuasão de Anna.

Eu estava irritada, distraída e lenta naquela manhã. Cheguei ao escritório da revista depois das onze da manhã. Meu cérebro parecia ter sido frito e meu humor estava lá embaixo. Quanto mais perto chegava da verdade, mais longe eu estava de qualquer alívio. A polícia não estava interessada no meu fichário. Eu ainda devia 62.109,29 dólares e a American Express não parava de me ligar. Eu poderia pegar emprestado de Janine, mas como e quando iria conseguir pagá-la? Em meio a isso tudo, uma ideia corrosiva começou a infestar a minha cabeça: e se ela tivesse me usado de propósito? Sentada à minha mesa, sentia ondas de tristeza tão pesadas que parecia que eu seria soterrada. Eu queria me deitar. Será que poderia ir para casa? Voltar para a minha cama? Que caminho eu poderia seguir? Já tinham se passado dois meses e meio. E se ela estivesse brincando comigo esse tempo todo? Setenta e dois dias! A minha rotina era: passar a manhã apreensiva, tentar ser produtiva durante a tarde e terminar a noite em pânico. E tudo isso para quê? Eu estava esperando por algo que nunca aconteceria, certo? Será que alguma coisa tinha sido real?

Meio-dia. Uma mensagem de Kacy. Anna tinha dormido na casa de Beth.

Claro que ela tinha. Aquela descarada. Nós todas sabíamos que ela não estava ficando no Greenwich, mas por que Anna não tinha se despedido de Beth ali e tentado proteger a mentira dela? Será que ela não tinha encontrado nenhum outro lugar para ficar? Não adiantava, eu voltava para a única coisa que era certa: o óbvio nunca era a escolha de Anna. Quando tacava fogo nas coisas, ela ficava por perto para ver queimar. Era possível que ela realmente não tivesse nenhum lugar para ficar. Mas e se na verdade ela só quisesse provar que conseguia levar Beth para o seu lado? Pobre Beth. Será que ela tinha oferecido um lugar para dormir ou Anna havia pedido? A parte paranoica que havia ganhado vida dentro de mim começou a pensar que as duas já se conheciam de antes.

Beth havia me passado o seu número de telefone. Levando em consideração a visita inesperada na casa dela, eu mandei uma mensagem para ver se estava tudo bem. Beth me falou que Anna ainda estava dormindo e que logo iria acordá-la e colocá-la para fora. *Não deixe a toxidade dela te afetar!*, eu escrevi.

Pode deixar, recebi de resposta.

Eu tentei focar no trabalho. Tinha conseguido segurar as pontas até ali, mesmo ansiando para desmoronar. Será que eu não podia simplesmente me esconder debaixo da minha mesa? Talvez ninguém fosse perceber. Talvez tudo desaparecesse... eu me esforçava para não chorar, porque sabia que era inútil.

Meu estômago não está nada bem hoje, mandei a mensagem para Kathryn quando ela estava no almoço. *Estou no escritório, mas não sei quanto conseguirei aguentar. Estou tentando manter minha cabeça erguida, mas me sinto sufocada.* Ela veio me ver assim que retornou do almoço.

O espetáculo no dia anterior no Frying Pan parecia uma novela. Eu contei as partes essenciais para Kathryn, que ia absorvendo tudo lentamente. — Quanto que você deve mesmo? — ela perguntou. Apesar de Kathryn ter entendido a magnitude da situação, ela me encorajou a ver a dívida como algo pagável. Engenhosa como sempre, ela também começou a pensar em formas de ajudar. — Nós poderíamos fazer um leilão de fotos — ela sugeriu. Kathryn teve a ideia de falar com alguns dos fotógrafos com quem já havíamos trabalhado para ver se eles concordariam em doar algumas fotos após contarmos o que tinha acontecido. Enquanto pensávamos em quem poderia ajudar, Kathryn me lembrou que eu fazia parte de uma comunidade e que não precisaria carregar esse fardo sozinha.

Assegurada pela confiança dela, eu foquei em seguir em frente. Dave havia sugerido que eu entrasse em contato com o Manhattan District Attorney's Office,[84] e, pensando em como seria bom ter algum tipo de conexão, Kathryn ligou para um colega nosso que, achando que estávamos procurando um lugar para uma sessão de fotos, nos passou o contato do escritório da imprensa. Eu pensei em um e-mail e enviamos pela conta de Kathryn.

Querida Emily,

Uma colega próxima minha foi vítima de uma fraude perpetrada por Anna Sorokin-Delvey, a qual foi o assunto do artigo de ontem do Daily News*: "Aspirante a socialite Anna Sorokin acusada de dever doze*

---

[84] Equivalente ao nosso Ministério Público em nível estadual e o cargo corresponde ao de promotor de Justiça.

mil dólares em estadias de hotéis". Eu gostaria de saber se você poderia nos ajudar a encontrar a melhor forma para seguirmos na direção certa, uma vez que estamos ansiosos para ajudá-la. Além disso, ela também tem algumas informações importantes para compartilhar sobre o caso. **Tem alguém no escritório de advocacia com quem poderíamos nos encontrar para explicar melhor a situação e explorar qual seria a nossa melhor opção a seguir?**

Agradeço desde já por qualquer ajuda que você possa nos dar.

Atenciosamente,

Kathryn MacLeod.

Enquanto esperávamos por uma resposta, eu voltei para a minha mesa e comecei a analisar tudo o que tinha acontecido nos últimos seis meses. Joguei o nome Anna Sorokin-Delvey no Google, assim como algumas variações: Anya Delvey, Anna Sorokin, Anna Sorokina. Ela era alemã ou russa? Algumas fotos antigas com pessoas aleatórias, cabelos malucos e roupas questionáveis. Até onde as mentiras iam? Pelo que eu podia ver, aquelas fotos eram de quando ela tinha entrado no círculo social.

Até aquele momento, entre as pessoas que conheciam Anna (sem contar Kacy ou Jesse), eu só tinha revelado o que estava acontecendo para Ashley e Tommy. Pensei em falar com Olivier Zahm, o editor chefe da revista *Purple*, para ver se ele sabia de alguma coisa. Acabei entrando em contato com ele através de uma pessoa em comum, expliquei a situação e pedi por alguma informação. Tanto Olivier quanto o meu contato eram europeus, então, em razão do fuso horário, esperava receber uma resposta só no dia seguinte.

A resposta do escritório foi que eles passariam as minhas informações para o promotor que estava trabalhando no caso das contas dos hotéis. Isso resolvido, voltamos a esperar. Esperar alguma resposta de Beth, de Olivier, do promotor. Talvez dessa vez eu aprenderia algo novo.

Eu tinha ingressos para o show do Gillian Welch[85] no Beacon Theatre[86] para aquela noite. Havia tentado vendê-los em um dos meus momentos de desolação, mas não tive sucesso. Eu estava cansada demais, depressiva demais e, honestamente, pobre demais. Eu precisava daquele dinheiro. Mas quando a Kathryn me ouviu falar sobre isso, ela resolveu interferir e decidiu que iria ao show comigo, afinal, eu precisava de algo para me animar.

No saguão do Beacon, Kathryn comprou uma garrafa de vinho branco e M&M de amendoim. Quando as luzes se apagaram, todos já estavam sentados lá dentro. Duas pessoas subiram ao palco, cada uma com o seu violão: Gillian, em um vestido azul e cabelo solto, e seu parceiro David Rawlings,[87] em uma jaqueta jeans e chapéu de cowboy. A dupla estava em turnê para celebrar o lançamento em vinil do álbum de 2011: *The Harrow & The Harvest*. A lista de músicas da noite era o álbum do começo ao fim, em ordem. Eu sabia todas as letras. Uma vez, eu estava nas montanhas Adirondacks[88] sem serviço de celular e a única coisa que tinha comigo era aquele álbum, o qual toquei repetidamente por dias. Acabei ficando com várias músicas na cabeça por semanas depois disso. As músicas tinham uma pegada country e soul, que fazia com que a melancolia rural soasse linda.

---

85 Cantora e compositora estadunidense que engloba estilos country, blues, gospel e jazz em suas músicas.
86 Teatro histórico na Broadway inaugurado em 1929 como um palácio de cinema para filmes e vaudeville.
87 Guitarrista, cantor e produtor musical americano, conhecido pelas colaborações recorrentes com a artista Gillian Welch.
88 Cordilheira no estado de Nova Iorque.

— Nós normalmente não tocamos tantas músicas em tom menor seguidas — Gillian disse do palco. — Mas essa é a ordem do álbum, então...

Era uma experiência e tanto ouvir músicas que batiam com o que eu estava sentindo. Lentas. Tristes. Cansadas, mas fortes.

Beth acabou ligando durante o intervalo. Ela tinha falado com o advogado de Anna e disse que nos contaria mais detalhes após o jantar. Quando o show acabou, eu me despedi de Kathryn no saguão, e ela acabou me presenteando com uma camiseta da dupla que havia comprado sem eu perceber. Ela estava realmente se esforçando para me animar e isso aquecia o meu coração.

Retornei a ligação de Beth quando desci do metrô no centro. Ela tinha falado com o advogado de defesa criminal de Anna — ele parecia legítimo, mas o valor de vinte e dois mil dólares de serviço não havia sido pago. Eu perguntei como ela tinha tirado Anna de seu apartamento, e Beth contou que havia pagado uma noite para ela no Hotel Hugo no Soho. Beth também disse que, se nós conseguíssemos achar um jeito de pagar parte do valor do advogado, talvez ele pudesse encontrar uma forma de reaver os celulares de Anna — que haviam sido retidos pela polícia. Era uma lógica complicada, mas aparentemente Anna tinha dito que ela precisava dos celulares para acessar as suas contas e seus contatos e que, sem eles, ela não podia fazer nenhum pagamento. Talvez, se o advogado de Anna recebesse uma porção do que lhe era devido, ele ajudaria na negociação para devolverem os celulares. Beth estava tentando me ajudar, mas Anna estava tentando se ajudar.

Eu agradeci a Beth por toda a ajuda, mas disse que era hora de nos separarmos. Fiz uma promessa a mim mesma e disse em voz alta: Daqui em diante, é preciso agir com o pensamento de que ela é uma golpista experiente. Não é mais possível duvidar disso. Anna tinha virado minha vida de cabeça para baixo e observava a minha destruição. Agora ela tinha colocado Beth como uma nova fonte de ajuda. A empatia dela a havia feito vulnerável e Anna não perdeu a oportunidade. Eu sabia reconhecer os sinais agora.

Ao enxergá-la como fraude, não era difícil se maravilhar com a maneira pela qual ela lembrava uma árvore antiga com raízes profundas e enterradas em vários lugares. Os detalhes de suas histórias variavam pouco de pessoa parapessoa, mas a história principal era sempre a mesma — pontos para ela pela consistência —: ela era uma herdeira alemã ambiciosa com um interesse pela arte e por negócios. Você poderia perguntar para qualquer um e eles te diriam a mesma história. Tommy, por exemplo, será que ele realmente sabia alguma coisa sobre a família de Anna? A informação que ele havia me passado estava presa na minha cabeça.

Eu decidi perguntar: *Oi, Tommy, eu estou começando a achar que a Anna na verdade é uma grande mentirosa. Do tipo de não existir pais ricos e herança. O que você acha? Você tem certeza de que ela tem alguma família?* Tommy respondeu que Anna lhe havia dito um nome de família originária de Munique, mas que concordava que poderia ser de mentirinha.

Quanto mais eu tentava entender, mais confusas as coisas pareciam.

Olivier Zahm me respondeu, mas de forma curta e vaga, informando apenas que Anna havia sido demitida da revista. Eu não o culpei pela sua concisão. Todos os relacionamentos de Anna eram como águas turvas: eu nunca conseguia enxergar realmente o quão profundo era e se poderia confiar. A resposta prova uma única coisa: o passado dela era repleto de ambiguidade e dissonância.

Agora eu só precisava entrar em contato com o promotor. Eu presumi que o caso deles pertencia as ofensas de mau comportamento relatadas no *New York Post* e no *Daily News*: contas não pagas, tanto no Beekman quanto no W, e a tentativa de fugir da conta do jantar no Le Parker Meridien. Será que o promotor sabia que essas duas ofensas eram apenas duas pequenas peças do quebra-cabeça que era Anna Delvey?

Enviei um e-mail para a promotoria com a seguinte mensagem: *Caso seja possível, gostaria de entrar em contato com alguém até o fim do dia. Acredito que essa garota é uma golpista. Eu estaria disposta a me encontrar pessoalmente ou conversar por telefone, estou disponível o dia todo.* Havia muita coisa em jogo e eu tinha passado por muito estresse até então, por isso eu estava totalmente focada em explorar todo e qualquer caminho possível. Eu tinha reunido o máximo de informação que consegui. Estava com uma cópia do passaporte de Anna e uma foto do cartão de débito dela de quando tentei comprar os voos para o Marrocos com ele. Tudo impresso e arquivado na pasta da Operação Clareza.

Enquanto esperava por uma resposta da promotoria, eu resolvi alertar os outros que conheciam Anna para ficarem espertos. A minha mensagem para Beth dizia: *Oi, Beth. Espero que você tenha descansado um pouco. Eu ainda estou no processo de tentar o máximo de informações sobre o passado de Anna. Está claro que ela tem um histórico de jogar as contas para que outras pessoas paguem ou simplesmente não pagá-las. Eu realmente acho que ela é uma golpista. Recomendo fortemente que você se distancie dela por completo. Você claramente tem um coração forte e bondoso, mas ela é completamente tóxica e perita em manipular os outros. Sugiro que você avise o seu porteiro para não deixá-la entrar no seu prédio.*

Quando Beth me respondeu, descobri que ela tinha feito tudo o que eu recomendara.

Meu celular tocou. O número era desconhecido e a única informação que tinha era o código dos Estados Unidos. Eu atendi e me levantei da minha mesa, indo para um lugar mais privado. — Nós achamos que você tem razão — disse a voz do outro lado da linha.

Eu estava falando com um assistente da promotoria do escritório de Manhattan, que me confirmou que Anna Sorokin era o foco de uma investigação criminal. Eles queriam que eu fosse depor.

Quando desliguei o telefone, eu senti como se finalmente as coisas estivessem ficando claras. Eu ia de pensamento para pensamento como se alguém estivesse rebobinando meu cérebro como uma fita cassete. Respirando fundo, coloquei meu fichário de volta em minha mochila, desconectei-me do laptop e desliguei a minha luminária. Eu sabia que estava certa, mas mesmo assim, só de ouvir uma confirmação do outro lado da linha, isso me deixava eufórica. Se Anna realmente fosse uma golpista, qual seria o próximo passo?

Não me lembro de esperar pelo elevador, nem de deixar o prédio da Condé Nast. Eu provavelmente devo ter ido em direção leste. Caminhava rapidamente e as pessoas abriam espaço ao notarem a minha pressa. O mundo parecia derreter e se transformar à minha volta, mas eu já estava acostumada com a sensação de ter o mundo balançando sob os meus pés. Eu queria me sentir equilibrada novamente.

Também não me lembro se anotei o endereço ou acabei decorando — com tantos outros números e nomes já organizados e armazenados permanentemente. Número 80 na Center Street. Eu passei pela Foley Square,[89] pelo Civic Center[90] de Nova Iorque e avistei o meu destino na esquina.

---

89   Praça de Nova Iorque com diversos prédios cívicos.
90   Área administrativa da cidade.

Após subir algumas escadas e passar por algumas portas, fui em direção à mesa da segurança me apresentar. — Rachel Williams está aqui — o segurança anunciou pelo rádio, enquanto olhava para mim e para a minha identidade atentamente. Ele me devolveu a minha identidade e um adesivo de visitante. Sorrindo, ele me mostrou o caminho até os elevadores.

Eu segui até o Financial Frauds Bureau[91] e me sentei a uma mesa com outras três mulheres — duas assessoras da promotoria e uma paralegal. Elas queriam saber de tudo.

Finalmente eu havia encontrado um lugar onde a minha história era bem-vinda e ainda por cima útil. As pessoas que estavam me ouvindo me entendiam e acreditavam em mim. Anna estava havia tempos nessa farsa e eu não era a sua única vítima. Por um lado, ela não "ter onde cair dura" como alguém havia me dito era o pior cenário para mim, mas, pelo outro lado, a verdade simplificava as coisas.

A assessora Catherine McCaw, que era a promotora principal do caso, sugeriu que eu contatasse a American Express e tentasse contestar as cobranças. E também fui alertada sobre uma coisa um tanto quanto perturbadora, mas relevante: minhas características físicas eram semelhantes às dela, talvez isso fosse uma coincidência, talvez tenha sido proposital, mas eu teria que trocar meus cartões de crédito, o número da minha conta e até mesmo o passaporte, para evitar que ela tentasse se passar por mim. Eu aproveitei essa linha de pensamento e mencionei uma das minhas teorias:

— Eu acho que ela é russa.

— O que te faz pensar isso? — McCaw me perguntou. Eu lhe expliquei tudo o que havíamos conversado

---

[91] Escritório que lida com fraudes financeiras.

no bar: as acusações e as suspeitas de Beth, as reações de Anna perante o nosso questionamento.

Ela não me respondeu se concordava ou não, só me dizendo que eu tinha bons instintos.

Finalmente eu havia voltado a me sentir proativa. Minha cabeça era uma máquina, relembrando e repassando as cenas e as conversas, fragmentos que passavam a fazer sentido. Eu havia acompanhado todas as operações de Anna de perto. As minhas memórias eram relevantes e eu queria ajudar. Contei tudo o que sabia.

— Alguma vez você considerou seguir carreira investigativa? — uma das assessoras me perguntou. Por incrível que pareça, eu tinha pensado nisso quando criança. Estava ainda na terceira série e morando em Knoxville, no Tennessee — eu admirava meu avô, que era na época um diretor assistente no FBI. Eu costumava dizer que queria ser uma agente quando crescesse. Não era bem assim que tinha imaginado, mas a oportunidade de realizar esse sonho infantil tinha aparecido.

A reunião durou por volta de duas horas. Por fim, eu me levantei para ir embora.

— Você gostaria de ter isso de volta? — McCaw me perguntou, apontando para minha pasta preta.

— Não. Eu acho que estava fazendo isso para vocês — respondi.

Eu me sentei em um banco no parque que ficava entre o prédio do escritório do Louis J. Lefkowitz[92] — o

---

[92] Advogado americano e ex-promotor-geral de Nova Iorque.

prédio que eu tinha acabado de sair — e a Suprema Corte de Nova Iorque. Liguei para minha tia Jennie, para Janine, para Nick — que havia deixado o país para meses de viagem (essa separação se provaria difícil mais tarde). Eu então me lembrei de um compromisso que tinha para aquela tarde com Kathryn. Nós duas iríamos ao hotel Lowel para uma visita à cobertura e para verificar a possibilidade de ter o espaço posteriormente como um local para sessões de fotos. Também tínhamos combinado de sair para beber com a equipe de relações públicas do hotel.

— Você está no clima para isso? — Kathryn me perguntou, e eu respondi que sim, uma vez que a companhia dela me fazia bem.

Enquanto caminhávamos pelo saguão do hotel cinco estrelas, eu mal percebi o que estava à minha volta. Eu estava ocupada demais presa em meus pensamentos. Lembro-me vagamente dos cheiros das flores. A cobertura era bacana, com certeza Anna iria amar — ou talvez fosse de um luxo muito clássico para ela, muito autêntico. Quando voltamos para o térreo, Kathryn e eu seguimos os publicitários até o bar do hotel. Eu fui a última a entrar e parei no meio do caminho quando vi a decoração: azul majorelle,[93] padrões geométricos, couro gravado e cadeiras baixas. O bar era inspirado no Marrocos. Seria irônico se a onda de memórias que passou por mim não fosse um gatilho. Eu havia apagado várias memórias de Marrakesh, especialmente as que se referiam a hotéis.

Sentindo-me um pouco tonta, fui direto ao banheiro, respirei fundo e joguei um pouco de água no rosto. Depois de alguns minutos, eu me juntei ao meu grupo na mesa bem no fundo do bar. Uma garçonete veio retirar os nossos pedidos.

---

93 Tom de azul-claro, intenso e fresco. Em 1924, o artista francês Jacques Majorelle construiu sua maior obra de arte com essa cor e que acabou levando o seu nome.

— O que vocês gostariam de pedir? — ela perguntou, primeiro para Kathryn.

— Hum, não sei. O que você recomenda? Qual é o drinque da casa?

— O Expresso Marrakesh.

Kathryn me deu um olhar que não deixava dúvidas, e eu respondi com um sorriso. Era uma escolha óbvia. — Nós vamos querer dois desse — Kathryn pediu.

Capítulo 15

O Outro Lado da Moeda

Depois da minha reunião com os promotores, eu fiquei presa dentro de minhas memórias. Eu andava pela cidade, do meu apartamento para o trabalho, mas via muito pouco ao meu redor. Eu estava ocupada peneirando cada detalhe e cena dos meus momentos com Anna. Por meses, eu fiquei obcecada por uma linha do tempo que começou em Marrakesh e terminou no Frying Pan. Agora, eu voltava até o início. *Eu conheci Anna no Happy Ending, um restaurante na Rua Broome.* Será que naquela época teve algum sinal de alerta? Como chegamos aqui?

Palavras e gestos, que uma vez pareceram triviais, de repente passaram a ter um novo significado. *Coisas, assim como o dinheiro, podem ser perdidas em um instante,* ela tinha me dito uma vez — era a isso que ela se referia? O quanto eu não sabia? O que aconteceu por trás das câmeras?

Um ano e meio de evidências na minha cabeça iam passando como um filme que ia e voltava do começo ao fim. Tinham camadas escondidas em cada cena. Eu passava pelas memórias em vez de dormir, como uma forma de lidar com o meu choque. O mistério tinha causado a minha angústia mental, mas, agora que eu sabia que Anna Delvey não era real, eu poderia começar a organizar uma nova forma de ação.

Primeiro, manter Anna no escuro. Apesar de eu estar finalmente esclarecida, não havia nenhuma vantagem em contar para ela que eu sabia de tudo. Melhor deixá-la acreditar que eu ainda estava dentro da caverna, observando sombras na parede.[94] Eu pensava: o que teria feiro se não tivesse encontrado a promotoria? Assumindo que Anna ainda estava sem celular, eu mandei uma mensagem pelo Facebook no dia 4 de agosto: *Anna. Eu realmente preciso ser reembolsada. Eu estou em grande apuro. Eu estou correndo o risco de perder meu emprego. Por favor, por favor. Eu não consigo acreditar nessa situação. Eu realmente confiei em você.* Ela não me respondeu.

Na manhã seguinte, eu liguei para a American Express. Ter que contar minha história para um desconhecido — principalmente quando eu de fato precisava dele — liberou uma série de emoções. Meu tom de voz, a princípio, era firme, direto ao ponto. Mas, enquanto descrevia os acontecimentos no La Mamounia, eu comecei a ficar nervosa. Finalmente, quando chegou o momento de explicar minhas tentativas de ser reembolsada, eu perdi totalmente a minha compostura. Contestei as cobranças do hotel: 16.770,45 no meu cartão corporativo e 36.010,09 no meu pessoal. Contestações arquivadas, a única coisa que me restava a fazer era esperar. E nisso eu já estava profissional.

O próximo passo era contar para os meus pais. Eu estava sozinha no meu apartamento quando peguei o telefone e percebi que não conseguia fazer a ligação. Eu pensei que seria mais fácil falar sobre a situação estando em um lugar aberto em vez de dentro de casa. O peso emocional era muito grande para um espaço tão contido e, além do mais, andar me ajudava a pensar. Perambulei pelas ruas de Lower Manhattan e reuni a coragem para ligar. Minha mãe atendeu o telefone.

— Você tem uns minutos para conversar? — perguntei .— Papai está por perto? — Meu pai estava em um evento de campanha, mas agora eu estava pronta

---

[94] Referência ao Mito da Caverna, de Platão.

para falar e não iria mais esperar. — Eu preciso contar uma coisa para vocês e não é coisa boa. Mas, antes de começar, eu preciso que você saiba que estou bem.

Eu comecei com a viagem para o Marrocos. A minha mãe prestava atenção em cada palavra. Ela sabia da viagem, mas esses detalhes eram novos. Ela me interrompia e eu não a culpava. Como ela poderia saber onde a história iria chegar? E qual *era* o desfecho?

— Espere — eu disse, praticamente um pedido impossível. — Qualquer coisa que você possa pensar, eu já perguntei, e qualquer coisa que você possa sugerir, eu já tentei. — Talvez estivesse sendo um pouco arrogante, mas eu já tinha ido tão longe. — Eu vou respondendo tudo na história — eu assegurei. E então fui contando, do começo ao fim: a salinha dos fundos na Villa Oasis, Jennie e Janine, os empréstimos do Nick, os advogados, a polícia, o nosso confronto e a verdade.

A linha ficou muda por uns minutos.

— Minha querida — a voz dela falhou. — Eu estou de coração partido por você ter passado por tudo isso sozinha, mas estou *tão* orgulhosa de você. — Eu não tinha energia para contar tudo mais uma vez, então pedi para que ela contasse ao meu pai. Algumas horas depois, eu recebi uma mensagem dele:

O seu pai te ama tanto, mais tanto.

Eu desabei a chorar.

Passei o primeiro final de semana de agosto na casa de Kathryn, em Bridgehampton,[95] e foi lá que co-

---

95 Bairro dos Hamptons, grupo de vilas de luxo localizado no estado de Nova Iorque.

mecei a escrever tudo. A quantidade de informação que eu tinha era avassaladora — eu não sabia que era possível lembrar de tanta coisa. Senti a necessidade de exorcizar todos os detalhes, de tirá-los de mim. Se eu não escrevesse cada um deles extensivamente, qualquer um que sobrasse poderia voltar para me assombrar ou nunca me abandonar. Eu precisava seguir em frente, e para isso eu precisava que a história morasse em outro lugar — não mais em mim — intacta. O processo acabou sendo incrivelmente catártico.

Os promotores não compartilhavam o conteúdo das suas investigações: eles pegaram todas as minhas informações sem me dar nada em troca. Eu sabia que fazia sentido de forma operacional, mas não sabia quais partes da minha história seriam relevantes. Então, só para garantir, eu passei para eles absolutamente tudo que considerava ser de interesse, de coisas óbvias a histórias rebuscadas. Afinal, se Anna Delvey era apenas um personagem, uma fachada para esconder operações, qualquer coisa era possível.

Eu não tinha mais muita esperança de recuperar o dinheiro, por que então eu ainda esperava? Na época, eu quase não me perguntei isso. O meu foco era limitado e, no processo de tentar tirar um sentido dentro de todo aquele caos, era gratificante me unir a uma operação muito maior que também estava comprometida com isso. Também era motivador ver como a minha experiência negativa estava sendo usada para algo bom. E, no fundo de tudo isso, eu enfrentava uma outra coisa: se Anna tivesse me escolhido para fazer isso, alguém que era amiga dela, o que mais ela era capaz de fazer? O que ela já havia feito? Eu precisava saber.

Passando pelas minhas memórias e todos os registros das nossas conversas, eu organizei as informações em e-mails para a promotoria. Eu fazia referências cruzadas entre as mensagens e fotos e a história. Criei uma linha do tempo de todas as atividades de Anna, listei o nome de todas as pessoas que ela havia mencionado: o seu advogado favorito, conhecidos do mundo de fundo de hedge, homens de negócio e colaboradores em potencial. Para cada um deles, incluí um link para informações adicionais e um resumo do seu relacionamento com Anna.

Juntamente com a linha do tempo e a lista de nomes, enviei a gravação de áudio que havia feito no Frying Pan. Também compartilhei todo o meu histórico de mensagens com Anna, desde fevereiro de 2017, quando ela tinha me passado o seu número novo. O PDF começava com a minha primeira mensagem: *Olá, nova Anna*, e a resposta dela: *Olá, estranha*.

Meus e-mails para a promotoria seguiam em partes aleatórias, eu enviava mais informações à medida que elas iam ressurgindo na minha cabeça. Imaginei que eles gostariam de seguir os gastos dela e então disse onde ela costumava gastar: a qual cabeleireiro ia, onde fazia as unhas e onde colocava os cílios postiços, todos os aplicativos que ela usava para alugar serviços, tanto os carros quanto as sessões de exercícios e de *spa*. Ela tinha interesse em moeda digital. *Eu acho que ela estava usando o esquema de pirâmide financeira*, eu disse.

Decidi bloquear Anna em todas as minhas redes sociais, mas antes eu passei por todas e tirei *print* de todas as postagens dela. Documentei o maior número de informações que consegui encontrar (nomes das pessoas que estavam com Anna nas fotos e onde elas tinham sido tiradas). Fiz uma lista dos usuários de cada conta dela para caso eles precisassem. Parecia importante saber onde ela já tinha estado: Nova Iorque, Berlim, Paris, Veneza, Miami, Dubrovnik, Los Angeles, São Francisco — tantas cidades ao redor do mundo. Eu desci até as primeiras fotos no seu perfil do Instagram: 27 de fevereiro de 2013, três anos antes de conhecê-la. A sua primeira foto era um tabuleiro de xadrez preto e branco com peças douradas e prateadas. O seu jogo tinha acabado de começar.

Quando não estava obtendo informações, eu passava meu tempo ou sozinha ou com Kathryn. Saí para conversar com Ashley uma vez durante aquela semana e a atualizei do que estava acontecendo — não tão detalhadamente e omitindo a investigação da promotoria. Sem titubear, ela me perguntou se não gostaria de ir morar com ela, para que eu pudesse colocar meu apartamento para alugar e conseguir economizar um pouco de dinheiro. Eu me senti completamente agradecida pela sua oferta, um ato de generosidade tão grande em um momento em que eu me sentia tão destruída.

Fundamentalmente abalada com tudo, eu me retraí, não tinha mais energia para ir atualizando todo mundo. Mesmo com tudo se desenrolando, ainda era uma história fascinante e sabia que era algo muito grande para ser contido. Era uma daquelas histórias que as pessoas não conseguiam guardar para si, precisando compartilhar para que elas próprias pudessem acreditar. Se eu soltasse, rapidamente viraria uma enorme fofoca. *Dá para acreditar?* As pessoas perguntariam umas para as outras. Eu sabia que havia várias pessoas em quem eu podia confiar, mas esse era um segredo que tinha o poder de fazer um buraco em tudo o que encostava. Quanto menos pessoas soubessem, menos eu teria que me preocupar; e com tudo o que vinha me causando estresse ultimamente, a decisão de guardar para mim não foi muito difícil.

O trabalho era uma boa distração — eu precisava mantê-lo. Na segunda-feira seguinte, eu estava no escritório como de costume. Eu estava ocupada organizando uma pequena sessão de fotos do Jeff Goldblum,[96] tentando encontrar alguém para fotografar a mesa da Cecile Richards[97] para uma capa e finalizando o menu

---

96   Ator americano famoso por interpretar Dr. Ian Malcon na trilogia original de Jurassic Park.
97   Ativista americana, presidente da Federação de Paternidade Planejada da América.

para o Summer Fling,[98] o jantar anual do departamento de fotografia, que seria no Cecconi,[99] no Brooklyn.

Foi aí que me lembrei que Anna ainda não tinha me respondido no Facebook e que o natural a se fazer seria mandar uma nova mensagem. A melhor opção era manter a comunicação aberta, afinal, o que eu tinha a perder? Enviei uma nova mensagem pelo Facebook, como se fosse parte da minha rotina. *Quer dizer que é para eu desistir então? Será que você poderia entrar em contato com a sua família? Anna?*

Eu não tinha certeza do que estava esperando, mas a resposta dela, trinta minutos depois, me chocou. *Você já passou por todos os meus contatos ou ainda não?*

Eu senti meu coração na boca. O que ela queria dizer com *contatos*? Ela estava perguntando se eu tinha falado com os amigos dela ou conhecidos? Talvez ela estivesse se referindo a Tommy, já que eu o havia mencionado naquela última conversa pessoalmente. Caso contrário, de quem ela estava falando? Será que alguém estava agindo como agente duplo? Falando comigo e com Anna? Eu havia mandado a lista de nomes — *contatos?* — para a promotoria no dia anterior, mas como ela poderia saber disso? Não era possível que ela tivesse *hackeado* meu celular ou meu laptop, era?

Eu desconectei meu laptop da internet e passei o resto do dia nervosa olhando sobre o meu ombro. A mensagem dela havia me desestruturado.

Anna apareceu novamente na terça-feira. Eu estava à minha mesa quando meu celular vibrou e o nome Anna Delvey apareceu na tela.

Voltei para esse número, Anna mandou. Ela tinha conseguido recuperar o seu telefone ou estava usando

---

98 Em português: Romance de Verão.
99 Restaurante italiano.

um computador? Eu não respondi. Uma hora depois, meu celular vibrou de novo, dessa vez era uma ligação dela. Eu o observava tocando como se ele estivesse possuído.

Na minha cabeça, Anna havia se tornado uma força externa, não mais uma jovem, ela era mais um espectro do que uma pessoa. E se estivéssemos em um filme de terror, ela seria o espírito do mal que aparecia no meu quarto.

Quando eu não atendi a ligação, ela mandou outra mensagem. *Me retorne ou me avise a que horas nós podemos te ligar de volta para resolver o tópico em aberto.*

Nós? Nós quem? "Tópico em aberto" era o reembolso? Por que ela estava sendo tão enigmática? A forma como eu a enxergava havia mudado completamente. Todo e qualquer traço da minha amiga não existia mais. Para me garantir, eu baixei um aplicativo que permitia gravar ligações e considerei bem minhas palavras, e só retornei a ligação dela quando me senti calma o suficiente.

Seja o que Deus quiser, pensei naquela tarde, quando finalmente lhe respondi. *Você tem todas as minhas informações há quase três meses. A minha vida está de ponta-cabeça por sua causa. Quando eu vou ver o dinheiro na minha conta?*

Ela respondeu no minuto seguinte: *Parece que você está deturpando a situação e a forma como estou lidando com ela para muitas pessoas.*

Meu coração acelerou tanto que achei que passaria mal. O poder de Anna era a sua agressividade. Ao tomar a ofensiva, ela me fez questionar a minha própria força. Ao insinuar que eu estava em menor número — será que realmente ela estava falando com muitas pessoas? —, ela me fez sentir sozinha. A tentativa dela era perfeitamente perturbadora. Apesar do meu medo ter se manifestado fisicamente, eu conseguia ver claramente as táticas de manipulação dela e entender qual era o seu objetivo.

Dessa vez, eu assumi o controle da conversa: *A situação é clara. Não tem nada para deturpar. Você me deve muito dinheiro. Essa dívida tem arruinado minha vida pelos últimos três meses. Se acha que eu não estou magoada, você está errada. Aliás, você ainda não respondeu minha pergunta. Eu não tenho mais nada para discutir.*

Por um tempo, nossa comunicação parou ali. Nenhuma de nós tinha mais nada para acrescentar. Eu confiava que as assessoras da promotoria iriam fazer o trabalho delas e, como uma forma de me sentir produtiva, eu continuei a escrever. Uma vez ou outra, eu recebia ligações de um número desconhecido, mas nunca atendia. Supunha que fosse Anna. Já que ela parecia estar sozinha e desesperada, eu imaginava que ela iria espiralar.

A ideia de ela se vingar me assustava. Eu acompanhava os seus passos pelas redes sociais como uma forma de me sentir segura.

Por todo o tempo que a conheci, Anna sempre se mostrara obcecada por conhecer os lugares do momento, mas percebi que, se ainda visitava esses lugares, ela raramente postava, pelo menos não imediatamente. Isso dificultava o meu trabalho de saber onde ela estava. Mas, mesmo assim, a falta de localização em suas publicações não me impediu de notar um certo estado de espírito.

Te drenar, era a legenda da foto dela do Instagram no dia 10 de agosto. A foto mostrava uma mulher debaixo d'água. Não dava para ver o rosto de Anna, mas o vestido preto e o jeito como as pernas estavam dobradas, era claro que era ela. Mesmo que Anna não tivesse marcado a localização, sabia que era de Marrakesh, eu lembrava dessa foto. Jesse a havia tirado na nossa piscina privativa no La Mamounia. Era uma indireta para mim? Eu salvei a foto e mandei para a promotoria, mesmo que servisse só para mostrar a insensibilidade dela.

Naquele mesmo dia, ela postou mais uma foto: o seu rosto estava bem próximo da câmera e a sua expressão era de vulnerabilidade. Ela imitava uma boneca, com o rosto redondo e características femininas, mas exibia uma expressão vaga no olhar.. Além da foto, ela também atualizou a descrição da conta, que agora trazia: "Que comam brioche". Assim como a sua tatuagem, era uma homenagem ao ídolo dela, Maria Antonieta.

Eu a segui no Spotify, para ver o que ela estava escutando. Saber que ela estava on-line e ouvindo música me deixava agitada. O que ela estava fazendo? Mesmo assim me convenci que era uma informação que poderia ser útil.

Ela ouvia uma mesma música repetidamente: *Drain You* do Nirvana — o título era o mesmo da legenda da foto da piscina —, cuja letra falava de um relacionamento tóxico. Era muito perfeito. O quanto disso era proposital? As ações dela me pareciam predatórias e cada vez mais enlouquecidas. Mesmo que eu estivesse profundamente desconcertada, eu não conseguia parar de ver.

Obcecada por mais informações, eu fui ver as fotos em que ela havia sido marcada por outras pessoas. Foi assim que encontrei o perfil de Hunter, o ex-namorado dela, e dei uma olhada em sua conta também. Ela aparecia em pouquíssimas fotos dele, mas, na minha cabeça, outras coisas pareciam ser relevantes. Por exemplo, a publicação do ano-novo de 2014 na Soho House de Berlim era uma imagem de palavras digitadas em tiras de papel:

Aproveite

as coisas pequenas

da vida...

pois um dia

você vai olhar para trás

e

perceber

que elas eram

as coisas grandes.

Era uma banalidade ou um aviso?

 Julgando pelas postagens dele, Hunter também havia se hospedado no La Mamounia; ele compartilhou fotos do hotel em junho de 2015 e abril 2016. Evidentemente, os dois tinham gostos parecidos quando o assunto era viagem, arte, arquitetura e design. Eu desci até as primeiras fotos e dessa vez não foi um tabuleiro de xadrez que chamou minha atenção — mas tinha alguns tabuleiros entre as suas fotos também. Dessa vez, foi uma foto de um dos quadros de René Magritte: O Vermelho Modelo, que havia sido postado em 21 de março de 2011 e que não tinha nenhuma legenda. A obra era uma pintura surrealista de um par de botas com cadarços desamarrados que terminavam em dedos do pé. Era uma ótima representação de como eu enxergava Anna. A sua forma humana era apenas um envoltório: presa dentro de seus confinamentos, ela usava o seu corpo como uma fantasia para a sua força vital maquiavélica.

 Não importava o quão repulsivos e arrebatadores eram Anna e seu mundo, tinha mais um problema que eu precisava resolver: a situação com a American Express. Contestar as cobranças foi apenas o primeiro passo. Eu ainda estava ignorando chamadas de números desconhecidos e acabei não atendendo uma ligação deles certo dia, só descobrindo quando ouvi minha caixa postal e soube que eles precisavam de mais informações referentes à minha contestação do cartão pessoal.

Como havia aberto reclamações em cartões diferentes, eu tinha dois números de protocolo e eles estavam sendo processados separadamente. Após uma rodada de desencontros por telefone, eu consegui falar com um atendente que tinha algumas perguntas. O meu cartão havia sido roubado? Não. Perdido? Também não. Eu estava pessoalmente no hotel? Sim.

Como eu poderia encaixar a minha história em perguntas de sim ou não? O drama todo pedia uma explicação longa e detalhada e foi o que fiz. Assim como da primeira vez, quando fiz a contestação, eu comecei calma e fui ficando nervosa à medida que falava.

Vendo o atendente como um ser humano, ele me havia parecido compreensível e simpático com o meu problema, realmente disposto a ajudar. Porém, quando falávamos em questões de políticas de crédito, ele parecia obrigado a ticar itens em uma lista. De acordo com a política da American Express, o termo fraudulento só poderia ser usado em casos de roubo ou perda de cartão. Com eles era tudo preto no branco, mas minha história era completamente cinzenta. Embora isso não significasse que a minha reclamação havia sido negada, significava que eu tinha entrado em contato com a equipe errada.

A equipe de fraude iria redirecionar o meu caso para a equipe de serviço ao consumidor, que, por sua vez, iria entrar em contato com o La Mamounia e então me retornar. Em resumo, mais espera. A ameaça de mais um valor sem ser pago me deixava em constante pavor. Eu continuei a seguir os passos de Anna.

Capítulo 16

Eclipse

No domingo seguinte, 20 de agosto, eu aluguei um carro e fui com minha vó Marilyn e com Noah até a casa dos meus tios em Cape Cod[100] de férias. Minha irmã e o namorado iriam de balsa e nos encontrariam na segunda-feira. Nenhum deles sabia da minha situação com Anna e eu não tinha intenção nenhuma de contar. A razão fundamental para a minha decisão era que eu não queria me tornar o assunto principal durante a nossa visita. Se eu contasse, eles fariam muitas perguntas, e eu não tinha mais condições de responder pacientemente — todo o estresse havia me deixado frágil e suscetível a cair em irritação e lágrimas. No caso de eles não fazerem nenhuma pergunta, eu me sentiria irritada, pois com certeza eles me tratariam como se eu fosse de vidro. Não, não iria contar nada. Eu estava cansada e mal-humorada demais. Eu só queria que as coisas ficassem normais. Eu precisava de uma folga.

Em nossa primeira noite no Cabo, Noah decidiu que iria dormir em uma rede na varanda dos fundos. Minha avó dormiu no andar de cima e eu fiquei sozinha no térreo. Deitada na cama e sem sono, entrei na minha conta da American Express pelo celular. Verifiquei a minha conta pessoal primeiro e depois a corporativa. Então eu vi algo que fez meu coração virar pedra: COBRANÇA VÁLIDA — CRÉDITO ANTERIOR REVERTIDO U$ 16.770,45.

---

[100] Península em forma de gancho no estado de Massachusetts, nos Estados Unidos.

Já era meia-noite e quinze, mas eu estava completamente sem sono. Afastei as cobertas e me levantei da cama. Andando de um lado para o outro no escuro, eu liguei para a American Express. Não conseguia esperar até de manhã. Eu falei com um atendente e, entre lágrimas, contei mais uma vez a minha história. Ele reabriu o meu caso. Quando desliguei, eu olhei na varanda para verificar se Noah ainda estava dormindo. A janela estava aberta, mas os seus olhos estavam fechados, e me perguntei se ele tinha ouvido alguma coisa.

Na manhã seguinte, minha irmã e meu cunhado chegaram e, por volta das duas e meia, nós todos fomos para o lado de fora observar o eclipse. Visto de cima, o Cape Cod tem formato de um braço flexionando o bíceps. Entre Provincetown, o "punho", e Chatham, o "cotovelo", bem no meio era a cidade de Wellfleet, onde meus tios moravam. Nós estávamos reunidos no deck de madeira, apoiado contra um penhasco que tinha vista para pântanos salgados e para a baía.

Era uma ótima distração para mim. Nós não tínhamos os óculos especiais que nos permitiam olhar direto para o sol, então vó Marilyn nos mostrou um truque usando duas folhas de papel. Ela fez um furo de alfinete em uma das folhas e segurou na frente da outra, para que a luz passasse pelo furo e iluminasse a superfície da folha do outro lado. À medida que a lua ia passando na frente do sol, a sombra eclipsava o círculo de luz da folha. Visualmente, o efeito não era lá aquelas coisas, mas era encantador observar a satisfação de nossa avó por explicar e usar aquilo. O eclipse foi uma experiência que nos aproximou, como ensinar a soltar pipa pela primeira vez. Por alguns minutos, o dia ficou escuro e nós nos lembramos de quão pequenos éramos em meio ao universo.

Na terça-feira, eu recebi um e-mail da promotoria. Sem passar nenhum detalhe, eles me informaram que a investigação contra Anna estava em andamento. Fui apresentada ao agente Michael McCaffrey, que estava trabalhando com McCaw e tinha sido copiado no e-mail. Alguns minutos mais tarde, ele me mandou um e-mail. Me chamando de "senhora", ele informou o seu número telefônico e me disse que eu poderia entrar em contato sempre que desejasse. A sua identificação no final do e-mail mostrava que ele era um agente da polícia do Distrito Policial de Nova Iorque na área de Crimes Financeiros. Apesar de já ter passado das seis da tarde, liguei para ele imediatamente. À procura de um pouco de privacidade, eu me sentei no telhado do deck a princípio, mas depois acabei descendo e fiquei andando em círculos pelo jardim. Compartilhei tudo o que sabia e, ocasionalmente, ele me fazia perguntas.

Após a ligação, eu enviei o arquivo digital da Operação Clareza, com as minhas anotações de como eu havia conhecido Anna e o começo da nossa "amizade". Em seguida encaminhei alguns vídeos relevantes por mensagem. Era tranquilizador ter uma linha direta de comunicação com alguém que eu associava a segurança. Contei para McCaffrey que eu estava disponível e agradecida por continuar envolvida na medida do possível na investigação. Na minha cabeça, era apenas uma questão de tempo até que Anna fosse presa.

A volta para Nova Iorque foi desestabilizadora, o que não foi nenhuma surpresa. Por pura necessidade, eu tinha criado uma armadura emocional que me permitia funcionar mesmo no meio de tanto estresse. Eu só me dei conta dessa armadura quando voltei de Cape Cod, descansada, porém vazia, e vi que sentia falta dela.

Nós voltamos no domingo à noite. Eu comecei a segunda-feira como de costume: checando as redes sociais de Anna para ver se tinha alguma novidade, já que seu perfil estava parado havia duas semanas. Meu coração deu um salto quando vi duas novas publicações nos *stories*. A primeira havia sido postada onze horas antes e era uma foto de folhas de bananeira e, no fundo, um telhado de telhas vermelhas. Anna não estava na cidade. A foto era muito tropical, tinha muito sol e verde para ser Nova Iorque.

A segunda era de dez horas antes: listras grossas vermelhas e brancas. Uma cadeira de praia? Uma parede pintada? No canto direito da imagem eu reconheci o pé de Anna e um pedaço de sua panturrilha. As as unhas dos pés estavam pintadas de vermelho-sangue e ela estava com sandálias que eu não reconhecia: era uma rasteirinha com uma tira de conchas marinhas que passava pelos dedos e ia até o seu tornozelo. Faltava uma semana para Anna ir à corte por suas três acusações de má conduta e eu tinha certeza de que ela estava na Costa Oeste. Salvei as imagens e as enviei para o agente McCaffrey, e, para ter certeza de que todo mundo tinha visto, eu mandei para a promotoria também.

Só de ver as fotos de Anna, eu já me senti abalada, mas o que realmente me derrubou foi a notícia da American Express logo em seguida. Eu vi o e-mail com o título: "Uma mensagem importante está disponível no Centro de Mensagens da American Express". Entrei na minha conta imediatamente. A mensagem era referente ao meu cartão pessoal: "Durante nossa investigação, nós entramos em contato com o hotel e fizemos o requerimento para que eles providenciassem uma explicação ou um crédito referente à cobrança. Em resposta, eles nos providenciaram uma cópia da sua assinatura autorizando a cobrança e todos os itens em lista que totalizam o valor de U$ 36.010,09 que estava sob consulta. Portanto, o valor completo foi reaplicado a sua conta e virá na próxima cobrança".

Puro terror. Eles haviam anexado a "pré-autorização" que eu tinha assinado quando os funcionários do La Mamounia me disseram que era apenas uma medida temporária. Liguei para a American Express novamente enquanto caminhava em direção ao meu trabalho. Mais uma vez eu falei com uma série de atendentes, e mais uma vez eu desmoronei. Quando cheguei ao Battery Park City,[101] eu estava hiperventilando. Parei perto de um lago de lírios no Rockefeller Park e tentei recuperar meu ar enquanto observava peixinhos dourados. O pessoal da American Express ouviu a minha história mais uma vez e concordou em reavaliar o meu caso. Eles eram compreensivos e atenciosos, o único problema era que o seu serviço era uma caixa quadrada e a minha história era um círculo.

Naquela noite, quando já estava na minha cama, eu terminei o dia da mesma forma que o havia começado: olhando as redes sociais de Anna. Ela continuava a postar no Instagram. Uma hora antes de eu entrar, Anna tinha postado uma foto sugestiva das suas pernas nuas, estendidas e cruzadas, enquanto ela estava deitada em um sofá, com apenas um tecido preto em torno de suas coxas. Eu tentei identificar onde Anna estava pelos detalhes: o estilo do sofá, da lâmpada, as cores na cortina.

Enquanto eu ainda mexia no celular, Anna postou mais uma foto. Dessa vez era uma foto do reflexo dela em um espelho de corpo inteiro. Ela estava apoiada contra a porta, vestindo apenas um collant preto com mangas compridas, as pernas novamente à mostra. Ela tinha cortado a foto para que não parecesse centralizada e o flash da câmera escurecia a maior parte do seu rosto, apenas o seu olho direito era visível.

Só de saber que nós duas estávamos on-line ao mesmo tempo me fazia sentir exposta, como se de alguma forma estivéssemos conectadas e ela soubesse que eu a estava observando. Mas, da mesma forma, eu sentia como se estivesse no meu direito de saber tudo o que estava acontecendo com ela: onde ela estava, o que estava fazendo e com quem estava.

Como de costume, enviei as imagens para a promotoria. Qualquer nova informação que eu tinha —

---

101 Um bairro predominantemente residencial com arranha-céus de alto padrão localizado ao longo do rio Hudson.

mesmo que fossem publicações no Instagram — carregava uma certa energia. Eu tentava interpretá-las de qualquer forma e, quando passava adiante, eu fazia a minha parte em mantê-los informados.

˜˜˜

Terça-feira, 29 de agosto, foi um dia chuvoso em Manhattan. Faltava exatamente uma semana para o feriado do Dia do Trabalho, que indicava o final do verão. Pelo menos, era um dia calmo no escritório, e eu dei uma saída às duas da tarde para ir a uma reunião com a promotoria.

Anna era o alvo da investigação do júri. Em preparação para a audição, McCaw, que seria a promotora do caso, queria fazer algumas perguntas pessoalmente. Ela havia me pedido para que eu levasse alguns itens, principalmente a lista dos valores do hotel em Marrakesh. Eu fui preparada.

A reunião foi curta. Eu respondi as perguntas e deixei meus documentos com ela para serem revisados. A promotora ainda estava decidindo se eu iria dar testemunho ou não — se desse, seria já na tarde seguinte. Ela me avisaria no máximo até amanhã de manhã. Isso resolvido, eu fui para casa esperar por atualizações.

Mais tarde naquele dia, quando estava organizando os papéis que guardei da viagem ao Marrocos, eu encontrei a bolsinha onde tinha guardado todas as notas fiscais. Entre os papéis, uma passagem de avião. Era o voo do dia em que Anna tornou a fazer parte da minha vida: no dia 18 de fevereiro, Anna Sorokin havia voado de classe executiva pela companhia Air Berlin de Dusseldorf para o JFK. Dusseldorf e Colônia ficavam a quarenta e cinco minutos de carro uma da outra. Eu não sabia bem o que essa informação significava, mas ver essa passagem logo naquele dia, entre todos os outros, foi como ter um ciclo se fechando.

Como de costume, eu passei a informação para a promotoria. Em um e-mail separado, quatro minutos depois, eles me informaram que gostariam que eu fosse testemunhar.

Quando fui fazer minha vistoria diária das mídias sociais de Anna, eu vi que ela havia feito várias postagens. Um monte de novas fotos estava na página inicial do seu Instagram. As três primeiras eram todas do mesmo cenário: palmeiras e um céu azul. Em seguida tinha a bananeira e o telhado vermelho novamente. A outra foto foi a que chamou a minha atenção: *Nature morte*, lia-se na legenda, e a imagem era do pé dela ao lado de uma tigela de ameixas, assim como uma coleção de itens em uma mesinha de café em madeira. Do outro lado dos seus dedões, havia uma vela acesa e, bem ao lado da vela, havia uma borla verde em tom verde floresta com uma capa em latão. Eu reconhecia aquilo.

Rapidamente fiz uma busca na internet, só para ter certeza: chave de quarto do hotel Chateau Marmont.[102]

Era isso. Eu conhecia a chave pelas minhas visitas lá para sessões de fotos. A vela também era marca registrada do hotel, em tom mel-âmbar com vidro fosco. As outras fotos de Anna começaram a fazer sentido depois disso. A lâmpada e as cortinas eram do jardim do hotel, as listras vermelhas e brancas, de uma parede ao lado da piscina. Eu não tinha como saber se ela estava lá ainda, mas todas as fotos haviam sido tiradas em Los Angeles.

Cheguei ao escritório da promotoria no dia seguinte ao meio-dia para me preparar para o meu testemunho. Subi ao sexto andar e me sentei em um banco para

---

[102] Lendário hotel na Sunset Boulevard de Los Angeles, projetado para evocar a vibração de um castelo francês.

esperar por McCaw. Havia outras pessoas esperando. Cada uma usava um adesivo de visitante como o meu. Apesar de não o conhecer, eu reconheci o nome do homem sentado ao meu lado, era um dos nomes que eu tinha passado para a promotoria.

Era possível que a promotoria o tivesse encontrado sem a minha ajuda, mas eu não tinha como ter certeza. A minha intenção era ser útil para a investigação da promotoria, mas como não tinha resposta das coisas que eu mandava, não sabia se realmente estava ajudando. Vê-lo ali me deu uma sensação de que estava fazendo algo certo. Todos os meus esforços estavam sendo recompensados.

Após um pequeno intervalo para o almoço, eu e as outras testemunhas seguimos o promotor até uma sala. Parecia uma mistura de *Como enlouquecer seu chefe* e *Law & Order*. A sala estava alinhada com fileiras de bancos de igreja danificados e reaproveitados, voltados para uma parede parcial, na qual estavam penduradas duas fotografias: uma da linha do horizonte de Manhattan à noite, com todos os prédios e duas colunas iluminadas que representavam as Torres Gêmeas, em memória aos ataques do 11 de setembro. A outra foto era do memorial das Torres Gêmeas. Acima das fotografias, viam-se duas plantas penduradas, uma um pouco torta e uma que ia descendo no meio das imagens. Eram as únicas coisas que tinha para olhar dentro daquele espaço.

Procedimentos de grande júri são feitos de forma privada — sem juiz, sem Anna, nenhum conselho de defesa, apenas um júri, o promotor — nesse caso era McCaw —, um repórter do tribunal e uma testemunha por vez. Não tínhamos nenhuma informação do tempo ou da ordem em que iríamos testemunhar. De tempos em tempos, McCaw aparecia e chamava um nome. Nós ficamos por horas sentados em silêncio, até que resolvi quebrá-lo. Sem divulgar o que havíamos testemunhado, nós falamos da única coisa que tínhamos em comum: Anna.

Eu fui uma das últimas a testemunhar. Quando chegou a minha vez, eu desajeitadamente coloquei a minha bolsa no chão, apoiada contra a parede, antes de me virar para a sala cheia de jurados, mais de vinte pessoas sentadas em curva, uma disposição que me lembrava das aulas de seminário na faculdade. Havia uma mesa pequena na frente na sala, onde eu iria me sentar. O repórter do tribunal sentou-se ao meu lado esquerdo e McCaw ficou de pé em um pódio à minha direita, ao lado de um projetor. A juíza presidente, uma mulher por volta da minha idade, sentou-se bem ao centro, na última fileira de assentos, e iniciou a sessão:

— Você jura dizer a verdade, somente a verdade e nada além da verdade?

Eu respondi que sim.

McCaw começou o questionamento. — Boa tarde, você poderia falar o seu nome e o distrito de residência para os registros?

— Rachel DeLoache Williams, distrito de Nova Iorque.

— Você conhece a pessoa de nome Anna Delvey?

— Sim.

— Como você a conhece?

— Ela era minha amiga.

Eu retornei ao banco de igreja após meu testemunho, o qual havia demorado mais do que todos os outros. Duas outras testemunhas ainda estavam presentes, aguardando para ser formalmente adiadas. Eu lhes dirigi um olhar simpático, tentando transmitir minhas desculpas, afinal eles ficaram esperando por minha causa. McCaw nos avisou que aquele era o último dia de interrogatório, então ficamos do lado de fora esperando pelos resultados dos votos. Quando terminaram, eles saíram na nossa frente. Foi um pouco decepcionante ter ficado esperando, uma vez que eles não nos informaram do veredito. Se eles votaram para indiciá-la, um mandado de prisão seria enviado, e só depois que Anna fosse acusada o resultado seria divulgado — e então eu saberia o escopo completo das acusações contra ela.

Caso os jurados decidissem não indiciar, eu não sabia muito bem o que aconteceria a seguir.

No último dia de agosto, um dia depois de eu ter ido ao tribunal, reservei uma passagem para o Tennessee para aquela mesma tarde. Eu havia escolhido retornar na manhã do dia 6 de setembro, um dia após a data marcada para Anna ir ao tribunal criminal para depor contra as acusações de contravenção. Eu estava esgotada e sentia que a viagem seria não só relaxante, mas também ajudaria a acalmar meus pais. Apesar de estarem se esforçando para não me sufocar, ambos mantinham contato constante comigo para expressar a sua preocupação e o seu apoio.

Antes de pegar o voo, eu recebi uma mensagem da American Express pedindo para que eu escrevesse uma carta descrevendo os eventos referentes ao meu pedido. Eu decidi escrever apenas em Knoxville.

Após o trabalho, eu passei no meu apartamento para fazer a mala. Nick estava viajando desde a primeira semana de agosto e, como havia decidido viajar de última hora, não tinha ninguém para cuidar da minha gata, então resolvi levá-la comigo. Eu e Boo pousamos em Knoxville um pouco antes da meia-noite.

O final de semana passou sem nenhum incidente. Consegui dormir tudo o que não havia dormido na semana, assisti filmes e apenas descansei. Eu estava feliz por ver meus pais, mas mesmo assim me sentia um pouco mal-humorada e emotiva. Felizmente, eles entenderam. Tirando os primeiros momentos em que expliquei toda a situação pessoalmente, foi um final de semana livre de Anna. O agente McCaffrey me contatou na segunda-feira, durante o feriado do Dia do Trabalho. Ele precisava de alguns detalhes para o seu relatório e queria saber se Anna estava de volta a Nova Iorque. Como ela não havia postado mais nada além das suas últimas fotos em Los Angeles, eu não tinha certeza.

A terça-feira seguinte seria 5 de setembro, a data da audiência de Anna no tribunal. Durante a minha checagem rotineira das suas mídias sociais, eu vi que ela havia compartilhado três novas fotos no Facebook. Não tinha localização em nenhuma delas, eram apenas três fotos do seu rosto: fazendo bico e olhos sem expressão. No fundo de uma das fotos eu podia ver um guarda-chuva branco, como os da piscina do Chateau Marmont. Eu não tinha como saber quando aquela foto havia sido postada, mas avisei o agente McCaffrey da mesma forma.

Ele me respondeu: *Você disse que ela não tinha intenção de perder a data da audiência, certo?*

Sim, eu respondi, porque foi isso que Anna havia dito no Frying Pan. Se perdesse a data da sua audiência, ela receava que, quando saísse dos Estados Unidos, nunca teria permissão para retornar. O nome do crime de que ela estava sendo acusada ficou na minha cabeça: Mau comportamento. *Mau comportamento. Mau*, significando o oposto de bom, a falta de algo; *Comportamento*, que significa o ato ou efeito de comportar-se, procedimentos de uma pessoa em frente a estímulos sociais, necessidades e sentimentos. Era a perfeita definição de Anna. Adicionei na mensagem: *Mas eu já ouvi tanta mentira dela que não sei mais se acredito.*

Teoricamente, ela responderia suas mensagens ou ligações caso você entrasse em contato?

Uma pergunta um pouco sinistra, mas respondi que provavelmente sim.

Capítulo 17

Mudança

Quando meu celular tocou, eu fui até a varanda dos fundos da casa dos meus pais para atender a ligação. A promotora McCaw e o agente McCaffrey estavam na linha.

— Ela não apareceu — McCaw disse.

Eu deveria ter imaginado. Quando duas opções estavam diante dela, Anna sempre escolhia a mais dramática. Eu observava as árvores atrás da rede contra insetos que tinha na varanda, vendo as folhas balançarem. Setembro era uma época de mudanças.

— Se você mandasse uma mensagem para Anna, você acha que ela responderia? — McCaw perguntou.

Senti meu coração se apertar enquanto eu considerava a possibilidade.

— Sim — respondi, dando a mesma resposta que havia dado a McCaffrey.

Depois que desliguei o telefone, tentei me convencer de que não seria difícil retomar contato. Seria apenas mais um tiro no escuro. O que de pior poderia acontecer? Silêncio?

Era a primeira mensagem que eu enviava para ela em quase um mês. O tom que usei foi o mesmo de todas as nossas últimas mensagens, mas agora o foco era outro, assim como a sensação de quem estava no controle. Meu objetivo era restabelecer contato e descobrir onde ela estava. Enviei uma mensagem por volta das duas e meia: *Oi, Anna. Eu estava pensando em você hoje, porque lembrei que você tinha o seu compromisso no tribunal. Como foi? Fiquei pensando em tudo e o que posso te dizer é que você deve ter se metido em uma situação que eu não entendo bem. Eu não consigo imaginar que você tinha a intenção de fazer com que as coisas chegassem a esse ponto. De alguma forma, parece que você se meteu em problemas. Lamento que você não sentiu que podia confiar em mim e me contar a história completa, e sinto muito que você esteja nessa confusão, seja lá como ela começou.*

Eu fui sincera em minhas palavras.

Caso o agente McCaffrey tivesse alguma opinião sobre o que eu mandei, resolvi tirar um *print* e enviar para ele. Ele aprovou. Quando Anna não me respondeu, eu mandei novas mensagens ao longo do dia com perguntas gentis que não entregavam as minhas verdadeiras intenções. Eu sabia que não daria em nada pressioná-la.

Anna ignorou. A notícia do seu não comparecimento foi compartilhada no *New York Post*: "Socialite de Mentirinha não comparece ao tribunal, agora enfrenta prisão". Ou seja, era de conhecimento público que ela era procurada pela polícia. Acredito que ela também sabia.

Quando voltei para Nova Iorque na manhã seguinte, eu mandei apenas um ponto de interrogação. O silêncio dela se estendeu até às cinco da tarde.

Eu estou no hospital desde segunda, ela me respondeu. *O sinal aqui é péssimo.*

Eu respondi imediatamente com uma série de perguntas. *O quê??? Você está bem? Está em NYC? O que aconteceu? Quer que eu vá te ver? Eu lembro que você tinha comentado que não estava se sentindo bem.*

Mas aquela foi a sua única mensagem no dia. Hospital? Eu pensei no quanto ela bebia, nos seus impulsos suicidas e me preocupei.

Encaminhei tudo para McCaffrey, como de costume. Ele foi receptivo, mas quis garantir que eu não estava me colocando no meu limite psicologicamente, já que eu era a vítima do caso. Eu lhe assegurei que esse tipo de contato não estava fora do que eu estaria fazendo se ainda não soubesse a verdade sobre Anna. Sim, eu estava nervosa, mas ainda estava dentro da minha zona de conforto. E, além do mais, se eu não fizesse isso, quem mais faria?

McCaffrey e eu fizemos planos para nos encontrarmos mais para o meio da semana, para reexaminar as informações e ver se tínhamos deixado algo escapar.

Quando acordei na manhã seguinte, eu vi a nova mensagem de Anna:

Estou na Califórnia.

Genérico. Califórnia era um estado grande. Mesmo assim era um progresso. Eu mandei *print* da mensagem para McCaffrey. Ele sugeriu que eu pedisse um endereço para que pudesse mandar flores, mas eu sabia que Anna iria perceber caso eu fosse muito direta. Em vez disso, eu me lembrei o quanto ela queria visitar a instalação *Mirage* em Palm Springs, e resolvi escolher este caminho:

Você já saiu do hospital? Está tudo bem agora? Você conseguiu ir ver a casa de vidro que queria?

Depois dessa mensagem, eu esperei.

Ao meio-dia, a equipe da *Vanity Fair* recebeu um e-mail esquisito pedindo para todos se reunirem ao lado de fora da Sala de Planejamento. O espaço era muito pequeno para todos nós e acabamos lotando o corredor. Após alguns minutos, nosso editor chefe Graydon Carter apareceu e anunciou que, após vinte e cinco anos de serviço para a revista, ele estaria se aposentando no final do ano. Todos ficaram chocados e chateados com a notícia. Era como se alguém tivesse falecido — não Graydon, mas a *Vanity Fair* da forma que conhecíamos. Nós todos sabíamos que isso ia acontecer um dia, mas não foi o suficiente para aliviar o impacto.

Meu mundo já estava tão de ponta-cabeça que mais mudanças pareciam inevitáveis. É por isso que existiam clichês e que desgraças nunca andavam sozinhas.

Quando voltei para a minha mesa, eu mandei outra mensagem para Anna: *Você precisa de alguma coisa? Onde você está e o que aconteceu? Você ainda está no hospital? Eu estou preocupada!!* Enquanto esperava ela me responder, eu confirmei o horário com McCaffrey para o nosso encontro no dia seguinte.

Anna só foi me responder no final da tarde, quando eu já estava saindo do escritório.

Estou aqui ainda, ela disse.

Eu tinha acabado de mandar o *print* para McCaffrey quando sua segunda mensagem chegou: *Por que você não fica longe de mim já que sou tóxica, como você vem falando para os outros fazerem?*

Com quem ela tinha falado? *Tóxica.* Eu usei o termo várias vezes para me referir a Anna. Onde ela tinha ouvido isso? Eu suspirei e demos início a mais uma partida de jiu-jítsu psicológico.

Eu respondi cinco minutos depois: *Anna, eu tenho estado COMPLETAMENTE surtada. Você não pode me culpar por tentar entender o que está acontecendo. A quantidade de dinheiro que estou devendo é IMENSA para mim. Eu estou muito chateada e aí você ficou muda.*

Por que eu deveria ficar na defensiva? Eu mandei outra mensagem dois minutos depois:

Eu não consigo acreditar que você acha normal VOCÊ ficar brava comigo nessa situação. Sou eu que estou preocupada tentando saber como você está mesmo com você me devendo quase setenta mil dólares.

Quase quinze minutos se passaram. Senti que ela estava disposta a ouvir e institivamente sabia que era hora de pressioná-la. Eu continuei: *Desde fevereiro, eu passei a maior parte do meu tempo com você e parece que tudo saiu do controle. Quando você parou de falar comigo, eu só conseguia pensar em tudo o que passamos. Eu achei que, já que estamos em setembro, você teria acesso ao seu dinheiro e as coisas melhorariam. Eu realmente sinto muito que sua família, ou seja qual for o seu sistema de apoio, esteja falhando com você. Parece que tudo saiu dos trilhos. E mesmo estando brava e desesperada, eu ainda me preocupo com você. Por que você está no hospital?*

Ela não me respondeu, mas eu acreditava que a mensagem tinha atingido o alvo.

O Starbucks na esquina das ruas Johnson e Gold estava lotado às onze da manhã no dia seguinte. Eu avistei o agente McCaffrey assim que entrei. Ele estava sentado, mesmo assim eu o avistei devido a sua altura, maxilar quadrado, gel no cabelo e arma na cintura. Ele se levantou para me cumprimentar. Era a primeira vez que nós nos encontrávamos pessoalmente. Eu pedi um café e me sentei com ele. Nós passamos pela história mais uma vez, do começo ao fim, e eu respondi as suas perguntas. Ele não divulgou nenhuma informação sobre a investigação, mas a reunião foi produtiva. Pelo menos, eu estava feliz por finalmente dar um rosto a um nome.

Depois de sair da Starbucks, eu enviei uma nova mensagem: *Anna? Eu tive que reorganizar toda a minha vida para poder bancar esse débito. Sem contar todos os ataques de pânico. O mínimo que você podia fazer era me responder. Eu realmente sinto muito por você estar no hospital. O que está acontecendo?*

Três minutos depois, eu recebi uma mensagem de um dos garçons que costumava trabalhar no Le Coucou. Eu e Anna tínhamos ido visitá-lo uma vez no novo emprego em um outro bar, onde ele tinha que usar camiseta havaiana todos os dias. A mensagem parecia inocente, mas o *timing* era muita coincidência.

Oi, como você está?, ele me perguntou. Se ele ainda conversasse com Anna, ela poderia estar usando-o como isca, para que eu divulgasse as minhas reais intenções. Aja normal, eu disse a mim mesma.

Oi! Eu estou bem, e você?, respondi.

Estou bem!! Faz tempo que não nos falamos!

Sim!! Está tudo bem com você no trabalho? Ainda usando todas as flores?, perguntei.

Claro que estou. Saudades do seu rostinho bonito!

Sim! Saudades!, comentei.

Alguma novidade?

Por que ele estava perguntando? Será que só estava querendo jogar conversa fora ou ele estava buscando por informação?

Estou ansiosa para o outono!! Trabalhando duro e vivendo dia após dia. E você?

Eu amo o outono!! Também estou trabalhando duro, como de costume! Mas fazendo questão de me divertir! Você precisa vir me visitar!

A conversa não estava indo a lugar nenhum. Era completamente possível, até mesmo provável, que ele estivesse dando em cima de mim, mas a essa altura, se Anna estivesse no meio, eu presumiria o pior, e nesse caso era que ele estava espionando para ela. Eu respondi com um simples: *Preciso, é?* E não falei mais nada.

Naquela tarde, o agente McCaffrey me perguntou se Anna tinha Snapchat. Ela tinha, mas raramente usava. Só quando digitei o usuário dela é que finalmente enxerguei: *delveyed*. Dava para ser lido como um verbo e descrevia exatamente o que tinha acontecido comigo. Eu havia sido Delvey-izada. Será que ela sabia disso quando escolheu o nome?

<hr>

O resto do dia passou sem mais nenhum evento ou mensagem de Anna.

Eu mandei mais uma mensagem no sábado: *Sua família sabe que você está no hospital?*

E outra no domingo: *Espero que você esteja bem.*

Finalmente, no domingo à noite, eu recebi uma resposta: *Com sorte o contador da minha família vai resolver a questão do seu pagamento ainda esta semana.*

De novo o velho jogo! Eu achava que já tínhamos passado disso. Era uma forma de comunicação que nós já estávamos carecas de usar. Se ela havia escolhido essa forma, que fosse feita a sua vontade. Eu poderia jogar o jogo dela mais um pouco. Eu tinha que acreditar que o dinheiro seria transferido? Ela estava esperando que eu iria esperar em silêncio?

Não queria assustá-la, então resolvi não responder a mensagem. De qualquer forma, o escritório estava cheio de trabalho naquela semana, enquanto nos preparávamos para a New Establishment Summit, que estava se aproximando rapidamente. Eu viajaria para Los Angeles em menos de um mês para ajudar com a produção dos retratos que Annie Leibovitz tiraria daqueles que iriam falar na conferência. Talvez Anna ainda estivesse na Califórnia até lá. As fotos do Chateau Marmont me fizeram pensar que havia uma grande chance de ela estar em Los Angeles.

Na segunda-feira à tarde, eu participei de uma reunião para revisar os planos para a sessão de fotos. Um pouco mais tarde, quando estava mais livre, mandei uma mensagem para Anna e gentilmente pedi mais informações sobre o paradeiro dela. *Isso seria um grande alívio!*, eu disse, referindo-me ao pagamento imaginário. *Você já voltou para NYC? Como está se sentindo?*

Mais um dia se passou. Parte de mim desejava não ter investigado tão a fundo antes de ter encontrado a promotoria. Claramente eu tinha encontrado algo, ou falado com alguém que havia abalado a confiança dela. Mesmo assim, eu apenas tinha feito o que qualquer pessoa racional faria: eu dei o meu melhor para resolver esse quebra-cabeça. Ela só estava sendo paranoica — e talvez ela tivesse razão.

Naquela tarde, Anna sumiu com todas as fotos do Instagram em que outras pessoas a haviam marcado. A conta ainda estava ativa, porém somente com as fotos que ela mesma havia postado. Eu já havia tirado *print* de todas as fotos que ela removera, então passei por elas para ver se encontrava alguma pista. O que ela estava tentando esconder? Ou era simplesmente a nova "versão" dela, já que sabia que tinha gente olhando?

Eu fui a pé para o trabalho na quarta-feira, e pouco tempo depois de chegar, vi uma nova mensagem de Anna: *Ainda estou na Califórnia, eles vão entrar em contato com você daqui uns dias.*

Assumi por "eles" os contadores da família dela. Era a terceira vez que ela me falava que estava na Califórnia, em vez de ser mais específica. *Ok. Quando você volta? Já faz mais de um mês que não te vejo.*

Eu queria acelerar a coisas, mas é claro que com Anna era tudo devagar. Nesse meio-tempo — e do nada — eu recebi notícias de Kate. Quando ela me perguntou como eu estava, dei uma resposta honesta, e, como uma boa amiga, ela fez perguntas mas sem ser invasiva. Eu expliquei: *Tá um pouco complicado, mas estou indo.*

Não está sendo fácil ter que lidar com a pessoa que me deve... ainda não fui reembolsada e duvido que serei. Além do mais, Graydon anunciou que está se aposentando no final do ano e muitas mudanças estão para acontecer no trabalho. As coisas com o Nick também não estão muito boas, faz meses que ele está no exterior e mal nos falamos. Tem sido meses difíceis.

Só de ver o resumo da minha vida, de forma tão sucinta, eu consegui entender por que estava tão cansada.

Kate tinha as reações perfeitas, começando com uma série de *Ai, meu Deus, Rach!!!!! Você precisa me falar essas coisas!!!!* E terminando com: *Estou aqui para o que você precisar e amo você.* Eu fiquei aliviada de saber que tinha uma aliada nisso tudo.

Na quinta-feira, eu estava no Pier 59 Studios[103] para uma sessão de fotos da atriz Hong Chau.[104] O fotógrafo era Erik Madigan Heck.[105] Entre organizações e montagens, chamadas com McCaw e McCaffrey e depois de mais um dia sem respostas, eu tomei coragem para ligar para Anna. Eu receava ouvir a voz dela, então foi um alívio quando ela não me atendeu. Mandei uma nova mensagem depois da ligação, só para garantir: *Tentei te ligar. Você ainda está no hospital? O que você está fazendo na Califórnia?* Continuei sendo ignorada. Enviei as mesmas mensagens no Facebook e vi que ela estava lendo. O que precisaria fazer para ela me responder?

Preocupada em que dessa vez ela iria realmente desaparecer e partir para um novo plano, ao meio-dia da sexta-feira eu decidi ser criativa. Abri o Snapchat para ver se ela tinha postado algo e vi um filtro que sabia que ela iria gostar. Eu usei para tirar uma foto preto e branco minha. O filtro era um laço de cetim bem no

---

[103] Estúdio de moda multimídia, considerado o maior estúdio comercial de fotografia/multimídia do mundo.
[104] Atriz estadunidense. Indicada a inúmeros prêmios por seu papel coadjuvante em *Downsizing*.
[105] Artista e fotógrafo americano.

meio do cabelo, como se fosse um laço de boneca. Ele também aumentava os meus olhos e dava cílios exagerados, que pareciam muito com as extensões de Anna. Eu fiz um biquinho e deixei meu cabelo na frente dos ombros. Era realmente arrepiante o quanto nós éramos parecidas fisicamente. Algo me dizia que a tática iria funcionar. No topo da imagem, eu escrevi: *esse filtro do Snapchat é muito a sua cara.*

Naquela tarde, cinco minutos depois de mandar mais uma série de mensagens, Anna finalmente respondeu: *Bettina ou outra pessoa vai entrar em contato com você para falar do pagamento.* E acrescentou logo depois: *Eu também sei o que você está falando para outras pessoas e as mensagens que você vem mandando.*

Ela sabia exatamente o que falar para mexer com a minha cabeça. Novamente, eu considerei a possibilidade do meu celular ter sido grampeado. O que Anna sabia? E como? Ou essa era apenas mais uma técnica de intimidação que fazia parte da sua lista de habilidades? Se fosse, ela podia vir com tudo.

Não sei do que você está falando, respondi. *É insano que eu ainda não tenha sido reembolsada depois de todo esse tempo. Você não está em posição de questionar o meu comportamento nessa situação. Faz meses que você não me dá uma resposta concreta.*

Eu a estava desafiando a falar a verdade, mesmo sabendo que as chances eram mínimas. Pelo menos eu estava na ofensiva. Eu continuei: *Quando você voltar, será que a gente poderia se encontrar para ir ao banco? O que você está fazendo na Califórnia, para começar?*

Como ela não me respondeu, eu segui com mais uma no dia seguinte: *Ainda sem respostas diretas? Eu fui uma ótima amiga para você. Não passa pela minha cabeça como você pode pensar que esse tipo de comportamento é aceitável. O mínimo que você poderia fazer é ser sincera comigo.*

Os Florida Gators derrotaram os Voluntários da Universidade do Tennessee com um *touchdown* de Hail Mary[106] de sessenta e três jardas nos segundos finais da partida de futebol americano no sábado, 16 de setembro. Meu irmão Noah e eu assistimos do meu apartamento, e depois decidimos dar um passeio antes de jantar. Sem um destino específico em mente, fizemos um tour por SoHo. Noah apontou para o escritório onde havia acabado de começar um novo emprego como produtor de vídeo para uma empresa chamada Group Nine Media. Vagando a partir daí, como bons irmãos, ficamos discutindo banalidades, como quem conhecia melhor as ruas do bairro: eu, que morava nas proximidades havia seis anos, ou Noah, que trabalhava lá havia menos de dois meses.

Pouco antes de escolhermos um lugar para jantar, recebi uma mensagem de Anna dizendo que ela me ligaria na segunda-feira. Só de pensar nela, meu bom humor foi embora. Quando Noah e eu entramos no Café Gitane, na esquina das ruas Mott e Prince, eu estava quieta e um pouco deprimida. Sentamo-nos em uma mesa perto da janela e eu ansiosamente tomei um gole de água para acalmar meus nervos. Quando a garçonete trouxe os cardápios, examinei o meu rapidamente, vi que tinha uma influência franco-marroquina e soube que era a hora de contar para Noah. Assim que minha taça de vinho chegou, aproveitei para introduzir o assunto. Comecei com a viagem a Marrakesh e terminei com os dias de hoje. Dava para ver em seu rosto que era muita informação para digerir. Ele ouviu atentamente,

---

[106] Um passe para a frente muito longo no futebol americano, tipicamente feito em desespero, com grande dificuldade de ser completado. Devido à pequena chance de sucesso, faz referência à oração católica Ave-Maria pedindo ajuda.

de tal forma que, quando o prato chegou, ele o moveu para o lado sem nem pensar e prontamente queimou ambas as mãos. Noah passou a segunda metade do jantar segurando um copo de gelo em cada palma para tentar amenizar as queimaduras. Teria sido engraçado se a causa disso não fosse tão trágica. Eu podia sentir que ele estava triste por mim e isso me deixou triste também. Mas de alguma forma essa tristeza acabou nos aproximando mais ainda.

Naquele mesmo final de semana, eu foquei em compilar informações que me apoiariam no caso da American Express. Escrevi uma carta detalhada descrevendo os eventos que resultaram no meu pedido. A carta começava com *Anna Delvey, aliás, Anna Sorokin, era minha amiga.*

Eu também coloquei cópias de e-mails relevantes, a lista dos itens da cobrança junto com os recibos e artigos do *Daily News* e do *New York Post*. Também acrescentei que o caso iria para uma audiência no tribunal, esperando que desse mais credibilidade ao meu caso.

Como era de se esperar, a segunda-feira passou sem nem um oi de Anna. Enquanto a volta da nossa troca de mensagens que iam de nada a lugar nenhum acontecia nos bastidores da minha vida, eu foquei toda a minha energia nas pessoas com quem eu realmente me importava. Para mim e para muitos dos meus melhores amigos, esse período entre o final dos vinte e o início dos trinta era de transição e muitas mudanças. Kate havia acabado de se casar. Uma outra amiga minha, Taylor, tinha ficado noiva. Kayla foi a primeira do grupo a engravidar. Algo em meu relacionamento com Anna me fez perceber e lembrar do quão importante é estar presente para as pessoas que você ama. Na questão financeira, eu estava em um buraco tão fundo que comprar uma passagem para San Francisco para celebrar o noivado de Taylor e participar do chá de bebê da Kayla era apenas um pingo para mim que já estava toda molhada. Essas pessoas e essas amizades, com as transições pelas quais elas estavam passando, eram minha prioridade e eu queria honrá-las através das minhas ações.

No final da semana seguinte, eu tinha recuperado energia suficiente para voltar a me comunicar com Anna. *Ninguém entrou em contato comigo ainda*, escrevi.

Anna foi me responder às três e meia da tarde com um *Desculpe pelo atraso*.

Um atraso de quatro meses, respondi. Pedir desculpa por atraso era insignificante. *Você já voltou?*

Não.

Só queria ir a um banco e resolver logo isso. Eu vou estar na Califórnia logo, você vai estar em Los Angeles?

Eu te aviso.

Quando? O que você está fazendo agora?

Eu vou ficar aqui por mais uma semana, ou um pouco mais.

Em LA? Eu vou estar por aí na primeira semana de outubro.

Sim, ela me confirmou.

O agente McCaffrey estava impressionado com o meu progresso, mas, mesmo assim, eu comecei a sentir o diálogo me consumindo. Diferentemente de Anna, eu via confiança em um relacionamento como algo a ser honrado, não explorado. E mesmo que ela tivesse sido terrível comigo, quebrar uma confiança me parecia errado. Todavia, eu continuei.

Faz muito tempo que não te vejo. Você está bem?, perguntei.

Eu estava em Nova Iorque esse tempo todo até o final de agosto. Você não pareceu se preocupar naquela época, ela me respondeu.

Anna, eu estava tão frustrada e brava com você que precisei me distanciar. Isso tem sido pesado para mim. Eu estava cansada de correr em círculos, então falei para você entrar em contato quando pudéssemos realmente resolver o reembolso. Você não me contatou. Eu tive que achar formas de lidar com isso, mas tem sido um inferno. Eu entendo que há circunstâncias que estão fora do seu alcance, mas essa dívida não é algo que consigo sustentar.

Demorou trinta minutos para ela me responder. *Eu não estava tendo o melhor momento da minha vida como você deve ter percebido. Nada estava funcionando da forma que eu queria, e ter você presumindo que isso era a minha intenção o tempo todo foi insultante e decepcionante, considerando todo o tempo que passamos juntas. Eu pensei que você seria capaz de ver a situação sem precisar de opiniões de pessoas que mal me conhecem. De qualquer forma, espero resolver esse problema o mais breve possível.*

Tinha partes da mensagem dela que me pareciam familiares. Eu olhei as nossas mensagens anteriores e vi que ela tinha pegado o *"considerando todo o tempo que passamos juntas"* de mim.

Eu estava desesperada. Eu sinto muito por isso, eu respondi. *Toda essa situação me deixa muito triste.*

Ela respondeu: *Eu não estou usando isso como uma desculpa por todo esse atraso. Obviamente, são coisas separadas.*

McCaffrey estava chocado que Anna fosse tão comunicativa. Para mim, só confirmava o que eu sempre suspeitei: Anna era inerentemente solitária. Isso continuava a tocar na minha simpatia, mas eu precisava seguir em frente. Agora que nós duas tínhamos resolvido nosso problema de confiança, era hora de tentar uma abordagem. Eu fiz um comentário comparando o clima de Los Angeles com o de Nova Iorque.

O clima é o menor dos meus problemas, ela respondeu. *Só estou preocupada em fazer as coisas voltarem ao normal.*

Voltar ao normal? Aha. *Somos duas*, respondi. *É difícil até sair da cama.*

E as outras coisas? Como estão?, ela perguntou. *Espero que você não tenha tido muitos problemas com o seu emprego.* Como ela não conseguia enxergar? Não havia nada na minha vida que tivesse escapado ileso. Claramente ela não entendia o tamanho do estrago que havia causado. O desejo dela de ter algum tipo de conexão, qualquer que fosse o grau, parecia real, mas Anna não tinha o *chip* interno que lhe permitisse compreender os sentimentos de outras pessoas. McCaffrey me encorajou a minimizar o estrago, para evitar assustá-la. Eu contei sobre a aposentadoria de Graydon e deixei de fora toda a minha incredulidade.

Coloquei o foco de volta nela: *Você está se sentindo melhor? Por que você estava no hospital? Se você não se importar de eu perguntar.*

Conto mais tarde pessoalmente, ela respondeu.

Eu perguntaria se você está bem, mas pelo que parece você está resolvendo isso. Você tem algum lugar legal para ficar por enquanto pelo menos?

A resposta dela esquivou-se da minha pergunta: *Sim, uma pausa de NYC ajudou.*

Você tem amigos aí com você em LA?, eu perguntei, tentando tirar mais informações. *Você é tão nova-iorquina, com todos os seus tons de preto.*

Alguns, ela respondeu. *Também não tenho bebido nesses últimos dias.*

Naquela mesma semana, eu havia recebido um convite aleatório para participar de um evento de lançamento de um livro do *rapper* e personalidade de TV

Action Bronson. Eu lembrava o quanto ela gostava dele, então mandei um *print* do e-mail para ela e disse que era uma pena que não estivesse por Nova Iorque. Nós havíamos voltado para um território familiar, conversando por mensagem como velhas amigas. Ignoramos o mundo encolhendo a nossa volta, mas sabíamos que era apenas uma questão de tempo. Cada uma tinha os seus segredos. Eu não era mais a ingênua, mas continuei no personagem na tentativa de enganar a vigarista.

Que dia que você vem pra LA?, Anna me perguntou. *Para o treco da New Establishment, né?*

Ela havia me dado a abertura perfeita. *Sim. Dia 30 de setembro ou 1º de outubro. Acho que vou ficar no Four Seasons ou no Chateau. Onde você está?*

Estou em Malibu por ora, ela disse.

Capítulo 18

Passages

Malibu. Onde Anna ficaria em Malibu? Estava empenhada em terminar o quebra-cabeça, e suas peças finais estavam se encaixando mais rápido do que eu imaginava. Na manhã de segunda-feira, uma semana antes de minha viagem para Los Angeles, Anna e eu continuamos nossa conversa.

Onde você está hospedada? Vai continuar aí na semana que vem? Ou volta para NYC antes?, eu perguntei, e avisei a ela que chegaria no domingo.

Eu acho que ainda vou estar aqui em Malibu, ela me respondeu.

Eu queria que minha filiação ao Soho House incluísse a de Malibu, eu disse, tentando manter a conversa leve. Quanto mais conversávamos, mais confortáveis nós íamos ficando.

Aparentemente é apenas para moradores, ela respondeu.

Sim. Exatamente, uma bosta. A última vez que fui para Malibu eu fiquei no Malibu Beach Inn,[107] *do lado do Nobu*[108] — adicionei uma série de *emojis* de comida japonesa para explicar —, *é bom estar perto da praia.* Pensei que Anna morderia a isca dessa vez, responden-

---

[107] Hotel boutique sofisticado em Carbon Beach, a cinco minutos a pé do Píer de Malibu.
[108] Restaurante de comida japonesa.

do com algum comentário que daria uma dica de onde ela estava. Mas ganhei quatro horas de silêncio e pensei que tinha ultrapassado algum limite que desconhecia. Então mandei uma mensagem para aliviar: *Estava com sushi na cabeça então resolvi pedir para o almoço.*

Ela respondeu na mesma hora: *Vamos tentar nos encontrar na semana que vem.*

O que eu achei que iria acontecer? Não era esse o meu objetivo? O momento estava crescendo e, ainda assim, conforme a investigação caminhava para sua conclusão, eu estava inquieta. Por que eu tive que ser quem a trairia? E ela saberia que seria eu? Anna havia apertado um botão e voltado à personagem que eu conhecia antes do Marrocos. A volta da antiga Anna bagunçou minha cabeça.

Mais uma vez, me senti como alguém em quem ela havia escolhido confiar — como no início, quando ela me escolheu como amiga. Mas eu tinha confiado em Anna, e olha onde isso me levou! A minha hesitação era um indicador de que eu ainda era suscetível à influência dela? Mesmo sabendo tanto quanto eu sabia e ainda assim sentindo pena, imaginei o que poderia acontecer com aqueles que sabiam muito menos. Independentemente, eu não queria fazer isso. Queria sair totalmente da situação, mas estava presa — condenada de qualquer forma, se eu fizesse ou não. Por enquanto, eu só conseguia seguir em frente.

Quando Anna me ligou naquela tarde, eu estava voltando do escritório, a caminho de pegar a balsa de Wall Street para o Brooklyn para jantar. Eu respondi espontaneamente, encorajada por estar adiantada e ser um momento oportuno enquanto caminhava ao longo do East River em direção ao cais. Sua voz era exatamente como eu me lembrava, distinta e aguda. Seu tom era casual, nada indicava que ela havia sido afetada pela tensão dramática de nosso passado recente. Foi impressionante a rapidez com que entramos em nossa velha dinâmica: duas amigas conversando ao telefone.

— Estou em uma clínica de reabilitação — ela confessou. Anna me contou que teria que ficar por trinta dias e que já estava lá havia duas semanas.

— Estou feliz por você ter ido atrás de ajuda — eu respondi. Por algum motivo, não passou pela minha cabeça perguntar o que ela estava fazendo lá. Talvez eu tenha suposto que era por causa do alcoolismo, ou talvez que ela só estava lá para se esconder das autoridades e encontrar próximas possíveis vítimas de seu golpe.

— Você consegue ir para a praia com frequência? — perguntei, tentando tirar a localização dela.

— Sim — ela confirmou. — Eles oferecem caminhadas na praia. — O centro era do outro lado da Pacific Coast Highway.

Eu perguntei o que mais ela fazia para passar o tempo, se tinha alguma quadra de tênis para ela praticar.

Anna respondeu que tinha, mas que agora ela estava praticando golfe. O centro tinha uma parceria com um clube de campo de Calabasas.[109]

Perguntei com quem ela estava jogando, e Anna me disse que havia feito alguns amigos lá.

Anna estava em um centro de reabilitação fechado que atendia às pessoas mais ricas em seu estado mais vulnerável — é claro que ela tinha feito alguns amigos.

---

[109] Cidade localizada no estado americano da Califórnia, no Condado de Los Angeles.

Quase dez minutos depois, a ligação caiu, e Anna mandou uma mensagem dizendo que estava indo para sua próxima atividade. Eu peguei as minhas anotações durante a conversa e comecei a fazer minha pesquisa.

Diversos centros de reabilitação de luxo estavam localizados no trecho da Pacific Coast Highway perto de Malibu, mas o agente McCaffrey e eu nos concentramos em dois: Promises e Passages, ambos muito parecidos com as descrições de Anna. O Passages custava mais de sessenta mil dólares por mês e era considerado o centro de reabilitação mais luxuoso do mundo — e como estávamos falando de Anna, parecia a escolha mais provável.

Embora parecesse que estávamos chegando perto, devido aos regulamentos de privacidade do sistema de saúde não era tão fácil de verificar. As clínicas não eram obrigadas a admitir policiais e nem confirmar se determinada pessoa estava lá ou não. Supondo que Anna soubesse disso, nós tínhamos que dar esse ponto a ela.

A semana final de planejamento para a New Establishment Summit foi a mais intensa. A assistente de Kathryn, Emily, e eu ficamos no escritório até as onze da noite quase todos os dias. Concluímos as reservas de viagens e compilamos os documentos de agendamento. Assim que estivéssemos em Los Angeles, a segunda-feira seria um dia inteiro de preparação, e os retratos seriam divididos ao longo da conferência de dois dias: na terça e na quarta-feira. Para cada uma das pessoas a serem fotografadas por Annie — Ava DuVernay,[110] Maja Hoffmann,[111] Anjelica Huston,[112] Bob Iger,[113] John Kerry,[114] Richard Plepler,[115] Shonda Rhimes,[116] entre outros cinquenta —, Emily escreveu uma pequena biografia e reuniu notícias recentes para referência rápida. Usando fotos 3x4 de cada um deles, eu criei uma linha do tempo visual para a filmagem e passei horas montando pesquisas complementares. Quando pousamos em Los Angeles na tarde de domingo, no dia 1º de outubro, estávamos com os olhos turvos, mas prontas.

Ligamos nossos telefones após o voo e descobrimos um e-mail de toda a empresa anunciando que S. I. Newhouse Jr., o presidente emérito da Condé Nast, havia morrido. Encontrei uma fotografia de "Si", como ele era conhecido, tirada por Jonathan Becker na festa do Oscar da *Vanity Fair* em 2000 e postei na conta do Instagram do departamento de fotografia, escolhendo uma citação de Graydon para a legenda: *Com a morte de Si, aos 89 anos, assim se vai o último dos grandes visionários do setor de revistas.* Eu fui testemunha de um império em transição.

Emily e eu fomos diretamente do LAX para o Wallis Annenberg Center para ajudar com o "carregamento" e começar as instalações. Duas horas depois, eu estava dando voltas entre nossa sala de armazenamento de equipamentos e o local dos retratos — disparando mensagens sobre um carro alugado, estacionamento,

---

[110] Diretora, roteirista, publicitária de filmes e distribuidora de filmes americana.
[111] Colecionadora de arte, patrocinadora de arte, produtora de documentários e empresária suíça.
[112] Atriz premiada, diretora, produtora, escritora, dubladora e ex-modelo norte-americana. Conhecida por interpretar Mortiça na *Família Addams*.
[113] Presidente e CEO da The Walt Disney Company.
[114] Político americano que serviu como senador pelo Partido Democrata de Massachusetts e também como secretário de Estado dos Estados Unidos.
[115] Ex-presidente e executivo-chefe da HBO.
[116] Roteirista, cineasta e produtora de televisão norte-americana e criadora de séries como *Grey's Anatomy* e *How to Get away with Murder*.

amêndoas cruas, cestas de arame, um refrigerador com gelo, água para a equipe e tachinhas —, quando recebi uma mensagem de Anna perguntando se eu tinha chegado. *Sim*, eu disse a ela.

Legal, onde você está hospedada?

No Four Seasons, eu respondi. *Mas ainda não parei no hotel, acredita? Você ainda está na clínica?*, perguntei. *Não é o Passages, é?*

Sim, é, ela respondeu. *Mas não conte para ninguém, por favor.*

Falam que esse lugar é um dos melhores, eu disse.

Você pode vir me visitar. Anna parecia genuinamente sentir falta da nossa amizade. Eu estava de novo em suas graças. *Venha hoje*, ela escreveu e ofereceu enviar um carro para me buscar.

Tinha tanta coisa que ela ainda não entendia — ou não se importava em entender. Evidentemente, as minhas necessidades eram uma mera inconveniência.

Eu não acho que vou ter tempo para ir até Malibu, eu respondi. *Você pode vir para Beverly Hills algum dia nessa semana?*

Me fala os seus horários.

Podemos almoçar no dia 3 de outubro?

Claro!, ela respondeu.

Nada sobre isso era fácil. Parecia que Anna estava sinceramente feliz por estarmos fazendo planos de novo e, por mais superficial que ela fosse, isso pesava no meu coração. Certamente havia elementos em nossa amizade que continham algum grau de autenticidade. Mas quais eram e será que valiam a pena? Até onde eu sabia, tudo era falsificado — não era como se Anna confiasse em mim o suficiente para revelar as inverdades fundamentais que faziam a sua vida.

Annie Leibovitz pousou em Los Angeles na segunda de manhã, dia 2 de outubro. Ela veio do aeroporto direto para o centro de conferências e deu início a um dia inteiro de preparações. A foto em grupo seria tirada do lado de fora em uma escadaria adjacente à North Crescent Drive. De acordo com os horários de chegada e toda a pesquisa que havíamos feito, Annie e Kathryn organizaram um plano para decidir onde cada um ficaria na escadaria para a foto.

Eu estava trabalhando quando recebi uma mensagem de Anna: *Você consegue vir para Malibu hoje? Eu preciso comprar um negócio e não consigo daqui.* E, de novo, ela ofereceu um carro para me buscar.

Eu vou ficar no centro de convenções o dia todo. De que você precisa?

Ela pediu que eu ligasse para ela e falei que ligaria em alguns minutos.

Antes de ligar para Anna, eu fui a um lugar reservado e liguei para o agente McCaffrey. Já era tarde demais para voltar atrás e eu tinha dúvidas — não em relação a Anna comparecer ao nosso almoço, pois eu sabia que ela iria — de seguir com o plano. Por que eu me importava se Anna fosse presa? Sendo presa ou não, o estrago já estava feito. Não dava para voltar atrás e eliminar todo o estresse causado ou a minha situação bancária. Meu motivo nunca foi vingança. Por um bom tempo, eu tive medo de Anna, mas de perto ela era menos assustadora. Eu ainda sentia algo de má-fé dentro de mim em relação a ela, mas o quão grande era? Eu estava realmente disposta a instigar o seu encarceramento?

A forma mais fácil de tirar Anna da minha vida era cortar todo tipo de contato, certo? Será que eu conseguiria perdoá-la, me afastar e seguir em frente? Eu já tinha chegado até aqui, mas agora estava duvidando de mim mesma.

Os obstáculos mais difíceis de superar eram aqueles que estavam dentro de mim: lealdade irracional, compaixão e passividade — coletivamente, essas eram formas de autossacrifício. De onde eles vieram? E como eles me definiam? Como ingênua? Estragada? Ai, como eu odiava a parte sensível de mim que continuava a dar desculpas para Anna, uma pessoa que voluntariamente me arrastou para o inferno. Só não odiava mais porque era essa mesma sensibilidade que nos diferenciava. Mesmo sabendo que uma parte da minha situação era devido à minha empatia, não era um sentimento do qual eu quisesse abrir mão. A minha empatia era uma fraqueza, ao mesmo tempo que também era minha força. Onde Anna via peões, eu via pessoas.

— Essa é a única fonte de renda dela? — o agente McCaffrey perguntou.

Até onde eu sabia, fraude era a única fonte de renda de Anna.

Eu liguei para Anna em seguida. Ela me perguntou se eu poderia comprar uma garrafa de vodca e algumas garrafas de água da Voss. E, em seguida, jogar a água fora e transferir a vodca para as garrafas de água e levar até ela na clínica de reabilitação.

Eu disse não. Primeiro porque eu estava cheia de coisas para fazer no trabalho para sair para comprar vodca e passar horas no trânsito entre Beverly Hills e Malibu. Então ela sugeriu um plano B. Ela pediria a alguém para fazer as compras no mercado, mandaria entregar onde eu estava, eu faria a troca dos conteúdos e ele levaria até Malibu.

— É para você? — eu perguntei.

— Não. Eu não bebo vodca.

Eu não queria ter nenhuma participação nisso. Eu disse que o centro de convenção estava repleto de seguranças e que um entregador não teria fácil acesso, e eu não podia ficar esperando por ele do lado de fora. Era absurdo. Porém, em uma tentativa de não parecer que a estava julgando, eu dei a ideia de tentarmos resolver isso no dia seguinte durante o nosso almoço. Quando Anna percebeu que eu realmente não iria ajudar, ela rapidamente terminou a ligação.

De volta ao local do retrato em grupo, eu me sentei em um degrau inferior, inclinada para a frente, com os cotovelos sobre os joelhos, sem me mexer. Um de cada vez, outros substitutos improvisados se moviam ao meu redor. Nós relaxamos na posição enquanto Annie estudava nosso arranjo e seus assistentes de fotografia checavam a iluminação. Meu celular tocou aleatoriamente, enfiado no bolso de trás. Eu o ignorei até uma pausa na sessão e, em seguida, tirei-o para verificar minhas mensagens.

Quanto tempo você tem para o almoço amanhã?, Anna havia perguntado.

Uma hora e meia, respondi, o que não era verdade, mas ela não precisava saber disso.

Ok. Nos vemos ao meio-dia então, ela escreveu. *Você pode escolher onde vamos comer.* Eu sugeri um restaurante chamado Joan's on Third.[117] *Ok. Precisamos fazer reserva?*

Eu mandei um *print* da conversa para McCaffrey antes de responder. *Ótimo*, ele disse. *Ela pode fazer uma reserva se ela quiser.*

---

[117] Mercado e restaurante de comidas especializadas em Los Angeles.

Você quer fazer reserva? Eu não sei se precisa, mandei para Anna.

Eles não aceitam reservas, Anna respondeu.

Eu acho que é um restaurante bem casual, respondi. *Eles têm saladas deliciosas.*

Tirei mais um *print* e encaminhei para o agente. *Perfeito*, ele me respondeu.

Mentir desse jeito me deixava triste. Eu podia sentir partes de mim se despedaçando. As minhas ações não batiam com as minhas palavras. Como Anna conseguia ter essa vida dupla com tanta facilidade?

Para ajudar o departamento de polícia de Los Angeles a identificá-la, o agente McCaffrey pediu-me que lhe enviasse algumas fotos recentes de Anna. Dando uma olhada nas fotos do meu celular, a nossa viagem passou diante dos meus olhos. Anna sorrindo com seus óculos de sol no terreno de La Mamounia; caminhando pelo *souk*, olhando para mim com um sorriso; fazendo biquinho em fotos no Instagram; radiante, satisfeita consigo mesma, em uma mesa em Le Coucou. Eu imaginei que sua altura era de um metro e setenta. *E ela normalmente está toda de preto*, acrescentei.

Até amanhã!, eu mandei quando voltei para o hotel para jantar.

Sim!, ela respondeu. *Você vai conseguir pegar as garrafas para mim? Funcionários da clínica é que irão me levar até o restaurante. Mal posso esperar para te ver! Parece que não te vejo há anos!*

Realmente pareciam anos, mas na realidade eram apenas dois meses desde a última vez em que eu a tinha visto, virando para trás para acenar enquanto íamos embora do Frying Pan. Ela tinha apagado aquela tarde da memória dela? Eu havia me sentido em uma novela mexicana naquele dia. A futilidade das acusações e as mentiras que Anna proferia haviam me deixado em pedaços, de tal forma que duvidava que um dia me recuperaria completamente. E ela? Definitivamente Anna precisava de ajuda profissional, mas a essa altura eu tinha certeza de que ela era sociopata. Ela marcava todos os pontos do diagnóstico.

Anna já havia experienciado confrontos como o do Frying Pan? Quão profundas e duradouras eram suas feridas? Ela devia ter desenvolvido uma tolerância. Conflitos são inevitáveis quando todas as suas ações são baseadas no narcisismo.

E por isso, eu não tinha certeza se Anna poderia controlar seus impulsos de grandeza — eles pareciam intrínsecos à sua natureza. No Marrocos, quando me tornei um dano colateral, ela não fez nenhum esforço para me proteger. Muito pelo contrário, ela me usou como escudo. Seu egoísmo era intrínseco, e por isso ela fez essa escolha. Ela estava arrependida? Sim, mas arrependida como uma criança que quebra seu brinquedo favorito. Ela me esgotou e lamentou quando eu não tinha mais nada de mim para oferecer — não por minha angústia, mas por sua própria perda. Agora Anna estava hospedada em uma instalação que custava mais do que ela me devia, e ela não só não se desculpou, mas também me pediu favores. Foi como se Marrakesh nunca tivesse acontecido.

Não muito tempo antes, eu estava vivendo minha vida e indo muito bem. A presença de Anna no meu mundo ocorreu de repente, e rapidamente tomou grande parte da minha vida. Sua influência se espalhou sem ser detectada. Enquanto ela me comprava jantares e me convidava para passar as férias, me iludi pensando que, como reciprocidade, minha compreensão, tempo e atenção seriam suficientes. Enquanto isso, sob o pretexto de amizade, ela se prendeu ao meu núcleo. A cada hora que passamos juntas, seu poder aumentava. Onde eu sentia conexão, ela sentia controle. Antes que eu percebesse, eu estava começando a confiar nela. Depois do Marrocos, tudo o que restou foi um vazio — minha vida, um vazio; suas promessas, vazias; nossa amizade, sem sentido.

Eu sentia a perda de Anna na minha vida, mas a Anna que eu havia criado em minha cabeça. Quando perdi isso, perdi uma parte de mim. Quando descobri que a nossa amizade não passava de uma ilusão, passei a ser desiludida com a ideia de que as pessoas eram naturalmente boas.

Nossas últimas mensagens aconteceram no dia 3 de outubro de 2017, às 8h39 da manhã.

ANNA: Você consegue falar agora?

EU: Desculpe, não neste momento. Te ligo assim que puder.

ANNA: Estou saindo da clínica agora, não sei se vou ter sinal até chegar ao restaurante. Te vejo lá.

ANNA: Acho que vou chegar um pouco adiantada.

ANNA: Se você conseguir, me traz três garrafas de vodca e duas grandes de água para trocar.

EU: Ok! Te vejo daqui a pouco! Desculpe, não dá para falar muito, está corrido aqui.

ANNA: E se conseguir, uma garrafa de vinho branco com tampa de rosca e um chá gelado para trocar também.

ANNA: Obrigada.

ANNA: Te vejo ao meio-dia.

O objetivo da sessão de fotos era conseguir uma foto em grupo contendo mais de sessenta pessoas, nem todos estavam disponíveis para serem fotografados ao mesmo tempo. Para aumentar a dificuldade, o tempo com cada pessoa era limitado — alguns minutos antes ou depois do discurso deles —, enquanto os carros e os ajudantes esperavam. Para máxima eficiência, a posição de cada pessoa foi predeterminada. As escadas do lado de fora do Annenberg Center estavam marcadas com pequenas tiras de fita adesiva néon: um pé esquerdo aqui, um pé direito ali. Na terça-feira de manhã, um grupo dividiu pequenos quadrados de papel, cada um contendo uma foto e o nome da pessoa que seria fotografada ali. Nós subíamos e descíamos os degraus, colando as fotos organizadamente no chão. O meu trabalho era saber exatamente onde cada pessoa iria ficar.

O agente McCaffrey me mandou uma mensagem às 9h18 da manhã. *Me ligue.* Dizia a mensagem.

Eu achei um canto para ligar para ele e me preparei psicologicamente para a notícia.

— Eles a pegaram — ele disse.

O departamento de polícia de Los Angeles prendeu Anna enquanto ela saía do Passages naquela manhã. Ela estava sob custódia e sendo levada para uma prisão onde criminosos presos em Malibu ficavam antes de serem julgados. Nós havíamos combinado de nos encontrar ao meio-dia e, obviamente, eu não iria a lugar nenhum, mas, quando o horário do nosso compromisso chegou, eu mandei uma série de mensagens:

EU: Oi, estou um pouquinho atrasada. Chego em dez minutos, estou quase aí.

EU: Você já chegou?

Alguns minutos depois, eu acrescentei.

EU: Onde você está? Não estou te vendo.

EU: Anna?

Mais alguns minutos, para fingir que tinha esperado por ela.

EU: Desculpe, mas eu tive que ir embora. Será que você está no lugar errado?

EU: Me mande mensagem quando você tiver Wi-Fi e a gente combina de se encontrar outro dia.

Eu nunca fui almoçar no Joan's on Third, então por que eu me dei ao trabalho de fingir que sim? Era medo de que ela descobrisse o meu envolvimento em sua prisão? Definitivamente. Mas essa não foi a única razão: eu queria que ela acreditasse na minha mentira, assim como eu havia acreditado na dela.

Na quarta-feira, Larry David[118] usava óculos fotocromáticos que escureciam na luz do sol. Como as fotos de Annie estavam sendo tiradas do lado de fora, os seus óculos — agora escuros — tampavam muito do seu ros-

---

118 Ator, escritor, comediante, diretor e produtor americano. Mais conhecido pela produção da série *Seinfield*.

to. Ele não tinha nenhum problema em cooperar: tirava os óculos e os escondia dentro do blazer até que as lentes voltassem ao normal, e então, como se estivesse sacando uma arma, ele os colocava de volta rapidamente e fazia as suas poses enquanto Annie tirava várias fotos. Quando os óculos escureciam, o processo se repetia.

Ninguém da equipe conseguia segurar a risada, mas eu estava parcialmente distraída pelo meu celular. De cinco em cinco minutos, eu recebia uma ligação de Houston, no Texas. Não adiantava ignorar, sempre voltavam a me ligar. Eventualmente, eu acabei atendendo e descobri que era um robô do outro lado da linha.

— Essa é uma ligação a cobrar de... — Eu desliguei.

Mesmo assim, da mesma forma que Anna ainda tentava entrar em contato comigo, eu me senti na obrigação de entrar em contato também. Eu sabia que ela estava presa, mas ainda mandava mensagens perguntando dela. Nada muito profundo, apenas simples perguntas: onde ela estava, como estava. Nós duas tentávamos contato, mesmo sabendo que a outra não responderia.

Uma semana depois, eu mandei a minha última mensagem para Anna:

É muito estranho não ter nenhuma notícia sua. E infelizmente, eu estava sendo sincera.

Capítulo 19

Reequilíbrio

Após ser presa do lado de fora do Passages, um hotel em Malibu, em 3 de outubro de 2017, Anna passou vinte e dois dias detida no Los Angeles County's Century Regional Detention Facility.[119] O agente McCaffrey foi até o centro de detenção para buscá-la no dia 25 de outubro. Era a primeira vez que a conhecia pessoalmente, então ele se apresentou e explicou que a levaria de volta para Nova Iorque. Ele me contou a conversa entre eles:

— Por que eu tenho que voltar para Nova Iorque? — ela tinha perguntado.

— Porque tem um mandado para a sua prisão — ele disse. Como não havia ninguém do lado dela, ele não podia discutir as alegações em mais detalhes, não que ela tenha perguntado quais eram as acusações.

Anna passou as cinco horas de voo calma, na classe econômica, sentada ao lado dele, leu uma revista e pediu uma refeição vegetariana.

Do aeroporto JFK, ele a levou diretamente para Manhattan Central Booking,[120] onde ela passaria a noite. Enquanto ele se preparava para ir embora, ela finalmente falou.

— Posso perguntar uma coisa?

---

[119] Maior centro de detenção feminina do condado de Los Angeles.
[120] Delegacia de polícia onde criminosos ficam antes de irem a julgamento.

Ele contou que achara que finalmente ela perguntaria sobre as acusações.

— Você consegue me arranjar solução para lente de contato?

Enquanto isso, naquela mesma tarde, eu estava trocando mensagens com Kathryn. O *New York Post* tinha acabado de publicar um artigo com o título: SOCIALITE DE MENTIRINHA PRESA POR CALOTE EM HOTEL DE LUXO E COMPANHIA DE JATINHOS. O artigo descrevia Anna como uma "socialite vigarista com nome falso e apreço pelo do bom e do melhor" que havia sido "presa por dar calote em uma série de negócios de ponta, incluindo um hotel de luxo no Marrocos e uma companhia de jatinhos".

Felizmente, eu não era mencionada — e nem o La Mamounia. Porém, o artigo contava que Anna havia "dado calote no Sir Richard Branson's Kasbah Tamadot Resort no valor de vinte mil dólares após meses de estadia".

Os fatos estavam um pouco confusos, já que Anna havia ficado menos de um mês no Marrocos, mas o artigo incluía a primeira menção pública da viagem, o que me deixou ansiosa, pensando que os jornais iriam me encontrar e começar a mencionar a minha amizade desastrosa com Anna. Eu tinha noção da minha posição como funcionária da *Vanity Fair* e filha de um homem que estava concorrendo ao Congresso. Não tinha a mínima intenção de ser descoberta. Eu podia imaginar as manchetes vindo, arrastando o meu emprego e meus familiares junto comigo pela lama.

Enviei o artigo para Kathryn. *Não há menção da minha situação, graças a Deus,* enviei a mensagem

Se for a público, foi, ela respondeu. *Não vai manchar a sua imagem, apenas a dela.*

Foi nesse momento que me dei conta de que, independentemente de o meu nome ser revelado pela imprensa, provavelmente sairia durante o processo judicial. Eu estava tão focada na investigação, na prisão de Anna e no que faria em relação à minha situação financeira quando tudo isso acabasse, que não tinha parado para pensar que eu poderia me tornar parte da história. Enviei uma mensagem para o agente McCaffrey e ele me disse que sim, se a imprensa comparecesse ao tribunal, eles poderiam ficar sabendo do meu nome.

Eu passei as notícias para Kathryn. *Vou desativar o meu Facebook. Meu Instagram já é privado. Apaguei o meu nome completo e onde eu trabalho, tudo bem que se colocarem meu nome no Google é fácil de encontrar. Não quero nem ver se isso acontecer...* Acabei de ligar para os meus pais para deixá-los avisados. Acrescentei: *Também vou desativar o meu site com as minhas informações de contato.*

Vai ficar tudo bem, ela me respondeu. *Pode ser que surja uma onda de gente interessada por um tempo, mas vai passar. Surfe como se fosse uma daquelas ondas em Montauk.*

A audiência é amanhã às 9h30 da manhã, eu escrevi. Não iria estar lá presente, já que não tinha o menor interesse de estar no mesmo ambiente que Anna. Mas, ao mesmo tempo, o desmoronamento da nossa amizade havia me consumido tanto e por tanto tempo que eu não podia evitar a curiosidade para saber o que aconteceria.

Kathryn rapidamente entendeu o que eu queria dizer. *Eu acredito que será aberta ao público*, ela escreveu. *Eu estarei lá.*

Na manhã seguinte, em um tribunal praticamente vazio da divisão criminal da Suprema Corte de Nova Iorque na Centre Street, número 1000, Anna apareceu vestindo um macacão preto descartável. Eu vi as fotos mais tarde, quando a imprensa as publicou on-line. O seu cabelo estava solto e eu não sabia dizer se era oleosidade ou se a a raiz estava úmida. O advogado de defesa criminal Todd Spodek a acompanhou. Eu não sabia se ele era o mesmo advogado com quem Beth havia conversado ou não. Durante a audiência, Anna foi formalmente acusada de seis crimes e uma contravenção. Kathryn me ligou imediatamente com três informações importantíssimas: sim, a imprensa estava presente; não, não foi oferecida fiança; e sim, ela se disse inocente de tudo.

A escala dos crimes dela na audiência foi um choque para mim. Eu não sabia o verdadeiro escopo dos crimes dela. Ela estava sendo acusada de roubar aproximadamente duzentos e setenta e cinco mil dólares através de diversos golpes e de uma tentativa de roubar outros milhões. Uma das suas técnicas de mais sucesso era o "check kite", uma atividade fraudulenta que tirava vantagem dos dias que um banco necessita para compensar um cheque depositado. Primeiro, Anna abriu contas com o Citibank e com o Signature Bank. Então, ela passava cheques de uma conta para outra. Ela não tinha o dinheiro para cobrir os cheques, mas o dinheiro aparecia em sua conta e ela imediatamente os sacava antes de o banco perceber.

De acordo com a acusação, entre os dias 7 e 11 de abril — por volta da mesma época em que ela confirmou a nossa reserva no La Mamounia —, Anna depositou um cheque no valor de cento e sessenta mil dólares em sua conta no Citibank e então transferiu setenta mil dólares antes que o cheque voltasse. Em agosto, após nossa viagem para Marrakesh, ela abriu uma conta com o Signature Bank e depositou quinze mil dólares em cheques sem fundo, conseguindo sacar oito mil e duzentos dólares antes de eles voltarem. Quando o Citibank e o Signature Bank detectaram a atividade fraudulenta, eles fecharam as contas dela e entraram em contato com o departamento de polícia de Nova Iorque.

Anna também estava sendo acusada de falsificar documentos de bancos internacionais, como o UBS na Suíça e o Deutsche Bank na Alemanha, mostrando contas no exterior com um balanço de um total de sessenta milhões de euros. A acusação detalhava como ela havia levado esses documentos no final de 2016 para o City National Bank em uma tentativa de conseguir um empréstimo no valor de vinte e dois milhões de dólares para a criação de sua fundação de arte e do seu clube privativo. Quando o National Bank negou o empréstimo, ela foi até o Fortress Investment Group em Midtown. O Fortress concordou em considerar um empréstimo de vinte e cinco milhões de dólares se Anna providenciasse cem mil dólares para cobrir despesas legais e de diligência prévia.

Em 12 de janeiro de 2017, Anna obteve uma linha de crédito em sua conta no City National Bank por cem mil dólares, garantindo ao executivo Ryan Salem que ela iria transferir o dinheiro de uma conta na Europa para pagar o empréstimo em uma questão de dias. Em seu testemunho, ele disse que "Nós sempre acreditamos que ela tinha o dinheiro" e que "Ela sabia os termos e expressões corretas, ela tinha todo o jargão financeiro que é necessário para interagir nesse ramo. Eu ofereci meu apoio a alguém que no final das contas não era digno".

Anna deu o valor de cem mil dólares ao Fortress para cobrir as despesas associadas ao seu pedido de empréstimo. A transferência que reembolsaria o City National nunca aconteceu.

Um mês depois, em fevereiro, Anna voltou para Nova Iorque — e para a minha vida. O grupo de investimento Fortress já havia gastado quarenta e cinco mil dólares do valor em diligências prévias. De acordo com o *New York Times*, Spencer Garfield, um diretor do Fortress que havia testemunhado, contou que Anna teve problemas para comprovar a origem do dinheiro. Primeiramente, porque ela afirmava ter nascido na Alemanha, mas seu passaporte mostrava que ela era de uma cidade russa — eu imaginei que ela tinha mais de um passaporte, porque no que ela havia me enviado para fazer as reservas constava Düren, Alemanha, como sua cidade natal. O jornal disse que "Quando o sr. Garfield se voluntariou para ir à Suíça para se encontrar com o gerente dela a fim de verificar as finanças, ela repentinamente saiu do acordo dizendo que o seu pai simplesmente poderia lhe dar o dinheiro".

Eu me lembro de Anna comentando que o seu pai havia ficado sabendo do acordo e não tinha gostado dos termos. Depois da sua desistência, o Fortress devolveu o restante dos cem mil dólares. De acordo com a promotoria, Anna usou o dinheiro para financiar o seu estilo de vida: treinos particulares com Kacy Duke, a sua estadia no 11 Howard, compras na Forward by Elyse Walker,[121] Apple e Net-a-Porter. Anna gastou dezenas de milhares de dólares em apenas um mês. Em março, de acordo com McCaw, a conta bancária dela estava com nove mil dólares no negativo. Ela nunca pagou os trinta e cinco mil dólares pelo jatinho que alugou com a empresa Blade para ir a Omaha no começo de maio, uma semana antes da nossa viagem para o Marrocos.

A minha história apareceu no relatório que a promotoria entregou para a imprensa. "SOROKIN convidou uma amiga para uma viagem toda paga ao Marrocos", começava o artigo. "Durante a viagem, SOROKIN oferecia o cartão de débito sabendo que iria ser negado devido a fundos insuficientes..." E mais embaixo, "SOROKIN nunca reembolsou a amiga e dava desculpas quando questionada sobre a transferência". Os documentos do tribunal incluíam o meu primeiro e último nome, mas por um milagre a imprensa não tinha descoberto onde eu trabalhava ou ninguém à minha volta. Segundo a mensagem de Kathryn: *Deve ter muitas Rachel Williams em NYC.*

Mesmo assim, eu fiquei em alerta. Quando recebi uma solicitação de amizade no meu perfil do LinkedIn

---

[121] Marca de luxo criada pela estilista Elyse Walker.

de um editor de fotos do *New York Pos,t* eu apaguei a minha foto de perfil e coloquei minha conta no privado. Ainda não sabia, mas continuaria com as minhas redes sociais no privado por meses.

Em paralelo, eu ainda devia dezenas de milhares de dólares para a American Express, tanto no meu cartão corporativo quanto no pessoal. Eu havia pedido ao responsável por revisar os gastos nos cartões corporativos para ignorar aquela cobrança e ele o fez sem nem questionar, porque a *Vanity Fair* tinha um crédito para aquele valor enquanto a American Express analisava o meu pedido. Eu finalmente aceitei o empréstimo que Janine tinha oferecido para cobrir parte do valor no meu cartão pessoal. O valor incluía as passagens para o Marrocos, o passeio para a Villa Oasis, todos os nossos almoços e jantares fora do hotel e os vestidos que Anna havia comprado na medina. Janine enviou o dinheiro diretamente para a American Express em meu nome. Nós duas elaboramos um contrato de empréstimo em que concordamos que eu iria fazer o pagamento do valor em parcelas.

No entanto, esse valor não cobria a conta do hotel, a qual eu ainda estava tentando contestar. As cobranças estavam divididas entre os meus cartões e as contestações ainda estavam todas pendentes. Enquanto esperava a American Express tomar uma decisão, eu não precisava pagar pelas cobranças que estavam sendo questionadas.

Até que de repente elas começaram a aparecer novamente nas minhas faturas. A American Express havia investigado o meu caso, contatado o La Mamounia e negado o meu pedido. Recebi a notícia no meio do expediente e imediatamente procurei um lugar onde pudesse fazer uma ligação com mais privacidade. Eu fui até as escadas de emergências que cheiravam a materiais de construção e poeira, porém estavam vazias, me sentei em um dos degraus e fiquei encarando os canos azuis industriais à minha frente.

— Atendente — eu disse, e o som ecoou pelas paredes. Do outro lado da linha uma voz robotizada informou que a ligação poderia ser gravada. *Ótimo, eu pensei, espero que todo mundo esteja ouvindo.* Eu já estava cansada de repetir a história detalhadamente. Eles iam me transferindo de pessoa a pessoa até que encontrassem o departamento correto. Eu ia contando e minha voz embargava no meio, momentos em que a emoção tomava conta.

Liguei várias e várias vezes, pedindo para reabrir o caso, e várias e várias vezes eles concluíam que as cobranças ficariam nos meus cartões. Toda vez que isso acontecia, eu ligava para eles novamente.

Então houve um avanço.

Duas semanas após a audiência de Anna, eu recebi uma carta pelo correio referente ao meu cartão corporativo. "Enquanto investigávamos sua reivindicação referente ao valor da cobrança do HOTEL LA MAMOUNIA MARRAKESH MARROCOS, nós mantivemos o crédito em sua conta no valor de U$ 16.770,45 e, como informado, entramos em contato com o estabelecimento em seu nome." Eu passei rapidamente pelo resto da carta, frenética, ansiosa pelo resultado. "Nosso crédito emitido anteriormente permanecerá em sua conta."

Eu reli a carta cinco vezes antes de aceitar que *talvez* isso fosse uma boa notícia. Então tirei uma foto e mandei para a Kathryn e para o Nick para ver se eles entendiam a mesma coisa que eu.

EU ACHO que significa que eles vão me proteger das cobranças do cartão corporativo!!!!!, eu escrevi.

Parece que sim!!!!!, Kathryn respondeu, acrescentando um *emoji* de mão agradecendo.

Eu acho que sim!!, Nick concordou.

A princípio eu li como se fosse o contrário, eu respondi, *mas CRÉDITO significa que o dinheiro voltou para a minha conta. Se fossem retirar, eles falariam COBRANÇA. Além do mais, o valor não está mais aparecendo na minha conta, então só pode ser um bom sinal. Aleluia.*

Eu tinha medo de acreditar, mas também tinha medo de ligar para a American Express para confirmar. *E se eles mudassem de ideia?* Mas, à medida que os dias foram passando, o meu pessimismo foi dando espaço para alívio e aceitação, a única coisa que amortecia a minha felicidade era o fato de que as cobranças no meu cartão pessoal permaneciam e o valor era mais do que o dobro do que o do cartão corporativo. Considerando a acusação de Anna e a decisão da American Express, eu estava tentada a acreditar que mais notícias boas viriam.

Por causa de todo o meu progresso, eu esperara me sentir um pouco melhor até a chegada do inverno, mas não foi o que aconteceu. Continuei depressiva e tendo que lidar com uma ansiedade constante. O cinza monocromático do inverno de Manhattan só piorou as coisas. Nessa mesma época, um pouco antes do Natal, meu avô que morava em Spartanburg, na Carolina do Sul, faleceu aos noventa e seis anos, cercado por seus familiares e, como ele mesmo disse, "pronto para partir".

Mesmo assim, eu não acho que terei um único dia em que não sinta a falta dele. Era como se eu estivesse o tempo todo prestes a chorar e como se minha respiração não estivesse funcionando da forma como deveria, meus pulmões sempre precisando de um pouco mais de ar. Escrever era uma das coisas que me ajudavam, então eu foquei em escrever o máximo que pudesse.

Em 30 de janeiro de 2018, um dia depois do meu aniversário de trinta anos e dois meses após a notícia de que não seria mais responsável pela cobrança no meu cartão corporativo, eu estava saindo do metrô a caminho do trabalho quando recebi a seguinte mensagem: "Nós estamos creditando o valor de U$ 36.010,09 em sua conta", constava na primeira linha. "O crédito irá aparecer na próxima fatura. Nós sempre buscamos dar o nosso melhor para acusar e prender indivíduos que realizam cobranças não autorizadas. Se precisarmos de mais alguma informação pessoal, iremos entrar em contato até 15 de março de 2018, caso contrário, você pode considerar esse assunto resolvido. Nós pedimos desculpas por qualquer inconveniência. Obrigado pela oportunidade de nos auxiliar nesse assunto. Atenciosamente, Global Fraud Protection Services."

Eu congelei no meio do saguão do prédio da Condé Nast e desabei em lágrimas de alívio e felicidade. Tirei um *print* da mensagem e imediatamente enviei para os meus pais, Nick e Kathryn.

Eu não consigo acreditar, mandei para Nick, *eu sinto que finalmente posso voltar a respirar.*

Também passei as notícias para os meus amigos mais próximos. *Eu não tenho nem palavras para dizer o quão aliviada estou,* mandei. *Eu tenho medo de acreditar que isso é verdade. Lutei tanto para isso, o meu pedido foi negado tantas vezes. Doido ver que essa notícia veio logo hoje, no dia em que completo trinta anos.*

Era o fim de um pesadelo — ou foi o que pensei.

Sem explicação alguma, no começo de março, a cobrança reapareceu na minha conta. Eu não havia recebido nenhuma mensagem, apenas entrei na minha conta e encontrei o valor lá. Quando eu vi, comecei a tremer imediatamente.

— Eu acho que houve um engano — eu disse ao telefone. — Eu contestei essas cobranças e o processo foi encerrado.

A atendente me informou que não havia nada no sistema que sugerisse que a decisão havia sido revertida. Ela acabou encontrando a mesma mensagem que eu recebi no início de janeiro, dizendo que eu seria protegida do valor de 36.010,09 dólares. Eu queria acreditar nela, mas parecia bom demais para ser verdade, então, ao final do dia, eu retornei a ligação para ver se algo tinha mudado.

Dessa vez, recebi a notícia que temia. A American Express tinha realmente voltado atrás na sua decisão após ter entrado em contato com o hotel mais uma vez e recebido novamente a autorização que eu havia assinado como evidência de autorização de pagamento.

— Mas eu já havia informado vocês sobre isso — eu discuti, insistindo que havia sido assinado sob falso pretexto e sob pressão. Eu havia mencionado isso em detalhes quando enviei um resumo por escrito de acordo com o pedido da American Express. — Vocês já tinham essa informação quando a decisão foi tomada a meu favor, por que estão trazendo isso de volta agora?

A pessoa com quem eu estava falando até estava sendo compreensiva, mas, como ela não tinha mais nenhuma informação no sistema, não podia me dizer mais nada. A minha melhor opção era reabrir o pedido e tentar mais uma vez contestar a cobrança. E foi o que eu fiz. Voltei à estaca zero.

Infelizmente, a questão do cartão não foi o único acontecimento significativo de março. Eu estava embarcando em um voo para Los Angeles, indo a trabalho para a festa do Oscar, quando recebi uma mensagem no LinkedIn de uma repórter chamada Jessica Pressler, que estava escrevendo um artigo sobre Anna para a *New York Magazine* e que tinha interesse em falar comigo.

A minha primeira vontade foi de me chutar, pois não tinha me dado conta que eu ainda receberia mensagens mesmo com a conta trancada. Em pânico, não respondi e passei as vinte e quatro horas seguintes pensando no que fazer. Eu havia começado a escrever sobre a minha história com Anna no dia seguinte à a nossa conversa no Frying Pan. Para mim, a narrativa era muito extensa e complexa para ser compartilhada em um artigo, mas, se fosse para compartilhar, eu queria que fosse com as minhas próprias palavras.

A *Vanity Fair* publicou o meu artigo em abril de 2018, uma narrativa pessoal descrevendo o início e o fim da minha amizade com Anna, na sessão *Hive*[122] do site — e subsequentemente na versão impressa da revista na edição de verão. A *New York Magazine* publicou a história de Jessica Pressler — uma versão jornalística investigativa — no fim de maio.

Eu sabia que Anna era cativante, mas não poderia imaginar o tamanho que ela alcançaria. Meu artigo havia sido publicado em uma quinta-feira e quase imediatamente fui bombardeada com mensagens me perguntando sobre direitos para fazer um livro, um filme e uma série. Na terça-feira seguinte, eu recebi uma mensagem de um agente da CAA[123] que havia lido o meu artigo e conseguido o meu e-mail através de uma conexão em comum. Eu estava me sentindo vulnerável e muito fora de mim, além de estar desesperada por conselhos, então agradeci a oferta da agência para me ajudar a navegar por essas águas que eram assustadoramente desconhecidas para mim.

Não muito tempo depois disso, a HBO ofereceu pegar o meu artigo para um filme ou uma série e a Netflix ofereceu o mesmo para o artigo de Pressler. Durante o verão, pessoas por todo o mundo que passaram por situações semelhantes à minha entraram em contato. Eu senti que havia feito a coisa certa ao contar a minha história. Havia um conforto mútuo em saber que não estávamos sozinhos. O apoio e o encorajamento que recebi dos meus amigos e até de estranhos me inspiraram a continuar escrevendo — principalmente quando eu sabia

---

[122] Coluna que publica as últimas notícias sobre política, negócios e tecnologia, análises e opiniões detalhadas.
[123] Creative Artists Agency; em português: Agência de Artistas Criativos. É uma agência de talentos que possui uma grande lista de clientes, entre eles J. J. Abrans, George Clooney e Tom Cruise.

que havia muito mais para contar. E foi o que fiz naquele verão, passei a maior parte do tempo escrevendo a minha própria história, enquanto continuava a trabalhar na *Vanity Fair* — que eu ainda amava e precisava.

Teve alguns acontecimentos bizarros como resultado do sucesso da minha história. Enquanto eu caminhava pela Greenwich Village de Manhattan, avistei um homem na faixa dos trinta anos vestindo uma camiseta branca com os dizeres em preto na frente: "Falsa Herdeira Alemã". Eu parei no meio do caminho, boba com o que tinha acabado de ver. Parecia que eu tinha caído em um mundo distópico de televisão e que a qualquer momento poderia me encontrar no meio de um *flash mob*[124] de pessoas com máscaras de Anna Delvey.

Eu fiz uma pesquisa rápida no Google e descobri uma série de camisetas relacionadas a Anna. Uma delas trazia escrito: *A minha outra camiseta vai te transferir U$ 30.000*. Me incomodou um pouco saber que outras pessoas estavam rindo de algo que havia me causado tamanho sofrimento.

Mais e mais pessoas estavam enxergando Anna como uma figura heroica contra gigantes do capitalismo. Eu entendia a vontade de aplaudir alguém por tomar vantagem de pessoas que se achavam importantes no meio da arte, além de banqueiros e investidores. Mas eu era uma jovem trabalhadora de Knoxville no Tennessee, que havia se mudado para a cidade grande com nada além de um emprego inicial. Eu não achava que a interpretação dos crimes de Anna era precisa. Na verdade, parecia que as pessoas estavam vendo apenas o que elas queriam ver em Anna, em vez de quem ela realmente era: uma fraudadora cujo narcisismo era imenso e desprezível e cujos planos eram indiscriminados.

---

[124] Quando um grupo de pessoas se reúne repentina e instantaneamente em ambiente público, realiza uma apresentação atípica por um curto período de tempo e rapidamente se dispersa do ambiente como se nada tivesse acontecido.

Pessoas anônimas na internet pediam por "Libertem Anna". Se Anna era a heroína, quem eu era na história?

⁕

Continuei escrevendo por todo o inverno. Mesmo quando era difícil, parecia um processo catártico e produtivo. As coisas estavam voltando aos trilhos, ainda devagar, mas pelo menos em um ritmo constante.

No início de janeiro de 2019, eu li um artigo no *New York Post* que contava que Anna havia negado a oferta de três a nove anos de prisão caso ela alegasse culpa. O que era bizarro, na minha opinião, considerando que todas as evidências estavam contra ela. Afinal, dar golpe em banco deixava rastros. Eu pensei que ela iria reconsiderar o acordo judicial antes de o seu caso ir a julgamento.

Duas semanas depois, em uma tarde de quinta-feira de janeiro, eu estava com meus fones de ouvido no escritório da *Vanity Fair*, ouvindo Nina Simone enquanto organizava algumas pastas no meu laptop, quando um e-mail da promotora McCaw chegou com o assunto: "O povo vs. Anna Sorokin". O julgamento de Anna havia sido agendado e eu provavelmente iria ser chamada para testemunhar. Eu não estava preparada para essa notícia.

De imediato pensei em ter que ver Anna pessoalmente depois de tanto tempo e a ideia me deu ânsia. Quando andava por lugares lotados, algumas vezes sentia um medo irracional de que por algum motivo eu iria esbarrar nela, e isso sempre me fazia suar frio. Eu não tinha a mínima intenção de vê-la novamente.

Tentei absorver a informação e o que ela significava. Eu teria que contar a minha experiência em uma sala cheia de estranhos. Será que teria imprensa? Eu seria capaz de encontrar as palavras certas? Ou conseguiria segurar as lágrimas? Não, sem chances. E se eu desmaiasse? Será que alguma testemunha já havia desmaiado durante um julgamento?

 E como ela olharia para mim? Será que ela me veria como uma amiga? Era uma ideia absurda, eu sabia, mas o que ela tinha feito era exatamente isso. A maioria das pessoas, se estivesse no lugar dela, saberia que a nossa amizade teria terminado depois de tudo o que aconteceu. *Por que ela não aceitou o acordo judicial?* Ela devia estar dez passos à frente, provavelmente com algum plano. Ela queria um julgamento para ganhar fama? Eu acabei descobrindo que, além do artigo de Jessica Pressler, a Netflix também havia pedido pelos direitos de retratar a vida de Anna. Ela estaria indo a julgamento apenas pela trama? Será que esse era o plano dela desde o começo?

 No dia 5 de fevereiro, eu estava sentada à minha mesa no trabalho quando recebi uma ligação interna de um número que não reconheci. Fui até o escritório que me foi indicado e ali descobri que estaria sendo desligada devido a reestruturação corporativa. A notícia veio como um golpe, mas eu estava na área de publicação havia tempo suficiente para saber o quão imprevisíveis eram essas coisas. Nos últimos anos, teve uma alta taxa de rotatividade na Condé Nast. Kathryn havia deixado a revista aproximadamente um ano antes, com outros catorze funcionários seniores, que foram desligados após a saída de Graydon Carter. Na verdade, eu era uma das poucas que ainda estava lá desde a época do sr. Carter. Empacotei minhas coisas calmamente, sem chorar, até que a vice-editora da revista me ligou e se ofereceu para me apresentar a alguns contatos de outras revistas. A demissão foi muito mais real depois dali. Quando a minha mesa estava vazia, Kathryn me encontrou no térreo para me buscar — e todas as tralhas que tinha acumulado ali ao longo de oito anos e meio — e fomos em seu carro até um bar para beber, afogar as mágoas e fechar um capítulo da minha vida.

Passei grande parte dos dois meses seguintes lidando com tarefas como: trocar de plano de saúde, de plano telefônico e pedindo por uma prorrogação nos meus impostos. Mesmo assim, dediquei a maior parte do meu tempo à escrita. E eu escrevi muito. Muita coisa na minha vida havia mudado, e colocar tudo em palavras me ajudou a encontrar significado em meio ao caos e acalmar as minhas ansiedades.

A seleção do júri começou no dia 20 de março. Inicialmente, eu tentei evitar ler qualquer coisa sobre o julgamento, mas meus amigos e familiares me mandavam links para os artigos e eu não conseguia resistir. O advogado de Anna, Todd Spodek, usou uma letra da música "New York, New York" de Frank Sinatra em sua declaração de abertura: *Se eu conseguir ganhar a vida aqui, eu consigo em qualquer lugar.* "Porque as oportunidades aqui são infinitas", ele acrescentou. "Frank Sinatra, assim como a srta. Sorokin, tiveram um recomeço e tanto aqui em Nova Iorque", ele disse. "Ambos criaram uma oportunidade de ouro."

Um recomeço e tanto?, eu pensei. *Assumir uma identidade falsa com o intuito de roubar e mentir?*

— Anna teve que chutar a porta para conseguir uma chance na vida, o advogado continuou. — Assim como Sinatra teve que fazer do jeito dele, Anna fez do jeito dela.

Para mim, Spodek estava passando pano para os crimes de Anna, tornando-os mais aceitáveis, não só para os jurados, mas para o júri popular também, e para o possível filme e a série de TV. O foco da defesa de Anna era a frase: "Finja até você conseguir". O que, para mim, soava como uma clara admissão de culpa. No sentido que Anna teve que fingir — cometer um crime — até que ela conseguisse realizar o que queria — se safar com isso. Até mesmo Spodek teve que admitir que os métodos de Anna eram pouco ortodoxos e "possivelmente antiéticos".

— Por meio de pura engenhosidade, ela criou a vida que queria ter — ele argumentou. — Anna não esperou por oportunidades. Todos nós podemos compreender isso. Tem um pouco de Anna em cada um de nós.

Fale por você, ensei. E aí lembrei que ele era um advogado de defesa criminal e que estava defendendo uma cliente que havia cometido um crime com evidências tão estarrecedoras que não havia como ser negado — a fraude de cheques, por exemplo. Se estivesse no lugar dele, eu também teria que ser criativa. No final das contas, ele estava apenas fazendo o seu trabalho.

A maior parte da cobertura da mídia estava focada no que Anna vestia. Essa fascinação havia surgido após ela ter aparecido no tribunal com uma gargantilha preta e um vestido decotado da Miu-Miu. As fotos da roupa dela haviam se espalhado como fogo pela internet (a matéria da *W* levava no título: O LOOK DO TRIBUNAL DE ANNA DELVEY COM GARGANTILHA É TÃO ATUAL). A *GQ*[125] publicou uma história relatando que a "Vigarista do Soho" Anna Sorokin tinha uma estilista — Anastasia Walker — que estava escolhendo as suas roupas para o tribunal. Essa informação levou as redes sociais à loucura.

Parecia que eu estava assistindo a algum tipo de experimento social obscuro através de um espelho falso. De acordo com o *New York Post*, funcionários da Netflix estavam no julgamento. E pelo que entendi, Todd Spodek estava representando a sua cliente não só na corte, mas também no meio do entretenimento. Para quem via de fora, a cobertura de imprensa e as mídias sociais como intermediárias, a impressão era de que Anna estava tratando o próprio processo criminal como uma oportunidade de negócios.

---

125   Revista mensal sobre moda, estilo e cultura para os homens, através de artigos sobre alimentação, cinema, fitness, sexo, música, viagens, desporto, tecnologia e livros.

A imprensa relatou todas as roupas e passos de Anna. Eu examinava as fotos em busca de algum pingo de culpa ou remorso. As fotos dela chorando apareciam abaixo de chamadas como "COLAPSOS DA FASHIONISTA". Eu havia testemunhado a mesma coisa no Frying Pan, quando Anna caiu em lágrimas porque o *New York Post* a havia descrito como "Socialite de Mentirinha".. Na minha opinião, as emoções de Anna eram mais ou menos dependentes da percepção do mundo em relação a ela.

Quando Anna parecia gostar do que estava vestindo — de acordo com a revista *Elle,* um dia Anna apareceu com um vestido tubinho da Michael Kors e em outro, com um top transparente da Saint Laurent e uma calça da Victoria Beckham —, ela entrava descaradamente no tribunal, sorria para as câmeras c sc virava para o público para observar toda a atenção que estava recebendo. Mas nos dias em que ela não gostava do que estava usando, era um outro show completamente. De acordo com o *New York Post:*

A crise de moda começou na sexta-feira de manhã, quando Sorokin, 28, chegou de Rikers Island[126] *em um moletom marrom de presidiário e se recusou a colocar a roupa civil que as autoridades haviam fornecido. O juiz Kiesel, irritado, enviou o advogado de Sorokin até a cela para convencê-la a aparecer. Quando o advogado retornou, ele informou que ela estava chorando e se sentindo enjoada. Sorokin disse ao advogado que funcionários da cadeia estavam se vingando e sabotando as roupas que a estilista dela enviava para interferir com as suas aparições.*

— Com todo respeito à sua cliente, mas ela me parece um pouco preocupada demais com a aparência.

---

[126] Uma ilha de 413,17 acres no East River entre Queens e o Bronx que abriga o principal complexo carcerário da cidade de Nova York.

— A juíza da Suprema Corte do Estado de Nova Iorque disse, segundo o jornal. — *Isto é um julgamento. Ela é ré em um caso criminal. Eu sinto muito se as roupas não estão de acordo com as preferências dela, mas ela tem que comparecer.*

Para mim, no entanto, a imprensa falhou na pergunta principal: de onde Anna estava tirando dinheiro para pagar o seu advogado de defesa e o seu guarda-roupa? Quem estava pagando pela estilista que, de acordo com a *Elle*, "estava hesitante em divulgar os detalhes do acordo com Sorokin", mas divulgou estar sendo paga pelo trabalho e que ela e Anna continuariam a trabalhar juntas no futuro? A Netflix estava financiando isso? Legalmente, Anna não tinha permissão para lucrar em cima do próprio crime. Mas a Netflix tinha. Eu me perguntava quais brechas eles tinham encontrado na lei que lhes permitiam agir pelos próprios interesses — e os de Anna — e investir na amplificação e elevação do caso dela. Um investimento no fenômeno que era Anna Delvey.

Ou talvez Anna tivesse algum benfeitor anônimo que estava financiando o advogado e a estilista? Eram essas perguntas que ocupavam espaço na minha cabeça nos dias que antecediam o meu testemunho.

Uns dias antes de testemunhar, eu descobri um artigo sobre Anna em um site chamado *Komsomolskaya Pravda*, um jornal diário publicado na Rússia. O nome completo de Anna era Anna Vadimovna Sorokina e ela havia nascido em Domodedovo, uma cidade localizada a trinta e quatro quilômetros ao sul de Moscou. O pai dela havia trabalhado como motorista de caminhão e, até 2019, com vendas de ar-condicionado. A mãe dela já havia sido dona de loja, mas passara a dona de casa desde o nascimento do irmão mais novo de Anna. *A história do irmão era verdadeira pelo menos*, eu pensei e me perguntei se ele realmente jogava xadrez. A família de Anna havia saído da Rússia e se mudado para a Alemanha em 2007, quando Anna tinha dezesseis anos, para uma cidade pequena chamada Eschweiler, que ficava quarenta e oito quilômetros a oeste de Colônia.

O artigo incluía declarações de vários colegas de escola de Anna ainda na Rússia. "Nós éramos melhores amigas", uma menina chamada Anastasia disse, "as pessoas tinham medo dela. Ela tinha uma personalidade muito forte e não era todo mundo que conseguia lidar com isso. As suas zombarias magoavam facilmente, mas ela sempre as fazia sutilmente." Essa declaração havia me lembrado de uma história que Anna havia me contado da sua infância. Uma garota em sua escola sempre voltava para casa com machucados e os professores não conseguiam entender o porquê. Anna me contou que era ela que beliscava a menina. Quando ela me contou, isso me irritou, mas eu não soube o que fazer com a informação.

Eu continuei lendo. Outra colega, Nastya, lembrava que o filme favorito de Anna era *Meninas malvadas*. Nastya disse que ela e Anna sempre se identificavam com as personagens malvadas, porém populares, e que gostavam do fato de elas serem "heroínas negativas". Isso dizia muito sobre o tipo de personagem que Anna estava tentando incorporar.

No final do artigo, eu li algumas declarações do pai de Anna, Vadim Sorokin, que *claramente* não se chamava Daniel Decker Delvey. "Não tem nada de especial na minha história. Muitas pessoas querem que eu conte algo da minha filha, mas no geral eu não tenho nada a ver com isso."

O pai de Anna contou que ela estudou até a oitava série na Rússia e que na escola era uma aluna exemplar. Segundo ele, antes da sua prisão, a família de Anna não tinha nenhuma informação sobre a vida dela nos Estados Unidos. "Minha filha nunca nos enviou um centavo, pelo contrário, ela nos tirou dinheiro! Naturalmente, nós estamos muito preocupados com ela. Ela tem uma natureza egoísta, não podemos fazer nada sobre isso. Nós a criamos de forma normal. Eu não sei, é a natureza dela."

As palavras "é a natureza dela" me chamaram atenção. Era uma colocação estranha, provavelmente devido à tradução, mas era a melhor definição em que eu pude pensar. O egoísmo e a ganância de Anna eram inerentes a ela.

"Até um certo ponto, sim", o pai dela disse, "naturalmente, ela é culpada."

Na manhã do dia 17 de abril, uma quarta-feira — um ano, onze meses e dois dias depois da minha viagem para o Marrocos —, eu cheguei à praça Foley, que ficava em frente ao escritório da promotoria. Quando estava descendo do táxi, eu sem querer bati a porta no meu joelho. Eu travei na hora, fechei os olhos e respirei fundo para processar a dor. Havia passado os quatro últimos dias me preparando mentalmente para dar o meu testemunho, agonizando para garantir que eu lembraria de todos os detalhes. Finalmente o momento tinha chegado, tudo o que eu precisava fazer era ouvir atentamente, responder as perguntas e contar a verdade no meu ritmo. A dor no joelho era um lembrete para eu me concentrar e focar à minha volta, sem me perder dentro de minha cabeça.

Entrei no prédio da Suprema Corte do Estado de Nova Iorque com Kaegan Mays-Williams, uma assessora da promotoria que havia sido designada para o caso juntamente com a promotora Catherine McCaw.

Mays-Williams havia me preparado para o meu testemunho e seria quem conduziria as perguntas na frente do júri. O tribunal era no sétimo andar. Eu subi os sete andares em silêncio, ciente de que um jurado ou um jornalista poderia estar no elevador e ouvir tudo. Eu estava muito nervosa. *Você é forte, você está preparada*, eu repetia o mantra em minha mente.

Eu e a promotora saímos do elevador e seguimos por um corredor curto que dava no centro de outro corredor, este mais longo e com bancos de madeira por toda a extensão, de ambos os lados. Eu imediatamente avistei Nick e Kathryn sentados, e eles se levantaram para me abraçar. Apresentei-os rapidamente para a promotora antes de ela ir para o seu lugar, e nos sentamos para esperar a minha hora de falar. Nós observamos os jurados e os repórteres entrando. Dois homens tiraram fotos de mim do corredor. Eu me sentia exposta, constrangida só de me movimentar e hipersensível a tudo à minha volta.

Nós esperamos por quase uma hora até que vieram me chamar. Eu assenti, olhei para os meus amigos para uma última dose de confiança e fui em direção ao tribunal. A oficial que me conduziu deveria estar na casa dos cinquenta, era loira e parecia gentil. E surpreendentemente falante.

— Você é fotógrafa? — ela me perguntou.

— Só por diversão — respondi. — Eu trabalho no departamento de fotos de uma revista. — Não contei que havia sido demitida. Ela me contou que o seu filho era fotógrafo — ou eu acho que era isso, estava distraída por causa dos nervos. Quando chegamos ao final do corredor, ela se virou em minha direção.

— Está pronta?

— Pronta, pronta nunca estarei — respondi.

Ela abriu a porta e anunciou: — Testemunha entrando!

A oficial me acompanhou por todo o corredor. Eu estava vestindo uma camisa de botões simples de seda azul-marinho e calças e sapatos pretos. Era praticamente o oposto de uma cerimônia de casamento. Em ambos os meus lados havia bancos semelhantes aos de igreja cheios de pessoas que se viravam para me ver passar, algumas até tiravam fotos. Mas nenhuma delas sabia quem eu era e nem eu as conhecia. Tirando Kathryn e Nick, eu tinha pedido para ninguém vir, querendo limitar a exposição que a mídia conseguiria de mim e das pessoas à minha volta. E eu também não os queria perto de Anna. Ela já estava lá, é claro, sentada ao lado do seu advogado, mas eu não olharia para ela até que fosse necessário.

— Cuidado com os degraus — a oficial disse enquanto eu subia a escada que dava para o banco das testemunhas, entre o júri e o juiz. Permaneci em pé, como me havia sido instruído, ergui minha mão direita e jurei dizer a verdade. Em seguida, doze jurados, seis homens e seis mulheres, de idades e etnias variadas, entraram e tomaram os seus lugares. Eu me preparei para formalizar a nulificação da minha amizade com Anna Delvey. A promotora Mays-Williams me perguntou se eu avistava a pessoa que havia cometido crimes contra mim.

— Ela está ali — eu disse, apontando para Anna. Finalmente olhando em sua direção e nos olhos dela. Ela estava sorrindo, o canto dos lábios erguido, e a sua expressão era zombeteira. Ela estava tentando me provocar? A sua atitude não passava de um comportamento juvenil para mim e me deu forças. Pediram-me para descrever algo que ela estava vestindo, então eu disse que ela estava com óculos de armação escura.

— Deixe registrado que a testemunha reconheceu a ré — Mays-Williams disse. A partir daí, eu mal olhei para Anna, ignorando a sua presença por completo. Eu me surpreendi com o fato de a presença dela não ter me afetado. Acho que em parte era porque ela não parecia mais misteriosa. Eu finalmente sabia quem ela era. Além do mais, lá no verão de 2017, eu já a tinha confrontado com tudo que iria dizer agora, então nenhuma acusação era nova.

Eu estava mais preocupada com o júri, sentindo que era vital que eles escutassem e entendessem que eu estava falando a verdade. Tentei responder as perguntas calmamente, mas, quando me pediram para descrever o que aconteceu no dia 18 de maio de 2017 — o dia em que Anna me convenceu a usar o meu cartão para garantir a estadia no La Mamounia —, eu comecei a chorar. Mas rapidamente me recompus e continuei a responder as perguntas com o máximo de compostura que consegui.

Derramei mais algumas lágrimas quando tive que ler as mensagens e os e-mails em voz alta e descrever a forma como a fraude de Anna havia me afetado. Não pude evitar trazer os sentimentos de impotência, ansiedade e traição à tona. Eles estavam conectados às memórias.

Haviam me dito previamente que meu testemunho iria durar um dia inteiro, mas a guia de Mays-Williams levou mais tempo do que imaginaram, o que fez com que Todd Spodek só tivesse quinze minutos para começar o interrogatório. Pediram que eu retornasse no dia seguinte.

Na manhã seguinte, enviei uma mensagem para o grupo da família. *Estou me preparando para o segundo dia. Hoje é o interrogatório*, eu enviei, adicionando em seguida: *Colocando minha armadura. Eu sou forte, eu estou preparada! Vou respirar fundo e seguir o meu ritmo. Contar a verdade e colocar um fim nisso.*

Arrasa eles querida!!, meu tio Bill respondeu.

Você está preparada, agora entregue tudo, minha tia Jennie acrescentou.

Os seus anjos da guarda estarão ao seu lado. Te amo, meu pai escreveu.

Sim! E não deixe ninguém colocar palavras na sua boca!, tio Jim lembrou.

Exatamente, Jim está certo, tia Becky concordou. *Faça uma pausa antes de responder para você poder respirar e organizar os seus pensamentos. Sua integridade vai estar ao seu lado. Nós te amamos.*

A parte do interrogatório era a que mais me assustava e por bons motivos. Eu sabia da sua importância, e das dez da manhã até a uma da tarde fiquei no banco das testemunhas tentando me defender — sem parecer que eu estava na defensiva — de um ataque ao meu caráter. Spodek tentou me retratar como oportunista ao deixar Anna pagar jantares, treinos e uma viagem, sendo que nem *ela* havia pagado por essas coisas.

Ele andava enquanto falava, gesticulando com as mãos. Não era diferente dos advogados que eu via na televisão e em filmes. Cada vez que ele me fazia uma pergunta, eu respirava fundo, repetia as suas palavras na minha mente e dava o meu máximo para responder da melhor forma possível. Era um teste para a minha paciência e minha perspicácia mental ter alguém questionando absolutamente todos os meus movimentos e intenções. Eu não podia retrucar, senão ficaria feio para mim, então me concentrei em falar a verdade da maneira mais calma e sucinta possível.

Mantive a compostura por bastante tempo, mas eventualmente ele conseguia me atingir. Ele estava ciente que eu tinha um acordo com uma editora para a publicação de um livro e que a HBO havia pedido direitos sobre a minha história, e então me acusou de usar o julgamento como forma de criar conteúdo para entretenimento. Senti toda a minha raiva começar a entrar em erupção. Eu falei mais firme, incapaz de controlar a minha irritação. — Não pedi por um julgamento ou por um testemunho. Eu definitivamente não pedi para ser desconstruída e vista como alguém que está agindo para o seu próprio benefício. *Porque eu não estou* — eu finalmente rebati.

Eu era a vítima de um golpe. Não escolhi nada disso. A acusação fazia a minha cabeça girar — principalmente porque eu tinha certeza de que ele e Anna estavam ambos usando o julgamento como um teatro. Olhei para eles e, na audiência, vi que Jessica Pressler estava lá também. Eu sabia que ela já estava trabalhando para a Netflix. Era surreal.

Mas eu também tinha gente do meu lado. Nick e Kacy Duke estavam lá para me apoiar. Não tinha ninguém da HBO ou da editora, nenhum publicitário ou estilista do meu lado. Eu não havia tratado o tribunal como uma oportunidade de marketing. Usei a mesma roupa nos dois dias. Depois do primeiro dia de testemunho, já apareciam fotos minhas chorando na internet. Não eram fotos interessantes ou legais, definitivamente não eram para o entretenimento do público. Era eu, empurrando uma pedra morro acima porque minha amiga Anna na verdade era uma golpista e tinha tirado vantagem de mim e de várias outras pessoas.

Olhei à minha volta, com medo de estar em uma cena de filme. Eu imaginava as coisas mudando — da mesma forma que acontece em sonhos — e se tornando um pesadelo real. A vontade que eu tinha era de bater palmas e chamar a atenção de todos para o mundo real. Spodek continuava me pressionando. Eu não lembro das palavras exatas dele, meus ouvidos estavam pulsando com a minha raiva, mas o que ouvi foi:

— Você quer isso, não quer? Isso é bom para você, certo?

— Isso não é sobre entretenimento — eu disse ferozmente. — Isso é sobre a lei, ordem e um crime. É sobre algo que eu tive que passar.

Eu olhei para Anna no meio de toda aquela gente e eu queria gritar. *Você está vendo o que fez?*

Eu ouvi Spodek falando: — Mas isso *é* entretenimento. Acabou dando bem certo para você, não foi?

O que isso tem a ver com o crime que foi cometido? Era o que eu queria gritar. Sim, eu tinha achado um caminho no meio dos destroços. Será que o meu lado seria melhor visto se eu não tivesse? Eu deveria ter ficado falida e perdida? Será que eu seria uma vítima melhor assim?

— Essa é a experiência mais traumática da minha vida — eu disse e senti a minha voz embargar. — Eu queria nunca ter conhecido Anna. Se eu pudesse voltar no tempo, eu voltaria. Não desejo isso para ninguém.

O interrogatório terminou minutos depois. Assim que o juiz me liberou, eu me levantei do banco de testemunhas e, sem parar, fui em direção à porta para sair do tribunal. Enquanto esperava por Nick no corredor vazio, eu fechei os olhos e travei a minha mandíbula, respirando fundo pelo nariz. Nick apareceu segundo depois.

— Não quero mais ficar aqui — eu disse, um sentimento de urgência dentro de mim. — Eu preciso sair. Preciso ir embora. Já deu.

Sem hesitar, nós fomos para o elevador. Eu tinha aguentado o máximo que podia naquele lugar e na presença de Anna e da imprensa. Tinha resistido a um interrogatório implacável sobre o meu caráter. Foi miserável. Foi demais.

Eu desabei no momento em que estávamos do lado de fora e a quase um quarteirão do prédio. Chorei no meio da calçada. Eu precisava liberar toda a pressão e a emoção que estava suprimindo. Por um minuto, deixei as lágrimas saírem de mim enquanto Nick me abraçava e dizia que eu havia feito um ótimo trabalho. Quando eu me acalmei, nós andamos alguns quarteirões até o Odeon[127] para almoçar. Enquanto esperávamos pela nossa comida, liguei para os meus pais, que estavam ansiosos para saber de mim. Contei que tinha dado o meu melhor, mas que havia sido difícil. Eles me disseram o quão orgulhosos estavam de mim.

No dia seguinte, voei para Knoxville para passar o final de semana da Páscoa com a minha família. Meus pais e meu irmão me encontraram no aeroporto

---

127 Restaurante na Broadway.

McGhee Tyson com um buquê de flores e um abraço. Era incrível estar em casa. Minha irmã chegou no dia seguinte e nós cinco ficamos em casa juntos. Do lado de fora, os cornisos estavam floridos e o ar da primavera era agradável. Eu queria ficar mais tempo, mas sabia que o julgamento de Anna estava quase no fim e sentia que precisava estar em Nova Iorque quando acabasse. A minha estadia em Knoxville era suficiente para que eu recuperasse o fôlego antes de o júri dar um veredito.

Retornei a Manhattan na terça-feira à tarde. Eu fiquei atenta aoTwitter o dia inteiro, imaginando que as notícias iriam ser compartilhadas lá primeiro. Quando cheguei em casa, me joguei no sofá. Foi aí que vi um tweet dizendo que os argumentos finais do julgamento tinham finalmente acabado. *Agora é só torcer*, pensei. Era a única coisa que tinha para fazer. O resto era com os jurados, que estavam começando as suas deliberações.

Mesmo tentando me distrair assistindo a filmes e falando com meus amigos, eu não conseguia evitar me atualizar de quinze em quinze minutos na página de busca com o nome de Anna.

Naquela fim de tarde, vi artigos on-line resumindo os argumentos finais feitos por McCaw pela acusação e por Spodek pela defesa. De acordo com a *Rolling Stone*, Spodek se referiu ao meu testemunho como "uma performance digna de Oscar". O que fez meu sangue esquentar; era ele quem estava atuando, não eu.

O júri demorou mais tempo para deliberar do que o esperado. Quarta-feira passou sem nenhuma notícia. Quando voltei de Knoxville, eu estava calma perante o veredito, relativamente em paz com o que poderia acontecer. Mas com a demora, eu ia ficando cada vez mais ansiosa.

Na tarde de quinta-feira, depois de mais um dia inteiro de deliberações, eu vi um tweet de um jornalista do *New York Times*:

Uma nota do júri de Anna Sorokin às 4h55: nós do júri gostaríamos de informar ao juiz que ainda nos sentimos incapazes de alcançar um veredito unânime, devido ao fato de discordarmos fundamentalmente. Como recomendaria que prosseguíssemos?

O juiz mandou que eles continuassem com as deliberações.

Meu coração ficou apertado. Eu fiz algumas pesquisas on-line para entender o que isso poderia significar. Em casos criminais, o estado de Nova Iorque requer um voto unânime do júri para declarar o réu culpado.

Então, se um único jurado insistisse que Anna era inocente — ou pelo menos que não tinha culpa além do que era óbvio —, os outros jurados teriam que concordar em declará-la inocente, ou eles teriam que convencer aquele único a mudar o voto. Eles também precisavam dar vereditos separados para cada um dos crimes de Anna.

Se os jurados realmente estivessem em um impasse, o juiz iria declarar júri empatado, resultando em uma anulação do julgamento. Caso isso acontecesse, o governo teria que escolher: poderiam abandonar o caso por completo ou marcar uma data para um novo julgamento, começando do zero com um novo júri. Eu tinha certeza de que a promotoria iria escolher ter um novo julgamento, mas, se isso acontecesse, eu teria que testemunhar novamente?

Nem duas horas mais tarde, eu vi outro tweet: *O júri alcançou um veredito no julgamento da #FalsaHerdeira. #AnnaSorokin #AnnaDelvey.*

Era a única coisa que dizia. Eu me sentei de pernas cruzadas em cima da cama, atualizando o Twitter e o meu navegador, praticamente implorando para o computador me dar mais alguma informação. Eu liguei para Nick quando comecei a hiperventilar.

— Rachel, seja qual for a decisão, você vai ficar *bem* — ele disse.

No dia 25 de abril de 2019, a Suprema Corte de Nova Iorque decretou Anna culpada em oito das acusações contra ela. Cinco eram desse julgamento e as outras três eram as anteriores, dos hotéis e da conta do restaurante. Ela foi acusada de tentativa de furto em primeiro grau, furto em segundo grau e furto em terceiro grau,[128] além de roubo de serviços.

Anna havia usado aplicativos de celular e computador para criar mensagens de voz de gerentes de banco fictícios e para falsificar documentos bancários. Ela criou e-mails para personalidades falsas — como Bettina Wagner — após aprender como enviar e-mails sem que eles fossem rastreados.

O júri, no entanto, não a julgou culpada pelas ações contra mim e contra o Fortress Investment Group. Quando recebi a notícia, eu fiquei abalada. Como eles puderam entender a minha situação de forma tão *errada*? Eu tentei olhar de outra forma. Tanto a promotora McCaw, quanto a Mays-Williams e o agente McCaffrey — que agora era detetive — haviam me ligado, separadamente, após a divulgação do veredito. Às vezes, quando os jurados ficavam presos em deliberações por mais tempo do que se era esperado — no caso de pessoas teimosas em ambos os casos —, eles tinham que fazer acordos. Nesse caso, anunciar que ela havia sido inocente em algumas das acusações.

---

[128] Os graus do furto têm a ver com o valor do bem que foi roubado, sendo assim, furtos de primeiro grau são mais graves que furtos de segundo e terceiro graus.

Durante as deliberações, os jurados haviam feito perguntas ao juiz sobre o impacto da intenção do réu sobre os crimes. Quando Anna propôs a nossa viagem no começo de maio, ela tinha acabado de depositar uma série de cheques sem fundo na sua conta e conseguido sacar setenta mil dólares, e para quê? Ela usou parte do dinheiro para pagar a conta no 11 Howard, mas e o resto? Qual era a intenção dela? Ela em algum momento teve a *intenção* de pagar a viagem? Como ela poderia saber que meu cartão tinha tudo aquilo de crédito? Eu não sabia. Ou será que Anna tinha a *intenção* de me reembolsar? Foi por isso que ela me transferiu cinco mil dólares? Se Anna tivesse conseguido um empréstimo milionário em um dos lugares onde havia tentado, será que ela teria me pagado? Talvez. Provavelmente. Eu honestamente acho que Anna queria a minha amizade.

Mas tudo mudou quando ela me deu um cartão de débito inválido, apostando que eu me ofereceria para pagar os voos. Ela poderia ter agido de outra forma. Quando percebeu que não tinha como pagar, ela poderia ter dado alguma desculpa e cancelado a viagem toda. Mas o visto dela estava prestes a expirar e ela precisava sair do país. Não adiantaria ir para o Canadá, México ou alguma ilha do Caribe. Para que o visto dela fosse reemitido, ela precisava ir mais longe. Então ela escolheu o Marrocos. Alguém teria que bancar a conta enquanto ela pensava em um jeito de fazer a sua próxima jogada.

O veredito não mudava o que realmente aconteceu. Minha história era a mesma desde o começo. Anna ia passar de quatro a doze anos na cadeia. A sua sentença começou em uma quarta-feira, dia 15 de maio, na Bedford Hills Correctional Facility, uma cadeia para mulheres em Westchester, Nova Iorque. Meu envolvimento na sua prisão e no processo judicial não era apenas pelo meu caso. Era sobre impedir que ela fizesse isso com outras pessoas, e, em relação a isso, eu acho que obtive sucesso.

Algumas semanas depois do julgamento, no mesmo dia em que Anna foi para a prisão e exatamente dois anos após a viagem para o Marrocos, eu me encontrei na esquina da Howard com a Lafayatte. Olhei para o prédio do 11 Howard, pensando em tudo o que havia acontecido lá e tentando me livrar das memórias ruins que me haviam levado a evitar esse quarteirão de Manhattan por tanto tempo. Desconhecidos andavam casualmente na frente do Le Coucou; outros entravam e saíam do hotel. As pessoas que eu conhecia que trabalhavam ali já tinham há muito tempo ido embora. Depois de fazer as pazes com o lugar, eu também fui embora.

Alguns minutos depois, eu estava andando na Grand Street, em direção leste, entre a Mulberry e a Baxter, quando meu telefone tocou. Era uma mulher da American Express. Ela me disse que eu seria protegida de todas as cobranças — aquelas que ainda restavam do La Mamounia. Parada naquela esquina, eu chorei, tomada por alívio e gratidão.

O pesadelo tinha finalmente terminado.

Epílogo

"O engraçado é, eu não me arrependo. Eu estaria mentindo se falasse isso para você ou para qualquer um, mentindo até para mim mesma. Eu não me arrependo de nada. O meu motivo nunca foi dinheiro. Eu queria o poder. Eu não sou uma boa pessoa."

— Anna Sorokin, *The New York Times*, 10 de maio de 2019. Um dia depois de ter sido sentenciada de quatro a doze anos de prisão.

Quase todo mundo com quem eu falei, conhece alguém que já levou um golpe ou que foi quem levou um golpe. Confiar nos outros é algo natural e normal do ser humano. E, mesmo assim, é difícil falar desse tipo de experiência porque frequentemente as pessoas são rápidas em julgar, a culpar quem levou o golpe e não quem enganou. Maria Konnikova[129] explica em seu livro sobre golpistas, *The Confidence Game*,[130] que muitos presumem que as pessoas que caem no conto do vigário são suscetíveis a isso, provavelmente pessoas ingênuas, ambiciosas ou tolas. Mas quando se trata de prever quem realmente cai nesses golpes, ela escreve: "generalizar personalidades tende a ser um tiro no pé. Em vez disso, um dos fatores que surge é a circunstância: não é quem você é, mas onde você está neste momento par-

---

[129] Escritora russo-americana, com doutorado em psicologia pela Columbia University.
[130] Tradução livre: O jogo da confiança. Título publicado no Brasil apenas em inglês, em 2016, explica a psicologia dos vigaristas — como os fraudadores sabem como manipular as emoções humanas.

ticular de sua vida. Se você está se sentindo isolado ou solitário, acaba que você está particularmente vulnerável... Dependendo do tipo de fraude, qualquer um pode ser uma vítima". Eu acredito que isso pode ser aplicado para o que aconteceu comigo e com a maioria das pessoas com quem falei que passaram pela mesma coisa.

Muitos encontros com vigaristas e sociopatas são bem piores do que o meu. Todos os dias pessoas perdem mais do que eu — e perdem isso com esquemas que não envolvem jantares finos, saunas ou hotéis cinco estrelas. Algumas pessoas são roubadas em coisas que nunca podem ser recuperadas ou sofrem danos que nunca podem ser reparados. Poderia ter sido muito pior.

Tenho um enorme respeito pelas pessoas que sofreram com relacionamentos tóxicos de longo prazo e encontraram forças para se recuperar dos danos psicológicos infligidos a elas. Eu não igualo minha experiência com a delas. Meu tempo com Anna foi relativamente curto. Ela não estava em meu círculo mais íntimo e eu estava cercada por amigos e familiares que me apoiaram.

E em grande parte, eu tenho tudo sob controle agora. Anna está na prisão. Recuperei meu dinheiro e paguei minhas dívidas com Janine e Nick. Eu tenho minha saúde de volta. Meus entes queridos estão seguros. E veja tudo o que eu fiz — este livro, por exemplo.

Eu reconheço a minha boa sorte — de ser amada, apoiada e de ter os recursos que tenho —, mas isso não significa que esta experiência não tenha custado caro. Minha luta continuou muito depois da prisão de Anna. O estresse de enfrentar o fardo financeiro durou mais de um ano, assim como o impacto emocional causado pela fraude de Anna. Entrei em depressão e fiquei nela por tanto tempo que, por um período, se tornou meu novo normal. Eu carregava a minha ansiedade para todos os lugares. Eu hiperventilava, chorava, perdia cabelo e quase não dormia. Briguei com meus entes queridos e lutei comigo mesma. Até hoje, às vezes me sinto vulnerável demais para deixar meu apartamento. Algumas noites fico acordada mergulhando na negatividade, procurando provas, onde quer que as encontre, de que todas as minhas inseguranças mais irracionais são verdadeiras. Tenho a sorte de estar cercada de amigos pacientes que me convencem de que não são.

Eu saí do outro lado e mudei como pessoa. Vejo a importância de ouvir minha própria voz e me dar permissão para falar. Compreendo que, não importa o que digam, as pessoas mostram quem são por meio de suas ações. Eu acreditava que minha amiga Anna era uma rica herdeira alemã. Não prestei atenção o suficiente às coisas que vi nela que não se encaixavam nesse padrão, as excentricidades que racionalizei e as complexidades que descartei. Esses eram detalhes que revelavam quem Anna realmente era. Eu passei tanto tempo implorando pela verdade quando a mentira era tudo o que existia nela.

Essa positividade nem sempre é de sucesso, mas tento colocar o que aprendi em prática: tenho que lembrar — de novo e de novo — de parar de me preocupar com o que as outras pessoas pensam de mim. Lembrar que às vezes está tudo bem não estar bem e que a cura leva tempo. E estou mais aberta com meus entes queridos — compartilhando as coisas boas e as difíceis — porque é para isso que servem as amizades verdadeiras. Não foi uma experiência que eu desejaria a ninguém, mas ganhei algo valioso. Em vez de perder a confiança nos outros, encontrei forças para confiar em mim mesma.

Fake News, Crime de verdade, e agora?

Anna Sorokin foi solta em liberdade condicional no dia 11 de fevereiro de 2021 da Albion, o centro de detenção que estava no norte do estado de Nova York, após servir três dos quatro a doze anos que recebeu como sentença.

Alguém aí do Fortress Investment Group — eu preciso de setecentos e vinte milhões de dólares até o final de semana. Me mandem uma mensagem no privado, ela publicou naquela mesma tarde, em sua nova conta do Twitter que tinha como biografia a seguinte frase: *Estou de volta*.

Eu acredito que todo mundo tem alguma profundidade escondida, mas de longe Anna parecia estática, como se ela tivesse emergido ilesa da prisão, com novos esquemas e antigas prioridades. Sem perder tempo, ela fez *check-in* no pretencioso NoMad Hotel no centro de Nova York — a estadia foi paga, de acordo com o *Sunday Times*, com o dinheiro que ela recebeu da Netflix — e contratou uma equipe para segui-la e filmá-la.

— Eu só estou filmando tudo o que estou fazendo agora e vou ver o que vou fazer com isso depois — ela explicou em uma entrevista para a *Insider*. — Acabei de sair da prisão, tipo, só faz dois dias. Então estou comprando tudo o que preciso na Sephora e vou abrir uma nova conta bancária assim que eu receber a autorização do meu oficial da condicional.

Maquiagem, dinheiro e um projeto de vaidade.

— Se tem uma coisa que eu sou é ser consistente — ela respondeu a um comentário em uma de suas fotos no Instagram.

O que era verdade. Depois de ter sido exposta como uma criminosa, que escolha ela tinha, dadas as suas altas aspirações, a não ser voltar ao personagem que tinha lhe dado notoriedade?

Mas os dois anos desde a publicação de Minha Amiga Anna haviam me afetado de forma diferente. É difícil de entender algo enquanto você ainda não chegou ao outro lado. Apenas depois, se você tem os meios e o interesse, você pode olhar para trás e ver a forma real do que ficou para trás. Quando eu reflito sobre a minha amizade e a destruição dela, vejo o quanto me ensinou — a importância de canalizar minha energia para pessoas positivas e relacionamentos saudáveis, como estabelecer limites e quando sair andando. Eu vejo o quanto me fez mais forte. Ocasionalmente, me perguntam se sou grata pela experiência e minha resposta é: *Claro que não.* Mas eu tenho orgulho de ter superado tudo de uma maneira que faz com que essa pergunta pareça sensata. Eu não sou grata a Anna — se fosse apenas por ela, eu estaria falida e quebrada, o que, ironicamente, poderia ter me transformado em uma vítima mais simpática — e também não sou grata por ter aguentado a sua traição. Em vez disso, eu estou grata por ter tido o privilégio e a oportunidade de ter falado e de ter sido ouvida, de ter conhecido incontáveis pessoas generosas pelo caminho e por ter descoberto minha resiliência interna — mesmo desejando que eu não tivesse precisado disso.

Hoje, eu encontrei um ponto de paz, o qual eu devo grandemente a este livro, que foi catártico de se escrever, e o apoio que recebi com o lançamento. Após anos me sentindo como uma concha de mim mesma, tentando seguir em frente enquanto olhava para trás, passando dias e meses isolada juntando memórias e lembranças em uma sequência narrativa, finalmente soltá-lo para o mundo fez que finalmente eu sentisse que tinha alcançado o presente e poderia começar a olhar para a frente e não mais para trás.

Eu passei a tarde do lançamento do livro em uma festa de lançamento rodeada por minha família e meus amigos, celebrando o fim de um capítulo e o começo do próximo. Quando alguém — eu acho que foi Kathryn, minha antiga chefe — brindou comigo e me empurrou para falar, eu senti uma onda de gratidão me balançar, crescendo dentro do peito e subindo para a garganta, enchendo os meus olhos e sendo grande demais para traduzir em palavras.

Se alguém tivesse me contado anos antes que um dia eu escreveria um livro e começaria uma turnê para promovê-lo, eu não teria acreditado. E se alguém tivesse me dito naquele dia — para uma pessoa tão envergonhada quando criança que minha irmã mais nova tinha que pedir por mim em restaurantes — que perderia o medo de falar em público, eu o teria chamado de louco. Mas comparado com a pressão que eu senti quando tive que ficar diante do banco das testemunhas quando minhas emoções estavam à flor da pele, entrevistas de imprensa eram como uma brisa de tão leves. Isso não quer dizer que eu não estava intimidada pelo nível de interesse e nervosa por reaparecer em público. Eu definitivamente estava, mas, à medida que ia falando com repórteres ao redor do mundo — do *Good Morning America* e *Nightlife* em Nova York, até o *Sky News* e a BBC em Londres, para podcasts na Irlanda e shows matinais na Austrália —, eu estava flutuando com as mensagens de encorajamento que havia começado a receber e me sentia cada vez mais corajosa com o conhecimento de que minha história serviria como conto preventivo ou para ajudar aqueles que passaram por experiências parecidas a se sentirem menos sozinhos.

Em um domingo daquele agosto, eu dirigi pelas ruas familiares da minha cidade natal para a Union Ave

Books, uma livraria local no centro de Knoxville. O espaço estava lotado acima da capacidade, com pessoas encostadas nas soleiras das portas e espalhadas por todo o ambiente. Minha família estava lá, com alguns amigos de infância e muitos rostos que eu reconhecia. Eu estava nervosa — talvez mais nervosa do que para qualquer outro evento de que tinha participado até então —, mas era um nervosismo diferente. Quando eu me preparava para falar para um público repleto de estranhos, eu pensava: *Será que eles vão gostar de mim? Será que eles vão me entender? Compreender de onde vim?* Mas me preparar para falar na frente de um grupo de pessoas que havia me visto crescer, que conhecia minha família e que morava no mesmo lugar de onde eu vinha, eu só conseguia pensar: *Como isso vai mudar a forma como eles me veem? Eu ainda vou ser a mesma pessoa para eles?* Eu estava preparada para consolações desajeitadas, para ser parcialmente compreendida e educadamente apoiada, mas, em vez disso, eu me deparei com lágrimas e sorrisos, cabeças assentindo em reconhecimento, e fui aplaudida e abraçada. Autografei livros por mais de uma hora, e ouvi uma frase mais do que qualquer outra: *Seus pais devem estar tão orgulhosos.*

Um dos efeitos mais duradouros do julgamento demorou para que eu o reconhecesse. O advogado de defesa, na sua tentativa de diminuir a minha credibilidade, torcendo a verdade em ficção, me ensinou que todos os meus movimentos poderiam ser tomados fora do contexto, reclassificados e desmantelados. Em resposta a isso, eu desenvolvi uma autoconsciência reflexiva e tinha medo do que os outros pensavam, me tornando a minha maior crítica. Mas nos meses que seguiram o lançamento do livro, essa nova ansiedade era acalmada por e-mails, mensagens, comentários, ligações telefônicas de diversas pessoas.

De psicólogos:

Eu sou uma psicóloga em treinamento e aprecio a sua consideração pela situação patológica da sua antiga amiga e das formas que qualquer um de nós podemos estar vulneráveis (quem não conhece a sensação de se deixar levar pelo mau comportamento de outra pessoa porque foi criado para ser respeitoso e atencioso com o que nossas ações podem causar nos outros?).

De pessoas que trabalhavam no sistema penitenciário:

Eu sou um ex-policial de presídio e, mesmo sabendo como sociopatas operam, eu fui enganado por um no meu trabalho... Sociopatas são escorregadios. Eu entendo o quão fácil é ser enganado por um.

De pessoas compartilhando conhecimentos e reflexões:

Eu queria entrar em contato com você. Primeiramente, para dizer o quanto amei o livro, tanto que inclusive eu o li duas vezes. E segundo, para dizer que, quando o li pela segunda vez, eu percebi que não é a história da fraude de Anna e do dinheiro que você perdeu, é sobre a destruição de um relacionamento. Eu senti as suas emoções, sua dor no coração e sua traição, e sinceramente espero que você tenha superado e recuperado a sua confiança nas pessoas. Obrigada por compartilhar sua história com o mundo.

Oi, Rachel, eu acho que escrevi e apaguei essa mensagem umas mil vezes porque eu nunca escrevo para estranhos. No entanto, senti a necessidade de te dizer que eu realmente apreciei o seu livro. Quando li o seu artigo na Vanity Fair, eu pensei comigo mesma: bem, acho que ela mereceu, porque ela foi nessa viagem etc. etc. (maldoso, eu sei, me desculpe), mas, de-

pois de ler esse livro, agora eu entendo por que você foi amiga dela e que você é uma pessoa gentil que queria apoiar alguém. O livro me ajudou a fazer uma reflexão interna da forma que eu julgo as pessoas pelo que ouço delas e que eu devo trabalhar nisso. Então, obrigada e continue escrevendo. Eu fico feliz de ver que você transformou uma situação ruim em algo bom.

De pessoas oferecendo encorajamentos:

Obrigada por compartilhar um relato tão honesto, cru e aberto da sua história. Eu não consigo imaginar a coragem necessária para se posicionar no mundo quando todos os instintos dizem para se esconder.

Beyoncé estaria orgulhosa por você ter pegado limões falidos e os transformado em uma limonada impossível de largar. 🍋🍋

E de muitas pessoas que passaram por situações semelhantes à minha:

Sem dúvida outras pessoas que também foram vítimas de golpe entraram em contato com você; eu também sou uma delas. Obrigada por ter a coragem de publicar a sua experiência. Faz com que nós, que também fomos vítimas, nos sintamos menos tolas e menos ingênuas e, certamente, menos sozinhas.

Essas palavras silenciavam as minhas dúvidas, me centralizavam e me faziam sentir como se eu tivesse feito a coisa certa ao compartilhar minha experiência e restabelecer a minha crença no bem das pessoas.

Minha alegre calmaria perdurou por vários meses, até outubro de 2019. Minha tia Becky tinha vindo a Nova Iorque a trabalho e eu a estava acompanhando até o seu hotel depois de jantarmos no Odeon, o mesmo restaurante a que eu havia ido seis meses antes, ao sair do tribunal após meu testemunho. Eu olhei para o meu celular e vi que um amigo tinha me mandado um link de um artigo referente a *Inventando Anna*, uma minissérie da Netflix criada e produzida pela Shonda Rhimes, baseada no artigo da revista *New York* intitulado "Como Anna Delvey enganou os festeiros de Nova Iorque" da Jessica Pressler. Sem dizer nada, eu imediatamente cliquei no link e esperei o site carregar, me sentindo vulnerável, mas me preparando para lidar com o que viesse, pois eu queria mostrar para minha tia que eu estava bem, queria que ela visse que eu era forte, que estava feliz e saudável e que era capaz de lidar com as adversidades.

Como não estava envolvida com a série, eu descobri com o resto do mundo que a atriz Katie Lowes[131] iria interpretar uma personagem chamada "Rachel", descrita pela Netflix da seguinte maneira: "Uma seguidora nata cuja adoração cega por Anna quase destrói seu emprego, seu crédito e sua vida. Mas, embora seu relacionamento com Anna seja seu maior arrependimento, a mulher que Rachel se torna por causa de Anna pode ser a maior criação de Anna".

Eu absorvi as palavras enquanto relia, dessa vez em voz alta. *A mulher que Rachel se torna por causa de Anna*. Dez pequenas palavras reivindicando de uma vez só toda a minha existência. *A maior criação de Anna*. Despojada do meu trabalho, das minhas conquistas, da verdade. Eu vi a minha dor refletida na expressão da minha tia, uma mulher que me amou desde o dia em que nasci. Eu senti uma pontada de raiva que estava adormecida acordar e eu queria gritar. *Em que mundo é aceitável descrever uma pessoa real como criação de*

---

131 Atriz americana conhecida por sua atuação na série *Scandal*, também da Shonda Rhimes.

outra? Era de se acreditar que a mulher que eu havia me tornado não era um resultado da criação dos meus pais, do amor que eu compartilhava com minha família e meus amigos, meus próprios esforços e crescimento pessoal, mas sim *por causa de Anna,* alguém de quem eu fui amiga por menos de um ano entre todos os meus trinta e dois?

Quando decidi vender os direitos televisivos e cinematográficos para adaptar a minha história (não para a Netflix, mas para a HBO), eu sabia que haveria momentos em que me sentiria desconfortável com a dramatização da minha experiência. Eu tinha entendido que pisar nos holofotes vinha com certos riscos. Mas a descrição da Netflix era chocante. Eu disse boa-noite para tia Becky e decidi continuar andando, precisava arejar. Achei apropriado receber essa notícia no Halloween, uma vez que já tinha me preparado para encontrar as perucas falsas e as gargantilhas que faziam parte da fantasia Anna Delvey. Evitei as multidões da Church Street, olhando os rostos de estranhos, me sentindo separada da alegria deles — plana, vazia, presa aonde não pertencia. Eu me lembrei de um discurso que havia lido recentemente, dado um ano antes pela Shonda Rhimes quando ela aceitou o prêmio Luminary na *ELLE's Women in Hollywood Celebration*.[132] Ela havia falado sem remorso e ferozmente, e o discurso ficou na minha cabeça. "Eu estou recebendo esse prêmio por inspirar outras mulheres", ela havia dito, "e como eu posso inspirar outras se estou me escondendo?... Nós precisamos ser um exemplo... Eu sou incrível e nós somos incríveis, o que é apenas uma outra maneira de dizer que nós temos poder e que somos mulheres poderosas. Nós merecemos tudo de bom que acontece na nossa vida."

---

[132] Evento organizado pela revista *ELLE* com o intuito de homenagear as mulheres de Hollywood, na frente e por trás das câmeras.

Sim, eu queria dizer, *eu tenho poder* — não *por causa* de Anna, mas *apesar* dela. Poder que não era *dela*, mas *meu*. Eu tinha o poder de escolher em quem eu queria acreditar, eu tinha o poder de cometer um erro, o poder de desmoronar e de juntar as minhas próprias peças. Eu não estava me escondendo. Eu tinha pisado com os dois pés para fora, com as minhas rachaduras ainda visíveis, mas com a cabeça erguida.

Pouco mais de um ano depois, no dia 12 de fevereiro de 2021, um dia depois que Anna saiu da prisão, eu estava na casa dos meus pais no Tennessee. Eu não tive nenhum aviso prévio, e foi meu pai que gentilmente me deu a notícia após ter ouvido de um amigo dele. Eu estava surpresa e aliviada pela notícia quase não ter me afetado, mas rapidamente pedidos de entrevistas começaram a surgir por todos os lados, tanto nos Estados Unidos, quanto de fora. A princípio, eu ignorei, não querendo revirar os detalhes do que agora era visto como vitimização. E também não queria ser presunçosa e tentar especular se Anna havia mudado ou não, ou o que ela faria agora sem nem dar uma chance para ela nos mostrar. Ela tinha cumprido a sua sentença e era isso. Eu esperava pelo melhor.

Mas enquanto eu negava a imprensa, eu via plataformas darem voz a Anna sem que a mostrassem como culpada, com entrevistas estranhamente alegres em que pintavam o seu comportamento criminoso como uma forma de arte. Um dos shows matinais, como uma tentativa de justificar a programação, ilustrou o interesse de Anna em reforma carcerária, algo urgente e complexo que demanda atenção e análise crítica, mas que, com ela, havia sido reduzida a uma frase de efeito superficial. Anna sabe o que dizer para que portas se abram para ela, mas até ela ter ações por trás de suas palavras é apenas mais um "o cheque está a caminho".

Falar é fácil e golpistas são muito bons nisso, eu queria dizer, *por que estávamos dando um microfone a um?* Exceto que eu então percebi que era exatamente por isso — porque Anna, uma mulher descarada, com muito estilo e pouca ética, sem nenhuma consciência ou preocupação com as consequências de suas ações, dava à mídia exatamente o que eles queriam: *clickbait*.[133]

Eu lia os títulos das notícias: *Falsa Herdeira Anna Sorokin Diz Que Ser Chamada de Sociopata é Um Elogio* e *Ela Diz Que Sua Sentença Foi Uma Grande Perda de Tempo* e também *Resolve Investir na Carreira de Blogueira Com a Publicação de Vlogs*. Eu entendia as implicações desse tipo de cobertura, a glamorização da criminalidade, e me perguntava quem iria falar algo a respeito. Eu não queria ter que falar. Para mim, Anna — como pessoa — havia provado que ela merecia o nosso conhecimento e não a nossa atenção. E mesmo assim, querendo gritar pela janela para todo mundo ouvir, eu sabia que minhas palavras poderiam facilmente ser distorcidas de uma preocupação honesta para uma ex-amiga amargurada, quando na realidade o problema era muito maior do que meu drama com Anna, era até maior que ela, maior que uma única história, era algo gigantesco.

Quarenta e dois dias após Anna ter sido solta, ela foi novamente levada sob custódia pela Imigração e Alfândega dos Estados Unidos e apreendida após um juiz tomar nota de suas entrevistas e brincadeiras e a declarar "um perigo para a sociedade".

De dentro da prisão em Hackensack, New Jersey, Anna deu uma entrevista a um repórter da *Telegraph*. Ela disse que, se concordasse em sair do país, ela provavelmente seria solta, mas preferia antes ficar presa nos Estados Unidos do que livre na Alemanha. — Eu tenho

---

[133] Estratégia de divulgação on-line que usa títulos sensacionalistas para gerar mais cliques no conteúdo. O termo em inglês significa "isca de cliques", também traduzido como "caça-cliques". *Clickbait* é um termo pejorativo que se refere a conteúdo criado para gerar receita de publicidade on-line.

uma vida inteira em Nova York — ela disse. — Se eu tenho que passar uma ou duas semanas na prisão para resolver isso, acho que é razoável, e, quando você enxerga isso como uma equação matemática, faz sentido. *Quando você enxerga isso como uma equação matemática.* É isso que me incomoda. Nós, como indivíduos, deveríamos tomar decisões baseadas na mesma medida de risco-benefício que as grandes empresas usam? Veja, por exemplo, a Netflix: se eles fossem decidir que o *benefício* do drama entre mim e Anna da forma que eles escreveram supera o *risco* financeiro de uma possível difamação causada por uma única pessoa com fundos limitados, a qual suas afirmações só servem para dar força a falsa narrativa que ela quer corrigir? O que isso diz para nós seres humanos? Que a *força de caráter* agora se refere à habilidade de uma pessoa ser empreendedora — das possibilidades de marketing da própria persona — em vez de sua moralidade? Até onde vai o preço do entretenimento?

Eu fiz a conta. De acordo com a BBC News, que obteve uma cópia do contrato de *Inventing Anna* através de um pedido pela Freedom of Information Act,[134] a Netflix pagou a Anna um valor inicial de trinta mil dólares antes do julgamento. Esse dinheiro — como havia imaginado — *"foi direto para o seu advogado, Todd Spodek, para cobrir uma parte dos seus honorários"*, divulgou o *NY Post*, citando documentos judiciais. Eles subsequentemente pagaram pela taxa de consultoria e pelos direitos de sua história, totalizando um pagamento de trezentos e vinte mil dólares. Esse dinheiro estava bloqueado para que as vítimas de seus crimes pudessem

---

134 Em português: Ato de Liberdade de Informação. Lei que estipula que qualquer pessoa tem o direito de solicitar acesso a registros ou informações de órgãos federais, exceto na medida em que os registros sejam protegidos contra divulgação por qualquer uma das isenções contidas na lei americana.

entrar com processos contra ela, o que não aconteceu. O dinheiro que não foi usado para pagar os advogados de Anna ficou com ela. "*Usando o celular um pouco antes de sair da prisão, Sorokin aproveitou uma maratona de compras na Net-a-porter, comprando óculos de sol da Celine, um moletom de setecentos e vinte dólares da Balenciaga e tênis da Alexander McQueen e da Nike*", escreveu o *Sunday Times*. Quando questionada onde ela conseguiu o dinheiro, Anna respondeu que ainda tinha o dinheiro da Netflix, antes de mencionar vagamente alguns projetos sem nome.

Em resposta ao assassino em série que recebeu extensa atenção da imprensa na década de 1970 após cometer uma série de assassinatos em massa, a lei "Son of Sam"[135] foi criada para impedir que criminosos lucrassem em cima de seus crimes. Na sua versão moderna, a lei dá o poder a New York Crime Victims Board[136] para decidir se qualquer lucro obtido por criminosos deveria ou não ser remanejado para as suas vítimas. Mas como nós definimos lucro? E o período entre o crime e o veredito?

Quando perguntada se o crime compensava, Anna disse à *BBC Newsnight*: — Sim, de uma forma, compensa.

Nós nos preocupamos mais com o fato de ela ter dado essa declaração do que ela estar, aparentemente, falando a verdade?

Se os seus crimes são extravagantes o bastante, uma empresa midiática pode comprar os direitos da sua história antes do seu julgamento para que você consiga bancar um advogado bom que vai poder minimizar a sua pena.

---

[135] Em português: Filho de Sam. David Richard Berkowitz, nascido como Richard David Falco, também conhecido como o Filho de Sam e o Assassino do Calibre .44, é um assassino em série estadunidense, que aterrorizou a cidade de Nova Iorque com crimes praticados durante julho de 1976 e agosto de 1977, até ser preso.
[136] Em português: Organização das Vítimas de Crimes de Nova York. É um conselho que reembolsa e auxilia vítimas de crimes.

Você pode conseguir tanto dinheiro, que até com fundos bloqueados e vítimas ressarcidas, você ainda tem grana de sobra. E não só isso, se você está atrás da fama, vai ter construído a sua própria "marca", criado uma plataforma e encontrado uma audiência. É um jogo de apostas, mas, graças à Netflix, Anna Delvey mostrou que é possível vencer.

Eu li em um artigo que a "Netflix se negou a falar com a BBC quando questionada se os pagamentos deles poderiam ou não ter afetado o processo judiciário". E que o "OVS[137] clarificou que a Netflix primeiro entrou em contato com eles, que o OVS não precisou correr atrás e que todas as leis americanas foram seguidas". Essa declaração era para supostamente nos tranquilizar? Não era pior saber que tudo isso aconteceu de acordo com as regras do jogo?

Não é porque algo está de acordo com as leis que significa que está correto.

Nos seus primeiros comentários durante o julgamento de Anna, o seu advogado tentou apresentá-la como alguém que, assim como muitos, veio para Nova Iorque com muitos sonhos e preparada para jogar. Ele havia dito que a ideia de "começar do zero" aqui em Nova Iorque era algo que "ressoava com pessoas por todo mundo". E se ele estiver certo? E se for esse o exemplo que nós queremos *ressoar para o mundo todo*? Ele argumentou: — Qualquer *millennial*[138] vai concordar, não é desconhecido ter sonhos de grandeza.

— Eu sou *millennial* também e rejeito essa ideia, mas não são com os *millennials* que eu me preocupo. É com a GenZ[139] e aqueles que vêm depois, aqueles que olham

---

137   OVS: Office of Victim Services; em português: Escritório de serviços às vítimas.
138   Nome dado à geração dos nascidos entre 1981 e 1995.
139   Nome dado à geração dos nascidos entre 1996 e 2010.

para os "*influencers*" como inspiração e como base do que a nossa sociedade vangloria. — Ela é um modelo para algumas pessoas — o advogado dela disse em uma entrevista para a *60 Minutes Australia*. — Ela é obviamente famosa. As pessoas gostam de engajar com ela e suas redes sociais estão explodindo. Eu espero que ela consiga tirar disso algo realmente positivo, produtivo, e que ela possa monetizar sobre isso. Eu espero que ela consiga fazer um negócio disso.

É esse o modelo de Sonho Americano? O estabelecido por Anna?

Na biografia do seu Twitter está escrito: Minha vida é uma performance de arte.

Pergunte a si mesmo: o que está acontecendo por trás das câmeras?

— Eu sempre fui Anna Delvey — ela disse à *BBC Newsnight*.

É possível que uma fraude seja tudo o que exista?

— Eu acho que é parte da armadilha — o seu próprio advogado disse ao *Sunday Times*.

Meu argumento final é este: pessoas, assim como ideias, só têm poder e influência se os damos a elas. Mesmo sem perceber, eu dei a Anna um poder e uma influência gigantesca em mim — poder e influência que passei anos tentando recuperar. Anna é esperta. Ela pode ser engraçada. Eu também a achava divertida. Assim como outros a veem agora, eu também me maravilhava com a sua audácia, com a forma como ela jogava com as próprias regras, com a grandiosidade de seus sonhos e com a sua confiança enorme e ridícula. É fácil se sentir cativado por pessoas que parecem maiores que a própria vida, pessoas que desafiam as nossas expectativas, principalmente quando achamos que não temos nada a perder.

Mas o que eu aprendi com essa experiência é que a sua atenção é um investimento. Dar atenção a alguém é ser influenciado, estando ou não consciente disso no momento. Principalmente nessa era de informações constantes, com inúmeras pessoas e histórias competindo para receber cliques, curtidas, seguidores e tempo, nossa atenção é valiosa. Ela tem poder. Ela tem valor. Tome cuidado com onde você gasta e entenda o seu custo.

Agradecimentos

Eu não poderia ter escrito este livro sem a ajuda, o incentivo e o apoio de colegas, amigos e familiares, aos quais sou eternamente grata.

Sou grata a Aimée Bell, minha editora na Gallery, que me ajudou a encontrar a minha voz e, como antiga colega na *Vanity Fair*, me apoiou bem antes também. Meu apreço também se estende a Katy Follain da Quercus por todas as suas opiniões construtivas. Um obrigada a Max Meltzer por sua paciência e pelas habilidades editoriais afiadas, e mais um obrigada a Adam Nadler e seus olhos de águia. Foi um prazer trabalhar com Jennifer Bergstrom, Elisa Rivlin, Jennifer Weidman, Jennifer Robinson e toda a equipe da Gallery.

Minha sincera gratidão vai para Mollie Glick e Michele Weiner da CAA pelas suas advocacias e sábios conselhos. Eu devo uma a John Homans e Radhika Jones pelo seu apoio ao publicar pedaços desta história nas minhas revistas favoritas, assim como a Graydon Carter, Chris Garrett e Susan White por tudo o que aprendi trabalhando sob a liderança deles.

Gostaria de expressar a minha admiração pelas assessoras de promotoria Catherine McCaw e Kaegan Mays-Williams e pelo detetive Michael McCaffrey por toda sensibilidade, dedicação e profissionalismo incomparáveis desde o começo até o fim.

Sou profundamente grata a Kate por me lembrar de que *às vezes é tudo bem não estar bem*; a Liz por todo o amor e lealdade; a Taylor por sua imensa generosidade; a Alicia, Holly, Ashley, Olivia, Natalie, Sarah e Lacey por todo amor e gentileza que me ofereceram nesse período difícil; e a Mary Alice, Lindsay e Emily pela solidariedade. Um obrigada em especial para Ariel Levy por me ouvir em um momento fundamental e me guiar para a direção certa, e mais um para Kacy Duke por toda sua positividade e compaixão.

Meus mais profundos agradecimentos a Janine por acreditar em mim quando eu estava com medo e sozinha, e a Dave por todos os conselhos e amizade.

Palavras não conseguem descrever a minha gratidão a Kathryn MacLeod, que me ensinou muito durante uma década. Kathryn, obrigada pela mentoria, amizade e apoio incondicional — em bons e maus momentos. Muito obrigada também a Mark Schäffer e Ilene Landress.

Nick Rodgers me manteve sã e viva enquanto eu escrevia este livro e me lembrou de mudar a minha perspectiva em momentos difíceis. Nick, eu sou eternamente grata por todo o amor, paciência e apoio que você me ofereceu em todos esses anos.

Gostaria de expressar o meu infinito apreço à minha família maravilhosa, obrigada: tia Jennie, por toda a sua candura e por ser uma inspiração; tio Rob, tia Becky, tio Bill, tio Jim, tia Mia, tio David, tio Marty e tia Amy por compartilhar toda a sabedoria de vocês e me encorajar. Obrigada vó Marylin, por ter aberto as portas da sua casa e tornado possível o meu sonho de morar em Nova Iorque.

Mãe, pai, Jennie e Noah, obrigada. Eu amo vocês mais que tudo.

Exemplares impressos em OFFSET sobre papel cartão LD 250 g/m2 e Pólen Soft LD 80 g/m2 da Suzano Papel e Celulose para a Editora Rua do Sabão.